湖南大学出版社
图书出版基金资助项目

魏禧古文论稿

朱泽宝 著

湖南大学出版社·长沙

图书在版编目（CIP）数据

魏禧古文论稿/朱泽宝著. —长沙：湖南大学出版社，2024. 6
ISBN 978-7-5667-3521-8

Ⅰ. ①魏…　Ⅱ. ①朱…　Ⅲ. ①魏禧（1624—1680）—古典文学研究
Ⅳ. ①I206. 49

中国国家版本馆 CIP 数据核字（2024）第 072848 号

魏禧古文论稿
WEI XI GUWEN LUNGAO

著　　者：朱泽宝
责任编辑：饶红霞
印　　装：长沙创峰印务有限公司
开　　本：710 mm×1000 mm　1/16　印　　张：13. 5　字　　数：247 千字
版　　次：2024 年 6 月第 1 版　印　　次：2024 年 6 月第 1 次印刷
书　　号：ISBN 978-7-5667-3521-8
定　　价：56. 00 元

出 版 人：李文邦
出版发行：湖南大学出版社
社　　址：湖南 · 长沙 · 岳麓山　邮　　编：410082
电　　话：0731-88821006（营销部），88821594（编辑室），88821006（出版部）
传　　真：0731-88822264（总编室）
网　　址：http://press. hnu. edu. cn
电子邮箱：749901404@qq. com

目　次

绪　论 …………………………………………………………………… 1

第一章　崇理尚气：魏禧文论新诠 ……………………………………… 10

第一节　遗民之音：魏禧古文功能论探究 ………………………………… 10

第二节　作文之资：魏禧古文创作论研究 ………………………………… 26

第三节　醇而后肆：魏禧古文“真气”论阐释 …………………………… 36

第二章　通变无方：魏禧与唐宋八大家古文传统 ……………………… 53

第一节　沉酣博采：魏禧对八家文风的理论剖判 ………………………… 53

第二节　策士之文：魏禧古文对苏洵史论的承变 ………………………… 64

第三节　别出一格：魏禧古文对画记的文境拓新 ………………………… 83

第四节　清词巧义：魏禧古文对碑志的承法致变 ………………………… 88

第三章　才杂纵横：魏禧史论文的书写立场 …………………………… 95

第一节　重道轻君：魏禧史论文特色之一 ………………………………… 97

第二节　设身古人之地：魏禧史论文特色之二 …………………………… 104

第三节　偏至之端：魏禧史论文特色之三 ………………………………… 113

第四章　传以阅世：魏禧传记文的文心探赜 …… 123
第一节　王公与布衣：魏禧传记文的布局艺术 …… 125
第二节　议论与叙事：魏禧传记文的论赞策略 …… 141

第五章　从应世到传世：魏禧应酬文的题外之旨 …… 153
第一节　魏禧对应酬文的理论省思 …… 154
第二节　魏禧与明遗民群体对寿序文的再造 …… 162
第三节　魏禧碑志文中的幽微叙事 …… 174

结　语 …… 182
附　录 …… 191
参考文献 …… 199
后　记 …… 209

绪　论

中国古文发展源远流长，早在先秦两汉时期，业已取得极高的成就。《左传》《战国策》《史记》《汉书》等史传散文，《孟子》《庄子》及贾谊、刘向撰述的说理散文均成为后世散文创作的经典楷式。至唐宋时期，八大家的散文创作再次光照古今，成为中国散文史上的另一高峰。早期散文“敢于直言、敢于说真话的传统”“发愤著书，直抒胸臆的传统”“讲究‘辞令’、重视‘修辞’的传统”[①]，都在八大家那里得到了有力的继承与发扬。唐宋文与秦汉文，双峰并峙，成为后世古文创作的两大矩式。其后元、明、清三代的古文创作大抵不模拟秦汉，即宗法唐宋。有学者对这一现象曾做出过深刻的分析：“吾国自明以来，论文者多狃于成见，以谓文非学秦汉，即当学唐宋。而自明前后七子模拟秦汉失败之后，即秦汉亦不敢言；惟以八家为极则。八家之中，尤以欧阳之神韵、三苏之从横为上乘。学欧阳所以便于八股，习三苏者所以利于策论。一言以蔽之，皆为科举之计而已。而独立不倚之士，其所为文，不模拟唐宋，亦不仿效秦汉，卓然自成一体者，往往被所谓古文家者诋为不成家数。故虽有杰作，竟见遗于庸夫之目。”[②] 其言确当。前后七子、唐宋派雄踞明代文坛，各领风骚近百年；而以“学行继程朱之后，文章介韩欧之间”为号召的桐城派，近乎与清代兴衰相始终。这些卓有影响的文学派别，在继承古文传统方面，都存在其偏颇之处。明代各文学流派的末流余弊不必深论，一望便知；而桐城派“以白描反对藻饰，以写实反对摹仿”[③]，其风格总体上偏向“阴柔”一路，亦存在着对高古奇崛、纵横恣肆的另一种文风的遮蔽。晚明颇受注目的小品文创作热潮，在秦汉唐宋古文外另开一路。“它们不但走出‘文以载道’的轨辙，而且逸出古文体制，以悠然自得的笔调，以漫话和絮语式

① 郭预衡：《唐宋八大家文集总序》，人民日报出版社，1997 年，第 1-3 页。

② 陈柱：《中国散文史》，东方出版社，1996 年，第 296-297 页。

③ 吴孟复：《桐城文派述论》，安徽教育出版社，2001 年，第 54 页。

的形态体味人生。”① 纵观明清古文界，求一能较全面继承古文传统而又有所创获，能明确意识到前人理论创作的是非得失而又能立以新说者，的确不可多得。

清初文人魏禧即是其间难得的一位理论与创作兼擅的古文大家。魏禧（1624—1680），字叔子，又字冰叔、凝叔，号勺庭、裕斋。江西宁都人。魏禧是典型的遗民文人，有《魏叔子文集》传世。魏禧与兄魏际瑞、弟魏礼并称为“宁都三魏”。兄弟三人复与彭士望、邱维屏、曾灿、林时益、李腾蛟、彭任六人合称为“易堂九子”。魏禧名重当时，与商丘侯方域、苏州汪琬并称作“古文三大家”，并为清代古文创作的标志性人物。有清一代的古文家，都在不同程度上受过魏禧的影响。魏禧的古文，对于体察中国古文传统在明清之际的流衍与新变、解剖明清文人面对丰厚古文遗产时的复杂心态、审视古文求新求变以不断激活生命力的途径、体悟明清文人如何以古文为工具来思考社会与人生，都是难得一见的样本。从其学养上看，魏禧“于古文无专嗜”，既熟读《左传》《国策》，著有《左传经世》等著作，又对韩愈、欧阳修、三苏的散文极为熟稔，故而其学习古文的视野较为宏阔，在秦汉、唐宋之间，不易偏于一家而不顾其他。从其古文创作上看，他不仅将古文视作应世之用，还用古文来书写内心感悟或激愤，亦复有大量的关于古文理论的讨论。因此，他的古文创作兼具理论性、文学性与应用性。在清代的古文家中，魏禧是创作成就相当全面的一位。就生平经历来看，魏禧终生以遗民自居，入清后不参加科考，更不入仕，有人称其文章因此得以“独步天下”②；但更为重要的是，当魏禧以古文为工具来书写其遗民心志时，怎样小心翼翼地不触碰明显的政治忌讳而又能有效地表达个人的真实思想；在继承唐宋古文传统的基础上，魏禧又是如何扩展古文的表现力，尤其是在众多的应酬之文里怎样寄寓遗民情怀，如何在庸常题材中寄托脱俗之志向，将应世之文转化为言志之文：这些都可以作为古文演变的重要样本加以解读。从性格上来看，魏禧为人一片真诚，将“真”

① 吴承学：《晚明小品研究》，江苏古籍出版社，1999年，第2页。

② 详见邓绎《藻川堂谈艺·三代篇》（清刻本），其言曰：“国初魏禧文章独步天下，其人无科举之累者也。”“在国朝诸文人中，最为有奇气，非独得诸天授，亦由远于科举之累。所谓养而无害者非欤？汪、姜以来，惟桐城刘大櫆颇负奇气，有轮囷离奇之观，未尽斩削，故方姚皆引以为重。盖方姚之所短，乃大櫆之所长也。近世文人，不敢效魏禧、大櫆，由其中无奇气，而渐靡于科举文字之日久矣。故斤斤慕方、姚惟谨，而功力亦鲜能及之。视黄氏宗羲所云效欧曾之一二折而胸中无大卷轴者，盖每况愈下也。”

视作维系天地万物最重要的元素，“夫山有朽壤则崩，木心朽则必折，无真气以贯之，物未有不败者。天下之害，由于人无真气，柱朽栋桡，而大厦倾焉，其端见于父子、兄弟、朋友之间，而祸发于君国”①。作文章时也强调“真气”最为重要。其挚友彭士望曾如此评价包括魏禧在内的易堂诸人的文风曰：“不敢作伪自覆匿。”② 因此，当我们以魏禧古文为个案来考察古文传统在明清时代的继承与新变时，就不必太过于担心有文章欺人的现象而影响到我们的判断。

魏禧在生前已然文名大著。据其友彭士望记载，当魏禧从江淮游历归来后，“文名大震，一时巨公尊宿，或云数百年所未见。人得其篇牍，咸珍异藏弆以为荣”③。其弟子王源在魏禧身后环顾当世文坛，不禁感慨：“自魏叔子先生殁，而文章几乎熄。”④ 如果说朋友、弟子对魏禧古文有如此高的评价还有出于人情之私的溢美之嫌的话，那么当时江南文坛名人陈维崧在为《陆悬圃文集》作序时对魏禧的赞誉，就应有其来自第三方的客观性。陈维崧写道：“慨斯世之高文，有宁都之魏叔。”⑤ 即便在百年后的嘉、道时期，董士锡谈起清代古文的代表作家，仍标举魏禧为最突出的两大家之一，另一家则为当时已声势赫奕的桐城派的初祖方苞。董士锡谈道：“本朝为古文者以十数，其尤者，宁都魏禧，才博而识赡，有物之言也；桐城方苞学醇而辞雅，有叙之言也，殆未可以相优劣焉。同县赵先生怀玉以魏氏之才与识而为方氏之学，其文浩浩以远，醰醰以深，意欲兼方、魏而有之，以文名于世者。”⑥ 董士锡虽以词家身份更为人所知，但其在古文方面的成就亦不容小觑。对于古文创作，其志甚高。⑦ 董士锡于桐城文风已流衍天下的情况下，还能将魏禧古文作为桐城

① 魏禧：《徐祯起诗序》，《魏叔子文集》，中华书局，2003 年，第 464 页。

② 彭士望：《复孔正叔书》，《耻躬堂文钞》//《四库禁毁书丛刊》（集部第 52 册），北京出版社，1998 年，第 43 页。

③ 彭士望：《魏兴士文序》，《耻躬堂文钞》//《四库禁毁书丛刊》（集部第 52 册），北京出版社，1998 年，第 109 页。

④ 王源：《怀葛堂集序》，《怀葛堂集》//《豫章丛书》（集部 10），江西教育出版社，2007 年，第 571 页。

⑤ 陈维崧：《陆悬圃文集序》，《陈维崧集》，上海古籍出版社，2010 年，第 335 页。

⑥ 董士锡：《亦有生斋文集叙》，《齐物论斋文集》//《续修四库全书》（集部第 1507 册），上海古籍出版社，1995 年，第 307 页。

⑦ 吴德旋《晋卿董君传》曾道：“余始识君时，君年甫及冠，所为文已骎骎入古人之室，其志岂以小成自甘哉？”见缪荃孙《清代碑传全集》，台北大化书局，1984 年，第 2920 页。

派并肩相峙的文风，足以证明魏文确有卓异之处。

有清一代，在魏禧研究史上起到重要的制约性或引领性作用的是清代官方的品评。相比起在野文人的评论，官方的看法有着特殊的意义。对魏禧古文风格的评价，最早始于魏禧生前朋好如易堂诸人的砥砺商榷。相关评论散见于《魏叔子文集》所收诸篇古文之后，但这已是清代古文传播的普遍现象。清人徐湘潭曾道："若国朝人，则虽自刻诗文，亦多有圈点、评语矣。"[①] 魏禧古文后附以评点，本亦不足为奇，且多就单篇而论，罕有涉及整体风格的。就传播范围来看，这些评论影响有限。对魏禧古文风格予以整体性的评价且卓有影响的，当首推宋荦在《国朝三家文钞》序言中的品评，这也是魏禧古文经典化开启的关键节点。"文必有为而作，踔厉森峭而指事精切，凿凿乎如药石可以伐病者，魏氏之文也。"[②] 举凡文章主旨、主导风格、语言形式以及现实功用，这里都有所涉及。《国朝三家文钞》"冠以'国朝'之名，并以'三家'之文标示清初'风气还淳'的趋向，标志着朝廷与民间共同认可的古文形态的确立"[③]，不管是从选篇还是到评语，浓厚的官方色彩不言而喻。清代另一部官方色彩更为浓厚、"代表了封建社会晚期正宗正统的学术思想"[④] 的《四库全书总目》，对魏禧古文的评价更加耐人寻味。或许正是如四库馆臣声称的那样是缘于魏禧古文的文风不够纯粹，或许是由于魏禧矢志反清的遗民身份，《四库全书总目》并未收录《魏叔子文集》。但是对于作为清初古文巨擘的魏禧，四库馆臣在建构清代古文史时又不能视而不见。因此，《四库全书总目》在为汪琬《尧峰文钞》做提要时，连带评论魏禧的文风。"古文一脉，自明代肤滥于七子，纤佻于三袁，至启、祯而极敝。国初风气还淳，一时学者始复讲唐、宋以来之矩矱。而琬与宁都魏禧、商邱（按：丘）侯方域称为最工，宋荦尝合刻其文以行世。然禧才杂纵横，未归于纯粹。方域体兼华藻，稍涉于浮夸。惟琬学术既深，轨辙复正，其言大抵原本六经，与二家迥别。其气体浩瀚，疏通畅达，颇近南宋诸家，蹊径亦略不同。庐陵、南丰固未易言，要之接迹唐、

① 徐湘潭：《徐睦堂先生集·凡例》，《清代诗文集汇编》（第558册），上海古籍出版社，2010年，第11页。

② 宋荦：《国朝三家文钞序》，《国朝三家文钞》，清康熙三十四年刻本。

③ 郭英德：《文人典范·文章矩矱·文治气象——"国朝三家"说平议》，《文艺理论研究》，2019年第6期，第75页。

④ 吴承学：《论〈四库全书总目〉在诗文评研究史上的贡献》，《文学评论》，1998年第6期，第130页。

归，无愧色也。”[1] 魏禧之所以能被附带提及，还是由于《国朝三家文钞》的影响。四库馆臣在这里试图证明清朝的文风已扭转前明古文积弊，接续唐宋古文的辉煌传统，而汪琬正是唐宋古文一脉在当朝的典型继承者。魏禧与侯方域，终归还是沾染太多的前朝风气，文风不纯而轨辙不正，算不得古文正宗。这里对魏禧“才杂纵横”的评判颇有意味，暗指其文风有着浓重的战国纵横家的色彩，其地位也自然是在可以“接迹唐、归”的汪琬之下。《四库全书简明目录》对此说得更为直接：“方域才人之文，禧策士之文，惟琬根柢经典，不失为儒者之风。”[2] 其间的抑扬色彩更为浓烈。将魏禧之文视作“才杂纵横”之“策士之文”的观点，在整个清代古文接受史上非常有影响力，且其影响力不限于封建正统文人。以思想新异著称的王韬在评论清初古文时，也不过是将此观点重述一遍：“三子之文，其趣不同。朝宗才人之文也，叔子策士之文也，尧峰则儒者之文也。”[3] 现代学者胡云翼在编《魏禧文选》时也说：“论者谓‘方域才人之文，禧策士之文，琬儒者之文。’这话是很对的。”[4] 相比起清代官方话语的强势，普通文人对魏禧古文风格的别样认识，则如空谷足音，应者寥寥。比如清初江阴士人陈鼎撰著的《留溪外传》收有《魏叔子传》一文，其评价魏禧的文风曰：“叔子所为文，博大高浑，原朴崇实，不事浮华，立言必求为天下仪表。善为长短论说以动人，尤有喜为忠孝传赞以激励学者。”[5] 若以此观之，魏禧文风中毫无纵横气息，反而思想纯粹，视之为“儒者之文”亦无愧色。陈鼎与四库馆臣的看法，孰是孰非，这里暂不作讨论。但是，可以确定的是，若株守于一家学说而不检视另一方观点的合理性，必然有偏执之弊。现实情况是，发端于《国朝三家文钞》、奠基于《四库全书总目》的清代官学话语在魏禧古文阐释方面具有压倒性的优势。这在魏禧古文的研读中，是极不正常的现象。他们对魏禧古文风格的解读，从根本上说是将魏禧古文剥离于传统古文正脉之外。这实则是对魏禧古文特色的极大误读，亦是对魏禧古文风格多样性的严重遮蔽。

---

① 永瑢等：《四库全书总目》，中华书局，1965 年，第 1522 页。

② 永瑢等：《四库全书简明目录》，华东师范大学出版社，2012 年，第 815 页。

③ 王韬：《〈续选八家文〉序》，《弢园文录外编》，上海书店，2002 年，第 215 页。

④ 胡云翼：《魏禧文选序》，《魏禧文选》，上海北新书局，1937 年，第 3 页。

⑤ 陈鼎：《魏叔子传》，《留溪外传》卷三，清光绪二十一至二十三年武进盛氏恩惠斋刻、宣统间汇印《常州先哲遗书》本。

进入二十世纪，特别是现代学术研究体系逐步建立起来后，对魏禧及其古文的评价开始逐渐脱离清代官方的解读思路，展露出新的气象。这主要表现为两个方面。第一，四库馆臣确立的扬汪抑魏的品评被颠倒过来。比较典型的意见是陆敏车在1937年出版的《最新中国文学流变史》中以魏、蜀、吴三国比拟三家。“汪琬、侯方域、魏禧称为三家。三家如三国，魏似曹孟德，霸气笼盖一世；侯如孙仲谋，可为其敌；汪如刘玄德，偏安巴蜀而已，其所以传能传者，因其法度开桐城之先河，可称之为正统耳。”① 其独尊魏禧的态度极为鲜明。其譬喻亦极为精巧贴切，魏禧文章以雄肆廉悍为主导风格，霸气是其最外显的特征；汪琬为文，极像刘备以正统相号召，而其文确如魏禧所论：“奉古人法度，犹贤有司奉朝廷律令，循循缩缩，守之而不敢过。”② 就古文创作的综合成就而论，汪琬实难与魏禧相匹敌。1944年，朱东润先生在重庆开明书店出版的《中国文学批评史大纲》将侯方域与魏禧的文论并列为一章，而不及汪琬；在列举清初代表古文作家时，也将汪琬排除于外。“清初作家，一时称盛，侯方域、魏禧、毛奇龄、陈其年、朱彝尊等，先后继起。牧斋、梅村有声前代者，尤无论矣。”③ 在儒家思想渐受冷落、个性价值得以被正视的时代浪潮中，魏禧提倡真气、表达真识的古文开始广受重视。1936年，温聚民出版《温叔子年谱》。这是现代学者为清初古文三大家编撰的第一部年谱。1937年，胡云翼编选的《魏禧文选》由上海北新书局出版，同时出版的还有《侯方域文选》，唯独没有汪琬的文章选本问世。第二，鉴于桐城派在清代的巨大影响以及客观上对魏禧文名造成的遮蔽，正面比较魏禧与桐城派的意见开始多了起来。郭绍虞《中国文学批评史》就将清初古文三大家都视作“桐城派之前驱”④，指出“魏禧文论又能合道学家与政治家而为一”“其眼光见解反而要比桐城派阔大一些”⑤。

在魏禧文论研究方面，郭绍虞《中国文学批评史》与朱东润《中国文学批评史大纲》中的相关论述特别重要，此后数十年来对魏禧文论的探讨基本上没有轶出这一范围。郭绍虞先生主要从“法”“情理与气势”“识”三个方

---

① 陆敏车：《最新中国文学流变史》，汉光印书馆，1937年，第121页。
② 魏禧：《答计甫草书》，《魏叔子文集》，中华书局，2003年，第248页。
③ 朱东润：《中国文学批评史大纲》，上海古籍出版社，2001年，第296页。
④ 郭绍虞：《中国文学批评史》，百花文艺出版社，2008年，第474页。
⑤ 郭绍虞：《中国文学批评史》，百花文艺出版社，2008年，第478页。

面来纵论魏禧古文理论的成就；王运熙、顾易生主编的《中国文学批评通史（清代卷）》作为“在总体上包容前人又超越前人的集大成的巨著”①，可以说是对二十世纪魏禧文论研究成果的一个总结，也是基本上沿着郭绍虞开辟的研究路径而展开。该书分三点论述魏禧的文论思想，条分缕析，内容扎实。这三点分别是：一、“明理适用”。魏禧文论学旨在经世，因而他反对为文而文的做法和于事无补的文章，而重视有现实意义的议论之文。二、“积理练识”。该书认为魏禧所言的“理”指世间万物中的道理与规律，“识”是在理的基础上的更高层次的认识。三、“论法度”。认为魏禧在学古问题上注重广收博采，不株守古人法度，要达到学古而能变古的境界。朱东润《中国文学批评史大纲》秉持着“文学进化观的表彰”②，特别注意到了魏禧关于文学研究规律的看法，对此给予客观公允的品评。“自来论文之家，每有文随世降之说，以为自唐虞而三代两汉，而魏晋南北朝，而唐宋元明，文章每随世运而递降。此论在慕古心理较深者，每每易为所动。冰叔则谓古今文章，大变有二：自唐虞以至两汉，此与世运递降者也；自魏晋以迄于今，此不与世运递降者也。此论前半尚有可议，后半殆成定论。”③ 魏禧文论丰富而厚重，郭、朱二先生抉其大者。二十世纪八十年代，周书文等曾编选《魏禧文论选注》，注意到魏禧“往往是借为别人的作品写序、题跋的形式，抒发自己对文学的见解；或是日录、杂感的形式，记述自己对文学的一得之见、一考之识”④。其选注魏禧文论作品八十篇左右，涉及多方面议题，但是相关的综合性、深入性研究，迄今还没有完全展开。

对于魏禧的古文创作，从清代开始便有两种不同的看法。一种看法便是四库馆臣对其“才杂纵横”“策士之文”的品评。另一种看法，同样可以清代官方的观点作为例证。《清史列传·文苑传》以魏禧居首，其评魏禧的古文曰：“其为文，凌厉雄健，遇忠孝节烈事，则益感激，摹画淋漓。”⑤《清史稿·文苑传》的品评与此雷同。此语完全以褒赞为主，且涉及魏禧不同题材的古文

---

① 彭玉平、吴承学：《中国文学批评史研究的回顾与展望》，《中国社会科学》，1997年第5期。

② 章培恒：《〈中国文学批评史大纲〉导读》，朱东润《中国文学批评史大纲》，上海古籍出版社，2001年，第12页。

③ 朱东润：《中国文学批评史大纲》，上海古籍出版社，2001年，第299页。

④ 周书文、伍中、万陆：《魏禧文论选注》，江西人民出版社，1984年，第3页。

⑤ 王钟翰点校：《清史列传》，中华书局，2010年，第5934页。

创作，非限于世人常说的策论文而已。现代对魏禧古文创作的评价，依然呈现出两种截然相反的价值倾向，不过评鉴的角度发生了位移。肯定魏禧古文者多是从其崇尚经世致用的实学出发，如有学者从明清古文之变的角度推崇魏禧等易堂九子的成就，“清初文坛气象为之一变，一扫明季孱弱空虚之风，走上务实之途，为清代文学首开风气”①。现代否定魏禧古文成就者，也不从其有纵横之风的角度立论，而多着眼于其个人气质对文章带来的附加影响。章培恒主编的《中国文学史》曾这样检视魏禧的古文成就：“魏氏无甚奇才，好发议论，文章没有什么趣味……传记中的人物大抵有事迹而无个性……集中不少文章好谈奇异之事，议论勃杂。”② 举凡魏禧得意的文体，在这里都被一笔抹杀。陈平原的《中国散文小说史》中谈到魏禧的古文风格时，也以负面评价为主：“其实仍带明人习气，才情多而学识少，文章畅达有余而深厚不足。”③ 但是值得一说的是，陈氏似乎有以汪琬文风来概括清初三家文风从而将汪琬、魏禧之文混淆的嫌疑。④

总而言之，放眼二十世纪以来中国散文研究的整体进程，关于魏禧古文的研究殊显薄弱，与魏禧的古文成就很不相称。究其原因，在魏禧古文研究中，存在着以下三个问题有待正视与解决。唯有如此，相关的研究，才能进一步推向深入。

其一，“通观博取”意识的不足。无论是对魏禧古文理论还是古文创作的研究，都建立在对其少数几篇作品的理解的基础上，而未能综览魏禧的全部作品，从而得出稳健、系统的结论。研究魏禧古文理论者往往只关注《宗子发文集序》《答施愚山侍读书》等少数几篇作品，重点阐发其“积理练识”与“明理适用”的文论思想，而此种观点与魏禧在其他地方谈论的重法、尚气的思想又有何关系，则少有人留意。实际上，魏禧终生都在思考为文之道，其古文理论成就极为丰硕。周书文等人编选的《魏禧文论选注》收文八十篇左右，

---

① 马将伟：《易堂九子研究》，社会科学文献出版社，2013 年，第 324 页。

② 章培恒、骆玉明：《中国文学史》，复旦大学出版社，1996 年，第 436 页。

③ 陈平原：《中国散文小说史》，上海人民出版社，2004 年，第 183-184 页。

④ 且看这段评说：“此三家之模仿唐宋，讲求事理，大致体现了清初文章之由纵横而渐归淳厚，由浮华而渐入雅驯的发展趋向。其模仿唐宋，接续唐顺之、归有光之迹，本与桐城主张相近。可因其轨辙未正，文章不纯，不为桐城所推崇。”（陈平原《中国散文小说史》，上海人民出版社，2004 年，第 184 页。）这应是糅合了四库馆臣对侯、魏、汪三人文风的评述。参见四库馆臣对《尧峰文钞》的评述。（永瑢等：《四库全书总目》，中华书局，1965 年，第 1522 页。）

而魏禧文论的实际数量远不止此。如果能统观魏禧全部的古文理论，旁观博取，注重其间的勾连辅助之关系，必然能得出更为新颖而坚实的结论。对于魏禧的古文创作，学界注意到的篇章更是寥寥，大量的研究都围绕《大铁椎传》《宋论》等少数几篇传记文、史论文而展开。这些固然是魏禧的得意之作，但其成就更不局限于此。那些相对来说没有那么知名的作品，作为魏禧古文的底色，是绝对不能忽视的存在。

其二，“知人论世”意识的匮乏。现阶段魏禧古文研究中存在着“知人论世”意识不足的问题，脱离时代背景与人物生平心态去研究古文理论与创作，多少会有流于浅显的弊病。几乎所有的研究者都注意到魏禧的遗民身份，但深入思考魏禧遗民意识对其理论阐释与创作风格的具体影响的，迄今尚不多见。魏禧的“明理适用”“积理练识”之说怎样折射其生存之忧、经世之用，魏禧自我建构的文论体系与其用世寄托有何关系？离开对魏禧生平心态的审慎考察，这些理论问题就不能得到有效的解决。在魏禧的古文作品中，学者关注的多是那有数的几篇名作，那么其他那些看似庸常、无甚意思的作品，在魏禧的古文体系中又占有何种地位？魏禧创作的初衷何在？是否又真的是那么不值一提？这些问题都需要结合魏禧的生平经历、思想变动、朋辈交游等因素加以考察。

其三，“追源溯流”意识的缺席。视魏禧古文为静态的、个别的文本现象，而对其在中国古文发展史上的地位则关注较少。自清代起，虽有论者已在强调明代文风与魏禧古文的传衍关系，但如此的看法，并没有引起太多的反响。就魏禧学习古文的经历来看，他受《左传》《战国策》、唐宋古文濡染极深，他的古文与中国古文正统有着一脉相承的关系。就秦汉、唐宋古文的发展来看，魏禧古文是明清之际的枢纽；从研究魏禧古文的创作成就来看，只有厘清其与前代大家的传承授受关系，才能认识到其在古文发展史上的真实地位。

缘于以上之认识，本书拟将魏禧古文置于中国古文演变的整体脉络中，在明清之际的历史图景里，以图全面探讨其古文样貌，并对古文在明清时期对前代的因袭与突破做一探索。

第一章　崇理尚气：魏禧文论新诠

清初，明遗民的文学创作成为当时文坛的主流。在诗歌之外，明遗民在古文创作与古文理论方面的成就也极为突出。[①] 在一大批明遗民古文作家中，魏禧当是其中的佼佼者。就古文创作而言，他与侯方域、汪琬并列为清初"古文三大家"，尤以策论文、传记文等闻名一时，其《大铁椎传》《吾庐记》等都是脍炙人口的名篇。魏禧的古文理论也常被推为清初文论的重要成就，其"明理适用""积理练识"等提法都为研究者所注意。[②] 的确，这两点都在前人文论的基础上有所创新，魏禧也颇为自得，但这都不是魏禧古文创作论的核心要素与根本秘诀。换而言之，以往对魏禧文论的研究并没有触及其间的精髓。从魏禧遗留下来的文章来看，可知他试图构建出一个完整而精密的文论体系。

第一节　遗民之音：魏禧的古文功能论探究

清初士人在国破家亡的刺激下，在对空谈误国的反省中，对文学的价值进行了普遍的怀疑。在多数遗民看来，文学承担不了"经国之大业"的重任，甚至还在冥冥中负载起毁家破国的罪愆。在明遗民中颇具声望、并称"归奇顾怪"的顾炎武和归庄都对文章持以相当鄙薄的态度。顾炎武曰："君子之为学，以明道也，以救世也。徒以诗文而已，所谓雕虫篆刻，亦何益哉?"[③] 归庄也同样把诗文之道称为"雕虫之技"，并认为自己在诗文上花的功夫是徒费

---

① 如曹虹《清初遗民散文的文体创造》（《厦门教育学院学报》2010 年第 1 期，第 8 页）指出，"遗民散文是清文最初的高峰"。同时，张修龄《清初散文论稿》（复旦大学出版社，2010 年，第 8 页）也认为，明遗民的古文理论也被视作呈"空前繁荣"之态。

② 如王运熙、顾易生主编的《中国文学批评通史》（上海古籍出版社，1996 年，第 373-383 页）主要讨论魏禧提出的"明理适用""积理练识""重法度"三种文论观点。至今的相关研究尚未出此范围。

③ 顾炎武：《与人书》，《顾亭林诗文集》，中华书局，1983 年，第 98 页。

心力，“悔其二十余年不知为有用之学，而费白日、敝精神于雕虫之技”[①]。更严重的是，如竟陵派还背上了覆国亡家的骂名，钱谦益认为其诗风有“鬼趣”，有“兵气”，对此进行了猛烈的批判：“鬼气幽，兵气杀，著见于文章，而国运从之，以一二辁才寡学之士，衡操诗文之柄，而征兆国家之盛衰，可胜叹悼哉!”[②] 这个时代，文章的价值被贬斥得极低，那么魏禧对散文的功能又是如何理解的，这就是本节将要探讨的问题。

一、文以立命：魏禧对散文价值的定位

在那个天崩地裂的时代，山河破碎，生灵涂炭，需要士人们做的事情太多。而文章毕竟承载不起济世安民的重任，其价值遭到质疑是极其正常的。自幼便有经世之志的魏禧认为，“士生今日，所可为当为者，正非一端，虽文驾班、马，诗驱李、杜，尚是第二层三层事”[③]。魏禧在这里认为文章最多只可算作人生“第二层三层事”，至于何为第一层事，魏禧没有明言。从魏禧与他的朋友的两封书札中倒可以看出魏禧心中的人生第一层事当是哪些。邱而康来信向他请教为文之道时，在回信里他做出了如下的回答：

> 而康，我之畏友，居丧尽礼，哀亲之嗜而废其口，我不如而康；谨讷无佻达便给之习，我不如而康；志乐淡泊宁静，我不如而康。夫君子立身有本有末，而康之贤于我者，本也，我之或贤于而康者，末也。今足下勤勤然若反以禧为贤而有益于足下，不亦过乎?[④]

邱而康本意是要向魏禧请教文章之术，在邱氏的心里，魏禧的文章显然是要高于其本人之作的。魏禧却在信里说“我之或贤于而康者，末也”。可见，文章在魏禧的眼中只是处于“末”的地位。相对于“末”的“本”，则是如魏禧所提到的其不如邱而康之处：“居丧尽礼”“谨讷无佻达便给之习”“淡泊宁静”等。这些俱是古代社会正统士人立身处世的道德规范，在衡量士人高下时，此项指标的重要性要在文辞之上。所谓“有德者必有言，有言者不必有德”，即此之谓也。邱而康与魏禧同为江西人，其人安贫乐道。魏禧在《为邱而康冠石造屋启》一文中对其生活环境有过一番形象的勾勒。此文谈道：“邱而康先

---

① 归庄：《顾伊人诗序》，《归庄集》，上海古籍出版社，2010 年，第 204 页。

② 钱谦益：《列朝诗集小传》，上海古籍出版社，2008 年，第 570 页。

③ 魏禧：《答李又玄》，《魏叔子文集》，中华书局，2003 年，第 340 页。

④ 魏禧：《复邱而康书》，《魏叔子文集》，中华书局，2003 年，第 216 页。

生身竟赤贫，心唯素位。啜粥不继，饭无孔圣之疏；立锥已穷，居乏颜子之陋。守道祢笃，一介必严；安贫无求，片言不及。虽三旬九食，古人良有高风；而八口一椽，今世实为奇事。”[①] 而魏禧出自素封之家，多次自称其本人多嗜欲，就平素的生活习惯来看，自然没有邱氏那般令人崇敬。故而其视邱而康贤于己，并非违心之语。可以作为对比的是，早于魏禧大约一甲子的袁宏道在写给黄平倩（黄辉）的信中，曾这样谈起他对文学价值的看法：“诗文是吾辈一件正事，去此无可度日者。”[②] 这就俨然将诗文视作人生第一重要之事。前后相隔不过六十年，文学观念相差如此之大，借此对比，亦可窥见叔子文艺理论的底色。

邱邦士曾有一次与木大师相谈甚欢。魏禧在随后致邱邦士的信中极道对两人的精神的钦慕，从中也可窥见魏禧对文章的态度：“闻足下与木大师谈甚得，冰雪人将无热腹耶？足下孤简自放，要丈夫精神，当有所用。若徒向文字见作活，殆与饱食终日相去一间。”[③] 木大师即方以智。分析魏禧对方以智生平行藏的评价，更有助于理解这封信中的内涵。方以智在明朝时为“明末四公子”之一，意气风发，激浊扬清，以气节和识见著称于世。魏禧对方氏极其敬仰，于他的评价是“师之抱恨于甲申也，识者律以文山之不死。及独身窜西粤避马、阮之难，识者比之申屠子龙。其后捐妻子、弃庐墓、托迹缁衣，识者拟于逊国之雪庵。若是者，师亦可以谢天下传于后世矣。其他博学弘文、盖世之能、兼通之技，为流俗所羡慕者，固不足为师道也”[④]。魏禧在这里将方以智比作殉国的文天祥、见微知著的申屠蟠、随建文帝流亡的叶希贤，认为他有这些忠孝节义之事就足以名扬千古。至于其他的才能就可以略而不提了，这些可以被忽略的当然也包括文章之术。魏禧勉励邱邦士有“丈夫精神，当有所用”，就是希望其能以自己的才气为世所用，不可徒向文字间用功。

综而言之，魏禧推崇为人能尽忠孝之道，要求处世要能有所作为。在魏禧朋辈们看来，魏禧是以名臣自居，以安邦定国之任自命的。易堂诸子中与魏禧交情“最久且笃”[⑤] 的曾灿在初识魏禧时，是这样期待魏禧的成就的：“予意

---

① 魏禧：《为邱而康冠石造屋启》，《魏叔子文集》，中华书局，2003 年，第 1023 页。
② 袁宏道：《与黄平倩》，《袁宏道集笺校》，上海古籍出版社，2018 年，第 1366 页。
③ 魏禧：《与邱邦士》，《魏叔子文集》，中华书局，2003 年，第 313 页。
④ 魏禧：《与木大师书》，《魏叔子文集》，中华书局，2003 年，第 256 页。
⑤ 魏禧：《曾止山诗序》，《魏叔子文集》，中华书局，2003 年，第 451 页。

叔子及壮年时，已举名进士。立朝廷上，侃侃然发其所学，为世名臣。”① 明朝的覆亡打断了魏禧的人生规划，使其不得不以文名而为人所知，但没有改变他的自我期待。文章在魏禧的价值体系中是处于末位，绝不是其人生中所应首先考虑的。魏禧理想中的人物是内能履儒家伦理规范而外能经世致用，文章终是不急之务。

魏禧虽将文章看成是“第二层三层事”，但他与宋代以来重道轻文的理学家不同。文章对他来说始终是一个精神的寄托和情感的宣泄渠道。既鄙薄文章，又寄情于文学，这是清朝初年绝大多数遗民的共同心态。面对满族入主中原，而汉族政权的恢复事业渐无可为的情势，士人除了理性的反思和追寻外，还有更多的感性情怀需要借助诗文来舒展。如明亡后国破家亡父殉国的申涵光就将诗文视为其平生情志的展现。“念此十年中腐心沥血，忽而长歌，忽而陨涕，如风中狂走，啼笑无端。集中所载，略可睹矣。”② 魏禧也是如此，在文章中常有挽明哀时之语。或者说，悲悼故国，反思世业，已成为其古文创作的底色。

相对于在鼎革之际遭遇家破人亡悲剧的遗民来说，③ 魏禧在其时感受到的切肤之痛更少一点。由于魏禧家族在明朝时无人出仕，其门第谈不上显赫，所以在易代之际，其家庭受到的冲击并不大。明朝的灭亡对他来说更多的是一种文化上的痛苦和心灵上的失落。魏禧在明朝时参加过科举考试，名列前茅，当时他踌躇满志，视得科名如探囊取物，用世之心极其热烈，但满族的突然入关打乱了他的人生规划。魏禧本来就具有赣南人的戆直之气，加之儒家传统文化的濡染以及父亲精神力量的感发④，他选择了不与清廷合作而以遗民终老一生的人生道路。在保存了名族气节的同时，他也主动断绝了通过传统科考之路实现经世济民的理想。这就使得用世心极强的他不得不在文章里表达自己的抱负。魏禧曾经说道：“天下奇才志士，磅礴郁积于胸中，必有所发，不发于事

① 曾灿：《魏叔子文集序》，《六松堂集》//《豫章丛书》（集部第10册），江西教育出版社，2007年，第467-468页。

② 申涵光：《诗集自序》，《聪山集》，商务印书馆，1936年，第2页。

③ 饱尝丧家之痛的遗民在当时为数甚多，顾炎武、徐枋等都是典型的代表。

④ 魏禧之父魏兆凤，在明亡后“走匿山中，剪发为头陀，尝自置恶棺，诫诸子曰：‘我死，以此殓。’诸子色逡巡。天民曰：‘先帝后视此何如？我死，不得有成礼，毋帛衣，毋书铭旌，毋受调’”。参见杨文彩：《魏徵君传》，《魏氏三子集首》//《四库禁毁书丛刊》（集部第4册），北京出版社，1998年，第7页。

业，则发于文章。"[①] 这虽本为魏禧给他人作序时提及，也是他对自己心迹的坦露。文章虽在他看来是人生"第二第三层事"，但也足以借此书怀遗志。

二、明理适用：魏禧散文功能论的核心思想

魏禧以本拟用于经世济民的才华和心志来进行文学创作，这就决定了他的文章不会纯粹以抒情达意为基本目的，更不会以言志载道为根本旨归。魏禧在《答曾君有书》中说道："禧窃以为明理而适用者，古今文章所由作之本。"[②] 这基本上是遗民之文的基本特征。比如顾炎武也曾提出："君子之为学，以明道也，以救世也。"[③] 不同的是，顾炎武认为诗文创作无济于事，而魏禧却将明理适用作为其文章创作的根本目的。如此，"明理适用"也成了他的文学理论的核心问题所在，其他的一切文论都由此生发或为对此理论做以阐释。

魏禧虽然在文章中经常将明理和适用并提，但二者是有明显的逻辑先后关系的，正如魏禧在《左传经世叙》中提出："读书所以明理也，明理所以适用也。"[④] 这虽是针对读书而发，但对作文同样适用。读书作文的最终目的是适用。所谓适用，无非就是要求文章须对现实社会和人生有所裨益。魏禧《恽逊庵先生文集序》中对"理"与"用"的关系，有着深切的论述，其言曰："文章以明理适事，无当于理与事则无所用文。故曰：文者，载道之器。言事莫如汉，言理莫尚宋。核事者每谬于理，宗理者迂阔不切事。其实相乖离，其文亦终无有能合者。先生以宋为体，以汉为气，深切明刚，皆足见诸行事以正人心之惑溺，而求国家之败。此非可以文章求也。"[⑤] 足见其追求"理"与"事"的融合相契，成就事业者须有"理"之涵养，而学"理"之人亦须有事功历练。唯有如此，方能实现文人报国的初衷，才能使文章超越其本体而有更深广的意义。对于"适用"或"适事"这种极具现实指向性、具有社会功利性的概念，本无太多可以挖掘的地方，加之前人论述已多，这里就不再赘述。而作为"适用"津梁的"明理"，却鲜有人言及，要么皆是寥寥数语带过，其

---

① 魏禧：《王竹亭文集序》，《魏叔子文集》，中华书局，2003 年，第 426 页。

② 魏禧：《答曾君有书》，《魏叔子文集》，中华书局，2003 年，第 218 页。

③ 顾炎武：《与人书》，《顾亭林诗文集》，中华书局，1983 年，第 98 页。

④ 魏禧：《左传经世叙》，《魏叔子文集》，中华书局，2003 年，第 367 页。

⑤ 魏禧：《恽逊庵先生文集序》，《魏叔子文集》，中华书局，2003 年，第 402 页。

中蕴藏的深厚的文论价值没有得到应有的重视。因而，本文在这里主要对魏禧的“明理”进行阐发。

魏禧所要明的“理”非是探讨天人之际微茫玄妙之理，他曾坦陈自己“于性命之学未尝用功”[①]，因而这种“理”也非宋明理学家常谈的性理之学。魏禧本人在整体上缺乏哲学形而上的思维方式，他这里所言的“理”大致可以和其常说的“道”画等号，而这个“道”，也是有现实适用的规定性的。简而言之，魏禧的“道”即指修身、齐家、治国、平天下的路径。

首先，魏禧所谓的“明理”是指明封建伦理纲常之理。魏禧远祖为南宋理学大家魏了翁，生于世代业儒之家的他幼承庭训极严，故魏禧终生伦理观念极重，并且笃好于此。他曾说“朋友如此，何间兄弟天亲、男女私爱，益知名教性情之乐，如五谷甘口，可久可常，初无奇异，但不得则而不活耳”[②]。可见魏禧已视名教之乐为人生之必需品，对于他来说儒生的身份远比才子名士的名声重要。他甚至反对以才子名士自处，“少年胸中，最怕只办才人名士自处，便生出各种病痛，到要紧处，平日口中笔下所得力，毫不济事”[③]。因此他在文论中极度强调深悉儒家伦理对一篇文章的重要，比如他曾说道：“文章之本在忠孝。”[④] 直接将忠孝之道视为文章的根本。在给施闰章的信札中，他是这样推崇施氏的：

> 执事论人必先器识，文必先根柢，此古人所以可传者，举世好文之士不察也。执事书中论议，往往先得我心，而立身为文，本末具见于此。执事为人廉静仁厚，征于服官。家食之日，禧又得读执事文，简洁而雅醇，意思深长，与古法会，望而知为有道者之言。[⑤]

魏禧在这里肯定施闰章的文章为“有道者之言”，其原因就在于其“以身为文”。而施闰章为人廉直、沉静、仁爱、宽厚，深合儒家伦理对一个君子的要求，也就达到了魏禧要求的“明理”的境界，所以其文章能“简洁而雅醇”。

至于如何使文章达到“明理”的境界，魏禧在给门人传授为文之道时提出了这样的要求：“文章之本，必先正性情，治行谊，使吾之身不背忠孝信

① 魏禧：《与谢约斋书》，《魏叔子文集》，中华书局，2003 年，第 337 页。
② 魏禧：《答孔正叔》，《魏叔子文集》，中华书局，2003 年，第 349 页。
③ 魏禧：《复沈甸华》，《魏叔子文集》，中华书局，2003 年，第 352 页。
④ 魏禧：《李季子文叙》，《魏叔子文集》，中华书局，2003 年，第 399 页。
⑤ 魏禧：《答施愚山侍读书》，《魏叔子文集》，中华书局，2003 年，第 289 页。

义，则发之言者必笃实而可博，昌黎所谓‘仁义之人，其言霭如也’。”① 这里也是从先立身后作文的角度发论。魏禧认为只有忠孝仁义之人，才能写出真正意义上的深醇笃厚之文。

其次，魏禧所谓的“明理”是指能明天下兴亡之理。他曾言：“余愧不能学道，窃谓今天下之志于道者，既心体而躬行之，必达当世之务以适其用。”② 可见，魏禧认为的“道”当能“达当世之务以适其用”。在魏禧看来，圣贤之理与经国济民并不存在根本的矛盾，相反，所有的圣贤之理都是以能经邦纬国为旨归的，真正意义上的道或理必须能有济于国家或社会。魏禧曾提出“道学原贵经济”③，并连续举出几位理学大家的事迹作为例证。“尝观龟山议燕、云、河朔事，经济如许，故知道学原贵经济。陆子静所谓宇宙内事乃己分内事。晦翁不能慑服同甫，若遇王文成，当无告密结坛、以银为铁种种辩论矣。”④ 魏禧于此指出作为集两宋理学之大成的朱熹仅以性理之说不能最终折服提倡事功之说的陈亮，而王阳明则将性理、事功融于一身，并由此假设，若是陈亮遭遇了王阳明，当立即拜服，无劳强辩矣。

魏禧对王阳明崇拜备至，曾多次称赞王阳明为三百年来的第一人，推崇王阳明的奏议为明代第一，可以和汉代的贾谊、晁错，唐代的陆贽，宋代的李纲比肩。魏禧曾这样形容他对王阳明的崇拜：“近读阳明《别录》，唯有跪拜，非赞叹可尽，颇觉一二未发之指。”⑤ 他更认为王阳明的成就主要表现在事功上，如平宁王之叛，镇压各地的民变。“姚江王文成公以道学立事功，为三百年第一人，洗北宋儒者之耻。”⑥ 如此，魏禧将王阳明看成儒者的榜样，认为他的生平事迹生动地诠释了道或理的价值。对于王阳明的后学蔡懋德，魏禧也称之为真道学。在给蔡氏立的传里，魏禧详叙其安邦治民的诸项美政。可见，只有能于当世之务有所裨益，才可称为真道学。从这个角度出发，魏禧对假道学深恶痛绝。他曾直指正是由于道学不明，假道学横行，才导致明朝的败亡以致不可收拾：

---

① 魏禧：《答蔡生书》，《魏叔子文集》，中华书局，2003 年，第 264 页。
② 魏禧：《甘健斋轴园稿叙》，《魏叔子文集》，中华书局，2003 年，第 434 页。
③ 魏禧：《与彭中叔》，《魏叔子文集》，中华书局，2003 年，第 321 页。
④ 魏禧：《与彭中叔》，《魏叔子文集》，中华书局，2003 年，第 320-321 页。
⑤ 魏禧：《与彭躬庵》，《魏叔子文集》，中华书局，2003 年，第 305 页。
⑥ 魏禧：《明右副都御史忠襄蔡公传》，《魏叔子文集》，中华书局，2003 年，第 805 页。

> 国家之败亡，风俗之偷，政事之乖，法度纪纲之坏乱，皆由道学不明，中于人心而发于事业，始若山下之蒙泉，终于江河之溃下而不反。然世儒之谈道学，其伪者不足道；正人君子，往往迂疏狭隘弛缓，试于事百无一用。即或立风节，轻生死，皎然为世名臣；一当变事，则束手垂头不能稍有所济。于是天下才智之士率以道学为笑。[①]

魏禧在这里指出了道学不明的种种表现，风俗的败坏，政事的荒废，法度的淆乱。本应作道学的传播者和弘扬者的士人也普遍不足以担当重任，即使是其中的品行高洁者也只知埋首章句，清谈月旦，一旦当变，却束手无策。魏禧因而沉痛地类推出道学不明的严重后果："道学不明而人心邪，人心邪而风俗政事乖，法度乱，纪纲失，而国家亡矣。"[②] 道学也因此被人们所误解，所耻笑。所以道学不明会导致荒疏事功以致国破家亡，而明道学就要求明于国家的利弊得失，做到有所担当。因此，我们可以说，魏禧要求文章要明理和载道，也就可以看作是要求文章能承载起治国平天下的重任，不只是空谈性理或伦理那么简单。

三、文之至者：魏禧古文创作论的现实动因

寻常文人作文，常以不朽为至高目标。魏禧却对此不以为然，他在《上郭天门老师书》中说："以文为不朽，犹非其至也。"[③] 在其看来，文人为文，不是为了自身的后世名，而是要切用于世。魏禧对于文章适用的强调程度，可以从他眼中的"文之至者"来一窥究竟。他说道："文之至者，当如稻粱可以食天下之饥，布帛可以衣天下之寒，下为来学所秉承，上为兴王所取法，则一立言之间，而德与功已具。"[④] 这里，魏禧就将文章的地位抬得极高，把文章的功能论推上了实用主义的顶峰。自春秋时期以来一直被文人奉为圭臬的"立德、立功、立言"的"三不朽"价值观，就这样被魏禧彻底重新改造。学界虽然早已注意到穆叔"三不朽"观念提出时对文学固有的揄扬之意，如王运熙先生等就提出这样的看法："穆叔虽然把'立言'的地位次在'立德''立功'之后，但毕竟把'立言'与'立德''立功'区别开来，肯定其独立

① 魏禧：《明右副都御史忠襄蔡公传》，《魏叔子文集》，中华书局，2003 年，第 805 页。
② 魏禧：《明右副都御史忠襄蔡公传》，《魏叔子文集》，中华书局，2003 年，第 805 页。
③ 魏禧：《上郭天门老师书》，《魏叔子文集》，中华书局，2003 年，第 266 页。
④ 魏禧：《上郭天门老师书》，《魏叔子文集》，中华书局，2003 年，第 266-267 页。

地位及垂诸永久的价值。这种认识常被后世文学批评用来作为讨论文学的地位和作用的理论依据。”① 但对于大多数文人来说，若处在“正统”之朝、朝政清明、士大夫可以毫无心理负担并以正常途径立身致用的时代，立德、立功的优先级是在立言之上的。纯粹以文学扬名于世，于文人来说，未必是一个好的结果，不仅偶尔会被时论所鄙薄②，自己也未必会满意。如有学者所言，“在中国古代，文人身份也难以得到自我认同”③。魏禧高度强调立言的意义，可能是文人对自身事业高度自信的表现，更有可能是非常环境下不得已的自我慰藉、期许之语。但是，不管是何种情形，这都是中国古代文人自我认同史上值得重视的一笔。我们也由此可以确定魏禧以立言来囊括甚至规定立德、立功价值的理论意义。

在魏禧的古文观念里，内容的适切性要胜于语言的文学性。魏禧特别讲求经世致用之旨，追求卓识特论而反对因袭前人。他曾在传授学生作文技法时将“关于世道”视为创作的最高法则，说：“言不关于世道，识不越于庸众，则虽有奇文，可以无作。”④ 在与朋友讨论为文之道时，也将此语复述一遍。“识不高于庸众，事理不足关系天下国家之故，则虽有奇文与《左》《史》，韩、欧阳并立无二，亦可无作。”⑤ 可以说，魏禧判断文章是非优劣的最终标准是其能不能有益于世，能不能对现实生活有所裨益。至于文章中所能体现的艺术手法、所能展现的个人感情、所能驰骋的华辞丽藻等元素，在“至文”中是否存在，倒显得无关紧要。虽然他在一些批评性的文字中对这些元素同样给予足够的关注。如此偏重实用价值的文学观，固然与魏禧所处的天崩地坼而补天无术的时代大环境有关，同时也折射出传统社会对文章根深蒂固的“推崇”心理。自隋唐以后的绝大部分历史时期，诗赋文章一直是科举制度衡量举子优劣的重要标准，文学水平的高低成为士人能不能跻身仕途的重要因素。故而，

---

① 王运熙、顾易生主编：《中国文学批评通史（先秦两汉卷）》，上海古籍出版社，1996 年，第 47 页。

② 历朝都有鄙薄文人的声音，兹举唐代郑覃之语以概其余。郑覃曾严厉批评以诗赋取士的进士科，理由为“南北朝多用文化，所有不治。士以才堪即用，何必文辞?”参见刘昫等《旧唐书》，中华书局，1975 年，第 4491 页。

③ 吴承学、沙红兵：《身份的焦虑——中国古代对于“文人”的认同与期待》，《复旦学报（社会科学版）》，2020 年第 1 期，第 30 页。

④ 魏禧：《答蔡生书》，《魏叔子文集》，中华书局，2003 年，第 265 页。

⑤ 魏禧：《宗子发文集序》，《魏叔子文集》，中华书局，2003 年，第 412 页。

千百年来的读书人都对文章极为重视，文学的功能也渐渐于民间社会逐步被神化。无论是在追求雅正典实的士人话语传统中，还是在雅俗共赏的通俗文学中，都有许多关于文章功能的传说。陈琳的檄文能医曹操的痛风病，李白的蛮书能喝退心怀叵测的外邦，这些带有传说性质的故事自不用多提。就连一生落魄、殊少传奇性生活片段的杜甫也被明清传奇塑造成治国安邦的奇才。如清人程枚《一斛珠》塑造出一个全新的杜甫形象，“已扫却一介儒生之风貌，拥有文韬武略之才能，俨然国家栋梁，治国平天下的现世理想也得到了实现”①。其中虽有创作者的自我寄托，有明显的补偿情结，但选取杜甫为主人公，本质上还是对文学才华所应该对应的现实功业的绝对认可。在文人群体中，自曹丕提出“文章者，经国之大业、不朽之盛事”的观念以来，同样一直有人笃信文章能产生的现实力量。② “曹丕对文章地位的推崇，对建安以后文学蓬勃有极大的启示和影响，而文学创作能使个体生命超越生死的藩篱而传世不朽的信念更为人们广泛接受。”③ 在这样的文化氛围中，魏禧把文章的作用抬到关系国家祸福、泽及天下苍生的地位并不足为奇。

但必须看到的是，魏禧提出这样“文之至者”的标准还是与当时的文坛生态密切相关的。一方面，对于魏禧这样的明遗民来说，投身于文学创作，是“复明”事业无望后的权宜之策、无奈之举。这已几乎是清初文学研究中的共识，此处不再赘言。魏禧的独特之处在于，他对“文之至者”的构想与阐释，在很大程度上是对遗民文坛上的不良创作风气而言的。他在《上郭天门老师书》中曾这样描绘当时的文坛现状：“今海内狼藉烂漫，人有文章，卑者夸博矜靡，如潘、陆、谢、沈，浮藻无质，不足言矣。高人志士，寄情于彭泽之篇，发愤于汨罗之赋，故可以兴顽儒，垂金石，禧窃以为非其至也。”④ 此段话包含着魏禧对历史与现实文风的两重批判。郭天门即郭都贤。其人字天门，

① 杜桂萍：《元明清杜甫题材的戏曲重构》，《社会科学辑刊》，2020 年第 6 期，第 58 页。

② 有学者对曹丕创作《典论·论文》的动机存在着不同的看法，如汪春泓认为“《典论·论文》主旨在消解士人建功立业的抱负”。（见汪春泓：《论〈典论·论文〉》，《江苏大学学报（社会科学版）》，2002 年第 3 期，第 38 页。）徐正英则更明确地说，“‘经国说’‘不朽说’，淡化邺下文人集团尤其是曹植一派做官意识的用意，是再明白不过了”。（见徐正英《曹丕〈典论·论文〉创作动机探析》，《郑州大学学报（哲学社会科学版）》，1995 年第 4 期，第 30 页。）但此“微旨”在长期以来罕有文人抉发，故本文仍相信《典论·论文》在古代文人群体中的鼓励意义。

③ 吴淑莹：《论曹丕〈典论·论文〉》，《中山大学学报（社会科学版）》，1998 年第 1 期，第 75 页。

④ 魏禧：《上郭天门老师书》，《魏叔子文集》，中华书局，2003 年，第 266 页。

号些庵，湖南益阳人。郭都贤在明朝时“早为要官”[①]，历任吏部主事、江西学政、江西巡抚等官，魏禧即其在江西校士时所得之士。明亡后，郭都贤剃发逃禅，与魏禧同为遗民，故二人的书信中多能互透肺腑之语。魏禧在此处的批判锋芒主要是针对遗民群体的创作而言。其立论的大前提是不满于当时文坛“虚假繁荣”的整体面貌，文章虽数目极多，但整体质量并不容乐观。他认为许多人的文章徒以辞藻和博学夸于世，但都如潘安、陆机、谢灵运、沈约的文章那样柔靡无骨，有文无实。魏禧鄙薄以潘、陆、谢、沈诸人为代表的六朝文风，这样的观点不止一次出现在其笔下。魏禧在给汪舟次的回信中就说道：“张华、潘岳、沈约、江淹之徒，其文传于后世，而适足资天下诟厉，为士君子所不道。”[②] 他认为六朝文章徒有浮藻而无实质，无益于国家，即便传世不足以为他们扬名，反为他们带来不佳的声誉。魏禧宗法富有“理”“道”的唐宋古文的倾向于此也得到反向证明。

六朝文风因其偏向浮靡骈俪一途，向来备受批评。[③] 魏禧的批判本来也没有特别之处。魏禧进一步将批判的锋芒指向当时所谓的“高人志士”，也就是当时占据舆论主导权的遗民群体。那些“寄情于彭泽之篇，发愤于汨罗之赋”的文章，明显指明遗民的文学创作。屈原在国破之后誓不苟活，陶渊明被认为在晋亡后不奉刘宋正朔，正与明遗民的心迹相符，遗民中亦不乏与屈、陶事迹相符的人物。因此，明遗民们在文中抒发屈原般的悲愤，表现陶渊明式的高洁，也是很自然的事情。如此一来，诗与心之间形成了完美的契合，往往能取得震撼人心的艺术效果，如方以智就评道：“诗不从死心得者，其诗必不能伤人之心，下人之泣也。”[④] 因为明遗民人数众多、作品数量大、文学水平较高、创作风格又是如此的鲜明，由是成为清初文坛上一个非常重要的文学群体，甚至有学者认为“遗民—性情诗派”是清初诗坛的中坚。[⑤] 严迪昌曾这样评价明遗民文学创作的艺术个性：“于风刀霜剑的险恶环境中栖身草野，以歌吟寄其

---

① 陶汝鼐：《些庵嵩梦草序》，《陶汝鼐集》，岳麓书社，2008 年，第 485 页。

② 魏禧：《答汪次舟书》，《魏叔子文集》，中华书局，2003 年，第 249 页。

③ 对六朝文风的批评自齐梁时代的刘勰、萧子显等人起，已肇其端。此后渐成文学批评的主流倾向，并及东亚其他地区。参见朴禹勋：《韩中反骈文观》，《骈文研究》，2022 年第 1 期。

④ 方以智：《范汝受集引》，《浮山文集后编》//《续修四库全书》集部 1398 册，上海古籍出版社，2002 年，第 372 页。

⑤ 潘承玉：《清初诗坛中坚：遗民—性情诗派》，《复旦学报》（社会科学版），2004 年第 5 期，第 82 页。

幽隐郁结、枕戈泣血之志。”[①] 此语虽是就遗民诗而言，同样对遗民的古文创作适用。

尽管遗民们那些悲泣慷慨、泣血椎心之作在当时和后世都能得到极高的评价，但是在魏禧看来，其中的相当篇章同样不能称之为“文之至者”。魏禧作为遗民群体中的一员，他并不否认当时遗民文学抒发真情、感动人心的力量。在其看来，遗民文学不仅能下人之泣，还有“兴顽懦，垂金石”等神奇的艺术效果。这样的评价不可谓不高，已近于绿天馆主人《古今小说叙》中对当时新兴通俗小说能使“怯者勇，淫者贞，薄者敦，顽钝者汗下”[②] 的赞誉，但在魏禧看来终究不是“文之至者”。吟风赏月、借物抒怀诸作固然可以激荡性灵，感动人心，却不能付诸实用，有用于世。可叹的是，大多数遗民在不切实际的著文立说中虚耗一生，最终身与名同归于朽。魏禧为此感慨道：“士不适用者，文虽切实浮。君子虽爱之赏之，不过如鹦鹉之能言，孔翠之羽毛已耳。嗟乎！文人方自恃其文为撑天地、光日月、流川峙岳之物，而君子乃等之于禽鸟耳目之玩，不亦大可哀耶？”[③] 大多数明遗民均希望能以文章传不朽，而以魏禧的文学观衡量，其希以传世的文章不过等同于玩物。魏禧的得意门生王源的这段话足可印证、阐释魏禧为何提倡“明理适用”说：“文人者，士之贼。士不必为文人，以文人称，不失为君子。盖无几而祸朝廷、流毒人心风俗者，古今来殆不可胜数。行谊者，士之本；廉耻者，士之防；才略者，士之用。文人则曰：‘天下独有文耳。吾文矣，孰有出吾右者？’志卑识陋，冒天下之大不韪，不辞丧身辱名，不顾干进嗜利，固宠之外无经济。而一遇变故，视君父敝屣矣。”[④] 无论是提倡廉耻，还是经世致用，都与“明理适用”的理念息息相关。

魏禧提出“明理适用”之说，不仅是呼唤文人去关注伦常，关心国事，为文章走向“至文”的境界指明了一条道路，更是充满着对遗民群体的生命关怀，满载着深沉的焦虑之感。魏禧以其精悍切用的古文创作实绩，的确在明遗民群体中引起不小的歆羡与倾慕。江南文人对魏禧的推崇或许即缘于此。朱

---

① 严迪昌：《清诗史》，人民文学出版社，2011 年，第 57 页。

② 绿天馆主人：《古今小说叙》，黄霖、韩同文《中国历代小说论著选（修订本）》（上册），江西教育出版社，2000 年，第 225 页。

③ 魏禧：《上某抚军书》，《魏叔子文集》，中华书局，2003 年，第 251 页。

④ 王源：《复陆紫宸书》，《居易堂文集》，清刻本。

鹤龄《宁都魏凝叔惠贻易堂诸子文集》就从古文演变史的全景来勾勒魏禧等人古文创作的功绩。其曰：

> 文章气节古一之，立言岂是修曼辞。扬雄美新入《文选》，萧统无识徒贻嗤。唐宋以来文匠八，门奥各出推导师。柳州躁进荆公执，尚于大义无瑕疵。皇初希直实巨手，崆峒南城老笔披。荆川遵岩与熙甫，沿溯均出欧曾规。弇州才大一时杰，此后作者谁能追。西涯诗文败娶匿，当时正论多诋諆。奈何谈者好轩轾，一祢一祧任意为。未闻身名已瓦裂，能立坛坫持旌麾。易堂风节吾所畏，文笔贾勇相切劘。翠微峰前鱼鸟乐，碧桃红蕖烂漫姿。观彼论撰颇英鸷，起衰振靡实有期。我亦永怀不朽业，志大力小空逶迤。两目眵昏足尚健，欲向勺庭捧盘匜。安得插翅堕尔前，黄絛青鞋白接。离经酌史无晨夕，同斸茯苓松下炊。①

此为魏禧古文在遗民界卓具号召力的典型例证。朱鹤龄用歆羡而热烈的口吻明确说明魏禧的古文足以与古来名家并列，“能立坛坫持旌麾”，更是具备着不朽的资格。

即便脱离遗民的文化语境，即纯粹从古文兴衰史的角度考察魏禧的古文，清人亦给魏禧以极高的评价。乾隆朝著名文人朱筠在《送秋泾夫子南归》诗中将魏禧视作古文史上最重要的几位作家之一。“文章溯向雄，本大末始畅。流传到后来，剽贼真气丧。如缀敝锦衣，刻意谋共张。夫子不好名，恶文以絅尚。每于数十年，剖别指南向。峨峨韩与柳，六经作家酿。宋兴盛四氏，流征和高唱。南渡龙川别，北京弇州放。太仆山之砥，叔子川以障。此岂比雕虫，与道伯仲行。教之穷根源，敢不钦所养。”② 这里将魏禧的古文史地位与韩柳等唐宋八大家，南宋陈亮，明代王世贞、归有光并列。其评判的标准是这些古文作家秉持六经文学观，重本抑末而弘扬真气，对古文发展起过振厄起衰的关键性作用。魏禧对当时文坛的批判以及其本人“明理适用”古文观的倡导，正是出于提振古文创作低迷期的重要尝试。朱筠在清初乱花迷眼的古文创作格局中，对魏禧能做出如此评价，是确有卓识，也是极为至当的。

魏禧强调文章以“明理适用”为创作目的，除了传统的文以载道、文以

---

① 朱鹤龄：《宁都魏凝叔惠贻易堂诸子文集》，《愚庵小集》，华东师范大学出版社，2010 年，第 50–51 页。

② 朱筠：《送秋泾夫子南归三首（其二）》，《笥河学士诗集》卷五，大兴朱氏椒花吟舫钞本。

适用的文论观有影响和清代初期特殊的思想文化背景外，还有其个人隐衷所在。这必须与魏禧个人的身世联系起来考虑。也就是说，“明理适用”说的提出浸润着魏禧鲜活而深刻的生命体验，而不能简单地将其看作一个空洞的文论概念。

传统士人很早就体察到人生如朝露的悲哀，如何使自己能名留千古成为名心很重的士人必须思考的问题。对此，《左传》提出的“三不朽”即“立德”“立功”“立言”说，为大多数读书人所认同。在这三者中，读书人首先追求的当然是“立德”和“立功”，不得已才希望以“立言”来赢得不朽的资格。然而，“立德，谓创制垂法，博施济众，圣德立于上代，惠泽被于无穷”①，古代公认的“立德”者多是尧舜禹汤文武周孔这样的圣人。“立功，谓拯厄除难，功济于时。”② 无数士人皓首穷经，为的就是登科治国，或可出将入相成就一番事业，青史留名，这才是他们真正的理想。倘若立功的途径完全断绝，不得已才埋头著述，以写襟怀。所谓“立言”，只是有志用世的文士们在无奈之下做出的选择。叔子年方弱冠时，就遭遇鼎革之变，自此便以遗民自居，拒不与清廷合作，且持身极严。他曾经感慨道：“君子持节如女子守身，一失便不可赎。出处依附之间，所当至慎。”③ 魏禧拒不与清廷合作的态度固然保全了一个遗民应有的气节，但随着清朝的统治日趋稳定，魏禧建功立业的梦想也遂告断绝。在这种情况下，魏禧要想取得声名上的不朽，也只能在“立言”上努力，正如他自己所说的那样，“禧少负志，壮而无所发，不得不寄之文章”④。文章属于“立言”的范畴，前人早就有言：“立言谓言得其要理，足可传记。老、庄、荀、孟、管、晏、杨、墨、孙、吴之徒制作子书，屈原、宋玉、贾逵、扬雄、马迁、班固以后，撰集史传及制作文章使后世学习，皆是立言也。”⑤ 虽然魏禧曾谈过文章相对于事功只是“末”技，但在政事与德行不能两全的情况下，他清楚地意识到唯有他的文章才有可能让他名留青史。传统知识分子面对此类困境时，大多会做出这样的选择。与魏禧同时代的黄宗羲、王夫之、钱澄之等遗民在反清复明无望后皆是如此。

---

① 左丘明著，杜预注，孔颖达疏：《十三经注疏·左传》，艺文印书馆，1956年，第609页。
② 左丘明著，杜预注，孔颖达疏：《十三经注疏·左传》，艺文印书馆，1956年，第609页。
③ 魏禧：《日录》，《魏叔子文集》，中华书局，2003年，第1071页。
④ 魏禧：《复都昌曹九萃书》，《魏叔子文集》，中华书局，2003年，第274页。
⑤ 左丘明著，杜预注，孔颖达疏：《十三经注疏·左传》，艺文印书馆，1956年，第609页。

传统士人们不能实现经世济民的愿望，便希望以文章事业来实现自己的价值，魏禧不是特例。魏禧之所以极其盼望以文章的传世换取生命的不朽，自有其隐衷所在。魏禧生于“忠厚”之家，在父慈子孝、兄友弟恭的环境中长大，传统的伦理观在他心中根深蒂固。可终叔子一生，他都没有享受到五伦俱全带给他的欢欣。魏禧十五岁娶妇谢氏，在他们相伴的四十多年内，终未能添得一子。至中年后，叔子“置婢妾人凡四五，卒未有子”①。这对魏禧来说无疑是莫大的遗憾。“中国古代士文人有很浓的家园情结，特别是当其个体生命的价值超越受到阻隔，前途暗淡、功业无成之时，其外拓精神与勇气便会向内在的亲伦情感层面退守，在亲伦情感中寻求到心理支撑与精神依托。”② 亲伦情感中最重要的是父子之情。在宗法伦理观念极强的社会中，儿子有着延续香火的使命，同时也被看作是父辈生命的延续。在一代代的传承和追忆中，列祖列宗的尊严和人格被不断地神化。从这个意义上说，每一个有子之人能在家谱的序列中被后人铭记，在家祭中被推举到神坛之上，享受世世代代的子孙们虔诚的祭拜。而无子之人注定成为“若敖氏之鬼”，渐渐地被人所遗忘。这对传统知识分子来说，绝对是人生的大悲哀。“绝续”的恐惧，对名与身速朽的担忧，使魏禧更加热诚地希望在文章中取得不朽的名声，更为此而孜孜不倦。对此，魏禧有过明确的说明：

> 曹子桓言“年寿有时尽，荣乐止乎其身，二者必至之常期，未若文章之无穷”。禧性好文，又伤年纪摧颓，功名不立于天下，后顾孑然，终不有子孙行，践东阿所叹“坟土未干，而身名并灭”者。转思自效，不为倦厌。③

曹植一生蹉跎落寞，却比起有帝王之尊的曹丕更享有后世的盛名，以至于后人有“文帝以位尊减才，思王以势窘益价”④ 之说。毫无疑问，曹植能取得这么大的名声完全是靠他的诗文。正是这点给了魏禧以启示，他思曹植而“自效”，努力于文章的创作。其目的非常明确和实际，就是希望以“文章之无穷”来换取生命的别样延续。魏禧丝毫不掩饰自己的求“名”之心，其希望能以文章换来名声不朽的愿望在他的文集中不少概见，兹举两例以证明：

---

① 魏禧：《祭亡女文》，《魏叔子文集》，中华书局，2003 年，第 684 页。
② 何长文：《中国古代士文人对个体生命局限的超越途径》，大连民族学院学报，2011 年第 6 期。
③ 魏禧：《寄兄弟书》，《魏叔子文集》，中华书局，2003 年，第 291 页。
④ 刘勰著，范文澜注：《文心雕龙注》，人民文学出版社，1958 年，第 700 页。

吾辈寝食诗文，欲以文章接寿命，使身死而名存，自是本念。①

古人有言，有子为不死，有文为不朽。吾之绝续，自有天命，吾姑务其不朽者。名心难忘，自知出非道，不能自绝，特欲异于世之为名，妄希古人立言万一。②

这些话虽出现在魏禧写给朋友、门生的文字中，我们也可不妨将其看作是他真实的心灵独白。在这里，魏禧将他希图以文而传的心迹如实地剖现在人们面前，这是屈服“无子”天命后的无奈选择，是深知出仕乃“非道”后的明智之举。

魏禧强调为文须“不朽”，这也在某种程度上决定了他的文章风格。在魏禧看来，有的文章固然能使作者被后人所铭记，但得到的却不是好的名声，潘安、陆机等人就是例子。这就使他更加注重对文章“明理适用”的强调。虽然魏禧的这种观点并一定是公论，但至少在他的心里是毋庸置疑的。他曾经跟他的弟子们谈过：“凡作文须从不朽处求，不可从速朽处求。如言依忠孝，语关治乱，以真心朴气为文者，此不朽之故也。浮华鲜实，妄言悖理，以致周旋世情，自失廉隅者，此速朽之故也。今人作文，专一向速朽处着想着力，而日冀其文之不朽，不亦惑乎?”③ 正是魏禧希望以文为不朽的愿望，使他的大多数文章都“言依忠孝，语关治乱”。

正因魏禧以文章为子孙，希望以文章传之不朽，后来在总结自己一生的文章创作时，他就把其一生的创作比作自己的儿子。彭士望曾回忆魏禧与他的对话：“叔子在吴门尝语望曰：‘吾有三男，《左传经世》为长男，《日录》为中男，集为三男。’而叔子所以起后之人由三者。进而广之，其子孙千亿，无有穷极，则是叔子之未尝死，而世之凭生芸芸者未尝生。”④ 从魏禧把《左传经世》视作长子，而将其文集视为三男，可以看出魏禧心中的轻重之分。《左传经世》因“发古人所不言，而补其未备。持循而变通之，坐可言，起可行而有效，故足贵”⑤。魏禧首先看重的是《左传经世》有用于世的特点。以此类

---

① 魏禧：《答李又玄》，《魏叔子文集》，中华书局，2003年，第340页。

② 魏禧：《寄门人赖韦书》，《魏叔子文集》，中华书局，2003年，第285页。

③ 魏禧：《日录》，《魏叔子文集》，中华书局，2003年，第1128-1129页。

④ 彭士望：《祭魏叔子文》，《耻躬堂文钞》//《四库禁毁书丛刊》（集部第52册），北京出版社，1998年，第171页。

⑤ 魏禧：《左传经世叙》，《魏叔子文集》，中华书局，2003年，第368页。

推，魏禧对文章的要求，也是有用于世，在其文集中看重的也是其能体现“明理适用”的文章。

第二节　作文之资：魏禧古文创作论研究

魏禧毕生追求以文章来获得不朽之名，他曾总结过作者具有怎样的素质才能使文章传之久远。“士之能以诗文名天下、传后世者，有三资焉：曰记览之博也，曰见识之高也，曰历年之久也。记览博，则贯穿经史，驰骋诸子百家书，无所不读，言有本而出之不穷；见识高，则不依傍昔人之成见，不汩没世俗之说，卓然能自成立；历年老，则积久而变化生，攻苦而神明出。”① 魏禧认为文章要想流传后世，作者须记览博，或见识高，或历年久，三者必居一方可。而对魏禧个人来说，他只能在“见识高”上努力。若云“记览博”，魏禧曾经直言：“天资短，不能多读古书，读辄就遗忘，以故疏薄，不能博洽出入不穷。又不晓星纬、九州、形势、声律、飞、走、植、潜之性，不能情状物。”② 而且魏禧似乎也并不刻意追求学问上的渊博，就拿律历之学来说，魏禧自言“余资性愚下，又不能学律历，数算诸家茫昧无所知，自非终身从事不能至也，则不如勿学已矣”③。除却在学问上魏禧不能博洽，在见闻上他也有所不足。他屡次在文章中称自己的家乡宁都为“僻邑”“蕞尔邑”等，又窜伏草野垂二十年始出游江淮。他一生中的绝大部分时间都在宁都这个“僻邑”中度过，以教书为生。这些都决定了魏禧的文章不可能以“记览博”的优势而传世。至于说“历年老”，魏禧自然不能以此自居，其年不满六十即卒。魏氏一门在魏禧以前“五世无六十上人”，叔子当然没有自信能过六十大限。如此，以文求不朽的叔子只有力图在“见识高”上求得突破。至于如何达到“见识高”的境界，魏禧提出了“积理练识”的途径。魏禧对他的“积理”说和“练识”说自视很高，多次在文章中提及此二说，他认为“为文之道，欲卓然自立于天下，在积理而练识”④。下面就分别详析其“积理”说和“练识”说的内涵。

---

① 魏禧：《赖古堂集序》，《魏叔子文集》，中华书局，2003 年，第 436 页。

② 魏禧：《与诸子世杰论文书》，《魏叔子文集》，中华书局，2003 年，第 283 页。

③ 魏禧：《历法通考叙》，《魏叔子文集》，中华书局，2003 年，第 442-443 页。

④ 魏禧：《答施愚山侍读书》，《魏叔子文集》，中华书局，2003 年，第 289 页。

一、酝酿蓄积："积理"说的内蕴阐释

对于"积理"之说，魏禧甚为自得。此论首发于《宗子发文集序》，其后又在多种场合被魏禧反复提起。魏禧是这样论述他的"积理"说的：

> 人生平耳目所见闻，身所经历，莫不有其所以然之理，虽市侩优倡大猾逆贼之情状，灶婢丐夫米盐凌杂鄙亵之故，必皆深思而谨识之，酝酿蓄积，沉浸而不轻发。及其有故临文，则大小浅深，各以类触，沛乎若决陂池之不可御。辟之富人积财，金玉布帛竹头木屑粪土之属，无不豫储，初不必有所用之，而当其必需，则粪土之用，有时与金玉同功。①

从这段文字的字面意思可以看出，魏禧的"积理"之说就是要求能在生活中面向社会，广收博蓄。这样的认识在古代文论中并不鲜见，如刘勰在《文心雕龙·神思》篇中谈到为文的准备时就提到了"博见"之说，至少从表面上看已可以和"积理"说画等号了。但其中毕竟还有些微的不同，这里有必要加以阐明。刘勰的关注重点在诗赋，而将小说等叙事性文体拒之门外。"《神思》篇谈创作与外界的关系时，突出的是自然景物而不是广阔的社会生活；谈创作准备，只强调观摩他人的著作文章而不注意作者的生活经验。"② 魏禧的古文创作要展现他的时代的世间百态，从这个角度来说，魏禧强调的"理"的外延可以无限放大，上可至儒家的经国大道，圣贤的性理之言，下可至于"市侩优倡大猾逆贼之情状，灶婢丐夫米盐凌杂鄙亵之故"，虽然魏禧这里重点加以强调的是后者。所以他的"积理"说就要求能面向更广阔的社会。后人在引用"积理"说时往往会缩小魏禧所指的含义，或许就在于清代的官方和民间话语系统中的"理"都多指形而上的哲理之理，魏禧所主张的"理"相比之下未免就有了野狐禅的味道。他所说的"理"并不专指理学家们常谈的玄之又玄的"义理"，而是包含着浓厚的世俗色彩。在魏禧的定义中，哪怕是极为形而下的事物情状也可称之为"理"。

事实上，魏禧将"理"的外延无限放大也绝不是无根谬说，他把"积理"定义为博观社会万象还是有其学理和事实依据的。"理"本来就指向现象世界

---

① 魏禧：《宗子发文集序》，《魏叔子文集》，中华书局，2003 年，第 412 页。

② 王运熙：《读〈文心雕龙·神思〉札记》，《文艺理论研究》，1985 年第 1 期，第 19 页。

中的个别个体，即以《文心雕龙》中提到的理为例。“刘勰认为把现象世界整体作为对象时，其本质是‘道’（神理），反之，把现象世界中存在的森罗万象的个别事物作为重点来对待时，这些个别事物存在着的，与‘理’（神理）层次不同的各自的本质，就是：‘理’（不是‘神理’，只是‘理’）。”① 到了宋代，朱熹更提出了“理一分殊”之说，即“万物皆有此理，理皆同出一原。但所居之位不同，则其理之用不一。如为君须仁，为臣须敬，为子须孝，为父须慈，物物各具此理，而物物各异其用，然莫非一理之流行也”②。如此一来，世间万物莫不是“理”的表现和载体，事与理只是体用之别而已。况且朱熹的“格物致知”说已具备魏禧“积理”说的影子了，朱子在与弟子答问时谈道：“又至于身之所接，则父子之亲，君臣之义，夫妇之别，长幼之序，朋友之信，以至天之所以高，地之所以厚，鬼神之所以幽显，又至于草木鸟兽，一事一物，莫不皆有一定之理。今日明日积累既多，则胸中自然贯通。”③ 朱熹主张日复一日地积累“一定之理”，“积理”之说已呼之欲出。“日用事物之间，莫不名有当行之路，是则所谓道也。”④“道者，日用事物当行之理也，皆性之德而具于心，无物不有，无时不然，所以不可以须臾离也。”⑤ 朱子之学在元代已成为官方正统思想，到了魏禧的时代，其居思想界的统治地位也有三四百年之久。魏禧虽然号称“于性命之学未尝用功”⑥，但对朱子的思想大义也必有濡染。其“积理”说强调博观世间万物，沉酣其中之“理”，以做临文之用。其思考的路径与朱子的格物致知之说如出一辙，所不同的只是，朱子强调的是格物以致知，并且在对日常细事的省察中从各个方面都要达到遏制人欲的道学目的，即“所以遏人欲于将萌。而不使其滋长于隐微之中，以至离道之远也”⑦。魏禧追求的是平日“积理”使作文时形成“沛乎若决陂池之不可御”的气势。

“积理”一词应该为魏禧首创，但很有意思的是，后来的文人在使用“积

---

① 门胁广文：《关于〈文心雕龙〉中的“理”》，《文心雕龙研究》第二辑，北京大学出版社，1996 年，第 67 页。

② 朱熹著，黎德靖编：《朱子语类》，中华书局，1986 年，第 398 页。

③ 朱熹著，黎德靖编：《朱子语类》，中华书局，1986 年，第 408 页。

④ 朱熹：《四书章句集注》，中华书局，1983 年，第 17 页。

⑤ 朱熹：《四书章句集注》，中华书局，1983 年，第 17 页。

⑥ 魏禧：《复谢约斋书》，《魏叔子文集》，中华书局，2003 年，第 237 页。

⑦ 朱熹：《四书章句集注》，中华书局，1983 年，第 18 页。

理”一词时，多未遵循魏禧的定义，习惯性地将“理”视作经义性理之范畴。如晚清孙宝瑄在其《忘山庐日记》中说，“余十余年来，为学之功偏于积理，于习法功夫未一问津。故终觉目前少实用。今欲屏哲理诸书，一意攻实”①，孙氏之“积理”为积“哲理”之理。吴文镕有言，“惟其积理甚深，于圣贤立言之旨，旁推交通而无不合，则体立用备”②，此处的“积理”之理为“圣贤立言之旨”；乾隆年间张九钺在谈及咏史诗时提到：“咏史自陈思王以后，人每为之。余以为非易，工在于好学而积理。好学不深，则于礼乐政刑之原委、成败得失之事故、山川草木之妖祥未能洞悉而无遗。而积理不厚，是非邪正更淆然莫辨，而徒以私见攻古人之瑕，索古人之瘢，稿未脱手，而已如朽株败蠹之不可近也。”③ 张氏此处提到魏禧的“积理”之说，却并未能触及魏禧“积理”说的内核，想当然地认为“积理”就是厚积义理，辨“是非邪正”。而魏禧所指的“积理”恰恰就包含着张氏所提到的“好学”，即要洞悉“礼乐政刑之原委、成败得失之事故、山川草木之妖祥”。魏禧超越张氏的地方在于，他在关注礼乐成败等历史大关节，多识草木鸟兽之名的士人雅趣之外，还将目光转向更为底层、更为琐屑的人情物态上。

魏禧提倡的“积理”说作为一种文章学理论，有其深刻的社会历史背景。清初士大夫惩于晚明读书人“束书不观、游谈无根”的毛病，大多开始提倡经世致用之实学。除了像传统的读书人那样博文以强识，他们还强调要走出书斋，在宽阔的世界获取经世之学问。清初遗民们多游走四方，讲求实用之学，便是这股问学风潮的生动体现。博学与应世成为当时士人们推崇的品质。顾炎武在《日知录》卷七“君子博学于文”条中阐释道：“自身而至于家、国、天下，制之为度数，发之为音容，莫非文也。”④ 揣度亭林先生之用意，其理解的“文”大致可以与叔子的“理”画等号，而魏禧也正是以“博学于文”来定义他的“积理”说。二人的言行，即可为此证明。顾炎武奔走南北，留心时务，仅从他的《日知录》和《天下郡国利病书》来看，就涉及天文、舆地、音律、诗文、农田水利、采矿、制盐、航海、水战等实用性知识。魏禧的《日录》是他平日“积理”的见证，“《日录》是吾积理之书，后辈足可玩味。

① 孙宝瑄：《忘山庐日记》，上海古籍出版社，1983 年，第 947 页。

② 吴文镕：《中州诗牍序》，《吴文节公遗集》，咸丰七年吴养原刻本。

③ 张九钺：《游鹤州太守咏史诗序》，《紫岘山人全集》，咸丰元年重镌赐锦楼藏板。

④ 顾炎武著，黄汝成集释：《日知录集释》，上海古籍出版社，2006 年，第 403 页。

要如窭人数家珍，先代留遗不无好玩，而瓦釜、脚折铛，亦充十指所伸屈”[1]。翻开魏禧的《日录》，我们会发现，其中既不乏灼灼真言，也有些凡俗琐事。大至历代兴衰、朝政得失，小至饮食举止、日常琐细、谈诗论文、朋友往来，魏禧都有记录。对于魏禧来说，这些材料是成就其磅礴之文的必要准备。通过“积理”，面向广阔的生活，在生活的各个角落去体验为文之道，思考文章之理，从而养成磅礴的文风。事实上，魏禧并不能做到“博学于文”，然“身不能至，心向往之”。正是在这种观念的引导和鞭策下，魏禧的文章开始摆脱常见的文人酸腐气和名士虚豪气，从而做到言之有物，勃然纵横。

二、知理识时：“练识”说的意义与途径

若是仅仅做到了“积理”，还未达到魏禧对文章写作的要求。“积理”说强调的对各种素材兼收并蓄的写作理念，对开阔文章的气象很有帮助。但如果不加择取的话，难免会对文章的纯正性带来损害，而鄙亵事物的过多描写难免会降低文章的格调，晚明鄙俗琐碎的诸多清言小品正是前车之鉴。未经提炼的简单的“理”只是一堆无意义的存在，没有思想作为统帅的“理”也只是事物的简单罗列，最终也未能充分地表达出“理”。为文若仅仅做到了“积理”，就未能与叔子素所鄙夷的不堪实用的文章划清界限。魏禧要求“积理”时面向大千世界，博观约取，“酝酿蓄积”。但社会作为一种复杂的存在，文人身处其中，可以广收博蓄，但不能排除染上俗陋习气的可能性。魏禧对俗世于士人的影响是有相当的警惕的。他曾经详细地分析了环境对年轻人的戕害：“今天下不乏卓荦之人，方其少年，焰焰然若火之始盛。既而志衰于嗜欲，气夺于祸患，心乱于饥寒，行移于风俗，学术坏于师友，及至而立之年，则萎靡沉溺，而向时之志气若死灰之不复燃。”[2] 魏禧的这段言语可以视作对天下有志之人的提醒和警告。因此，要处俗而不受其熏习，就必须有“识”作以支撑，这样才能使文章有傲然屹立的气魄。

对以文章事业自许的魏禧来说，“识”具有更重要的意义。魏禧曾经感慨：“今古文遍天下，莫不自命不朽，然志卑识陋，不出米盐杵臼之间，及夫临文，拘牵万状，首尾衡决，是其终身所经营，意皆在于速朽，而顾求为不朽

① 魏禧：《与诸子世杰论文书》，《魏叔子文集》，中华书局，2003 年，第 284 页。
② 魏禧：《答南丰李作谋书》，《魏叔子文集》，中华书局，2003 年，第 271 页。

之文。噫！可叹也。”[①] 如前文所述，魏禧要求“积理”时须对于“灶婢丐夫米盐凌杂鄙亵之故，必皆深思而谨识之”，这里却反感那些思虑“不出米盐杵臼之间”的文人。两者看似矛盾，实则不然。魏禧在积理时要求兼及世间万物，“虽市侩优倡大猾逆贼之情状，灶婢丐夫米盐凌杂鄙亵之故，必皆深思而谨识之”[②]，但只是将其作为临文前的储备，而写作时却需要去超越这些鄙俗之物，其所能凭借的就是“识”。“识”在某种程度上来说是很模糊、很个人化的概念，有志高识卓者，有志识卑陋者，“识”可以用来指点江山，更可用以沽名钓誉甚至混淆视听。如何来规范“识”，使之不超出必要的边界，又是一个必须面对的问题。因此，魏禧又提出了“练识”之说。“‘识’含有才智的意味，要求超越常规，又必须接受‘义理’的统帅，所以需要‘练’。这一概念隐含了要求达到变与常、经与权平衡的意味。”[③]

魏禧的侄子魏世效在《与叔弟俨论仲父文书》中谈道：“仲父尝自言曰：‘吾之文，其原本在于积理而练识。积理之说，详《宗子发文序》，而《答施愚山书》则练识之义备矣。’”[④] 世效为魏禧至亲，且亲炙魏禧教诲多年，所说应该可靠。魏禧在《答施愚山侍读书》中这样论述了他的“练识”说：

> 所谓练识者，博学于文，而知理之要；练于物务，识时之所宜。理得其要，则言不烦，而躬行可践；识时宜则不为高论，见诸行事而有功。是故好奇异以为文，非真奇也。至平至实之中，狂生小子有所不能道，是则天下之至奇已。[⑤]

魏禧此段对“练识”的阐释是承接着他对“积理”说的理解而发的，“博学于文”“练于物务”可看作是对“积理”说的阐发，而“知理之要”和“识时之所宜”就是对“练识”的要求了。显然，魏禧的“练识”说是建立在“积理”说的基础上的。如果说“博学于文”是要求博习万物，那么“练识”就是要在这纷繁复杂的事物中做到“立片言以居要”。如果说“练于物务”还旨在培养对世情的熟稔，那么更重要的就是要洞察这个时代的气息。如果说“积理”是为文章写作提供素材准备的话，那么“练识”就是要对这些素材加

① 魏禧：《王竹亭文集序》，《魏叔子文集》，中华书局，2003 年，第 426 页。
② 魏禧：《宗子发文集序》，《魏叔子文集》，中华书局，2003 年，第 412 页。
③ 张根云：《心学、史学与文学——魏禧研究》，南京大学 2007 年博士论文。
④ 魏世效：《与叔弟俨论仲父文书》，《宁都三魏全集》，易堂刻本。
⑤ 魏禧：《答施愚山侍读书》，《魏叔子文集》，中华书局，2003 年，第 289 页。

以甄别，从而选择出能符合文章的思想的那部分，以确定文章高尚纯粹的格调。魏禧形象地把“练识”比作炼金：“练识如练金，金百练则杂气尽而精光发。善为文者，有所不必命之题，有不屑言之理。譬犹治水者，沮洳去则波流大；爇火者，移杂除而光明盛也。是故至醇而不流于弱，至清而不流于薄也。”① 在他看来，炼金的过程是去除金属中渣滓的过程，而“练识”就是要去掉心中的种种俗见。通过“练识”达到净化思想、完善见识的功效，最终“练识”和“积理”相互配合，使文章达到既底蕴深厚又至纯至清的境界。

对于如何做到“练识”，魏禧并没有专门谈过。但在他与门人的对话中，却有一段如何“造识”的言论，庶可作为这个问题的参考：

> 造识之道有三：曰见闻，曰揣摩，曰阅历。见闻者，读古人书，听老成人语，及博闻四方之故是也。辟如剪花，花样多，剪得快。辟如医药，药方多，医得稳。揣摩者，无是事，不妨作未然之想；事已往，不妨作更端之虑。在己者拟而后言，议而后动是也；在人者不徇古今是非利害之迹，必实推求其所以然，使洞然于前后中边之理。或事已是而更有是，有未尽是，有竟非是者；或事已非而有更非，有未竟非，有竟非非者是也。阅历者，所谓局外之人，不知局内之事；局内之人，不知局中之情是也。天下事变不特无常法可守，并有非常理可推。故见闻揣摩之功五，阅历之功十。②

魏禧这里认为有三条途径可以做到“造识”，即见闻、揣摩和阅历。所谓的阅历是指身经局外之事，应该可以和魏禧说的见闻归为一类。而上文提到“积理”时也须见闻和阅历，此处再次提及难免有重叠之处，但其实事出有因。魏禧所言的“练识”本来就是建立在“积理”的基础上，这里提到“造识”也要有“见闻”和“阅历”也是应有之义。而且此处提倡阅历和见闻的着眼点与“积理”的目的明显不同，为“积理”的见闻和阅历是为了广收博取、酝酿蓄积，而此处则是为了开拓胸中志气，以树立远见卓识。

如读书。魏禧说：“欲长志识，必须读书。不但经世之方于此学，望见古人胸次高阔，操行真笃，劳心苦身，勤勤恳恳，皆不为一身一家起见，便可淘洗肠腹卑俗私吝之气。百世闻风，廉顽立懦，舍读书亡由得正名。”③ 这里强

---

① 魏禧：《答施愚山侍读书》，《魏叔子文集》，中华书局，2003 年，第 289 页。

② 魏禧：《日录》，《魏叔子文集》，中华书局，2003 年，第 1064 页。

③ 魏禧：《与友人》，《魏叔子文集》，中华书局，2003 年，第 332 页。

调的不再是通过读书去增长见闻了，而是要求在读书中学习先贤的嘉言懿行，并以此为动力，来完成自我人格的塑造，洗尽胸中的鄙吝之气，从而完成“识见”的增长。

如“听老成人语”。在魏禧更多的是在朋辈之间的交流切磋之中锻炼自己的识见。一人的见闻有限，众人的见闻无穷，何况他的亲朋中多有历尽沧桑、谙熟世事之人，如易堂九子之一的彭士望参加过史可法的幕府，辗转各地从事抗清活动；魏禧的兄长魏际瑞出入范承谟等地方大吏的幕府，对政府的日常运作深有会心。魏禧对阅历见闻在增长“识”的作用上相当重视，曾叹道：“聪明人最有好议论，然不如老成阅历之人议论更精，说得便行得也。尝听阅历人极平常语，细思之，字字稳当有深味，或于他日他事乃悟其言之妙。”[①] 魏禧与这些阅历丰富的人的接触和交游，实际上是间接地面对那个纷乱反复的世界，在一次次思想的摩擦与碰撞中，魏禧的“识”也相应地提高，这就在某些程度上达到了“练识”的目的。魏禧本人的文章也在与朋友的交往中得到提升，如其《封建论》中最初主张应给予各地藩王以兵权，程山诸子不敢苟同。魏禧在与谢文洊的辩驳问难中，意识到自己的这种观点“害多于利”，遂再次修改，使文章至少在“识”上无可疵议。

如游历。魏禧曾为黄姓士子会试送行，鼓励他在会试前后多游历山川，结交异人。“其间名都大邑之风会，山川之形胜，古圣贤奋兴之迹，足以扩心胸增长志气者何限？仕宦、屠沽、贾衒、山泽中皆有伟人，宜留意，勿觌面相失；而身所经数千里，为民数千百万，井闾利害疾痛愁苦，必有接于目、闻于耳而动于心者。”[②] 这里谈到都会、山川、古迹俱能长人心中志气，而市井山泽中的人物能扩张心胸。若见到如是种种，都可以“动于心”，若再加以反省和体认，更能改变对世界的看法。

至于魏禧提到的“揣摩”之功，主要体现在对事情发展轨迹的前因后果的推测上，这主要是一种思维活动。“揣摩”更多的是为了贯通古今之理，以便临事之用，不落入空谈的境地。“古人得失之故，颇有曲折，即真见其所以然，不反身体认，空临事尚无着手处也。”[③] 我们这里从魏禧的史论、策论——主要分析古今成败兴废所以然的文体——中来看魏禧的“揣摩”。魏禧

① 魏禧：《日录》，《魏叔子文集》，中华书局，2003 年，第 1105 页。

② 魏禧：《送新城黄生会试序》，《魏叔子文集》，中华书局，2003 年，第 500-501 页。

③ 魏禧：《与胡心仲》，《魏叔子文集》，中华书局，2003 年，第 320 页。

的史论文作为其“纸上经济”，是魏禧“特识”的载体，也是其“练识”的表现。其史论文、策论文最大的特点就是善于从不同的角度提出问题，设置不同的假设，在反复的辩驳诘难中，其立论能做到屹立不倒。这样，也就达到了魏禧“练识”的目的，也再现了其练识的过程。如魏禧的《唐肃宗灵武即位论》即本着“论理者必深穷其是非之尽，论事者必深穷其利害之尽”的态度，推求肃宗理应即位的原因，使人“洞然于前后中边之理”。前半段魏禧假设肃宗在灵武不即皇帝位，而仅以太子之命号令天下，各地守将也会坚其殉国之心。并举后来的同种情形下的事件结果予以证明。唐末黄巢起义时，唐僖宗和玄宗一样逃至蜀地，“朱玫拥立襄王熅，虽无太子之号召，李克用犹倡义帅诸道以讨之”①。从此来印证肃宗在灵武本不须即位，就可号令天下讨平叛乱。而后半段，又从反面陈说，假设肃宗不即皇帝位，玄宗尚大权在握，“必又将置其所爱而除其所憎，建功之臣，凛乎有首领不保之惧”②。如此，则平叛战争中不能整顿人心，必至于“恢复之功不成”。从这个角度讲，肃宗灵武即位则完全有必要。前后两段看似矛盾的说法，皆妙有根据，理势确然。前段从号令能否行于天下着眼，后段从将帅是否心怀疑贰入手，俱有理有据，极称其“揣摩”情势之说。

魏禧讲求在见闻和阅历中“造识”而“练识”。他以出身僻邑的外来者的眼光来打量繁华的都市，在看到世间的阅历有助于“练识”的同时，也注意到滚滚红尘更易销蚀人的见识。“处四达之地，易于交友阅事，而风气杂糅，虚美相熏，以之滑性长傲，亦为不少。”③ 若从“练识”的角度来说，“练识如练金”，风气中的“杂”和“粹”就是不能被容忍且必须排除的。

如此就面对这样一个困境，要“练识”就必须有阅历和见闻，这就要求必须去都会繁华之处历练，而“人处俗，辟如行烂泥中，时时自拔足，警顾而视，乃不陷矣。俗薰陶人，如于室中焚烧病草，气着衣带，出市而臭，然不自闻”④。魏禧本人也深受“俗薰陶人”之苦，在外客游时的文章就多有违心趋时之言。叔子善于自省，对于解决这一困境，他有过深切的思考。他的一个朋友“适贵人之招”，将去协理政务，这样的经历是锻炼见识的好时机。叔子

① 魏禧：《唐肃宗灵武即位论》，《魏叔子文集》，中华书局，2003 年，第 62-63 页。

② 魏禧：《唐肃宗灵武即位论》，《魏叔子文集》，中华书局，2003 年，第 63 页。

③ 魏禧：《与王汲公昆绳》，《魏叔子文集》，中华书局，2003 年，第 343 页。

④ 魏禧：《与友人》，《魏叔子文集》，中华书局，2003 年，第 331 页。

却对他说出了这样一段话，可以看作是对这个长期困扰他的问题的回答：

> 习之移人，贤者能持；而气之移人，贤者不觉。故与富人久居，则有财气；与贵人久居，则有势气，初非有心依倚，居养所移，不言而喻也。士不幸为贵人所尊厚，敬我顺我者多，侮我逆我者少，积渐久之，好上凌人，殆将不免。此中惟邱邦士天资高妙，自不染着，他皆当以深山静穆之气洗之，以学问深苦之力持之，要使语言举动，和平淡漠，若未尝身与其人其事者，乃可湔涤贵势之气。①

魏禧追求的是经世致用的学问，向往的是指点天下的气魄，对志士在富贵中丧失昂扬之气保持高度的警惕。他尖锐地指出在顺境中养出富贵之气，是情势使然，与个人品行无关。若要摆脱这个困境，唯有在静穆的山川和深邃的学问中再次找到唤醒曾有的坚韧卓绝之气概，练其戛戛独造之识。学问之用，上文已经提到，这里将重点阐释，魏禧提倡以“深山静穆之气”来洗涤富贵之气的原因。

在明末清初的文化语境中，山川与城市的对立既有地理分界的异同，也蕴含着强烈的文化伦理意味。相对于政府权力中心所在地的城市，山野更像是遗民的栖身之所，当时许多遗民都曾以终身不入城市来自许清节。与魏禧同属“易堂九子”的邱维屏、李腾蛟等人亦终生伏处乡野，魏禧出游时结识的好友冷士嵋、徐枋等亦俱以终身不入城市而赢得时誉。魏禧这个颇具韧性的遗民，其文化心灵相当敏感。他身为赣南乡民却多次出入江南繁华之地，与朝官遗逸都有交往，其行止与苦节的遗民有较大的不同，这不能不引起他自己的警觉。因此，他就绝不能容忍其思想见识中“俗”的存在。他一再地提到杜甫的“在山泉水清，出山泉水浊”之句，足以说明他已认识到城市世俗生活对遗民介节的动摇。伏处乡野，固然可以保持节操，但终究是无益于时，复且见闻鄙陋，难成博大之气象；出走四方，固然可以交天下士，增长阅历，砥砺学行，更有可能会有所作为，但不排除会在无有止境的交酬与无所不在的世俗浸润下丧失初心。魏禧就曾多次徘徊于这样的两难处境中，其人生经历反复在僻处赣南与漫游江南之间切换，在经济因素之外，更深层的原因可能即是其在不同场合磨炼心境的要求。伟大的文人多半都是在矛盾纠结中走完一生，诸如出与处、进与退、语与默等多重对立心境都不同程度地出现在不同文人的笔下。比

① 魏禧：《与友人》，《魏叔子文集》，中华书局，2003年，第325页。

如晚明的袁宏道就曾形象地道出其人在出仕与退隐之间游移不定的心情，“居朝市而念山林，与居山林而念朝市者，两等心肠，一般牵缠，一般俗气也”①，就意味着他要在山川的静穆之气中来反复淬炼其文章的文化价值。

第三节　醇而后肆：魏禧古文“真气”论阐释

在魏禧的古文理论中，最为重要且贯穿始终的概念正是“真气”。《任王谷文集序》就明确谈到“真气”之于文章的意义：“吾尝谓今天下之文章最患于无真气，有真气者或无特识高论，又或不合古人之法，合古人之法者，或拘牵模拟，不能自变化。是以能者虽多，环玮魁杰沈深峻削之文所在而有，求其足以成立，庶几古作者立言之义，则不少概见。”② 可见，在魏禧看来，“真气”对古文创作的重要性要远高于“识”与“法”，是古文臻于佳境的必备法门。魏禧此论，并非一时兴到之言，也不是仅仅因为任王谷的文章有“真气”而故作应酬之词、违心之论。魏禧对“真气”的推崇不止此一处，再看《复沈甸华》中的评论：“天下文章，最苦无真气；有真气者，或无特识；有特识者，或不合古人法度；合法度者，又或行迹拘牵，不能变化。故天下能者甚多，求其超逸绝群，足与古作者驰骋，便为少有。”③ 这近乎是《任王谷文集序》那段文字的翻版。可见，推崇“真气”是魏禧一以贯之的文论主张，在其构建的文论体系中，“真气”也堪称核心性元素。将“气”而不是“法”或“识”等视为统摄全文的要素，也正与中国传统的文论思维相契合。④ 那么，我们若研究魏禧文论，就绕不过其提到的“真气”说。魏禧所言的“真气”究竟何指，有何文论内涵，在中国文学批评史上又有何种意义，等等，都是本文必须探讨的问题。

一、魏禧“真气说”内涵阐说

魏禧在《论世堂文集叙》中这样描述“气”：“气之静也，必资于理，理

① 袁宏道：《答吴本如仪部》，《袁宏道集笺校》，上海古籍出版社，2018 年，第 1370 页。

② 魏禧：《任王谷文集序》，《魏叔子文集》，中华书局，2003 年，第 398 页。

③ 魏禧：《复沈甸华》，《魏叔子文集》，中华书局，2003 年，第 351 页。

④ 古代文论家多有“气为干，文为支”“气者，文之帅也”“诗文者，纯乎气息”等论断，“气成为诗文与艺术普遍追求的高境界之美”，是“笼罩整体的东西”。参见童庆炳：《中国古代心理诗学与美学》，中华书局，2013 年，第 14 页。

不实则气馁；其动也，挟才以行，才不大则气狭隘。然而才与理者，气之所冯，而不可以言气。才于气为尤近，能知乎才与气者之为异者，则知文矣。”[①]“真气”中之“气”大致也应如其中所言，但何为“真气”，魏禧的文章中始终没有作过正面描述，尽管“真气”被多次提到。故而需要我们综合《魏叔子文集》的相关描写及其时代环境对“真气”作一番细致的考察。

“真气”一词，最早出现于《黄帝内经》，共有二十二次之多。大体说来，“真气者，所受于天，与谷气并而充身也”[②]。可见，真气主要是被视为与特质性的“谷气”相对的一种精神性气质。其后迭经演变，至明清之际，已被广泛地运用于人物品藻之中。如张岱就有这样的名言：“人无癖不可与交，以其无深情也；人无疵不可与交，以其无真气也。”[③] 有意思的是，魏禧也被视为极具“真气”之人。方以智游历赣南，与以魏禧为代表的易堂诸子结交后，发出了“易堂真气，天下无两”[④] 的慨叹。由此，魏禧“真气”之名广为传诵，其一生也常以“真气”而自诩。魏禧的文章，在当时也被人视为包含“真气”之文。如李世熊所言：“每读叔子文，便觉真气贯人，如搔痒拊痛，通体掣动。”[⑤] 可见，“真气”对于魏禧来说，是由人而及文的，是统摄个性才质与文章品格的精神概念。具体而言，魏禧文论中的“真气”论有如下几层内涵。

其一，“真气”说要求创作主体具有鲜明的个性，须在文章中展现其独有的才情与禀赋。这就是其在《论世堂文集叙》中所言的“才于气为尤近”的一面，此外还包括个人的气质、情感、体验等。“真气”之“真”可在《庄子·渔父》篇的记载中找到对应的启示。《庄子·渔父》曰：“真者，精诚之至也。不精不诚，不能动人。故强哭者虽悲不哀，强怒者虽严不威，强亲者虽笑不和。真悲无声而哀，真怒未发而威，真亲未笑而和。真者在内，神动于外，是所有贵真也。”[⑥] 魏禧为人为文的一贯追求即是真诚无伪，故“真气”说的提出，实际上也最契合魏禧的生命状态与文学理想。从另一方面看，若无

① 魏禧：《论世堂文集叙》，《魏叔子文集》，中华书局，2003 年，第 396 页。

② 《黄帝内经》，中华书局，2014 年，第 276 页。

③ 张岱：《陶庵梦忆》，岳麓书社，2016 年，第 52 页。

④ 赵尔巽等：《清史稿》，中华书局，2015 年，第 13316 页。

⑤ 李世熊：《寒支二集》卷五，清康熙刻本。

⑥ 庄子等著，陈鼓应注译：《庄子今注今译》，商务印书馆，2016 年，第 944 页。

真气，而过度强调法、理、识等元素的重要意义，将沦为“强哭”“强怒”“强亲”的伪假境界。身怀“异端”思想的魏禧，其文章若果赖此要素，亦不可能在清代被后世学人尊为当之无愧的大家。因此，从根本上讲，“真气”说意味着魏禧最为推崇与践履的是“文如其人”的状态。其理想状态是要求文章对个人内在气质的绝对准确的表现，对个人最深刻、最真实的心灵状态的反映。

魏禧讨论时人的文风成就时，往往喜欢因人论文，凸显“真气”的作用，其中最热衷于表彰文人独有的英风奇气。如其自述，“余于天下士，最爱有英气者，于文亦然”[①]。相应地，在魏禧看来，有英气之人，理应有英气之文，故而在文章中常常力图彰显文人的独有气质对其文风形成的影响。如评陆悬圃“文以直道自任，有毅然之色，与其为人相似”[②]。评孔正叔“正叔先生少负才，气岸巉峭，有笼罩一世之概。为文韵折多奇气，与人交少当意者”[③]。评甘健斋“其为人甚奇，其文当必有倜傥超拔不可羁绁之气”[④]。在魏禧文集中，以传统的“文如其人”的思维方式评价文风的语句随处可见，这背后体现的是魏禧对古文中作者个性色彩的高度认同与极力彰显。同时，魏禧极力表彰的文人的气质与此具有相当程度的同质性，如“毅然之色”“气岸巉峭”“倜傥超拔不可羁绁之气”等等，这些都是未经儒家教化过的特性，皆具有鲜明的个性特质。相应地，魏禧所表彰的文章风格，也大多不是规行矩步、个性汩没之文。

就魏禧本人来说，其风格最明显、成就最突出、影响最广泛的文章恰恰也是与其个人气质最相契的策论文。四库馆臣就曾将魏禧的古文风格概括为“才杂纵横”[⑤]，这并不是一个正面的称谓，因为《四库全书总目》对以《战国策》为代表的纵横家之文就有“机变之巧，足以坏人心术，如厚味之中有大毒焉”[⑥] 的恶谥。就是这样偏离儒家正统审美理想的文风，却正是由魏禧以其平生精神与气韵酝酿而出的真文。魏禧生于易代之际，天下局势动荡，无论

① 魏禧：《孔玄征文集序》，《魏叔子文集》，中华书局，2003 年，第 446 页。
② 魏禧：《陆悬圃文叙》，《魏叔子文集》，中华书局，2003 年，第 428 页。
③ 魏禧：《孔正叔楷园文集叙》，《魏叔子文集》，中华书局，2003 年，第 388 页。
④ 魏禧：《甘健斋轴园稿叙》，《魏叔子文集》，中华书局，2003 年，第 434 页。
⑤ 永瑢等：《四库全书总目》，中华书局，1965 年，第 1522 页。
⑥ 永瑢等：《四库全书总目》，中华书局，1965 年，第 468 页。

是要施展平生抱负，还是出于保全身家的现实需求，都使得他必须对古今形势烂熟于心。魏禧才性聪敏，勇于任事，在现实生活中也颇好谋划事务，如其所言“吾生平主断”①，且多有奇效，“悬策而后验者十尝八九”②。这种性格反映到文章中，便自然形成以论策见长的风格。魏禧本人对此也皆自知，曾说道：“吾好穷古今治乱得失，长议论，吾文集颇工论策。”③ 如《宋论》《留侯论》《陈胜论》《尉佗论》等文，都置身历史情境，为古人出谋划策，极有战国纵横家风范。魏禧自言：“昨读东坡《晁错论》，更以意成一篇。书生纸上经济，正如小儿画地作饼，亦自知其不可食，聊取快意。”④ 可以说，策士之文是魏禧的精神寄托，也是其“真气”喷薄之所向。

其二，魏禧的“真气”说鼓励作者挥洒性情，但并不意味着对传统观念与文法标准的彻底背离。在魏禧的观念里，二者应有一定的相容度。这就是气“必资于理”的一面。究而言之，“真气”说并不与“明理适用”“积理练识”等理论截然对立，它同样也是建立在“理”之基础上的，同时也力求在“理”之上有所超越并达到一种收放自如的状态。毕竟，魏禧是颇有忧患意识的遗民作家，追求的是“下为来学所秉承，上为后王所取法，则一言之间，而德与功已具”的“文之至者”⑤。他是不可能完全忽略传统道德与现实情境而一味地高谈性情的。

其实，魏禧在对同时代古文的批评实践中就已阐明“真气”说的这一内涵。他在比较侯方域、汪琬、姜宸英的文风时说：“侯肆而不醇，某公醇而不肆，姜醇、肆之间，惜其笔性易驯，人易近而好意太多，不能舍割。”⑥ “醇”“肆”之说，是来自韩愈的“醇也，然后肆焉”⑦ 的观点。“醇”指文章思想的正统性与写作的规范性，强调的是对儒家观念的深度认同与对前代古文经典的严谨追摹，正如汪琬（即“某公”）之文，“根柢经训，皆知古人法度，不肯苟且下一笔，是非不稍宽假，务疏明经义，旁有先儒诸说，参稽异同，求其

---

① 魏禧：《阳明别录选序》，《魏叔子文集》，中华书局，2003 年，第 415 页。

② 魏礼：《先叔兄纪略》，《魏季子文集》，《宁都三魏全集》//《四库禁毁书丛刊》，北京出版社，1998 年，第 365 页。

③ 魏禧：《与诸子世杰论文书》，《魏叔子文集》，中华书局，2003 年，第 283 页。

④ 魏禧：《与涂宜振》，《魏叔子文集》，中华书局，2003 年，第 337 页。

⑤ 魏禧：《答蔡生书》，《魏叔子文集》，中华书局，2003 年，第 264 页。

⑥ 魏禧：《答计甫草书》，《魏叔子文集》，中华书局，2003 年，第 247-248 页。

⑦ 韩愈著，马其昶校注：《韩昌黎文集校注》，上海古籍出版社，2014 年，第 190 页。

至当，以阐身心性命之旨，温粹雅驯，而不尽之意含吐言表，边幅自整，不失尺寸”①。“肆”则指作者性情的挥洒，与“真气”相契。魏禧对韩愈此说是相当赞同的。只是其对一味的“醇”与“肆”都不满意，向往的是“醇肆之间”的境界。简而言之，就是在坚守正统观念的前提下，能够自由地舒展个人的主观意志；在恪守“理”与“道”的基础上，追求“真气”的挥洒。这也决定着“真气”必须兼备以下两种特质，第一，必须是建立在儒家人格的基础上，不能完全离经叛道，这就与晚明过于转向本心的风气拉开了距离；第二，必然是偏向于刚健雄放、博大厚实的一面，而如姜宸英那般驯致的笔性则势必难以驾驭支撑这种“真气”。

倡立“真气”说，魏禧还警惕过于强调才气而忽视“理”“识”等的倾向。就在《任王谷文集序》中，魏禧对侯方域的文风有一番评价，其中别有意蕴。“吾闻朝宗文高气雄辩，凌厉一世人，独与王谷深相引重。朝宗之人与文则甚相似，予每读朝宗文，如当勍敌，惊心动色，目睛不及瞬。其后细求之，疑其本领浅薄，少有当于古立言之义。又是非多，爱憎失情实，而才气奔逸，时有往而不返之处。”② 这固然是批评侯氏文章有因“本领浅薄”而有“往而不返”的毛病，但结合上下文语境，更是在警惕将“真气”混同于“才气”的危险。他说过：“才于气为尤近，能知乎才与气者之为异者，则知文矣。”③ 可见才气与真气尽管相近，还是存在区分的。“才气奔逸”不是“真气”得以施展的唯一条件，而“当于古立言之义”是“真气”不可或缺的基础。魏禧甚至在《复沈甸华》中紧接着“真气”的议论提出了这样的观点：“少年胸中，最怕只办才人名士自处，便生出各种病痛，到要紧处，平日口中笔下所得力，毫不济事。”④ 这便更可看出其提倡“真气”绝不是单纯地鼓励逞才使气。关于“真气”与“才气”及“理”的关系，魏禧在《赖古堂集序》中提出的观点可作参证：“笔之所至，浩浩瀚瀚，若江河之放，一曲千里，而不可止，其气也如是。每命一文，必深思力索，戛戛乎务去其陈言习见，而皆衷于理义，无诡僻矫激之辞以惊世骇俗，其正也如是。”⑤ 魏禧鼓励

① 刘声木：《桐城文学渊源考撰述考》，黄山书社，1989 年，第 71 页。

② 魏禧：《任王谷文集序》，《魏叔子文集》，中华书局，2003 年，第 399 页。

③ 魏禧：《论世堂文集叙》，《魏叔子文集》，中华书局，2003 年，第 396 页。

④ 魏禧：《复沈甸华》，《魏叔子文集》，中华书局，2003 年，第 352 页。

⑤ 魏禧：《赖古堂集序》，《魏叔子文集》，中华书局，2003 年，第 437 页。

在文中激荡情感，力呈真气，摆脱凡庸，脱略陈言，最大程度上展现作者的个性，而这种个性又是不可脱离“理义”之轨的。

其三，魏禧的“真气”说体现在创作实践与批评上就是对多元化文风的倡导。如上文所言，魏禧在文中最为激赏的是“奇气”“英气”“倜傥超拔不可羁绁之气”，这都不是株守儒家经典、从格套中来的“真气”。基于此，魏禧提倡“真气”，必然带来对作者才性禀赋与作品风格多元化的尊重。对于文人，魏禧的品评从不以儒家推尊的某种特定的“君子人格”作为统一的标准。他能平实地看待个性的差异：“人学问当有变化，少年英发，中晚之岁，贵沈深掩抑，使不显其光。”① 无论是“英发”，还是“掩抑”，都是某一阶段人生气质的真实呈现。对于文风，魏禧虽倡导“积理练识”，但并没有仅仅将以“理”与“识”擅长的作品视为文章的唯一至高境界，而是肯定不同风格的作品都有其意义。他曾将文章如此分类：“儒者之文沉以缓，才人之文扬以急，文人之文文胜其质，学者之文质胜其文，然得其一皆足以自名。”② 所谓的“儒者之文”“才人之文”“文人之文”“学者之文”，都是作者身份气质的自然反映。若能真实表现作者气质与禀赋，这几类文章就都有其可取之处。甚至对于风格相对单一的应用性文体，魏禧也表现出对多元风格的期待：“禧尝窃谓奏议有以直切刚果、使人动色惊心为贵者，有和平朗畅、移人情志为贵者。”③ 但最终还是要以个人的气质禀赋来决定奏议的风貌，若强不能以为能，则无论对于文章成就还是实际效果，都会事与愿违。

由于肯定文人才性气质的变化，魏禧也较多地关注到环境对文人的影响。“文章视人好尚，与风土所渐被。古之能文者，多游历名山名都大邑，以补风土之不足，而变化其天质。司马迁，龙门人，纵游江南沅湘彭蠡之汇，故其文奇恣荡轶，得南戒江海烟云草木之气为多也。”④ 在其看来，各地不同的风土，会铸造出不同的文人气质与诗文风格。以其早年的同乡朋友曾畹为例，其人在吴下时，“其文斐然”⑤；而当其到了西北后，“文多秦风”⑥，就是秦地风俗

① 魏禧：《信芳斋文叙》，《魏叔子文集》，中华书局，2003 年，第 420 页。
② 魏禧：《张无择文集叙》，《魏叔子文集》，中华书局，2003 年，第 403 页。
③ 魏禧：《静俭堂文集序》，《魏叔子文集》，中华书局，2003 年，第 384 页。
④ 魏禧：《曾庭闻文集序》，《魏叔子文集》，中华书局，2003 年，第 401 页。
⑤ 魏禧：《曾庭闻文集序》，《魏叔子文集》，中华书局，2003 年，第 400 页。
⑥ 魏禧：《曾庭闻文集序》，《魏叔子文集》，中华书局，2003 年，第 401 页。

"渐被"于文风的表现。魏禧谈到冷士嵋的文章时也说"诗若文并高清绝俗，朴而不雕，是真丘壑中人也，而大山大泽之气，则已隐然而可见矣"①，肯定其文中有"大山大泽之气"，这同样也是文章中具备"真气"的表征。

无论是个人气质中的"奇气"，还是"江山之气"，都有多元化的倾向，没有设定一个固定的标准。其人或儒或侠，或正或奇，只要真实地表达自我，其文就皆有可取之处；其地或险或缓，或繁或僻，无论塞外江南、穷乡剧邑，各类风俗对于文人的影响都要平等视之，都值得书诸笔端。从本质上来说，魏禧的"真气"说鼓励不同的文学风格并存，充溢着对多元化文风的探求。在他看来，只要能真实地表达读者的情感或识见，那么文章便无优劣高下之分。

二、"真气"说与魏禧文论体系的建构

"真气"说属于"文气论"的范畴。"气"之于诗文往往有着统辖性意义，其重要性常置于他者之上。魏禧的兄长魏际瑞也将"气"视为拯疗文章痼疾的第一要义，以及使文章血脉贯通的核心要素。"诗文不外情、事、景，而三者情为本。然置顿不得法，则情为章句所泥。尤贵善养其气，故无窘窒懈累之病。古人为文，虽有伟辞俊语亦删而舍之者；正恐累气而节其不胜也。"② 魏禧同样赋予"气"超卓的地位。他说："地悬于天中，万物毕载，然上下无所附，终古而不坠，所以举之者，气也。"又以此切入文章，说："土石至实，气绝而朽壤，则山崩。夫得其气则泯小大，易强弱，禽兽木石可以相为制，而况载道之文乎？"③ 在其论述中，"气"俨然成了关乎文章成就高下的关键因素。"真气"说也是魏禧文论体系中最重要也是必不可少的一环。

时人对于魏禧文论关注最多的是其"明理适用"说与"积理练识"说。魏禧对此确颇为自得，也多次在文章中提到"法""理""识"的重要性。但是，魏禧同样洞悉这三者的弊病，深知作者若运用不当，必然会导致文章偏于板滞、虚浮甚或伪饰的一面。由此而言，"真气"的意义就豁显出来，因其具有纠偏救弊的作用，可以避免过度依赖"法""理""识"等带来的种种弊端，并赋予三者以最佳的表达力，使文章保持英气勃发而韵致天成的境界。

---

① 魏禧：《冷又嵋江冷阁文集叙》，《魏叔子文集》，中华书局，2003 年，第 433 页。

② 魏际瑞：《伯子论文》，王水照主编《历代文话》，复旦大学出版社，2007 年，第 2594 页。

③ 魏禧：《论世堂文集叙》，《魏叔子文集》，中华书局，2003 年，第 396 页。

先看“法”。魏禧为文，曾自陈“好讲求法度”[①]，但他始终对因株守古人之法带来的弊病保持高度的警惕。其言曰“好古者株守古人之法，而中一无所有，其弊为优孟之衣冠”[②]。他还敏锐地看到了“文章之工”与“法古人”之间有着普遍的矛盾：“文章之工，必法古人，而法古人者，又往往不得为工。”[③] 为解决这一困境，魏禧提出了这样的方案：“论文务求古法而实以己之性情。”[④]“性情”一词，在魏禧与人的论文篇章中极少使用。从其标举过的文论概念来看，无论是所积之“理”，还是所炼之“识”，都难以称为“性情”，唯有充溢着强烈个性色彩的“真气”才庶几接近于此处所言的“性情”。称“真气”为魏禧文论框架中弥缝“法古人”之缺失的必要手段，当不为过。

魏禧甚至还认为，在某些场合，若出于抒发情感的需要，作者完全可以暂时脱离古人文法的限制。“古人法度犹工师规矩，不可叛也。而兴会所至，感慨悲愤愉乐之激发，得意疾书，浩然自快其志。此一时也，虽劝以爵禄不能移，惧以斧钺不肯止，又安有左氏、司马迁、韩、柳、欧阳、苏在其意中哉？”[⑤] 这里谈到的“兴会”，即指临文时最直接、最真实的感受，或是作这篇文章的直接的情感诱因，而“得意疾书”，即指称乎己意而言，实际上是独属作者本人的那份独特的感受。这也正与魏禧所强调的“真气”同样暗合。在其看来，此种感受与体会，像左氏、司马迁、韩、柳、欧阳、苏等这样的古文大家都未必曾体验过，他们那些借以表达思想情感的文章法度，可能就对后人表达其独有的情感无甚意义。这里充分地显示出魏禧对作者“真气”的极端看重，也就是其说“天下文章，最苦无真气”[⑥] 的内涵所在。魏禧所推崇的文章境界，如其在为长兄魏际瑞的文集作序时所言，“为文遇意成章，如风水之相遭，如云在天，卷舒无定，得《庄》《史》之意，然未尝稍有摹仿”[⑦]。在这里，堪供摹仿的“法”，已完全让位于寄寓作者“真气”的“意”，因为在魏禧看来，即便是后人崇尚的古人之法，本质上也是古人性情所结。“古人文

① 魏禧：《彭躬庵文集序》，《魏叔子文集》，中华书局，2003 年，第 381 页。
② 魏禧：《宗子发文集序》，《魏叔子文集》，中华书局，2003 年，第 411 页。
③ 魏禧：《李季子文叙》，《魏叔子文集》，中华书局，2003 年，第 400 页。
④ 魏禧：《答杨商贤》，《魏叔子文集》，中华书局，2003 年，第 342 页。
⑤ 魏禧：《答计甫草书》，《魏叔子文集》，中华书局，2003 年，第 248 页。
⑥ 魏禧：《复沈甸华》，《魏叔子文集》，中华书局，2003 年，第 351 页。
⑦ 魏禧：《伯子文集序》，《魏叔子文集》，中华书局，2003 年，第 390 页。

章无一定格例，各就其造诣所至、意所欲言者发抒而出。”①

次看“理”与“识”。二者之所以并提，缘于魏禧将“积理”“练识”视为其独得之秘，且都偏于理性或知识见闻一路。魏禧在《赖古堂集序》中提出作文之“三资”，已包含“理”“识”。随即在该文又很干脆地否定了这一提法：“然窃尝怪是三者不绝于世，而名天下、传后世，十不得一焉。”② 这即是说，文章中仅具有“理”“识”，并不能确保其可传世。

魏禧充分认识到“理”之弊：“记览之博，如食者之餐稻粱、啖旨馐，方丈之珍，一食辄饱，而无气以运之，则必积滞而生疾。故记览之文，其不足传者，气不足故也。”③ 显然，有“理”而无“气”，则此“理”只能流于板滞，那么，魏禧的“真气”对于疗救偏“理”之弊病的意义也就不言而喻了。

同时，魏禧极知“练识”之难，他言道“练识如练金，金百练则杂气尽而精光发”④，须通过“见闻”“揣摩”“阅历”⑤ 三重途径方能习得。饶是如此，还随时面临着“习之移人”“气之移人”⑥ 的困扰，这些都极有可能使得当年所练之“识”荡然无存，如此一来，作者在文章中所执定的“识”恐怕也不足为凭了。在这种情形下，魏禧提出“当以深山静穆之气洗之”⑦。魏禧的文章中常见山林与城市并立，城市是繁杂世俗之地，山林是真粹纯野之所，如其在《答陈元孝》中所言：“仆向有二语：居山须练得出门人情，出门须留得还山面目。”⑧ 在其思想认识里，所谓的“深山静穆之气”或可与保持个人初心面目的“真气”相等同。这样看来，“真气”确有荡涤识见之污的意义。

魏禧古文以识见擅长，自言“吾诸论亦私自谓苏氏后恐无其偶”⑨。其深于此道，更对以识取胜的文章抱以强烈的警惕。因此当魏禧意识到有人“或故为诡特骇异之说，以慑天下后世之人”⑩，甚至有人为显示其“见识之高”，

① 魏禧：《日录》，《魏叔子文集》，中华书局，2003 年，第 1122 页。
② 魏禧：《赖古堂集序》，《魏叔子文集》，中华书局，2003 年，第 436 页。
③ 魏禧：《赖古堂集序》，《魏叔子文集》，中华书局，2003 年，第 437 页。
④ 魏禧：《答施愚山侍读书》，《魏叔子文集》，中华书局，2003 年，第 289 页。
⑤ 魏禧：《日录》，《魏叔子文集》，中华书局，2003 年，第 1064 页。
⑥ 魏禧：《与友人》，《魏叔子文集》，中华书局，2003 年，第 325 页。
⑦ 魏禧：《与友人》，《魏叔子文集》，中华书局，2003 年，第 325 页。
⑧ 魏禧：《答陈元孝》，《魏叔子文集》，中华书局，2003 年，第 345 页。
⑨ 魏禧：《与诸子世杰论文书》，《魏叔子文集》，中华书局，2003 年，第 284 页。
⑩ 魏禧：《研邻偶存叙》，《魏叔子文集》，中华书局，2003 年，第 422 页。

就“不必异而必欲求异”[①] 之时，他便更觉其文之故作声势，背离了为文的初衷，故而他断定“高明之文，其不足传者，好奇而不轨于正故也”[②]。质言之，即是“识”不能脱离世事的普遍规律与作者的真实心理。在此情境下，“真气”便成了拯救过于倚赖“识”形成的弊病的良药。若能将“真气”与“识”合而用之，追求个人真实体悟的表达与情感的挥洒，就不会存在故为奇特之说的局面。

魏禧关于“法”“理”“识”的议论是建构其文论大厦的要件，自成其规模与气象，而如果要脱离“真气”的统摄，就不能精确反映魏禧关于文章理论的通盘考量与精妙安排。可以说，“真气”说在魏禧的文论体系中堪称枢机与灵魂所在，赋予了其文论特有的时代价值，同时与其他要件构成良性的互相影响的关系。

这里抉发“真气”说，既符合中国古代文论推尊“气”的基本特征，亦可还原魏禧文论的本来面目，更有助于理解魏禧文学理论与文学风格间的生动联系。魏禧的古文名篇《大铁椎传》《卖酒者传》《吾庐记》等都是以“气”取胜，更可反衬出魏禧对“真气”说的重视与践行。

三、魏禧“真气”说的政治意蕴

“真气”说的提出是魏禧遗民思想在文论领域的必然反映，其中熔铸着鲜明的政治色彩，具有强烈的政治社会反思意味。魏禧作为忠于明朝的遗民，文章是其经世之路断绝后的性命所托，故而魏禧关于文学的一切主张都与其遗民身份及对文章的定位密不可分。离开魏禧的生平思想来考察其文学思想，必然会差之千里。

纵观魏禧的文集，会发现一个有趣的现象，即凡是膺获魏禧“真气”之称的人都具有遗民身份，如沈甸华、任源祥、雷士俊等人皆是如此。也正是在为他们的文集作序时，魏禧才大谈特谈“真气”的意义。另外，魏禧以与“真气”相近的“奇气”等词称赞的甘京、孔正叔等人也都是明亡后不求仕进的志士。至于如周亮工、宋荦、施闰章这样的清廷重臣，虽在当时颇有文名，文章中也不乏性情的挥洒，但魏禧在与他们来往的文章中，从未以“真气”

① 魏禧：《赖古堂集序》，《魏叔子文集》，中华书局，2003 年，第 436 页。

② 魏禧：《赖古堂集序》，《魏叔子文集》，中华书局，2003 年，第 436 页。

许之。这也正可说明魏禧的“真气”说潜藏着难以掩抑的遗民色彩。大抵说来，魏禧提倡“真气”说至少有几点意图。

首先，“真气”说的提出，呼应着遗民们在诗文中宣泄孤愤与哀痛的时代大潮，并做以理论上的声援。就当时遗民群体的心态而言，虽然不少清初遗民都以诗文名世，但诗文写作从来都不是明遗民们的根本追求，只是他们复国不得后的情感寄托。如归庄所说，“既而知无可奈何，则托之《风》《骚》，寄之丝桐，宣其郁滞”[①]。连当时守节最为坚决的徐枋也说“前二十年不入城市，后二十年不出户庭，故凡交游之往复，故旧之怀思，风景之流连，今昔之感伤，陵谷之凭吊，以至一话一言之所及，一思一虑之所之，非笔之于书则无以达之”[②]。魏禧对此也甘苦自知，说过“天下奇才志士，磅礴郁积于胸中，必有所发，不发于事业，则发于文章”[③]。对遗民们来说，高唱性情、畅抒真气已成为写作的第一需要，原有的中正和平、温柔敦厚等审美标准一次次地被突破。魏禧在时代大背景下提出“真气”说，主张文章中最要紧之处为展露作者的胸襟性情，正是对整个遗民群体文化风气的回应。

其次，魏禧提出“真气”说，对当时已略显颓丧的士风、文风有着一定的振衰起敝之意义。“真气”的内涵之一就是要“资于理”。对于遗民来说，坚持“真气”，就是永葆其不屈的气节与刚贞的操守，以饱含血泪的文字写出时代的心声。而尴尬的是，理想中的遗民形象与纯粹的遗民文学在现实中已渐难寻觅。对此，不少人已有清醒的洞见。如徐枋就指出：“天下之乱亦已十年矣，士之好气激、尚风义者初未尝不北首扼腕，流涕伤心也，而与时浮沉，浸淫岁月，骨鲠销于妻子之情，志概变于菀枯之计。不三四年，而向之处者出已过半矣。”[④] 的确，在漫长的岁月里，遗民们面临着如何在保持节操与治生理家间取得平衡，如何处理个人理想与社会、家庭责任之间的关系，如何面对清廷官员求贤若渴的求访，如何看待清人统治日益稳定的客观现实等种种难题。现实的艰难与困惑都使得当初多如过江之鲫的遗民们少有全节者。魏禧沉痛地感叹道：“窃观二十年来，刀锯鼎镬，森列罗布，蹈义于前，趋死于后，而天下士激发而起，其无所知名者，甘死如饴，百折而气不挫，往往崛出于通都大

① 归庄：《与侯彦舟》，《归庄集》，上海古籍出版社，2010 年，第 311 页。

② 徐枋：《居易堂集序》，《居易堂集》，华东师范大学出版社，2009 年，第 2 页。

③ 魏禧：《王竹亭文集序》，《魏叔子文集》，中华书局，2003 年，第 426 页。

④ 徐枋：《姜如农给谏画像序》，《居易堂集》，华东师范大学出版社，2009 年，第 124 页。

邑、穷乡僻壤之间。及其既久，禁网少疏，时和物阜，天下相安无事，则委靡销铄、偷息屈首、走利乘便者，狷介贤明之士接踵而有。"[①] 复国无望的现实固然令人心痛，而更令人绝望的应是当年那些"狷介贤明之士"在漫长岁月的浸润下，也都变得卑陋不堪。吊诡的是，不少人内心已不安于做一个遗民了，而往日积累起来的名声还使得世人以遗民视之。这时，内心状态与外在评判构成一个极大的反差。魏禧就曾这样自我反思："及比年客游，虚名日长，实地渐消。虽所至誉我以高洁，以廉静，而清夜扪心，惭山中猿鹤甚众。"[②] 尽量不与官府结交的魏禧，尚且觉得与外界接触过多而有愧于当初的坚持，其他人则更不必说。

更有甚者，由于遗民文人群体在清初极为庞大，"以歌吟寄其幽隐郁结、枕戈泣血之志"[③] 的文学风格成为一时潮流，书写遗民怀抱成为文坛主流。至于这种情感表达是否与作者的真实内心密切相关，已不可一概而论。魏禧就指出当时文坛虚假繁荣的景象："今海内狼藉烂漫，人有文章，卑者夸博矜靡，如潘、陆、谢、沈，浮藻无质，不足言矣。高人志士，寄情于彭泽之篇，发愤于汨罗之赋，故可以兴顽懦，垂金石，禧窃以为非其至矣。"[④] 情感风格的极度趋同，必然会遮蔽个人真实的性情之音。屈原式的亡国哀音、陶潜式的松柏高节，固然可敬，但若仅仅是脱离个人性情的盲目追仿，摹其形而遗其神，必然沦为另一种形式的俗滥与伪饰。魏禧论诗论文，"必先求其人以实之"[⑤]，首先看重的是作者真实的主观形象与诗文的契合度。从这个角度而言，魏禧提出"真气"说，实有重塑遗民文风的意味。

最后，"真气"说不仅要矫正颓靡虚浮的文风，还有要借着重塑刚健的文风以重整社会风气的意图。这正是当时遗民群体反思明朝灭亡原因的时代风潮在文论领域的生动反映。这一点在魏禧为遗民雷士俊的《艾陵文钞》所作的序言中体现得极为明显。此文沉痛地谈道："天下国家之坏，不患于无文，患于世无真气，而其文日趋于浮伪。虚辞以揜意，饾饤掇拾以为文，此浮文之易见者也。言依道德，语关天下国家之故，廉节则伯夷不让，经济则贾谊、晁错

---

① 魏禧：《答杨友石书》，《魏叔子文集》，中华书局，2003 年，第 241-242 页。

② 魏禧：《答陈元孝》，《魏叔子文集》，中华书局，2003 年，第 345 页。

③ 严迪昌：《清诗史》，人民文学出版社，2011 年，第 57 页。

④ 魏禧：《上郭天门老师书》，《魏叔子文集》，中华书局，2003 年，第 266 页。

⑤ 魏禧：《徐祯起诗序》，《魏叔子文集》，中华书局，2003 年，第 463 页。

之徒无以过，而退考其实，殆与世之市侩瞀儒无毫发有异，此伪文之不易见者也。伪之为害，破国亡君，而其祸方未有以止，其端阴成于学术而显发于文章。是故文无真气，虽出入《左》《史》，两汉、唐、宋大家之文，率皆谓之浮伪。而本身而发言乎真气者，虽不必尽合古人之矩度，固已无不可传矣。先生于古人之法，既铢两悉合，而为文一本于真气，其为近代作者无疑也。"① 魏禧在这里一如既往地反思明朝灭亡的原因，超越当时常见的归因于朋党、"流贼"、科考、阉宦等表面现象的思考，将问题的症结犀利地指向当时"世无真气，而其文日趋于浮伪"的客观现实。魏禧坚信，文章虽属于"第二第三层事"，却是反映国家治乱的青蘋之末。遗憾的是，在明清之际的乱世，文章事业亦变得面目模糊，"心声心画总失真"。更令人警惕的是，当时的文坛上充斥着说忠说孝的正大堂皇的文章，流布着深度模仿秦汉、唐宋古文的假古董，内容与形式上的完美无疵却映照出个人性情的严重缺失。从这个意义上来看，文章非但不足观人，反而适成害道之具，更成为奸邪虚浮之人树起的佯装正义的幌子。"君子以文会友，以友辅仁"的信条在此种情境下完全失灵，其背后是士风堕落的现实。正如魏禧在另一封书信中所说，"末世文章，诈伪不足观"②。可见在魏禧看来，文章从来都不是纸上事业，而是直通天下世运人心。他不甘心士风与文风就此走向沉沦，认为以个人努力重塑士风是其责任所在。以魏禧为代表的明遗民们虽然复国无望，但在新朝严酷的政令下并未心如死灰，他们坚持"存道以存天下"的价值观③，依然试图以自己的方式有所作为。对魏禧来说，重振文章"真气"只是起点，其最终的目的是要通过唤起士人对"真气"的普遍认同，来矫治"浮伪"的士风。

文章关乎气运，是魏禧论文的重要维度。清代真正研读过魏文、受其沾溉的文人对此大多颇有体会。道光八年（1828），曾知宁都直隶州的王泉之编成《易堂十三子文选》，对魏禧独加推崇，选文达四十二篇之多，远多于入选篇数居于第二位而仅选十四篇的魏际瑞。王泉之在序文中论曰："文章与气运相终始，显晦不与。彼日月、星辰、风雨、露雷、霜雪，天之文章也。山川草木，飞走动潜，以迄化化生生，地之文章也。人惟得天地正气以生，其扶舆清

① 此文《魏叔子文集》未收，却是审视魏禧"真气"说的重要文献。见于雷士俊《艾陵文钞》卷首，《四库禁毁书丛刊》（集部第90册），北京出版社，1998年，第3页。

② 魏禧：《答李又玄》，《魏叔子文集》，中华书局，2003年，第340页。

③ 参见李瑄：《存道：明遗民群体的价值体认》，《学术研究》，2008年第5期。

淑、酝酿涵蓄所积发之于言，皆为有物，信足以合其德、合其明、合其序、合其吉凶。"① 此论来源于一条渊源久远、内蕴深厚的文论脉络，在文与人与世之间建立有内在联系的、颇具内涵同一性的意义链条。魏禧在明末清初的板荡之际赋予其鲜明的现实意义，尽管王泉之的序文略显闪烁其词，未如叔子论文那样直击骨髓，但终究能看见魏禧以真气衡文的深远影响。

可以说，"真气"在魏禧那里，从来都不是一个简单的衡文标准，而是一种对健康的社会风气的期盼。唯有"真气"沛然运行于天地之间，万物才能有其秩序，回归理想状态。如其所说"夫山有朽壤则崩，木心朽则必折，无真气以贯之，物未有不败者。天下之害，由于人无真气，柱朽栋桡，而大厦倾焉，其端见于父子、兄弟、朋友之间，而祸发于君国。呜呼！是岂独诗也哉！"② 这里提到"岂独诗"，当然也包括文章创作。文章中真气的匮乏，也同样是士风不振的表现。魏禧主张"论诗，必先求其人以实之"③，其强调文章中呈现真气，必然首先是建立在对士人人格中"真气"的呼唤上。所以，魏禧高唱的"真气"，与其对自我角色的定位与士人品格的想象密不可分，有着对故国沦亡的深切痛悼、对遗民身份的执着坚守与改造社会的热情。其间渗透的政治追问、历史反思等家国情怀都是此前诸种"文气"说中极少出现的。这一点在其他遗民的笔下也有明确的反映。魏禧的挚友何絜就说："天地间最可宝者，不朽之真气，外皆糠粃也。韩君适文慕义以殉甲申之难，真气足历千载不朽。"④ 又说："今之攻文者，摽掠唐宋诸家，袭取其气旦夕间，冒为唐宋文，然浮气不尽，真气不出。"⑤ 可见，何絜眼中的"真气"寄托着正直之气操与刚健之风气这两种内涵，与魏禧的论述不谋而合。魏禧的"真气"说正是明遗民群体关于社会、历史的痛苦探索在文论领域的鲜活呈现，积淀着深沉的政治意味。

四、魏禧"真气"说的历史回响

康熙十九年（1680），魏禧病逝，清代的统治逐步稳定，遗民社会渐趋解

① 王泉之：《易堂十三子文选序》，《易堂十三子文选》卷首，清道光八年刻本。
② 魏禧：《徐祯起诗序》，《魏叔子文集》，中华书局，2003 年，第 464 页。
③ 魏禧：《徐祯起诗序》，《魏叔子文集》，中华书局，2003 年，第 463 页。
④ 何絜：《题韩适文墨迹》，《晴江阁集》卷二九，清康熙刻本。
⑤ 何絜：《龚琅霞文集序》，《晴江阁集》卷一八，清康熙刻本。

体。魏禧的政治抱负已难以实现，而他的文论却以各种途径被广泛传播。刘咸炘就曾说，其“论文语流传，虽桐城家亦称引之”①。一个突出的例证即为桐城派文人对“真气”说的征引与重视。桐城三祖之首的方苞论文便极为标榜“真气”，如其评“韩公之文，一语出，则真气动人”②；评隆庆、万历间明文之衰，认为是因其“虽有机趣，按之无实理真气者”③。更为明显的是，他在《进四书文选表》中明确提出其选文的标准是必须具有“真气”者：“凡用意险仄纤巧，而于大义无所开通，敷辞割裂卤莽而与本文不相切比，及驱驾气势而无真气者，虽旧号名篇，概置不录。”④ 他指出好文章必须兼备“理之明”“辞之当”“气之昌”三个优点，“兼是三者，然后能清真古雅而言皆称物”⑤。无论是论文标准的弃取还是论述策略的展开，基本上都与魏禧在《任王谷文集序》中的看法如出一辙。尽管方苞所标榜的“真气”指来自后天的阅读与修养，而非自然的才性与禀赋。⑥

方苞推崇“真气”，极有可能来自魏禧的影响，而不应将其泛泛视为偶然的巧合。方苞与魏禧高足王源交谊甚厚，他曾在给王源的信中说道：“苞从事朋游间近十年，心事臭味相同，知其深处，有如吾兄者乎？”⑦ 并认定王源与其本人是“术业之近者”⑧。而王源的才性禀赋与文章风格，都堪称得魏禧的真传，这在当时颇为人知。如廖燕言，“昆绳之文，汪洋无涯，变幻百出，直欲驾明、元、宋、唐以上之。予目前最服膺者，自叔子先生之后，唯昆绳一人而已”⑨。魏禧本人亦评道“昆绳岸异多英气”“议论多肯要”⑩，并对其寄予厚望。对此，王源在晚年回忆中说，“先生序予文，尝期以邓仲华、周公瑾”⑪。无论是为文，还是为人，王源都具有魏禧所论的“真气”。故而，方苞

---

① 刘咸炘：《刘咸炘学术论集·文学讲义编》，广西师范大学出版社，2007 年，第 118 页。

② 方苞：《书祭裴太常文后》，《方苞集》，上海古籍出版社，2009 年，第 112 页。

③ 方苞：《进四书文选表》，《方苞集》，上海古籍出版社，2009 年，第 580 页。

④ 方苞：《进四书文选表》，《方苞集》，上海古籍出版社，2009 年，第 581 页。

⑤ 方苞：《进四书文选表》，《方苞集》，上海古籍出版社，2009 年，第 581 页。

⑥ 方苞在文论中提倡的“气”更多地来自儒家学说与经典古文的熏陶，“欲气之昌，必以义理洒濯其心而沈潜反覆于周、秦、盛汉、唐、宋大家之古文”。见方苞：《方苞集》，上海古籍出版社，2009 年，第 581 页。

⑦ 方苞：《与王昆绳书》，《方苞集》，上海古籍出版社，2009 年，第 666 页。

⑧ 方苞：《四君子传》，《方苞集》，上海古籍出版社，2009 年，第 216 页。

⑨ 廖燕：《答客问》，《廖燕全集》，人民文学出版社，2019 年，第 364 页。

⑩ 魏禧：《信芳斋文叙》，《魏叔子文集》，中华书局，2003 年，第 419 页。

⑪ 王源：《梁质人文集序》，《居业堂文集》卷一三，清道光刻本。

对“真气”的推尊，很可能是以王源为津梁而受到魏禧“真气”说之濡染。后来的刘大櫆提出的“行文之道，神为主，气辅之”① 的观点，从中更能明显地看到魏禧“真气”说的影子。“所谓神是指作家不同的才气性格表现于作品的面貌，所谓气则偏重于文章的气势。”② 据此解释，则刘大櫆所言的“神”，更接近于魏禧的“真气”，同样强调作家的才性在文章中的超越与主导地位。

正是由于魏禧、方苞诸人的鼓荡，“真气”开始大规模从诗歌评点进入古文品评领域，成为评价文章成就的一个重要概念。③ 如刘大櫆的文章，就屡被人视作颇具“真气”。其《谢氏妹六十寿序》为“一片真气从肺腑中流出，但见其高古深厚，不可几及”④，其《章大家行略》则被目为“真气淋漓，《史记》之文”⑤。风气所及，甚至还出现了以有无“真气”来断定文章成败的观念。同是江西人的蒋士铨在其《临川梦》中就谈道：“胸中既无真气蟠，笔下焉能力量完。”⑥ 这体现了魏禧“真气”视野下人与文的统一。还有人将魏禧的“真气”说推向极端化，过于强调“真气”在文章中的作用。魏禧固然说道“天下文章，最苦无真气”，但从未将真气当作评价文章的唯一标准，郑板桥则不然。他在《潍县署中与舍弟第五书》中写道：“愚谓本朝文章，当以方百川制艺为第一，侯朝宗古文次之；其他歌诗辞赋，扯东补西，拖张拽李，皆拾古人之唾余，不能贯串，以无真气故也。”⑦ 这里未提魏禧的文章，想必是已被划归到“其他”之列，但其理论根源正可上溯至魏禧，却是毋庸置疑且有据可考的。郑板桥为文作词，“风神豪迈”“别有意趣”“除了他本人的气质外，还不应轻忽其师承渊源关系”⑧。郑板桥受“启蒙师”陆震影响至深，“陆震可说是阳羡传人，从而成为清代始终处于存亡续绝的独抒真情一派词人中很重要的一家”⑨。陆震幼追随其父陆悬圃左右，耳闻目见皆先朝隐逸之士。其

---

① 刘大櫆：《论文偶记》，人民文学出版社，1959 年，第 3 页。

② 王运熙：《中国古代文论管窥》，上海古籍出版社，2006 年，第 42 页。

③ “真气”一词在晚明也出现于文学评点中，但主要限于诗歌评点。如钟惺评《沙丘城下寄杜甫》就说“一片真气，自是李白寄杜甫之作，工拙不必论也”。见《李白全集编年笺注》，中华书局，2015 年，第 714 页。

④ 刘大櫆：《谢氏妹六十寿序》，《海峰文集》卷三，清乾隆刻本。

⑤ 刘大櫆：《章大家行略》，《海峰文集》卷七，清乾隆刻本。

⑥ 蒋士铨：《临川梦》，《蒋士铨戏曲集》，中华书局，1993 年，第 246 页。

⑦ 郑板桥：《潍县署中与舍弟第五书》，《郑板桥全集》，巴蜀书社，1997 年，第 17 页。

⑧ 严迪昌：《清词史》，江苏古籍出版社，2001 年，第 373 页。

⑨ 严迪昌：《清词史》，江苏古籍出版社，2001 年，第 378 页。

中，陆悬圃交往的隐逸遗民中就有魏禧。魏禧作有《陆悬圃文叙》，备道二人交往始末，并称赞其文曰："悬圃文以直道自任，有毅然之色，与其为人相似。其论必关世道，法必取裁于古人，为今文章士所不易得。嗟乎！悬圃非独文士也，然而可与言文章者，非悬圃谁哉！"① 称悬圃文与其人相类，许悬圃为文章知音，这在魏禧的其他序文中是不常见的。以如是观，陆悬圃的文章至少是在相当程度上合乎魏禧"真气"理念的。由此，我们可以勾勒出郑板桥崇"真气"的文学理念由魏禧、陆悬圃、陆震等人一脉相承而来，也可看出魏禧"真气"说的流衍不绝。

纵观中国古代"文气"论的演进历史②，魏禧"真气"说的提出有着特别的价值。明末清初时期，讲论"文气"的理论家大都是标榜"文以理为主"，更为看重作者的道德修养，在相当程度上偏离了早期"文气"说重视才性气质的倾向。魏禧在此时提出"真气"说，客观上呼应了曹丕、刘勰等人的论点，将"文气"说的内涵引回其早期的路径。同时，"真气"说的提出还丰富了"文气"说的政治内涵，体现出作家介入现实的使命意识与反思精神。由于魏禧"真气"说在尊重作者才性的同时，并没有彻底偏离传统的道德规范，对清代古文理论的演进也有着持续的影响。

---

① 魏禧：《陆悬圃文叙》，《魏叔子文集》，中华书局，2003 年，第 428 页。

② 参见王运熙：《中国古代文论中的文气说》，《中国古代文论管窥》，上海古籍出版社，2006 年，第 34-43 页。

第二章　通变无方：魏禧与唐宋八大家古文传统

唐宋作家以其卓越的古文成就在中国文学史上创造了一片浩瀚的星空，而唐宋八大家无疑是这片星空中最闪亮的明星，他们代表着唐宋古文甚至是中国古代古文的最高成就。后人一方面感受到其难以逾越的高度，一方面又想另辟蹊径以图超越。但无论如何，都无法绕过唐宋八大家的成就。因此后世的作家对唐宋八大家的接受状况也往往成了检验其本人散文理论的一面镜子。魏禧的古文成就在清初独树一帜，清人陆心源历数清代古文大家后，直言可与唐宋八大家相抗衡者唯有魏禧一人而已。“今众所推古文作者，前则勺庭、壮悔、尧峰，后则望溪、惜抱。求其可与八家抗衡者，勺庭氏而止尔。”① 这既是褒赞魏禧古文的成就，亦当是于魏禧古文风格的多样性而言，即唐宋八大家风格各异的古文都可以在魏禧的文章中找到嗣响。此外，魏禧在古文理论方面亦卓有建树，其中论及唐宋八大家者甚多。其在古文理论上对唐宋八大家的再度发现与创作实践上的追摹创新是考察唐宋古文在明清时期流变面貌的典型样本。

第一节　沉酣博采：魏禧对八家文风的理论剖判

在清代，魏禧给学者的印象是创新意识极强的古文家。如温睿临《南疆逸史》评价道：“为古文辞，凌厉雄健，不屑屑模拟前人。”② 但是，当我们置身于魏禧创作古文的具体时代背景，却发现魏禧很难摆脱前人的影响，更遑论对古人的成就不屑一顾了。其实，在古文已经成熟的明清之际，再谈独创生新谈，又谈何容易。作为富有强烈创新精神的文人，魏禧清晰地知道在他前面存

---

① 陆心源：《上吴子苾阁学论国朝古文书》，陆心源撰，郑晓霞辑校《仪顾堂集辑校》，广陵书社，2015 年，第 56 页。

② 温睿临：《南疆逸史》，清代傅氏长恩阁抄本，卷四十四。

在着深厚绵长的古文传统。自先秦诸子散文、史传文学发端，以迄唐宋诸大家之作，古文发展已完成了创作范式的成熟与定型，“《左》《史》，韩、欧阳”即是其间突出的代表。他们既昭示了创作门径，也对魏禧这样的后来者造成了深刻的“影响的焦虑”。魏禧清楚地知道明清文人在古文创作方面所面临的巨大挑战：“文章之变，于今已尽，无能离古人而自创一格者。”① 在历代古文中，尤以唐宋八大家的古文因其思想上的醇正性、文体的多样性、功能的适用性、文法上的可学性等特点，在后世影响极为深远。清人孙琮曾谈过：“古人之文，有以八家称者，百数十年矣。自有文以来，岁月递更，容成难纪，而独唐宋以八家称。”② 魏禧以古文为志业，当然也清楚地认识到唐宋八大家之文的价值。“今夫文章，六经、四书而下，周秦诸子、两汉百家之书，于体无所不备。后之作者，不之此而之彼。而唐宋大家，则又取其书之精者，参和杂糅，熔铸古人以自成，其势必不可以更加。”③ 在魏禧的眼里，唐宋八大家吸取了先秦两汉文章的精华，再以其卓越的文学才华熔铸古今，写成的文章已然成为散文史上极难逾越的高峰。

魏禧深知唐宋八大家的文章之妙。不管是讨论的内容，还是评论的方式，魏禧之评论在古代散文史上都有着独特的不可替代的作用。有意思的是，魏禧多次以比喻的方式评论唐宋八大家的文风。叔子曾坦言自己是个嗜好美食的凡夫俗子，“嗜欲深重，所谓耳目之于声色，口于味，四肢于安逸，皆不能自克”④。故他也将其钟爱的唐宋八大家之文比作一道道精美的菜肴，而八大家皆是烹调高手。且看叔子描写他们的“烹调”过程：“唐、宋大家，率割取甘腴，特出意烹煎，登俎成味，譬犹蜂采百花为蜜，娄生聚五侯之馔为鲭。”⑤ 此语出自魏禧的《与诸子世杰论文书》，或许是教授后辈生徒的缘故，故而多使用生动形象的比喻。魏禧以教书为生，从现存的文论资料来看，魏禧对此类“教师用语”的应用可谓得心应手。魏禧对唐宋八大家具体文风的表述也是沿袭此种风格，所论更加深切可感。

唐宋八大家文：退之如崇山大海，孕育灵怪。子厚如幽岩怪壑，

① 魏禧：《答蔡生书》，《魏叔子文集》，中华书局，2003 年，第 265 页。
② 孙琮：《山晓阁唐宋八大家全集序》，清石经楼刻本。
③ 魏禧：《宗子发文集序》，《魏叔子文集》，中华书局，2003 年，第 411 页。
④ 魏禧：《答施愚山侍读书》，《魏叔子文集》，中华书局，2003 年，第 290 页。
⑤ 魏禧：《与诸子世杰论文书》，《魏叔子文集》，中华书局，2003 年，第 284 页。

鸟叫猿啼。永叔如秋山平远，春谷倩丽，园亭林沼，悉可图画；其奏札朴健刻切，终带本色之妙。明允如尊官酷吏，南面发令，虽无理事，谁敢不承。东坡如长江大河，时或疏为清渠，潴为池沼。子由如晴丝袅空，其雄伟者，如天半风雨，袅娜而下。介甫如断岸千尺，又如高士谿刻，不近人情。子固如陂泽春涨，虽漶漫而深厚有气力，《说苑》等叙乃特紧严。①

魏禧在这里所用的是中国传统文学批评中常见的象喻式批评方法，把唐宋八大家的文风逐一以生动形象的笔触勾勒出来，令人有如在目前之感。以山水喻八家文是古代散文批评的常见现象，但在同一篇章中逐一以象喻论列八家文风的，魏禧当是第一人。关于唐宋八大家文风的最早的象喻式比较可以追溯到苏洵的《上欧阳内翰第一书》，其纵论孟子、韩愈、欧阳修三人的文风特色，比较韩、欧之别时说："韩子之文，如长江大河，浑浩流转，鱼鼋蛟龙，万怪惶惑，而抑遏蔽掩，不使自露，而人望见其渊然之光、苍然之色，不敢迫视。执事之文，纡徐委备，而条达疏畅，无所间断；气尽语极，急言竭论，而容与闲易，无艰难劳苦之态。"② 这里将韩文比作长江大河，在古文批评中极有典型意义，但遗憾的是没有将欧文比作某一自然物象。随着欧、苏古文地位的渐次确立，并喻韩、柳、欧、苏的现象亦开始不断涌现。南宋文人就开始将韩、柳、欧、苏并称且视作唐宋文的代表。比如王十朋在《读苏文》中写道："唐宋文章未可优劣。唐之韩柳、宋之欧苏，使四子并驾而争驰，未知孰后而孰先。"③ 李淦也将这四家作为古文家的巅峰做了这样的形象评述："韩如海，柳如泉，欧如澜，苏如潮。"④ 考虑到"唐宋八大家"之并称早已深入人心，如果在古代丰富的文论资源中不能找到关于八家文风的象喻式批评，总觉不能餍足人心。"唐宋八大家"这一并称始于明初朱右编撰的《六先生文集》⑤。《六先生文集》现已不传，无从考察朱右是否对八家做过此类批评。茅坤《唐宋

① 魏禧：《日录》，《魏叔子文集》，中华书局，2003 年，第 1127–1128 页。

② 苏洵著，曾枣庄、金成礼笺注：《上欧阳内翰第一书》，《嘉祐集笺注》，上海古籍出版社，1993 年，第 328–329 页。

③ 王十朋：《读苏文》，《梅溪集》//《景印文渊阁四库全书》，台湾商务印书馆，1986 年，第 286 页。

④ 李淦：《文章精义》，人民文学出版社，1960 年，第 62 页。

⑤ 朱右最初将韩、柳、欧、"三苏"、王、曾文章编选为《六先生文集》，后人将"三苏"分开计数，重编为《八先生文集》，今使用初名。

八大家文钞》真正奠定了八家并称的唐宋经典古文家格局，但是作为“唐宋八大家”之名的创始者，茅坤实际上对八家地位亦不是等量齐观的。他曾作有《评司马子长诸家文》，将司马迁、刘向、班固、韩愈、柳宗元、欧阳修、苏轼七家视作“圣于文者”，并对韩、柳、欧、苏四人的文风做了精彩的象喻式对照。此文后来又被收入《唐宋八大家文钞论例》。其言曰：“吞吐骋顿，若千里之驹而走赤电，鞭疾风，常者山立，怪者霆击，韩愈之文也；巉岩䠞岏，若游峻壑削壁，而谷风凄雨四至者，柳宗元之文也；遒丽逸宕，若携美人宴游东山，而风流文物照耀江左者，欧阳子之文也；行乎其所当行，止乎其所不得不止，浩浩洋洋，赴千里之河而注之海者，苏长公也。”① 这里所论的四家无疑是公认的在八大家中成就更大的，更有代表性的，后人注意的也多是这四家。而作为一个在历史上负有盛名的文人并称的整体，没有一个完整的象喻式的品评，无疑是充满遗憾的。魏禧文论的出现，恰巧弥补了此项不足。可惜的是，魏禧对唐宋八大家的精彩点评，长期以来没有引起应有的重视。《韩愈资料汇编》《柳宗元资料汇编》都没有收入魏禧的相关点评。

魏禧对唐宋八大家的认识既根源于前人而又不习于习见。魏禧文中曾多次提及茅坤，茅坤又在唐宋八大家经典化的历程中起过至关重要的作用，其对八大家的论断影响极为深远。这里便比较魏禧与茅坤在八大家文风品评上的异同之处。茅坤的《唐宋八大家文钞论例》自付梓起，便风行海内。魏禧对此书颇为看重，也曾以此书来授徒传文。茅氏的评论多形象而深刻，对叔子的某些判断也有着导乎先路之作用。如叔子认为“子厚如幽岩怪壑”，即逼肖茅坤评论中的“巉岩䠞岏”。但魏禧是有强烈个性的人物，凡事都有自己的主见，强调有“特识”。在他笃嗜的文章上，自然也不会完全苟同茅坤的意见。“予生平尊法古人，至其所独是独非，每不能自贬，以徇古今之众，故论列或不尽同茅氏。”② 首先，魏禧尽管在八大家中也有所偏好，但在象喻式批评中能给八家以同等的地位，就是其在经典建构中的重要作用。其次，在对八大家所擅文体的识别上，魏禧与茅坤的意见亦多不合拍，而有自己独特的看法。

除了对唐宋八大家的文章有整体的印象式把握，魏禧还能在细微处见其奥妙，这就需要很强的辨识能力和丰富的写作经验了。如魏禧对韩愈和欧阳修文

---

① 茅坤：《唐宋八大家文钞论例》，《茅坤集》，浙江古籍出版社，2012 年，第 823 页。

② 魏禧：《八大家文钞选序》，《魏叔子文集》，中华书局，2003 年，第 413 页。

章的开篇模式的不同就卓有见识："韩文入手多特起，故雄奇有力。欧文入手多配说，故委迤不穷。"① 这里魏禧将韩、欧二人的文章风格的差异性归结为其"入手"的方式不同，深中要害。论柳宗元，则言："子厚少好《文选》，所为山水记，造语之奇，多从汉赋出。诸大篇即如《封建论》，层澜叠嶂，峭曲衍邃，亦山水诸记展拓而成。"② 这里魏禧认为柳宗元的山水游记多源于汉赋，而名作《封建论》的谋篇布局正由山水记延展而来。历来学者都将《封建论》视作文法整饬的典范，"宋人评此文间架宏阔，辩论雄俊"③。但在魏禧之前还没有人将其与柳宗元的游记联系起来讨论。不管魏禧此言论是否确当，但有这样纵横宏深的眼光，则说明魏禧的文学鉴识之新异。再如其论欧阳修散文的妙处曰："欧文之妙，只是说而不说，说而又说，是以极吞吐往复、参差离合之致。"④ 此语道破所谓"六一风神"的精髓，后世学者的研究，亦少有出此范围者。⑤

唐宋八大家的形成经历了不同时代不同的建构过程，八大家内部当然亦存在着地位之别。历史上不乏对"唐宋八大家"的成员抱有异议者，比如刘开就秉持着强烈的扬韩而抑辙的观念，反对将苏辙名列其中。⑥ 魏禧在很多场合都曾将唐宋八大家作为一个笼统的群体，视作古文的典范。如果一定要在其内部分出一个高低上下的等级的话，那么在魏禧看来，地位最高的显然是韩愈和苏洵。他曾指出唐宋八大家的古文各有各的缺陷，后来者不可盲目模仿，但是，"惟学昌黎老泉少病，然昌黎易失之生撰，老泉易失之粗豪，病终愈于他家也"⑦。如果说学韩愈古文而少病，可能还是出于公议，服从于久已形成的文化传统，那么格外推尊苏洵，则是完全出于魏禧的个人喜好。须知两宋、元、明文人对苏洵的评价要低于欧阳修、苏轼等人，即使在清代，苏洵文章也

① 魏禧：《日录》，《魏叔子文集》，中华书局，2003 年，第 1127 页。

② 魏禧：《季子文集叙》，《魏叔子文集》，中华书局，2003 年，第 391 页。

③ 沈德潜选评、赖山阳增评：《增评唐宋八家文读本》，崇文书局，2010 年，第 168 页。

④ 魏禧：《日录》，《魏叔子文集》，中华书局，2003 年，第 1121 页。

⑤ 黄一权《欧阳修研究》对"六一风神"有着精彩的界定："'六一风神'在结构方面最突出的一点应是它呈现出一种动荡之美，在时空中跌宕穿梭，从而充分体现出一波三折的摇曳之美。"参见黄一权：《欧阳修研究》，华东师范大学出版社，2003 年，第 139 页。

⑥ 刘开说："韩子之文，冠于八家之前而犹屈；子由之文，即次于八家之末而犹惭。使后人不足于八家者，苏子由为之也；使八家不远于古人者，韩退之为之也。"参见刘开：《与阮芸台宫保论文书》，《刘孟涂集》//《续修四库全书》，上海古籍出版社，2002 年，第 531 页。

⑦ 魏禧：《日录》，《魏叔子文集》，中华书局，2003 年，第 1130 页。

曾饱受疵议。将苏洵奉作可与韩愈并尊的古文宗师，正是魏禧文论注重精神独立性的表现。这缘于两人精神气质与文化底色的趋同。苏洵素以史论闻世，而魏禧也笃好论史作策，年少时即好读苏洵的文章。两人在文化心理上有着天然的亲近感，其契悦度要高于他人。尽管魏禧曾作过多篇批评苏洵散文的文章，但这都源于内心喜好以及相应的揣摩至熟。

在各种古文经典中，魏禧对六经、《左传》、《史记》和唐宋大家的文章格外重视，并以其为学习古文的镜鉴。至于学习各家的先后次序，魏禧有这样的认识："善为文者，以六经为寝庙，《左》《史》为堂奥，唐、宋大家为门户。"① 魏禧一贯要求文章要有助于世，不悖圣言。如何达到这一目标而不使文章沦为说理之工具，魏禧选取了《左》《史》、唐宋大家的文章作为津梁。在这其中，魏禧又以唐宋大家的文章为首要学习对象，从对诸大家文集的学习中在古文的世界里穿堂入户，探寻古文的奥秘。因为比起《左传》《史记》，唐宋文章更有轨辙可寻：

> 日读西汉文，殊叹息。大须熟读唐宋八家，乃见其妙。文似无间架，无针线，然错综曲折，照应牵拂，最巧妙。但文古朴，法不易见，非如八家起伏转折，径路可寻耳。拙处愈隽，生处愈韵，朴处愈华，直处愈曲折，粗俗处愈文雅。前辈尝云西汉风韵，今人但以庞厚当之，流为痴重肥窒，失之远矣。②

魏禧叹息的是西汉文章虽绝妙，但不易从中看出章法，后人因而无法直接从其中领会作文之妙法。要想领会其中之妙，只有转而求助于唐宋八大家，以唐宋八家文为津梁，借以窥视西汉文之奇妙，进而把握作文之奥妙。若不经过揣摩唐宋八家的文章体势这一阶段而贸然去学习西汉的文章，必得"画虎不成反类犬"之诮。魏禧如此立论的前提就是唐宋八家与西汉文章有天然的联系，在保持西汉文章风韵的同时，又能不同于西汉文章的古朴混雅。其间的脉络分明、起伏转折俱有迹可循。

魏禧强调为人必有识。这就意味着他对前人评价唐宋八大家的观点绝不完全认同，也意味着他并不认为唐宋八大家的文章业已尽善尽美。魏禧认为各家皆有其病：

---

① 魏禧：《答孔正叔》，《魏叔子文集》，中华书局，2003 年，第 360 页。

② 魏禧：《与王若先》，《魏叔子文集》，中华书局，2003 年，第 314 页。

吾闻《史记》为太史公未成之书，使太史公而在，当必更有改定。安见韩、苏诸公，于其文遂谓一成不可易也？古人之文，自《左》《史》而下，各有其病。学古人者，必知古人之病而力洗涤之。不然者，吾既自有其病，而又益以古人之病，则天下之病皆萃于吾一人之身，其尚可以为人乎哉?①

魏禧虽然感情炽烈，性如烈火，但在文章方面绝对是一个理性主义者。他从不将任何一部文学作品神圣化，而是回到文本产生的环境中来探寻其价值。魏禧认为司马迁并未完成《史记》，当然也就不遑论对全书的校定。在魏禧的眼中，《史记》的位置是高于唐宋之文的，如上文提到魏禧说《史记》是古文之堂奥，唐宋文是古文之门户。而唐宋八大家的文章，其产生也是有一定的时地限制，并不是天纵妙笔而成。因此，不可将它们都视作完美无瑕的艺术品，也没有任何一家值得完全的摹拟。魏禧就敏锐地看出了唐宋八大家的文章皆各有其弊，为以八家文为古文阶梯的学者敲响了警钟。他对八家古文所潜藏的文弊做了这样的解读："学子厚易失之小，学永叔易失之平，学东坡易失之衍，学子固易失之滞，学介甫易失之枯，学子由易失之蔓。惟学昌黎老泉少病，然昌黎易失之生撰，老泉易失之粗豪，病终愈于他家也。"② 在魏禧之前，还没有人对唐宋八大家的文章缺陷做过这么深刻而简练的批判。魏禧这里也已不在细枝末节上指出八大家有某某不可学之处，而是指出了每人文章中整体存在的隐患。后学者如果不能仔细揣摩把握其中的法度并加以灵活运用，而一味地生吞活剥，就会落入邯郸学步的俗套，将流于画虎不成、索然无味的困境。魏禧在提醒后学者须有所警惕的同时，也对八大家的文风提出质疑。在他看来，韩愈作文讲求陈言务去，易流于"生撰"。柳宗元的文章虽然如"层澜叠嶂，峭曲衍邃"，饶有"幽峭奇隽之气"③，但与魏禧崇尚的醇而能肆的文风相去甚远，评其"小"，就是针对其气象不够宏阔而言。对于一直备受赞誉的柳氏游记文，魏禧一直抱以客观冷静的品评。他说："柳记虽工，亦记之一家言耳，

① 魏禧：《八大家文钞选序》，《魏叔子文集》，中华书局，2003 年，第 413 页。

② 魏禧：《日录》，《魏叔子文集》，中华书局，2003 年，第 1130 页。

③ 魏禧：《孔正叔楷园文集叙》，《魏叔子文集》，中华书局，2003 年，第 389 页。

而必以摹仿为能则陋矣。"[①] 游记散文发展至魏禧的时代，已形成了三种创作范式。[②] 如果固守柳氏范式，将其视作唯一的典范，未免显得境界狭小，布局寒俭。三苏的文风与魏禧具有某种相似性，魏禧亦对他们的缺陷了解最深。如其所言："三苏氏之论，于古今为独绝；而议论之失平，亦苏氏最多。"[③] 苏轼的文风纵横博肆，但在魏禧看来，常常不得其理，或说理不彻。[④] 后来者若效此文风，稍微不慎则会沦为徒具叫嚣的"粗豪"之作。欧阳修的文章纡徐委曲，素以"平易"著称，但"平易"与"平"相距咫尺，其间界限何在，殊难把握。清人胡寿芝也谈过学欧文所易蹈之弊："六一务平易，后人专学其缓慢则不可。"[⑤] 其他关于苏轼、苏辙、曾巩、王安石等人文风可能走向的积弊，同样是魏禧的独到之谈，这里就不一一备述。魏禧的这套理论本为古文学习而发，充分展示了他对古文经典绝不盲从的怀疑精神与对前人文风利弊的敏锐洞察。魏禧对唐宋八大家的文风上的质疑，源于他对八大家的文章多能熟读深思。其中的若干评论还可折射出魏禧的为人风范和文章理想。如对于苏洵的名作《上田枢密书》，魏禧有这么一番批评：

> 苏明允《上田枢密书》，豪迈足赏，然自占地步，崚嶒逼人，使人忌而生厌，盖既为进干求知之事，而又为傲岸不屑之言也。八家中自昌黎作俑，而近世学步者愈可厌憎。如此篇首句："天之所以与我者岂非偶然哉？"便已无体。书以道情，开口一句，挺然便出议论，直作论耳。[⑥]

苏洵的文章历来被赞为"豪迈"，《上田枢密书》气势豪壮，绝无寻常士

---

① 魏禧：《李季子文叙》，《魏叔子文集》，中华书局，2003 年，第 400 页。

② 参见罗书华《袁宏道：山水散文的第三级》（《人文杂志》2012 年第 2 期），其主要观点为："中国山水散文发展可分三个层级，第一级以郦道元为代表，第二级以柳宗元为代表，第三级则以袁宏道为代表。第一级山水主要是作者客观叙述出来的静物，而且往往是有山水没人物；第二级山水，作者常用比拟的手法，山水也显示出灵动之性，而且山水中也可见到更多人物的踪迹。袁宏道将比拟手法发展到更加纯熟的境界，山水显示出更为郁勃的灵性，不仅如此，他的山水主要是作为人的对象存在，人才是山水散文的主体，这就将山水散文推向了前所未有的新高度——第三级。"

③ 魏禧：《八大家文钞选序》，《魏叔子文集》，中华书局，2003 年，第 414 页。

④ 比如苏轼认为范蠡经商为好货行径，徐枋给予严厉的批驳："当蠡之辞勾践而去也，勾践约与分国而有之，而彼不难拂而去之。迨其后积累数千万，而复能散尽其财。顾诋之为好货，此固蠡之所笑也。"见徐枋：《范蠡论》，《居易堂集》，华东师范大学出版社，2009 年，第 207 页。

⑤ 转引自洪本健：《欧阳修资料汇编》，中华书局，1995 年，第 1171 页。

⑥ 魏禧：《日录》，《魏叔子文集》，中华书局，2003 年，第 1128 页。

人干谒时的低眉顺首之状，历来为人所称道。林纾即评曰："明允此文虽有所求，然步步自占身分，不作哀鸣之声。书末言有田足以自活，其不忍弃，不敢亵，欲自表其载道之文耳。"[①] 韩愈向权贵干谒时也多作"傲岸不屑之言"，如其《与于襄阳书》开篇就说："士之能享大名、显当世者，莫不有先达之士，负天下之望者而为之前焉；士之能垂休、光照后世者，亦莫不有后进之士，负天下之望者为之后焉。"[②] 这更被视作后世干谒文的典范而为文人津津乐道。清代中期文人余诚评此文曰："不过是仕途穷窘，聊为求助。然妙能自占地步，故为立言有体。""抑扬顿挫，婉转曲折，凄切之中自饶高骞之致。"[③] 魏禧不苟同于这种见解，却能从中看出这类文风的"崚嶒逼人"之处，并指明韩愈肇始这种文风。魏禧始终反对贫贱骄人并妄附贵人之举，他身为遗民，生平不事干谒于达官贵人之门。他曾有过这样的反省："鸡鸣不寐，自念出游以来未尝有所求乞，而沾沾怀干泽之情；未尝见一要人，谒一名士，而汲汲有务名之心。名利之际，可易言哉？"[④] 对这种希图贵人赏识提携却故作"自占地步"、强为之言的文风，当然亦极为反感。关于古文创作目的，魏禧始终有着明确的意识，追求的是文须有益于天下国家。其在《郑礼部集序》中感慨道："世之士大夫以诗文名天下，而忧乐不出户庭之内，语不及于民生，吾未知其性情心术为何如也！"[⑤] 即便是唐宋诸贤，在文章中汲汲于个人功名，恐怕也会为魏禧所不屑。

魏禧对唐宋八大家的批判并不完全基于个人的情绪化体验，很多时候是出自其本人对古文创作体系的深刻思考。也就是说，魏禧对前人作品的品评，往往是源于其本人理论的自觉。比如，"积理"说和"练识"说是魏禧生平论文的得意之处，他在多种场合都曾反复论及。基于"积理"说和"练识"说，魏禧就对唐宋八大家的某些名篇进行了犀利的批判：

> 吾又常谓文章之根柢，在于学道而积理。守道不笃，见理不明，而好议论以刺讥于人，翻古人之成说，则虽极文章之工，取适于己，而有误于人，君子盖有所不取。退之潮州谢表，介甫、子固论扬雄，

---

① 林纾著，江中柱编：《林纾集》（第5册），福建人民出版社，2020年，第509页。

② 韩愈：《与于襄阳书》，《韩昌黎文集校注》，上海古籍出版社，1984年，第147页。

③ 余诚：《古文释义》，北京出版社，2018年，第483页。

④ 魏禧：《日录》，《魏叔子文集》，中华书局，2003年，第1088页。

⑤ 魏禧：《郑礼部集序》，《魏叔子文集》，中华书局，2003年，第440页。

明允论樊哙，永叔论狄青，既皆有害其生平。而东坡于西伯受命改元之事，论武王引以为据，论周公则辟其谬妄。《谏用兵书》，以唐太宗征高丽为戒，为《策断》，则据以为可法。明允《上仁宗书》，极言任子之不可，于《文丞相书》，又言减任子非是。子由策民事，欲行国服；论青苗，则极言官贷之害。夫理明者辞必简，议论多则意见乱，而自相抵牾者必甚。是以三苏氏之论，于古今为独绝；而议论之失平，亦苏氏最多。①

魏禧在这里激烈抨击的唐宋知名文人有韩愈、王安石、曾巩、欧阳修、苏洵、苏轼、苏辙，唐宋八大家占其七，再次证明魏禧对唐宋八大家并不抱着顶礼膜拜的态度。在这篇文章中魏禧批判的锋芒主要指向“有害其生平”与“有误于人”这两个方面，分别对应作者修身与读者影响两个领域。若严格以“学道而明理”标准来衡量八大家的文章，其中总有这样那样不尽如人意的地方。如欧阳修以文人的偏见排挤狄青，苏洵认为樊哙在刘邦死后可能会随吕氏谋反，皆为不情之论。如苏轼在唐太宗征高丽事、苏洵在“任子”事上的观点皆前后矛盾。究其原因，魏禧认为是“见理不明”，这里谈到的“理”当是魏禧所指的“积理练识”之理。诸人在文章上出现可疵议的地方，皆是因为未能做到“理熟则意见之偏私去，事练则利害之倚伏明”②。有必要指出的是，魏禧在这里对八家文弊病的论断似乎影响到沈德潜的相关看法。沈德潜在《唐宋八家文读本》的序言中曾这样评论八家文的缺陷：“今就八家言之，固多因事立言、因文见道者。然如昌黎上书时相，不无躁急；柳州论封建，挟私意窥测圣人；庐陵弹狄青，以过激没其忠爱；老泉杂于霸术，东坡论用兵，颍滨论理财，前后发议，自相违背。”③ 其无论举例还是观念，都与魏禧颇多相近之处。魏禧的文论观点影响后人或者说是后人“暗合”魏禧文论的地方如是者甚多，魏禧的文论卓绝之处由此可见一斑，他的文论贡献长期被低估的现状也应适时得以扭转。

正因为魏禧发现唐宋八大家的文章中多有偏颇不实之词，他才要求后学者对前人不可盲目地模仿，而要有所识别。他开出的学习唐宋八大家文章的正确途径是：“读《左》《史》则欲去其诬滥不经，唐、宋大家则欲去其偏见卮言，

---

① 魏禧：《八大家文钞选序》，《魏叔子文集》，中华书局，2003 年，第 413-414 页。

② 魏禧：《与甘健斋》，《魏叔子文集》，中华书局，2003 年，第 334 页。

③ 沈德潜选评、赖山阳增评：《增评唐宋八家文读本》，崇文书局，2010 年，第 7 页。

与文士之蹊径、才人之气习，夫非以求胜古人也。后之学者必有以胜古人，而后古人可学而至。故曰：智过其师，乃能如师。卑卑而守之，循循而效之，虽声实并至，其去古人则已远矣。”①

魏禧对唐宋八大家抱以理性的批判态度，与其对古人文集生成机制的认识有紧密的联系。如其所述“古人全集，每不易读，食鼎烹不如其尝一脔。何也？古人才名大重，当时耳食者，得其片纸只字，家弦户诵，耳以承耳，不敢略有删除，乃使后世为排沙简金之喻。”② 魏禧从文本生成学的角度出发，指出古人的文章并不全是精品的原因或在于后人仰慕古人的文名，因人及文，故将古人文章不分精粗地俱予收罗。这样做固然能最大限度地还原古人文章的面目，但终究会给后人的鉴赏、评介和学习带来不必要的障碍和困扰。

魏禧甚至认为唐宋八大家的文章在某种程度上已经形成了某种模式化的套路，如对其不加鉴别地仿效，不将学习建立在本人的积理练识的基础上，那么对他们的模仿甚至会构成自我性情抒发的障碍。他曾谈道：

> 古人文章无一定格例，各就其造诣所至、意所欲言者发抒而出，故其文纯杂瑕瑜犖然并见。至于后世，则古人能事已备，有格可肖，有法可学，忠孝仁义有其文，智能勇功有其文，孰者雄古，孰者卑弱，父兄所教，师友所传，莫不取其尤工而最笃者，日夕揣摩，以取名于时，是以大奸能为大忠之文，至拙能为至巧之论。呜呼，虽有孟子之知言，亦孰从而辨之哉！③

魏禧认为，世间万事几乎已被前人文章摹写殆尽，以至于事事都有定法可循。后人若完全依照前人的法则来临文运笔，必不能表达己之性情，甚至会欺世盗名、混淆名实。出于这一目的，魏禧要求“法者，变之至”的观点是必然的。魏禧是性情中人，甚至认为文章若能完全表现出己之性情，古人的法度也可以完全不顾的。“兴会所至，感慨悲愤愉乐之激发，得意疾书，浩然自快其志，此一时也，虽劝以爵禄不肯移，惧以斧钺不肯止，又安有左氏、司马迁、韩、柳、欧阳、苏在其意中哉？”④ 这就充分地说明，为了在文章中酣畅淋漓地抒发感慨悲愤之情，对韩、柳、欧、苏等人文章所凝定的典范共识抑或

---

① 魏禧：《答孔正叔》，《魏叔子文集》，中华书局，2003 年，第 360 页。
② 魏禧：《与彭躬庵》，《魏叔子文集》，中华书局，2003 年，第 303-304 页。
③ 魏禧：《日录》，《魏叔子文集》，中华书局，2003 年，第 1122 页。
④ 魏禧：《答计甫草书》，《魏叔子文集》，中华书局，2003 年，第 248 页。

清规戒律是可以选择忽略的。魏禧曾说过"天下文章，最苦无真气"，其意义也正在于此。

当然，魏禧反对固守前人文法，主张抒发个人性情，但这并不意味着他要强行在二者之间划出一条不可逾越的鸿沟。相反，魏禧始终强调文法的重要性，也反复申明读古人书的意义。他在《寄兄弟书》中曾如是谈起他的读书体会："人一日不学问，则眷写胸间宿意，文不新鲜。此非必捃拾事故，翦辞缀调，用所日新得。但多读古人书，便自沉浸变换，发生不穷，如春春花叶，本着故树，入人眼目，辄增鲜妍。"① 可见，其将读古人书当作文章焕发新意的重要基础。在另一篇文章中，魏禧还专门谈过以怎样的方式去学习古人，怎样在模拟与创作之间做到巧妙的平衡，堪称学习古文的经典指南："平时无论何人何文，只将他好处沉酣，遍历诸家，博采诸篇，刻意体认。及临文时，不可着一古人、一名人在胸，则触手与古法会，而自无某人某篇之迹。盖模拟者，如人好香，遍身便佩香囊。沉酣而不模拟者，如人日夕住香肆中，衣带间无一毫香物，却通身香气迎人也。"② 这大抵将模拟视作创作前的准备与积淀，强调以古人之文章精神来提高修养见识，而不能在临文时的表层技巧上追求与前代经典的相似。大致来说，在魏禧所有与门人讨论为文之道的文章中，没有一篇不强调熟读前人思想的重要性，也没有一篇不讲求个人的独创性意义。在《与诸子世杰论文书》中，魏禧专门谈到他学唐宋诸大家与其本人创作古文的关系："吾少好《左传》、苏老泉，中年稍涉他氏。然文无专嗜，惟择吾所雅爱赏者。至于作文，则切不喜学何人，人何篇目，故文成都无专似。"③ 魏禧饱读唐宋八大家的文章，古文亦时时可见唐宋八大家的影子。不局限于苏洵，其他人如韩愈、欧阳修、王安石等人的影响亦出现于魏禧的笔下。在面对前代文人巨大的典范效应时，魏禧古文基本上做到了学古而不泥古并最终融会超越的境界。下文将重点考察魏禧古文与苏洵等唐宋大家的深切渊源与独创之见。

第二节　策士之文：魏禧古文对苏洵史论的承变

自汉武帝"罢黜百家，独尊儒术"以来，儒学就自然成为中国古代社会

① 魏禧：《寄兄弟书》，《魏叔子文集》，中华书局，2003 年，第 291-292 页。
② 魏禧：《日录》，《魏叔子文集》，中华书局，2003 年，第 1123-1124 页。
③ 魏禧：《与诸子世杰论文书》，《魏叔子文集》，中华书局，2003 年，第 284 页。

的主流意识形态，中国古代文学也不可避免地打上了儒学的底色。这种底色存在于各种文体中，尤以散文最为严重。宣传宗经征圣，追求文以载道，在绝大多数古文家那里都成了他们创作的天然使命和根本旨趣。这一点，无论是韩柳欧苏，还是桐城三祖，皆概莫能外。历朝对其人其文的经典化，配合官方的宣传口径，更使彰显儒学义理成为古文表达的最终目标。所幸的是，在漫长的古代文学发展史上，有两位杰出的古文家，以饱含纵横家气息的文风而显得尤为别样。他们分别是"唐宋八大家"之一的苏洵和清代"古文三大家"之一的魏禧。王安石称"苏明允有战国纵横之学"①，四库馆臣称魏禧的文章为"策士之文"②。时隔五六百年、同样有着纵横家色彩的苏洵和魏禧在文章中又有何相同和不同之处，他们倾向纵横家的言说又出于怎样的根由，皆是本文要探讨的重点。

一、纵横家言：苏洵、魏禧散文的同质性

苏洵与其子苏轼、苏辙合称"三苏"，而魏禧与其兄魏际瑞、其弟魏礼并称"三魏"。"三苏""三魏"都以古文成就享誉于世，一门三人俱执当世古文之牛耳，是足以引起后人浓厚兴趣的重要现象。在清代，就有人将二者加以比附。"宁都三魏，或比之眉山三苏。"③ 若以文学成就论，"宁都三魏"以魏禧为最，"眉山三苏"则以苏轼为尊；若以文学风格论，则是魏禧与苏洵最合符契。的确，苏洵和魏禧的为人为学都有太多的共同之处，魏禧在创作上受惠于苏洵甚多。

魏禧曾坦言"少好《左传》、苏老泉"④，心仪《左传》尚属正常之事，在清代以前众多的古文家中独喜苏洵，还是比较特别的现象。苏洵其人，喜谈兵，好议论天下大事，《嘉祐集》中多有其谈论权谋的文章。魏禧也曾如此夫子自道："吾好穷古今治乱得失，长议论，吾文集颇工论策。"⑤ 可见魏禧与苏洵在才性与文学特色上都有许多共同之处。

早在宋元时代，人们就已注意到苏洵的文章与《战国策》密切的联系。

① 邵伯温：《邵氏闻见后录》，上海古籍出版社，2012 年，第 191 页。

② 永瑢等：《四库全书简明目录》，华东师范大学出版社，2012 年，第 815 页。

③ 徐珂：《清稗类钞》，中华书局，2010 年，第 3464 页。

④ 魏禧：《与诸子世杰论文书》，《魏叔子文集》，中华书局，2003 年，第 284 页。

⑤ 魏禧：《与诸子世杰论文书》，《魏叔子文集》，中华书局，2003 年，第 283 页。

北宋王安石认为苏洵有纵横之学，南宋的黄震在回顾宋代学术史时将苏洵视为纵横家的巨擘："本朝理学大明，而战国纵横之学如三条四列，隐见起伏。铮铮于本朝者尚四人，苏老泉其巨擘。"① 在某种意义上而言，《战国策》称得上是一部讲权术、述诡诈之书。《嘉祐集》中最有特色的也是讲究智谋的议论文。开篇几卷以"权书""衡论""几策"等命名，即可窥见苏洵的平生志向与为文祈向。此类文章的核心，就意在说明如何在政治生活的各个领域里运用权术。这一特点在魏禧那里得到了充分的继承和发扬。魏禧最为得意的史论和策论如《宋论》《晁错论》《春秋列国论》等，皆是为古来帝王将相出谋划策之论，绝似战国纵横家进谏诸侯之状。在儒术大行的时代，如何处理儒家与纵横术的关系，魏禧和苏洵也有近似的看法。苏洵毕竟不同于战国时代的纵横家，在他的心头还横亘着"经"，正如他所说："龙逢、比干，吾取其心，不取其术。苏秦、张仪，吾取其术，不取其心，以为谏法。"② 直接将"心"与"术"割裂并峙，强调君子亦须有"术"。其所谓"术"，即"机智勇辩如古游说之士"常用的游说方法，具体而言，就是"理论之，势禁之，利诱之，激怒之，隐讽之"③。甚至是苏秦、张仪这样的臭名昭著的朝秦暮楚之人的进谏之术，也在其追摹之列。总之，在苏洵看来，以君子心而秉小人术，最终目的还是要"参乎权而归乎经"④。苏洵很注意强调其与"小人"用术之不同。"夫游说之士，以机智勇辩济其诈，吾欲谏者以机智勇辩济其忠。"⑤ 很显然，苏洵将"权"视作通于"经"的必不可少的桥梁。为此，苏洵还将魏征视作以游说之术进谏而终获成功的典范。"吾观昔之臣言必从，理必济，莫如唐魏郑公。其初实学纵横之说，此所谓得其术者欤?"⑥ 至于"权"的实行是否构成对"经"的侵蚀与叛离，则不在其考虑范围内。总而言之，在苏秦、张仪等纵横家身上发现可效仿之点，将魏征的谏言视作有纵横风范，本就是其偏于老苏文极具纵横气的特征。

在"经"与"权"的问题上，魏禧与苏洵持相似而绝非等同的立场。在

---

① 黄震：《黄氏日抄》，王水照《历代文话》，复旦大学出版社，2007 年，第 832 页。
② 苏洵：《谏论上》，《嘉祐集》，上海古籍出版社，1993 年，第 244 页。
③ 苏洵：《谏论上》，《嘉祐集》，上海古籍出版社，1993 年，第 243 页。
④ 苏洵：《谏论上》，《嘉祐集》，上海古籍出版社，1993 年，第 243 页。
⑤ 苏洵：《谏论上》，《嘉祐集》，上海古籍出版社，1993 年，第 243 页。
⑥ 苏洵：《谏论上》，《嘉祐集》，上海古籍出版社，1993 年，第 244 页。

其具体的表述中，魏禧将“经”置换为“道”，而透露出了更深一层的思索。魏禧曾在《读宋李忠定公集》中谈起其推崇的古今名人有李纲与王守仁，推许李纲为“汉以来第一人”“三代后第一流人物”，而王守仁成就了明代“三百年第一功业”。原因是他们可以“通权达变，以合于道”①。可见，魏禧认为在达于“道”的过程中，“权”同样不可缺少，或者可以说，“权”是达于“道”的必要条件。其在《汉中王称帝论》一文里，将此观点表达得更为明彻：“不知权，则遂失其经矣。”② 此语已与魏禧的宋代同乡李觏“道不以权，弗能济也”③ 的观点遥相呼应。由于魏禧没有正面表述道为何物，我们不妨从其反面寻找答案。魏禧极度推崇李纲，是因为其在靖康之变中的一系列果断措施。“议和之时，奸相昏主阴许割地，公闻而力争，且留三镇诏书，戒中书吏以辄发者斩，又欲候勤王之师大集，因以将帅意，檄军前以改誓书，此皆敢于犯难为反经合道之事。”④ 魏禧此论是对传统的“经”“权”“道”关系的一大突破，相对于苏洵所论，也愈觉通达透彻。自汉儒以来，虽时有经权之论，提出可以适当用“权”，但都没有否定“经”的地位。如董仲舒有言：“夫权虽反经，亦必在可以然之域。”⑤ 即“权”的使用，必须在“经”的允许范围内。朱熹在论述“权”“经”“道”的关系时提出：“经者，道之常也；权者，道之变也。”⑥ 这里指出“经”“权”俱是“道”的不同表现形式，固然赋予了“权”的正当地位，实则也是将苏洵的观点加以理学确证而已。虽然朱熹曾批评苏洵文“议论乖角”“以此知人不可看此等文字，固宜以欧、曾文字为正”⑦，但即便以苏洵最激烈的言论来看，也没有越出朱熹理学思想的藩篱。

朱熹又反复申言“经”的地位不可动摇，如其所论：“经是万世常行之道，权是不得已而用之。”⑧ “虽是权，依旧不离经，权只是经之变。”⑨ 这不可变易的“经”或“万世常行之道”，当然包括朱熹所说的“三纲五常”。对

---

① 魏禧：《读宋李忠定公集》，《魏叔子文集》，中华书局，2003 年，第 1040 页。
② 魏禧：《汉中王称帝论》，《魏叔子文集》，中华书局，2003 年，第 54 页。
③ 李觏：《易论八》，《李觏集》，中华书局，2011 年，第 41 页。
④ 魏禧：《读宋李忠定公集》，《魏叔子文集》，中华书局，2003 年，第 1041 页。
⑤ 董仲舒著，苏舆撰：《春秋繁露义证》，中华书局，1992 年，第 79 页。
⑥ 朱熹著，黎德靖编：《朱子语类》，中华书局，1986 年，第 989 页。
⑦ 朱熹著，黎德靖编：《朱子语类》，中华书局，1986 年，第 3311 页。
⑧ 朱熹著，黎德靖编：《朱子语类》，中华书局，1986 年，第 989-990 页。
⑨ 朱熹著，黎德靖编：《朱子语类》，中华书局，1986 年，第 994 页。

此，朱熹有明确的论说："所谓损益者，亦是要扶持个三纲、五常而已。如秦之继周，虽损益有所不当，然三纲、五常终变不得。君臣依旧是君臣，父子依旧是父子。"① 朱熹此语，在南宋以后的古代思想界，被视作典型正论。而魏禧纵论李纲的文字，则是对此语的根本破除。魏禧堂而皇之地提出"反经"一语，将"道"置于"经"之上，甚至将"反经"视作"合道"的必要条件。从魏禧枚举的李纲临变措施来看，其无一不是反对"奸相昏主"的乱命，以求国家社稷的安定，魏禧甚至还断言，如果李纲身处岳飞北伐大捷之情势下，"必不听金牌之召还也"②。由此，我们可以断定，魏禧所以言之"经"即为君君臣臣的封建政治伦理，而"道"则为国家安宁与民众福祉，后者的地位显然要高于前者。这既是对孟子"民贵君轻"说的继承，亦是清初思想启蒙时代的自然表征。或许我们还可以说，魏禧隐约地认识到君王的权威与国家的兴盛是时时相矛盾的，适当时候必须以反对君主乱命的方式去完成治国平天下的使命。

至于魏禧所言"权"要如何界定，有下面这段话可作为参考："大约君子处国家大事，有决不可用小人之术者，如卫鞅虏公子卬，韩信背郦生破齐之类；有可用小人之术者，如温峤之于王敦，王曾之于丁谓。"③ 所谓小人之术，不外乎诡诈善变、不守信义等战国策士常用而又为正统儒者所排斥的权术。如商鞅以"乐饮而罢兵，以安秦魏"为借口，约公子卬会盟，而"卫鞅伏甲士而袭虏魏公子卬，因攻其军，尽破之以归秦"④，是典型的背信弃义之行径。君子与小人，曾几何时被看作冰炭不容的两极，在魏禧的表述中居然可以在某种情况下同时存在于一人之身上。从以上四例来看，我们可以发现一个饶有意味的现象，魏禧似乎主张在对外征战时不可用小人之术，须用堂堂正正之师来克敌制胜，也唯有如此，才能切实做到国富而兵强；而在处于朝堂内部的争斗时，小人之术就变得必不可少了。这也无意中透露出一个残酷的事实，即庙堂之上党同伐异的波谲云诡之凶险程度远远大于刀光剑影的疆场征战。

细读苏、魏两家的文章，还可以清晰地看出苏洵在文章取材、立意等方面对魏禧的影响。《魏叔子文集》中有六篇文章是对苏洵相关文章的直接回应，

① 朱熹著，黎德靖编：《朱子语类》，中华书局，1986 年，第 598 页。

② 魏禧：《读宋李忠定公集》，《魏叔子文集》，中华书局，2003 年，第 1041 页。

③ 魏禧：《再答谢约斋书》，《魏叔子文集》，中华书局，2003 年，第 260 页。

④ 司马迁：《史记》，中华书局，1959 年，第 2233 页。

从数量上看远超他人，分别是《书苏文公〈高帝〉后》《书苏文公〈谏上〉后》《书苏文公〈谏下〉后》《书苏文公〈明论〉后》《书苏文公〈辨奸论〉后》《书苏文公〈远虑〉后》，足见魏禧对苏洵的关注和浸淫之深。另外，《魏叔子文集》中更有一批文章是由苏洵文中的只言片语铺陈而来的。如苏洵在《远虑》篇中谈到“天下之变，常伏于燕安”①。魏禧就针对此文作有《宋论》，开篇就是“天下之乱，不乱于既乱，而乱于既治”②。与老苏的言论何其相似，而通篇文章也是围绕这句话来展开论证的。若结合题目《宋论》来看，文章阐述北宋覆亡的根由，未尝不是对北宋人苏洵远见的激赏。苏洵有名篇《辨奸论》，阐述辨奸之难：“人事之推移，理势之相因……而贤者有不知，其故何也？好恶乱其中而利害夺其外也。”③ 魏禧便专门就宋朝大奸臣蔡京立论，作了篇《蔡京论》，谈到辨别奸臣的方法：“内设大公之心，外破一成之见，因其迹之所可见者，参验于众论而衡之以理，则久之而真伪短长可以互传。”④ 这可看作是对苏洵某一问题的解答。更有甚者，苏洵曾提起陈胜、吴广失败的原因是“无腹心之臣者”⑤，这本来只是随口提及，魏禧就据此写了《陈胜论》，文章的核心观点就是：“古今发天下之大难，成天下之大功者，必有人为之谋主；谋主立，而群才有所凭藉而进……陈胜起于戍卒，首发大难，除秦之暴，其功当王天下。然不久败亡者，恃甲兵之众，攻城略地之易，不知求贤以自辅而无谋主故也。”⑥ 类似这样的例子，在魏禧的文章中还能找出一些，限于篇幅，不再一一列举。魏禧的许多观点或是对苏洵的认同，或是申发。这固然在某种程度上妨碍了魏禧某些文章的原创性，但对我们厘清魏禧古文的渊源大有裨益。

魏禧曾这样形象地评价苏洵文章的特点：“明允如尊官酷吏，南面发令，虽无理事，谁敢不承。”⑦ 质言之，魏禧推崇的是苏洵散文中透辟、明快的风格，能在纷乱的事实和纷纭的解说中迅速抓住问题的要害。如苏洵的《管仲论》，针对管仲死后齐国大乱的史实，提出“夫功之成，非成于成之日，盖必

---

① 苏洵：《远虑》，《嘉祐集》，上海古籍出版社，1993 年，第 82 页。
② 魏禧：《宋论》，《魏叔子文集》，中华书局，2003 年，第 65 页。
③ 苏洵：《辨奸论》，《嘉祐集》，上海古籍出版社，1993 年，第 271 页。
④ 魏禧：《蔡京论》，《魏叔子文集》，中华书局，2003 年，第 70 页。
⑤ 苏洵：《远虑》，《嘉祐集》，上海古籍出版社，1993 年，第 81 页。
⑥ 魏禧：《陈胜论》，《魏叔子文集》，中华书局，2003 年，第 44 页。
⑦ 魏禧：《日录》，《魏叔子文集》，中华书局，2003 年，第 1128 页。

有所由起；祸之作，不作于作之日，亦必有所由兆”[①] 的观点，顺势将齐国动乱的责任指向管仲不能举贤自代。可谓精紧透辟，发人之所不能发。魏禧对于苏洵史论文如老吏断狱的风格可谓深谙其中三昧，如他的《宋论》开篇言“天下之乱，不乱于既乱，而乱于既治；国家之祸，不作于小人，而作于君子”[②]，随之将北宋灭亡的原因归结为元祐党人对变法派的姑息，其句式与论证方式与苏洵又是何其相像。

比起同时代的其他文人，魏禧的卓异之处往往体现在他能精准地洞察历史要害，品鉴人情真伪。即以阮籍为例，清初已有人对其放达的作风产生怀疑。如余怀在其《余子说史》中就对阮籍在母丧期间饮酒食肉的行为提出不一样的解读：“余谓籍本酒徒，沉湎而吐，殆中酒耳，何孝之有！”又说：“籍外虽佯狂，内实柔谨。不然，司马昭何以仇杀叔夜，而保护籍乎？且昭又称其至慎，则委蛇于司马父子之前可知也。”[③] 此语可谓颠覆了历代对阮籍表面放达而内心纯孝的评价，更全面质疑阮籍真情率性的形象。这种论断在清初文坛上已是某种程度上的共识，魏禧对阮籍的看法也是如此。但是，他作的《阮籍论》并没有将注意力止于对阮籍个人形象的评判上，而是寻求其如此怪异行径背后的社会动因。魏禧直言阮籍闻听母丧尚决赌饮酒，“此其悖理灭情，有甚于犬豕之无人性者”，指出其缘由就在于魏晋时代“以矫情立异为贤”的风气。[④] 在全文的最后，魏禧直言阮氏行径之害：“人慎毋自怙其习，以戕贼其性，使至于灭哉！”[⑤] 从根本上否定了历代对阮籍“任情”的评价，但其立意更为深察审决。有人评价这篇文章说：“以决赌饮酒为伪，真老吏断狱。”[⑥] 魏禧纵论史事、探察真伪、抉其得弊的功力，比起苏洵亦不遑多让，甚至凌而上之；而这里对魏禧文章如“老吏断狱”的象喻式评价已说明当时文人已充分注意到其史论文风格与老苏具有内在的一致性。魏禧的其他议论文如《唐太宗平内难论》《续纵囚论》等亦能在具体史事上批簃抉要，洞其要领。

四库馆臣评魏禧的文章为“策士之文”，主要是针对其史论文而言。就审

---

① 苏洵：《管仲论》，《嘉祐集》，上海古籍出版社，1993 年，第 261 页。
② 魏禧：《宋论》，《魏叔子文集》，中华书局，2003 年，第 65 页。
③ 余怀：《余子说史》，《余怀全集》，上海古籍出版社，2011 年，第 480 页。
④ 魏禧：《阮籍论》，《魏叔子文集》，中华书局，2003 年，第 55 页。
⑤ 魏禧：《阮籍论》，《魏叔子文集》，中华书局，2003 年，第 56 页。
⑥ 魏禧：《阮籍论》，《魏叔子文集》，中华书局，2003 年，第 56 页。

美风尚来看，魏禧的史论文确乎从《战国策》、苏洵古文那里一脉流衍。《战国策》最主要的审美风格便是其议论之辞的纵横驰骋，如章学诚言："其词敷张而扬厉，变其本而加恢奇焉。"[①] 这一点为苏、魏二人充分继承。欧阳修评价苏洵文曰："博辨弘伟""纵横上下，出入驰骤，必造于深微而后止"[②]。苏洵的《六国论》即是这种文风的代表。全文感情充沛，说理透彻，酣畅淋漓的行文与纵横排比的句式都使得苏洵如同战国策士一般慷慨陈词。而魏禧的文章，在清初尤以纵横豪宕而知名。清人在谈到魏禧的文风时，常会揭示其与苏洵的文章渊源。如同为易堂九子的曾灿说："叔子爱苏明允，故其文特雄健。"[③] 身后二百年的张维屏说："冰叔先生尤深于史，举数千年治乱兴衰得失消长之故，穷究而贯通之，而又验之人情，参之物理。本胸中所积而发之于文，故其势一往而不可御，其行文之妙盖得力于《史记》、老苏者居多。"[④] 更值得注意的是，宋荦编选《国朝三家文钞》时，在序言中这样概括魏禧的文章风格："文必有为而作，踔厉森峭而指事精切，凿凿乎如药石可以伐病者，魏氏之文也。"[⑤] 苏洵父子推崇的正是这样的文风，如苏轼《凫绎先生文集序》所述："先生之诗文，皆有为而作，精悍确苦，言必中当世之过，凿凿乎如五谷必可以疗饥，断断乎如药石必可以伐病。"[⑥] 对相隔六百年的两位文人的评语竟如此相像，连用词都几乎相同。这已不能用偶合来解释了，更可看作宋荦对苏轼文章的有意挪用模仿，而魏禧文风对苏氏的沿袭已为人所共知。

二、变千古君臣之义：魏禧散文的新变

在看到魏禧古文深受苏洵影响的同时，我们亦不能简单地将魏禧的文章视为对苏洵亦步亦趋的模仿。魏禧是个极具怀疑精神和创新意识的文人，对于前贤大家从不盲目迷信，自不可能完全仿照苏洵的风格路数。魏禧对苏洵文的赞许很大程度上就是因为苏洵文章的独创性。如其所言："苏氏父子论，则古当不有是。不谓开创，殊不可得。吾诸论亦私自谓苏氏后恐无其偶。"[⑦] 在史论

---

① 章学诚著，叶瑛校注：《文史通义校注》，中华书局，1985 年，第 61 页。

② 欧阳修著，洪本健校笺：《欧阳修诗文集校笺》，上海古籍出版社，2009 年，第 902-903 页。

③ 曾灿：《魏叔子文集序》，《魏叔子文集》，中华书局，2003 年，第 1 页。

④ 张维屏：《国朝诗人征略》卷三，清道光十年刻本。

⑤ 宋荦：《国初三家文钞序》，《国朝三家文钞》卷首，清康熙三十四年刻本。

⑥ 苏轼：《凫绎先生文集序》，《苏轼文集》，中华书局，1986 年，第 313 页。

⑦ 魏禧：《与诸子世杰论文书》，《魏叔子文集》，中华书局，2003 年，第 284 页。

文的创作上，魏禧自认为他的成就足以比肩苏洵。的确，在对纵横家思想的阐扬和行文风格的构造上，魏禧都有其鲜明的独创性，在很多方面均能开拓新境。

如上所述，魏禧有六篇古文是对苏询的回应。苏洵的这六篇文章都是关于如何处理臣子与帝王的关系，其中多有权诈之说，是标准的战国策士的话语。魏禧对这些观点一一加以评价，实际上也就展现了其本人对君臣关系的理解。魏禧的这六篇文章无疑可看作是苏、魏二人的直接对话，是相隔五六百年都带有纵横气的两位文人在思想上的交锋。魏禧在这六篇文章中有驳斥，有引申，更有另立新说，就是没有对苏洵观点的简单模仿或直接重述。如果将“书后”比作书评或读后感的话，那么同一层面上的对话甚至争论就是题中应有之义，后来者对前者的超越也体现于此。魏禧正是通过这几篇“书后”文，将其对苏洵文的揣摩展露得淋漓尽致。清人平步青即评曰：“老苏《谏论》二篇，指陈严切。魏叔子《书后》，更益其所未尽。世争以为奇作。”[①] 比较魏禧这两篇“书后”与苏洵原作的理念差别，更能把握魏禧思想的卓异之处。

苏洵的《谏论上》提出有五种进谏君主的方法，“说之术可为谏法者五，理论之，势禁之，利诱之，激怒之，隐讽之之谓也”[②]。分别以“触龙说赵太后”“子贡以内忧教田常”“田生以万户侯启张卿”“苏秦以牛后羞韩”“苏代以土偶笑田文”等历代事作为案例，指出此五术的使用必能带来进谏的成功：“理而喻之，主虽昏必悟；势而禁之，主虽骄必惧；利而诱之，主虽怠必奋；激而怒之，主虽懦必立；隐而讽之，主虽暴必容。”[③] 五术分别是针对人主的不同性格缺陷而发，颇有韩非子《说难》之风。苏洵对此观点颇为自信，曰：“致君之道尽于此矣。”对此精密深微的进谏思路，魏禧却是有着更深一层的看法，他直言苏洵论断的不足，并不认为有此五术就能万无一失。“术之中尤有术焉，得其术则五术皆济，失其术则五术可至杀身。夫用术者亦在审其机而已。”[④] 在进谏活动中，魏禧认为“审其机”比“精其术”要重要得多。所谓“五术未用，先用其机”[⑤]。把握进谏的时机，再适机选择恰当的进谏术，才是

---

① 平步青：《霞外攟屑》，上海古籍出版社，1982 年，第 465 页。
② 苏洵：《谏论上》，《嘉祐集》，上海古籍出版社，1993 年，第 243 页。
③ 苏洵：《谏论上》，《嘉祐集》，上海古籍出版社，1993 年，第 244 页。
④ 魏禧：《书苏文公〈谏上〉后》，《魏叔子文集》，中华书局，2003 年，第 659 页。
⑤ 魏禧：《书苏文公〈谏上〉后》，《魏叔子文集》，中华书局，2003 年，第 660 页。

成功的关键。魏禧在此文的结尾，加以“离经叛道”的结论：“古之谗人，其言无不听用，非有奇术也，得其机而用之。”似乎还嫌此语不够明晰，难以晓众，最后图穷匕首现：“谏之道通于说，则十可得九；谏之术合于谗，则百举而百有功。”[①] 这就在客观上点破那些尽心为国的进谏忠臣与损公肥私的播乱小人在使用同一种语言策略，不啻惊世骇俗之语。邱维屏就此评曰：“立论之精，似偏极正，似通极确。于谏说一道，韩非子为原病，苏老泉为开方，今裕斋复为鉴肌切脉之术，无遗义矣。”[②] 在经典传承序列上给予魏禧此文以重要的地位。另外，在全文结束后，魏禧还罕见地附上一条“自记”，足见其识断俱从《战国策》中来。“全部《国策》只一‘机’字可了。故同一说也，今日不效而明日效，此人从而彼人不从，乃知纵横家非有硬法可学，全在心细手敏处得力耳。”[③] 这足见魏禧充分认识到了进谏的难处，绝不是生硬地搬用几种进谏策略便能奏效。此篇“书后”，比起苏洵原作，行文更为劲悍生新，卓识更为斩劲切凿，当是其揣摩《战国策》更为熟稔所致。

苏洵的《谏论下》继上篇而发，主要谈的是“欲臣必谏”。老苏站在君主的角度思考，要怎样才能使进谏之风大行，使人臣都能踊跃进谏，他给出的策略是赏谏而惩不谏。具体来说，“先王知勇者不可常得，故以赏为千金，以刑为猛虎，使其前有所趋，后有所避，其势不得不极言规失”[④]。这套策略颇有《战国策》“邹忌讽齐王纳谏”章的遗韵，其文曰：“群臣吏民，能面刺寡人之过者，受上赏；上书谏寡人者，受中赏；能谤讥于市朝，闻寡人之耳者，受下赏。”[⑤] 苏洵不过是在赏谏之外加上刑不谏而已。对于如何使君王能够充分纳谏，魏禧其实是不抱太多期望的。在他看来，即便进谏者有战国游说之士的巧言便舌，也不一定能够奏效。魏禧深知后世臣子的处境与战国策士的根本区别，他说：“说易而谏难。”原因在于：“说之为说，多动于利害，而谏常争以理。理非贤者不能信，而利害者，愚不肖所共明。且吾诚说其人，一事从吾说，吾无求矣。吾立人之朝而思谏其君，虽多至千百事，皆不可以嘿嘿而与为

① 魏禧：《书苏文公〈谏上〉后》，《魏叔子文集》，中华书局，2003年，第660页。
② 魏禧：《书苏文公〈谏上〉后》，《魏叔子文集》，中华书局，2003年，第661页。
③ 魏禧：《书苏文公〈谏上〉后》，《魏叔子文集》，中华书局，2003年，第660页。
④ 苏洵：《谏论下》，《嘉祐集》，上海古籍出版社，1993年，第252页。
⑤ 刘向编：《战国策》，上海古籍出版社，2015年，第188页。

苟且。"① 魏禧根本不曾寄希望于君主能真正做到赏谏而惩不谏，同时，他又极知臣子进谏成功之难，而臣子又不可见朝政日非而闭口不言。面对此极难处理之局，魏禧提出的解决方案是必须有"格心之臣"即周公、霍光那样的权臣，方能"百谏而百从"。为增加文章的说服力，魏禧在结尾处又提出一组强有力的对照。"孔子相鲁三月，卒不得志于季氏；昌邑无道，霍光废之而立孝宣。夫得其权，则伊尹之事再见于霍光；不得其权，则孔子不能为周公。"② 古代文人谁都会承认孔子的才能高于霍光，可谁又能否认孔子相君的功绩要弱于霍光呢？这足以证明人臣之权是确保进谏成功的充分保证。因此，魏禧主张给人臣以权柄，特别是那种能威慑君主的权力。这当然是治本之策，只是囿于君臣伦理的文人将其视作禁区而不敢涉足。

其实，如何能够有理而有力地进谏君主，一直是古代文人讨论的重要命题。出于君臣伦理的考量，"闭门焚谏草"才是最合适的做法。不以忠直而沽名，不以怨上而沽直，君主纳谏后又功成而不居。正如《汉书》所论："救主之失，补主之过，扬主之美，明主之功，使主内无邪僻之行，外无骞污之名，事君若此，可谓直言极谏之士矣。"③ 从具体的进谏言语艺术而论，一般认为深合君臣之义的就是"讽谏"。《孔子家语》有言曰："忠臣之谏君有五义焉：一曰谲谏，二曰戆谏，三曰降谏，四曰直谏，五曰讽谏，惟度主而行之。吾从其讽谏乎？"④ 须知，在专制社会的政治语境下，"极端重视臣之进谏与君之纳谏，却并未规定君王必须纳谏，因而谏诤制度存在着先天不足的致命弱点，它仅仅取决于君臣双方的政治良心与道德修养程度"⑤。而"讽谏"的确既能保全君主颜面，又使臣子能够最大限度地远罪避害，复有孔子倡导在先，所以颇受推崇。苏洵在《谏论上》中对唯"讽谏"是尊的思路提出质疑，称"吾以为讽、直一也，顾用之之术何如耳"⑥，消解了"讽谏"的神圣性。故唐顺之誉其为"千古绝调"⑦。魏禧则走得更远，置身于进谏的具体场合，提出"审机"要重于"用术"，极大地推进提升了进谏的艺术；又提出"格心之臣"的

① 魏禧：《书苏文公〈谏下〉后》，《魏叔子文集》，中华书局，2003 年，第 661 页。
② 魏禧：《书苏文公〈谏下〉后》，《魏叔子文集》，中华书局，2003 年，第 662 页。
③ 班固：《汉书》，中华书局，1962 年，第 2294 页。
④ 杨朝明、宋立林主编：《孔子家语通解》，齐鲁书社，2013 年，第 163 页。
⑤ 韩维志：《上古文学中君臣事象的研究》，上海古籍出版社，2006 年，第 81 页。
⑥ 苏洵：《谏论上》，《嘉祐集》，上海古籍出版社，1993 年，第 242 页。
⑦ 唐顺之：《文编》，《景印文渊阁四库全书》第 1377 册，上海古籍出版社，1986 年，第 324 页。

概念，从根本上跳出了古代文人预设的君尊而臣卑的进谏语境。如果强调进谏的成功率，魏禧的方略当是最奏效的。欧阳修在《故霸州文安县主苏君墓志》中曾对苏洵文有这样的盖棺之评："纵横上下，出入驰骤，必造于深微而后止。"[①] 但若将此语移于魏禧古文，亦当更为允洽切当。

魏禧六篇直接针对苏洵古文的"书后"文，都对原作未尽之意有着强烈的引申。既是对相关议题的深刻发掘，更是展露魏禧胸襟气质的重要载体。

苏洵的《高帝论》发掘汉高祖临终时隐微的帝王心术，意谓刘邦已预知吕后必在其身后为乱，而命周勃为太尉、不杀吕后、曾命诛樊哙等事，皆是意有所指，为其通盘谋划的重要步骤。此篇"以虚作实"，历来评价甚高，《古文关键》载曾巩语曰："老泉之文，侈能使之约，远能使之近，大能使之微，小能使之著，烦能不乱，肆能不流。作《高祖论》，其雄决俊伟，若决江河而下也；其辉光明白，若引星辰而上也。"[②] 魏禧则直呼从中看出苏洵的"凿智之害"，"观《权书·高帝》一篇，则幸其不用。其不幸而用，害将与安石等"[③]。其逐条反驳苏洵的论点，颇显卓鉴。苏洵称"安刘氏必勃"是已预判了吕氏之乱，魏禧则称这是针对常见的政治危机而言，"君崩而嗣子幼，则天下将有意外之患，故必属诸大臣以镇抚之"[④]。苏洵称汉高帝临终前不杀吕氏，"独计以家有主母，而豪奴悍婢不敢与弱子抗"[⑤]。魏禧则说："吾不知洵所谓豪奴悍婢者何人也。信、越、布、豨，帝既生而诛夷。当时存者，何、参、平、勃、陵、婴诸人耳，非有枭桀难制、内握重兵、外据大国者也。"[⑥] 结合历史情境，批出苏洵论断之妄。至于樊哙，魏禧根据其在刘邦生前的行为，称："不阿帝于生，则必不叛帝于死。其不肯阿后以危刘氏明矣，而洵顾以椎埋屠狗斥之。"[⑦] 较之于苏洵的以虚作论，以设想为辞，魏禧的推论无疑更有情理。

通过"书后"文，魏禧时时显露出才智杰出、贴近生活而切于实用的一

① 欧阳修：《故霸州文安县主苏君墓志》，欧阳修著，洪本健校笺《欧阳修诗文集校笺》，上海古籍出版社，2009年，第902－903页。

② 吕祖谦：《古文关键》，商务印书馆，1936年，第99页。

③ 魏禧：《书苏文公〈高帝〉后》，《魏叔子文集》，中华书局，2003年，第657页。

④ 魏禧：《书苏文公〈高帝〉后》，《魏叔子文集》，中华书局，2003年，第658页。

⑤ 苏洵：《高祖论》，《嘉祐集》，上海古籍出版社，1993年，第73页。

⑥ 魏禧：《书苏文公〈高帝〉后》，《魏叔子文集》，中华书局，2003年，第658页。

⑦ 魏禧：《书苏文公〈高帝〉后》，《魏叔子文集》，中华书局，2003年，第658页。

面。苏洵《辨奸论》备道辨奸之难,[1] 给出的辨奸指南是“凡事之不近人情者，鲜不为大奸慝”[2]。魏禧指出“辨之之道有二：凡事之不近人情者，其忍僻足以贼天下也；凡事之太近人情者，其柔媚足以杀天下也”[3]。这就在苏洵的方略外，另辟一辨奸慧眼，而“太近人情者”恰恰是在日常生活中时常遇到的，且不易被人觉察，其危害性也更大。如果按照魏禧给奸邪小人的排序等级，“小奸窃位，其上窃权，大奸窃心”，那么“太近人情”者无疑为大奸。魏禧通篇文章也就讨论此“太近人情”的“人之大奸”的危害之深与难以防患。其言之确当，在后世颇有影响，只不过后人再次提起这个观点时会有意无意略去魏禧的名字。比如沈德潜的《唐宋八家文读本》也是如此评《辨奸论》：“荆公之奸，从不近人情看出，千古卓见。然古今来，亦多以近人情而曲行其奸者，不可不知。”[4]

魏禧的“书后”文也有为苏洵所议之题而提出应对方略的。比如苏洵的《远虑》说君主必须有腹心之臣，魏禧则明确指出守成之主难有腹心之臣，并道出识别腹心之臣的十种方法。分别是“莅政之暇，时降礼而接之，引以议论，使得以舒达其志，道一；屈之以非礼，观其偷容，道二；骤荣之以恩爵以观其喜，惧之威以观其畏，道三；授之卒然难应之事，道四；功大赏薄，观其怨望否也，道五；吾有过言，有过行，其谀我，或从而诤我，道六；吾观其所誉果君子乎？所毁果小人乎？不狗私恩，不怀小怨，道七；使之作非常，不好名而惧谤，道八；考所论设有深思远虑，不苟于目前，不惑于群议，道九；九者皆善，而出于其中心之所诚然，道十”[5]。这十种方法有经有权，有表有里，都切实可行，极具操作性。虽然魏禧对识人之法颇有体会，但其坚决反对君主对臣下操弄权术。苏洵《明论》就在谈君王如何愚弄民众：“天下之事，譬如有物十焉，吾举其一，而人不知吾之不知其九也。历数之至于九，而不知其一，不如举一之不可测也。而况乎不至于九乎？”[6] 魏禧却对此“驭下之术”

---

① 关于苏洵《辨奸论》的真伪问题，自清代李绂《书〈辨奸论〉后二则》后便多有争议。经过持续讨论，倾向于其为苏洵所作的观点“渐有抬头之势”。参见王昊《近五十年来〈辨奸论〉真伪问题研究述评》（《社会科学战线》2002 年第 1 期）。在魏禧的时代，则不存在《辨奸论》的真伪之争。

② 苏洵：《辨奸论》，《嘉祐集》，上海古籍出版社，1993 年，第 272 页。

③ 魏禧：《书苏文公〈辨奸论〉后》，《魏叔子文集》，中华书局，2003 年，第 663 页。

④ 沈德潜选评、赖山阳增评：《增评唐宋八家文读本》，崇文书局，2010 年，第 392 页。

⑤ 魏禧：《书苏文公〈远虑〉后》，《魏叔子文集》，中华书局，2003 年，第 664-665 页。

⑥ 苏洵：《明论》，《嘉祐集》，上海古籍出版社，1993 年，第 266 页。

嗤之以鼻，挖苦道："苏子之明何其小也。"[①] 他直言苏洵立论的荒谬："欲以一知而欺天下之十，天下窥吾之所不知，将并吾所知者亦遂疑之而不疑。"[②]

从魏禧对苏洵文章的直接议论中，大致可以得出两点结论：其一，在某一具体问题上，魏禧往往比苏洵看得更为深远、细密，往往也更为精确；其二，也更重要的是，在思考方式上，苏洵往往为君主出谋划策，魏禧则更多地从臣子的方面立论。苏洵津津乐道于帝王心术，魏禧则对臣子抗论更感兴趣。这可看作两人"纵横"的本质区别。

魏禧在文章中时时摆脱旁观者的身份，像纵横家那般为古今帝王将相出谋划策，如《尉佗论》等。但对千古约定俗成的君臣关系的质疑与反思却是魏禧思想中最引人注目之处，也是其散文中最为光彩夺目的地方。如果说战国的纵横家们朝秦暮楚，只是没有忠君观念的话，魏禧则已经开始怀疑忠君的必要性和适用性。对被常人视为至高无上的君主权力的来源合法性，魏禧有深刻的反思。他在《留侯论》中说："夫天下公器，非一人一姓之私也。天为民而立君，故能救生民于水火，则天以为子，而天下戴之以为父。"[③] 在他看来，君主的权力不是不容怀疑，更不是万世一系的，只有救民于水火才堪称君主。作为臣下，其使命也是要做利国利民的事，当君主的命令与国家的利益发生冲突时，魏禧主张先把君主的权威放在一旁。最为典型的是，他在《宋论下》中谈到宋高宗令岳飞班师回朝时，就提出岳飞应"不奉诏，不班师内觐……而专力图金，克中原以迎二帝"[④]。比起岳飞，他对寇准的评价就非常高："排众论，冒不韪，危天子以成大功者，终宋之世，吾以为寇莱公一人而已。"[⑤] 其他如《相臣论》《伊尹论》等都是强调在必要关头，臣子可以"变易千古君臣之义"[⑥]。通览魏禧文集，他一直都是在高歌人臣的历史功绩，对君王的作用则视为若有若无，"古今发天下之大难，成天下之大功者，必有人为之谋主"[⑦]。先秦时代，孟子主张"说大人则藐之"，纵横家视列国国君几乎为无物。魏禧的思想正是高扬了这一宣扬士人独立价值的精神。反观苏洵，虽然他

① 魏禧：《书苏文公〈明论〉后》，《魏叔子文集》，中华书局，2003 年，第 662 页。
② 魏禧：《书苏文公〈明论〉后》，《魏叔子文集》，中华书局，2003 年，第 662 页。
③ 魏禧：《留侯论》，《魏叔子文集》，中华书局，2003 年，第 43 页。
④ 魏禧：《宋论下》，《魏叔子文集》，中华书局，2003 年，第 66 页。
⑤ 魏禧：《宋论下》，《魏叔子文集》，中华书局，2003 年，第 66 页。
⑥ 魏禧：《相臣论》，《魏叔子文集》，中华书局，2003 年，第 34 页。
⑦ 魏禧：《陈胜论》，《魏叔子文集》，中华书局，2003 年，第 44 页。

也提出过“夫士之贵贱，其势在天子；天子之存亡，其权在士”① 的主张，但是归根到底还是在强调士人与皇帝的相互依存，希望皇帝能够重视士人的作用，而从没有想过士人可以绕开皇帝而独建功勋。苏洵的很多文章实际上依然是在为君主地位的巩固而出谋划策，告诉君王要如何选用和防范臣子。苏洵终究还是深受传统君臣伦理教条的桎梏，将君主视作绝对的权威。“夫君之大，天也；其尊，神也；其威，雷霆也。人之不能抗天、触神、忤雷霆，亦明矣。”② 从某种程度上来说，苏洵与战国时的法家还有或多或少的血脉相连，讲求在弘扬君主权威的前提下加以游说进谏。这也就是茅坤评价苏洵之学问曰“其学本申韩”③ 的根由。相较之下，魏禧则更具战国策士的风范。其在思想言谈之间，将二千年前纵横家们驰骤横肆的文章风格几乎发挥到了极致。

魏禧古文多有扬厉纵肆之处，因而在清代时遭讥排。比如李祖陶比较邵长蘅与魏禧的古文风格时说：“明切善譬谕，不如叔子，而舂容过之。”④ 就是在指摘魏禧古文无从容优裕之风。至于魏禧的古文为何有此风格，有人将渊源追溯至苏洵。邓绎曾评道：“国初魏禧，文章独步天下，其人无科举之累者也，而渊源不逮于贾、马远甚，由其所学仅以苏洵为之渊源，故其诣力止于是耳。”⑤ 近代刘师培亦持此观点：“顺康之交，易堂诸子，竞治古文，而藻丽之作易为纵横。若商邱侯氏、大兴王氏刘氏所为之文，悉属此派。大抵驰骋其词，以空辩相矜，而言不轨则，其体出于明允、子瞻；或以为得之苏、张、史迁，非其实也。”⑥ 这些都应该是非常严重的误解。魏禧古文，堂庑阔大，远不是苏洵之文所能覆盖囊括的。在不断的创作实践中，博采众家之长，在阳刚狠厉的风格之外，又增添几分柔美婉转之气，从而在风格的多样性上要超越苏洵之文。在这方面，欧阳修对魏禧的影响非常值得重视。欧阳修为文，“姿态横生，别为韵折，令人读之一唱三叹，余音不绝”⑦。苏洵对欧阳修的古文风

---

① 苏洵：《上王长安书》，《嘉祐集》，上海古籍出版社，1993 年，第 243 页。

② 苏洵：《谏论下》，《嘉祐集》，上海古籍出版社，1993 年，第 251 页。

③ 茅坤：《苏文公文钞引》，《茅坤集》，浙江古籍出版社，2012 年，第 827 页。

④ 李祖陶：《邵青门文稿录引》，《国朝文录》，《续修四库全书》第 1670 册，上海古籍出版社，1995 年，第 83 页。

⑤ 邓绎：《藻川堂谈艺 · 三代篇》，清刻本。

⑥ 刘师培：《论近世文学之变迁》，洪治纲编《刘师培经典文存》，上海大学出版社，2004 年，第 295 页。

⑦ 茅坤：《欧阳文忠公文钞引序》，《茅坤集》，浙江古籍出版社，2012 年，第 826 页。

格，也有类似的认识。苏洵初入汴梁，拜见欧阳修时，对欧阳修的文风做了精到的描述。在《上欧阳内翰书》中，他认为欧阳修散文的特色是“纡余委备，往复百折，而条达疏畅，无所间断；气尽语极，急言竭论，而容与闲易，无艰难劳苦之态”①。但具体到苏洵本人的古文创作，则很少学得欧阳修文章婉转容与的一面，反而多“急言竭论”。“以雄迈之气、坚老之笔，而发为汪洋恣肆之文”②，已成为人们关于苏洵文的共识。最明显的例子就是《六国论》，开篇即提出论点：“六国破灭，非兵不利，战不善，弊在赂秦。”短句的连续使用，使全文倍增气势。随后比喻、排比、对偶等各种论证方法并用，最后得出“苟以天下之大，下而从六国破亡之故事，是又在六国下矣”的结论。其间如疾风骤雨，令人目不暇接，真可谓“气尽语极”。魏禧虽少好苏洵之文，但终因其能博采众家，又能辨识诸家之病，故在行文中有不同于苏洵之处。比起苏洵的急言竭论，魏禧的文章更多了些婉曲与闲易。即使最具纵横家风格的议论文也是如此。如《晁错论》的章法即显示出与苏洵明显的不同，文章首先娓娓道出晁错被杀的始末，随之对不同的意见进行辩驳，然后才谈到自己的观点，文末的最后一段还荡出一笔，以明初靖难之役中齐泰、黄子澄的结局来映照其论点的正确。全文很少用排比、对偶，行文很少用短句，多是长短句交错，另外设问句的使用，“乎”字的点缀更使文章显得摇曳生姿。即如从观点到行文都明显学习苏洵的《陈胜论》，也显示出魏禧的自家面貌，是文虽也是首句立论，但在全文的叙述中，多使用长句，“且夫”“然”等助词的使用，都迥异于苏洵的文风，反而更接近于欧阳修。汪沨对魏禧《高允论》的评价，可视为对魏禧这类文风评价的代表：“通篇宾主错综，最妙中抽龚翊覆说一段，文格夭矫摇曳，唱叹不尽。”《晁错论》《陈胜论》《宋论》《蔡京论》等大多数议论文无不是这种写法。清末张维屏曾这样评价魏禧的古文：“叔子之文，雄奇变幻，时出高论，凌厉古人，其精悍不减老苏；而往复呜咽，兼有庐陵风度。”③ 或许我们可以得出这样的结论，魏禧在文章的内容和思想上和苏洵一样都倾向于纵横之风，但在文章的叙述中兼采老苏、庐陵两家。其文风似欧阳修的一面，在近四百年的接受史中，很少被人注意。两者如何融会统摄于一体，颇值得讨论。

---

① 苏洵：《上欧阳内翰书》，《嘉祐集》，上海古籍出版社，1993 年，第 328–329 页。

② 曾枣庄等：《宋文纪事》，四川大学出版社，1995 年，第 340 页。

③ 张维屏：《国朝诗人征略》卷三，清道光十年刻本。

三、时空与家族：苏洵和魏禧纵横文风的成因

苏洵、魏禧的文章中之所以有浓厚的纵横之气，主观上都是缘于他们喜欢议论古今治乱的性格，更与他们所处的特定时空有着密切的关系。

其一，看他们生活的时代。苏洵主要生活于北宋中期的仁宗时期，其时，天下虽然号称太平无事，但承平日久，积弊丛生。外部的契丹、西夏崛起，与北宋鼎足而立，隐然已再成战国时列国纷争之势。宋政权在这样的情势下求和退让，采取守势。面对整个国家内忧外患的局势，苏洵一介布衣，又极富使命感，作《上皇帝书》，力陈富国强兵之策；陈情宰辅，有《上韩枢密书》《上富丞相书》《上文丞相书》《上田枢密书》，谈治国练兵之方；其精心撰著的《权书》《衡论》《几策》等也都希图转呈皇帝，以求大用。在苏洵看来，其时面临的天下形势，和战国游说之士几乎无甚差异。也唯有揣摩纵横进谏之术，才有可能让皇帝、宰辅采纳他的建议。魏禧生活的时代，则比起苏洵时更要凶险严峻。他二十岁时明朝就已经灭亡，其后的几个南明政权旋起旋灭，少数民族入主中原的现实已成定局。魏禧终生未仕，以遗民的身份至终，但他复明的希望始终未曾泯灭，数次游走江浙等地，都有联络当地志士的可能。即使到了晚年，他还寄希望于“造士以使吾身之可死”①，其门下也的确有王源、梁份这样的志行卓绝之士。魏禧一生，求友、造士。希图明朝再起，已成为其难解的隐衷，纵横之术也成为他成就事业的必要选择。他的性格又是“独好读史，论古人成败，议天下古今之变”，先天的志趣和后来人生道路的选择，都使得他乐于像战国策士那般分析天下大势，从而使文章满溢着纵横之气。

其二，两人长期生活的地域都使得他们更易倾向于纵横之说。苏洵是四川眉山人，四十八岁前的大部分时间都生活在西蜀一隅之地；魏禧是江西宁都人，三十八岁时方出游江浙一带，而之前“伏处山中二十年”②。四川和赣南，在当时都是远离政治、经济、文化中心的边远地区，儒学思想的势力相对来说也比较薄弱。他们两人的前半生长期活动在这样的地方，势必使他们更多地受当地文化氛围的濡染而多少有些不同于主流思想的地方。四川的风土人情，可以用魏禧《与李翰林书》中的话来概括：“蜀之山峭狭而自上，奇险甲天下，

① 魏禧：《与富平李天生书》，《魏叔子文集》，中华书局，2003 年，第 245 页。

② 魏禧：《费所中诗叙》，《魏叔子文集》，中华书局，2003 年，第 478 页。

故人才不多生，生则必奇。”[①] 说苏洵是蜀地山水孕育出的奇士毫不为过。茅坤谈起苏洵的文风时，特别强调他的成长环境曰：“苏文公崛起蜀徼。”[②] 在苏洵这里，江山之助自不待言。赣南相对于传统的文教盛地，何尝不是边徼之地。清人刘献廷也曾大力褒扬过江西山水之秀美绝丽，赞道：“森秀竦插，有超然高举之致。吾谓目中所见山水，当以此为第一。他日纵不能卜居，亦当留寓一二载。以洗涤尘秽，开拓其心胸，死无恨矣。”[③] 作为生长于此土的人氏，魏禧心中少有尘俗教条的约束也不足为奇。具体到魏禧隐居的翠微峰，就更被赋予豪纵健拔的秉性。清末潘世恩在《易堂九子文钞序》中就遥想此地超尘绝俗之气。“翠微峰锋然孤耸，拔地千丈，上入云腹，巉岩黝黑，壁立无所依附，若伟人杰士，洁身逃世，瞻瞩古今，有超然高迈之概，益慨然想见古之豪杰。”[④] 可以说，叔子的纵横之气很大程度上是由奇崛的赣南山水孕育而成。

其三，二人的家族环境直接酝酿了他们的纵横之气。苏洵曾作《族谱后录》一文，追溯苏氏的历史。在文中，他将战国时的苏秦、苏代、苏厉等纵横家都视为他的族人。其中的历史真实性固然还有待考察，甚至不能排除苏洵此举亦不能免俗，颇有古代族谱中常见的攀附名人的嫌疑。但即使苏洵的记载有误，不管是出于无知还是有意，终究说明了一个问题，即苏洵以他们家族中有苏秦这样的纵横家为荣。须知自战国时代起，历朝对苏秦的评价都是贬多于褒的，苏洵在编修族谱这样的家族大事中能把苏秦这么个“声名狼藉”的人请入苏家的祖宗谱系，可见修习纵横之术在苏洵家族中是被允许甚至鼓励的。章学诚在《文史通义·博约上》中直接说道，“苏轼之学，出于纵横”[⑤]。魏禧的情况则更为简单和直接。客观上来说，魏禧重议论、尚纵横的创作习惯，很大程度上来自其父魏兆凤的倾心培养。据魏禧的姐夫邱维屏回忆道，魏兆凤为人，好议论史事，“资敏捷，不好工制举业。每观本朝事迹制度至靖难、北狩、议礼诸节有忼慷，昂首顿挫”[⑥]。这里谈到的“靖难”“北狩”“议礼”诸事，正是明代兴亡史上的重要事件，足见魏兆凤对国事的耿耿热心，也可以想

① 魏禧：《与李翰林书》，《魏叔子文集》，中华书局，2003 年，第 262 页。

② 茅坤：《苏文公文钞引》，《茅坤集》，浙江古籍出版社，2012 年，第 827 页。

③ 刘献廷：《广阳杂记》，中华书局，1997 年，第 188 页。

④ 潘世恩：《易堂九子文钞序》，《有真味斋文集》，清道光刻本。

⑤ 章学诚著，叶瑛校注：《文史通义校注》，中华书局，1985 年，第 158 页。

⑥ 邱维屏：《天民传》，《邱邦士文集》//《四库禁毁书丛刊》（集部第 52 册），北京出版社，1998 年，第 423 页。

见其必然对其间的措置得失有所评论。在对儿子的培养上，兆凤用尽苦心，他常常“与诸子述本朝大事及古今人物时势，自旦达夜不休，令诸子自出意见，往复辩难，无所忤”[①]。这反复辩难的过程，极有利于开阔思路和培养辩才。魏兆凤为了培养儿子的胆识，对他们的错误言论也不加制止。《魏征君杂录》记载了这样一件事：“公次子禧急人及豫谋事。公或笑曰：‘嘻！某事终且误矣。’或曰：‘公何不严诫焉，而使终误？’公曰：‘急人豫谋，皆义之所当为者也。严诫则匪以养其向义之气，然年少逞才，不屈不止，屈而悔焉，吾诫不已多矣。’”[②] 这样的磨炼和引导，既有利于培养魏禧的正气，更重要的是打破各种条条框框，对于魏禧纵横驰骋文风的养成极其重要。

苏洵和魏禧的议论文都有着明显的纵横之气，如前所述，二人思想内容上的不同在于，苏洵往往是站在君主的立场上，为其出谋划策；而魏禧从天下着眼，常常主张为了国家的利益可以绕开君主。这种区别的产生主要是源于两人生活的时代背景不同。北宋中期虽然积弊已生，但国家看起来还是民康物阜，君明臣贤，在苏洵看来，宋仁宗这样的君主是可以辅佐献策的；魏禧作为明朝的遗民，不承认清朝皇帝统治的合法性。既然明朝已无再起的可能，对魏禧来说，现实生活中已没有皇帝需要去效忠。反映到文章中，评价历代兴衰时，魏禧很少以皇帝的好恶、权威作为思考的出发点与终点。其虽然强调谋略，但绝少有为帝王利益献计献策的思想。更为重要的是，苏、魏二人时代的整体文化氛围已大不相同。北宋中期的思想界还在做着圣君的梦，士人们的终极理想就是君为尧舜之君，世为尧舜之世。到了几百年后的明清之际，随着明末社会的崩溃和易代之际的动荡，许多文人已开始质疑君主权力的合法性。就其显者而言之，顾炎武有“亡国”与“亡天下”之辨，黄宗羲有“公天下”与“私天下”之别，唐甄则直言“自秦以来，凡为帝王者，皆贼也”[③]。明清之际的思想界之风雷激荡，已远远超出北宋文人的讨论范围。在这样的历史背景下，魏禧在《相臣论》《伊尹论》《宋论》等文中鼓吹大臣在关键时刻为成大功而可以无视皇帝的权威等现象就显得十分正常。面对乱世，魏禧钦佩的是“执大

① 邱维屏：《魏征君杂录》，《宁都三魏全集》卷首//《四库禁毁书丛刊》（集部第4册），北京出版社，1997年，第9页。

② 邱维屏：《魏征君杂录》，《宁都三魏全集》卷首//《四库禁毁书丛刊》（集部第4册），北京出版社，1997年，第9页。

③ 唐甄：《潜书》，中华书局，2004年，第196页。

事，决大疑，定大变”的魄力，推崇的是具有“精苦之志、深沉之略、应猝之才、发而不可御之勇、久而不回之力”① 的杰出人物。在魏禧的文章里，时时能看到其对个人才华的极力张扬以及对君王权威的漠视。此种刚健自信的气息，自战国以降，已久不见于文坛。

第三节　别出一格：魏禧古文对画记的文境拓新

魏禧散文与韩愈的渊源主要体现于其记体文中，虽然当时即有人评论魏禧的古文时有韩愈文的高古之气。像沈子相评《殉节录序》“其跌宕处可与《张中丞叙》并传”。宋荦赞颂《江湖一客诗叙》“文仅三百字，而为湍激，为渟蓄，为奔放，无所不有，真昌黎得意之作也”。倪闇公评《送药地大师游武夷山序》“转换奇险处，绝似昌黎”。如是种种，皆就章法而言，欣赏魏禧在章句转折处能得昌黎余韵，其中的妙处，皆来自评论家的冥会默识。其实，魏禧主张博采多家之长，其字句之法不仅有韩愈的影子，也不乏学习柳宗元、欧阳修、王安石甚至苏辙、曾巩的痕迹。韩愈在魏禧的古文授受源流中之所以特别重要，是因为魏禧有不少记体文与韩愈的《画记》有着明显的继承关系。若不加以细察，魏禧的这些记体文甚至还有直接模拟韩愈之处。这在为文主张自出手眼的魏禧那里，是特别不寻常的现象，值得加以仔细讨论。

说到记体文，有必要对记体文的概念加以厘清，就更能看出魏禧受韩愈影响之深。古典散文中，以“记”为题的数量极为庞大。若仅把题目中有“记”的文章都视为记体文，那记体文的范畴也未免太过于庞杂。自唐宋记体文兴起以来，就不断有学者对于记体散文进行分类。褚斌杰在总结林纾《春觉斋论文》的基础上，曾对这一问题有过精到的论述，可资参考。“林纾在《春觉斋论文》中说：然勘灾、浚渠、筑塘、修祠宇、纪亭台，当为一类；记书画、记古器物，又别为一类；记山水又别为一类；记琐细奇骇之事，不能入正传者，其名为书某事，又别为一类；学记则说理之文，不当归入厅壁；至游宴觞咏之事，又别为一类。综名为记，而体例实非一。……我们根据杂记文所记写的内容和特点，似可以简约地分为四类：即台阁名胜记、山水游记、书画杂物

① 魏禧：《左传经世叙》，《魏叔子文集》，中华书局，2003 年，第 367 页。

记和人事杂记。”[①] 根据褚氏的意见，我们来考察魏禧的各类记体文所占的比例。魏禧现存的四十一篇记体文，以台阁名胜记和书画杂物记为主。山水游记和人事杂记的篇目甚少，仅有《白渡泛舟记》《吾庐饮酒记》等寥寥数篇。值得注意的是，书画杂物记在唐宋散文中数量并不突出。对此，有学者做过精确的统计。“书画记在唐宋记体文各文类中数量最少，检视《全唐文》《全宋文》中的书画记，唐 17 篇，宋 14 篇，《四库全书》中录南宋画记 4 篇。”[②] 而《魏叔子文集》中的书画记就有《燎衣图记》《邵子湘五真图记》《俍亭像记》《孙豹人像记》《画猫记》《尤展成画记》《看竹图记》《陈澹仙先生像记》《杨仲子躬耕图记》《崇祯皇帝御书记》十篇之多，这还没有将杂物记统计在内。魏禧之所以关注此题材，当然有明清时期画像记大幅发展的影响，但我们还应注意到，其中几篇的创作，与韩愈的《画记》有着明显的渊源承变关系。

论文一向主张特识卓论的魏禧之所以高度重视韩愈《画记》的影响，是因为在传统诸体散文中，记体文对作者的谋篇布局的艺术有着特别的要求。方苞曾有过这样的经验之谈：“散体文惟记难撰结。论、辨、书、疏有所言之事，志、传、表、状则行谊显然。惟记无质干可立，徒具工筑兴作之程期，殿观楼台之位置，雷同铺序，使览者厌倦，甚无谓也。”[③] 方苞此说虽仅针对书写台阁名胜类记体文而言，似亦将台阁名胜记视作记体文的主要题材。[④] 但其他题材如山水游记、书画记、学记等都面临着这样的难题。特别是书画记，尤难着笔。须知“书画古器物之记，务尚考订，体近于跋尾”[⑤]，若依其体，文学趣味不能彰显；若不依其体，则更达不到记物的目的。若其没有极高的处理结构的技巧，必然会使文章落入千篇一律、前后雷同等俗套中。魏禧曾言：“不明变化，则千篇一律，而文易入板俗矣。”[⑥] 其记体文结构艺术灵活多样，根据不同的描写对象所要表达的感情，采取截然不同的结构艺术，充分显示出

① 褚斌杰：《中国古代文体概论》，北京大学出版社，1990 年，第 352 页。

② 赵燕：《唐宋记体散文研究》，浙江大学出版社，2016 年，第 139 页。

③ 方苞：《答程夔州书》，《方苞集》，上海古籍出版社，2009 年，第 166 页。

④ 不独方苞如此，古代的文学批评家大都有类似的认识。如吴讷在《文章辨体序说》中说道：“大抵记者，盖所以备不忘。如营建，当记月日之久近，工费之多少，主佐之姓名，叙事之后，略做议论而结之，此为正体。”（参见吴讷：《文章辨体序说》，人民文学出版社，1962 年，第 38 页。）亦将记体文视作仅书写营建之事。

⑤ 林纾：《春觉斋论文》，人民文学出版社，1962 年，第 70 页。

⑥ 魏禧：《日录》，《魏叔子文集》，中华书局，2003 年，第 1123 页。

魏禧对文章腾挪变幻的处理能力。

记体文的一般体式是先记叙，而后议论，脉络清晰而结构严密。魏禧对古法非常重视，曾提出："然既有好意，须思此意如何方能发得透确，用何陪宾，用何引证，前后当如何位置，一一要合古人法度，文成乃粲然可观。"①他的记体文中也有一部分"一一要合古人法度"。如《扬州天妃宫碑记》在结构上与一般记体文完全相同，被王筑夫称为"是最有法度文字"②。首段讲述神像之由来，接着叙程君建造扬州天妃宫的经过，最后叙天妃神的本末事迹，感叹天妃"有德于民，而可列诸祀典无疑也"③。全文层次分明，谨守古人矩矱。其他如《重修法海寺记》《重修金精山碑记》《重兴延陵书院记》《白鸟纪事》等文章俱是这种结构。

唐宋八大家特别是韩愈的别出心裁的记体文也深刻影响了魏禧记体文的结构，这种现象主要体现在书画杂记类文章上。如韩愈的《画记》影响了魏禧好几篇画像记的创作。《画记》用了近三分之二的篇幅以极其琐碎的文字来铺陈画中的人和马，只是在最后点出世事沧桑之叹，作为文章的点缀，却使境界顿出。此文看起来似"甲名帐"④，却被梁启超称赞为"《昌黎集》中第一杰作"⑤。原因何在？高步瀛先生点出了其中的奥秘："此文佳处，全在句法错综，繁而明，简而直，质而不俚，段与段句法变换，而段之中各句又自为变换。不然，与杂货单何异！何得为文？"⑥正因为其有化板滞于灵动的艺术感染力，故而对于画记一体有着强烈的示范效应。此文一出，"作家在创作画记之时，无不以韩愈《画记》为出发点。或亦步亦趋模拟，或刻意反其道而行之。韩愈《画记》成为绕不开的原点"⑦。魏禧的画记体散文也不能例外，甚至有直接以韩愈《画记》为灵感来源的作品。其中，《燎衣图记》就完全继承了韩愈《画记》的章法结构。韩愈《画记》先详细罗列画面内容，后渲染世

① 魏禧：《寄诸子世效世俨》，《魏叔子文集》，中华书局，2003年，第358页。

② 转引自魏禧：《扬州天妃宫碑记》，《魏叔子文集》，中华书局，2003年，第765页。

③ 魏禧：《扬州天妃宫碑记》，《魏叔子文集》，中华书局，2003年，第765页。

④ 苏轼评《画记》曰："仆尝谓退之《画记》近甲名帐耳，了无可观。世人识真者少，可叹亦可愍也。"参见苏轼：《记欧阳论退之文》，《苏轼文集》（第5册），中华书局，1986年，第2055－2056页。

⑤ 梁启超：《中学以上作文教学法》，夏晓虹编《梁启超文选》（下集），中国广播电视出版社，1992年，第115页。

⑥ 高步瀛：《文章源流》，转引自余祖坤编《历代文话续编》，凤凰出版社，2013年，第1515页。

⑦ 蔡德龙：《韩愈〈画记〉与画记文体源流》，《文学遗产》，2015年第5期。

情感慨，《燎衣图记》一仍其旧，只是在具体行文时的详略次序上有所异同。

《燎衣图》原名为《光武燎衣图》，吴道子所画，聚焦于光武衣服尽湿、“鞠身燎衣”的画面，邓禹、冯异侍其侧，或吹火，或奉饭，反映着光武帝在称帝建国前的颠沛流离的经历，寄寓着创业维艰的思想内涵。魏禧在简短地交代了《燎衣图》的来历后，效仿韩愈，同样以长短交错的语句来描绘画中呈现的事物。从描写的层次上看，井然有序，先写亭外五人，再写亭内三人，每人都用精练的笔墨点出其神态，使读者如亲见其画。其他的物什如釜灶杂器、树、亭等莫不一笔带过。比起韩愈的《画记》对人、马的描绘投入同等的笔墨，《燎衣图记》更关注的是人物的样貌神态。或许可以这样说，魏禧写物象的简略一同于韩愈，但对人的关注，则要远高于韩愈。同时，魏禧为了展现出文字间的错落感，对画中三位主要人物的描述方法也绝不相同。如邓禹，先写其貌再写其动作。“短项隼鼻，要弢弓，左膝跽地下，手厝薪吹火者一人，邓禹。”对于冯异，先描写动作而后图其样貌。“两手奉麦饭向釜间来，丰颐者一人，冯异。”这样就有意使行文错落参互。至于光武皇帝，魏禧所用的笔墨远多于邓、冯二人，其作为全图核心的形象也通过此种方式得以确立。魏禧先复述其动作，并首先亮明其身份，与上文描写又显不同。“一人光武帝，鞠身燎衣，背胡床向火立，细视亭屋内。”至此，魏禧没有打算直接说其相貌，而是插入其他内容，其文曰：“又一人从壁柱间窥，各见其面。”颇有横云断岭之象。在造成这一短暂的叙述中断后，魏禧继续光武帝相貌的描写。其用笔至为详细，可以说精确到画中每一个细节，曰：“光武帝丰颐隆准，大耳高额，微髭须，缜发，眉端从际额，目光澄渟，不耀其武。”各句字数不等，在散乱中见整饬，合乎《画记》精髓。魏禧对光武形象的精密刻画，未尝没有在其中寄寓着对中兴帝王的热切想象。他在做完这些描绘后，并以马援的评价作为总结：“伏波将军所谓‘帝王自有真’，信欤?”① 顿起画龙点睛之妙。其意含而未露，但已令人领略几分。这些刻画寓参差错落于严整之中，在尺幅之地尽显波澜，使人目不暇接。朱彝尊赞曰：“不意昌黎《画记》后更有此作……他人无此胆力。妙在笔笔变化，无一处雷同。”②

《燎衣图记》就章法句法而言，与韩愈《画记》神似；就其中寄寓的情感

---

① 魏禧：《燎衣图记》，《魏叔子文集》，中华书局，2003 年，第 729 页。

② 转引自魏禧《魏叔子文集》，中华书局，2003 年，第 729 页。

色彩来看，比起韩愈要更为深沉。魏禧在完成了对画中诸色人等的叙述后，以简短的笔触交代了此画的来历和自己的观画感喟："穆倩云：'浙江盖名诸生，世变弃妻子为僧，更以画学名，言此得之新安吴氏也。'予季弟礼尝经光武村，作诗，予读之慨然。今览此图，不胜叹息，呵冻书此。"① 这寥寥数语中涉及世变、诸生、僧、光武等词，勾连起一幅深广的历史沧桑画面，饱含着沉重的历史叹息和某种无法言说的情绪。读者的思绪由图画的欣赏转移至数十年前的历史巨变，又似乎至光武燎衣之地，不觉感慨倍增。行文至此，可谓余韵悠长，令人品之不尽。其艺术感染力和情感的渲染力与韩愈《画记》最后一段的感慨相比，似乎还青出于蓝。钱梅仙就曾明确反对将《燎衣图记》视作步趋韩愈《画记》之作，说道："若徒以昌黎《画记》拟之，犹未知其深也。至结处忽入感慨，又动人千古悲凉。"

其实如果细究《燎衣图记》与韩愈《画记》的区别，就会发现魏禧对画中人物的复现，颇为繁复，亦很有功力，这至少是韩愈《画记》所未展现出来的特色。对人物画像的精微复述能力，使得魏禧能够于韩愈《画记》之外，为画像记另开一种创作范式。清初文人汪楫即盛赞魏禧《孙豹人像记》曰："从昌黎《画记》变出一格。《画记》人物多，故文以整齐明白为难；《像记》人物少，故文以错杂纷复为奇，亦古人所论建都衢巷曲直法也。"②《孙豹人像记》这单人独照，仅一人像，韩愈《画记》的书写范式，在此难以适用。魏禧处理的办法是，沿着韩愈《画记》的描写思路而倍加细密错落。其将人像分解作衣、裳、幅巾、朱履以及旁边的盂、盘、杯等器物等并逐一加以描写，就如同韩愈《画记》将全画中的人、马分别开来加以书写一样。所不同者，在于《孙豹人像记》更有回环照应之美。此文开头先描写孙豹人像的衣着给人的直观感受，用笔殊为笼统疏落，曰："有衣，有裳，有幅巾，有带有履。"继而描写器物，则更为细密。如写铜盂，作："有大铜盂，平底闳中而有巨口。"在进行完一段器物书写后，于交代人物神态时，复将衣着刻画一遍，而其又没有遵循文章开始时的衣着出现顺序，而且各件衣物呈现出对应的动态关系。其写裳与履曰："朱履，裳所不掩者。"随即又将衣、裳、幅巾连写："头三分加二，裳色薄青，衣形鏖，衣白而青其纯，幅巾，色视裳浅，类绡，见短

① 魏禧：《燎衣图记》，《魏叔子文集》，中华书局，2003 年，第 729 页。

② 转引自魏禧《魏叔子文集》，中华书局，2003 年，第 732 页。

发。”[①] 在此，三者又构成浑然一整体，且与人物形貌相关联，还原出真实的人像。如果说韩愈《画记》以“该而不繁缛，详而有轨律”[②] 见长，《孙豹人像记》的典型特点是繁密自见其轨律，丛碎而备其详该。

魏禧对韩愈《画记》揣摩精密，从中采撷精华，自成新体，是《画记》接受史上的重要环节，亦是书画记发展史上不可忽略的重要节点。魏禧的其他书画记如《邵子湘五真图记》等也都在韩愈《画记》的基础上，屡有新变，这里兹不缕述。

第四节　清词巧义：魏禧古文对碑志的承法致变

在清初文人中，魏禧创作的碑志文数量位列前茅。由于经唐宋大家不断的创作实践，碑志文积累了丰富的创作范式，后人难免有难以为继之感。加之，碑志文是典型的应酬文体，时人对其评价经常会流于负面，为人作碑志文不时有“谀墓”之毁。这就使得碑志文创作不得不格外审慎。魏禧对碑志文等“乞请应酬之篇”的性质和功能的清晰界定，为他的行文提出了极高的要求。既要表现出对主人的赞美颂扬，又要尽量对其生平秉笔直书而能得到墓主子孙的同意，还要在文章中寄寓劝惩教化的意义，甚至吐露作者本人的家国世情之叹。要同时达到这些要求，需要极高的文章技巧。魏禧在此类文章的写作中“斟酌轩轾，必不敢以私交私意，大失其情实”。这里真正需要的不是对感情的抒发甚至宣泄，也不是叙事描写的绘声绘色，而是做到将上文提到的各种因素完美地协调起来。今日流传的《魏叔子文集》中，碑志类文章大多也都可圈可点，并非全然的揄扬不实之词，其中的法度和情感更令人回味。魏禧的门人杨晟在评价魏禧的一篇墓志时说“写醇德处如生，较写奇气如生，尤为难工矣”[③]，可以看成是对墓志铭创作的整体要求。魏禧因写作大量的酬应文字，受到了某些批评；但祸兮福所倚，魏禧的文章技巧也在这一过程中得到了极大的提高，并最终完美地展现在这类文字中。魏禧的侄子魏世效引述魏际瑞的话说：“读叔子寿序、墓志，始见其法之变化无有穷尽。”若读魏禧的寿序墓志

① 魏禧：《孙豹人像记》，《魏叔子文集》，中华书局，2003 年，第 732 页。

② 秦观：《五百罗汉图记》，秦观著，周义敢、程自信、周雷笺注《秦观集编年校注》，人民文学出版社，2001 年，第 573 页。

③ 转引自《魏叔子文集》，中华书局，2003 年，第 954 页。

诸作，就不得不重视其中的文章技巧。

魏禧在谈及他的墓表志铭类文章的创作经验时说："予往有作，必审位置，定构架，以使之屡变，而变易穷矣。后出入韩、柳、欧阳、王及近代归太仆、易堂吾姊婿邱邦士之作，乃知天下遇物成形，无不可以为体格者，而祖父、子孙、生没、葬地，适足增吾文章之变。遂欲信笔所遭，不设位置，辟如手掬花片，迎风洒之，红白疏密，落地自成文章，虽洒之百遍，终不同复。"① 这段经验之谈清晰地反映了魏禧对文章中如何运用法度的认识，具体来说，就是如何驾驭剪裁题材的故事。如果说，以往的碑志文是"公"文本、"他"文本，魏禧则希望其笔下的碑志文能构成其本人的"私"文本。在其进行碑志文创作时，变量是墓主的生平，它们存在的最终意图是要呈现作者本人的情感与思考。

初学古文时，"须思此意如何方能发得透确，用何陪宾，用何引证，前后当如何位置，一一要合古人法度，文成乃粲然可观"②。待广收博蓄，走过最初的对前人亦步亦趋的模仿后，最终达到以变为法，"变者，法之至也"③ 的境界。如果我们结合魏禧长兄魏际瑞对碑志类文体的看法，就更能理解魏禧此语的深意。"凡文须有主意，而作无谓之文（如庸人传、志、祭文之类）尤不可不另立主意议论，似借此人事实点缀我文。虽不臻妙，亦能铺叙终篇，成一体段。"④ 对魏禧而言，碑志文的创作，很大程度上就是以他人之事而就己身之意的过程。其间的难度就是如何将二者有机密切地联系起来，以达到融化无间的效果。魏禧那些成功的碑志文即是将他人生平事迹作为抒发自我家国社会之思的材料，两者并无扞格之处，从而将为人之文真正转化为为我之文。

魏禧在碑志文中对技巧的讲求，固然是使其不沦于平庸应酬之作的必要之举，但从古文渊源的角度来看，也未尝不是试图对苏氏之文的超越。魏禧的策论之文，在清初的文坛上被视作有三苏之风，而魏禧从来不满于其文仅作为三苏之苗裔而存在。他在多处表达过文章须达前人未有之境界的观点，也不乏直接批评三苏策论风格的议论。魏禧《与毛驰黄论于太傅书》就谈到苏氏文章刻意求异的缺点。"苟为异者，志识高明，学问能钩深索隐，则附会穿凿之处

① 魏禧：《墓表志铭叙引》，《魏叔子文集》，中华书局，2003 年，第 881 页。
② 魏禧：《寄诸子世效世俨》，《魏叔子文集》，中华书局，2003 年，第 358 页。
③ 魏禧：《陆悬圃文叙》，《魏叔子文集》，中华书局，2003 年，第 428 页。
④ 魏际瑞：《伯子论文》，王水照主编《历代文话》，复旦大学出版社，2007 年，第 2594 页。

必多，足眩人听闻，移其心术者必甚。此贤智之过，流毒所以无穷。苏氏论文章横绝千古，后之君子不无遗憾，亦正坐此故耳。”① 就文体选择来看，魏禧在碑志文方面用力讲求，正是在三苏未曾涉足或者不愿涉足的领域开拓新境界。明人茅坤曾评价苏氏兄弟不以碑志文擅长的特点：“宋诸贤叙事，当以欧阳公为最。何者？以其调自史迁出，一切结构裁剪有法，而中多感慨俊逸处。……至于苏氏兄弟，大略两公者文才，疏爽豪荡处多，而结构裁剪四字，非其所长。诸神道碑，多者八九千言，少者亦不下四五千言，所当详略敛散处，殊不得史体。何者？鹤颈不得不长，凫颈不得不短。两公于策论，千年以来绝调矣。故于此或杀一格，亦天限之也。”② 茅坤所言确当，三苏现存文集所收录的碑志文都是寥寥数篇而已，且多冗长无谓。碑志文对魏禧来说，不仅是润笔之源、逞技之场，更可视作其摆脱时人对他的刻板印记、力图超越前贤古文成就的绝佳载体。

魏禧的碑志文鲜明地呈现出博采众家之长的特点。传统古文自《左传》《史记》以来形成的写人叙事的诸多方法纷纭络绎汇聚于魏禧笔下。魏禧对碑志文的贡献在于其以小见大、以个人沉浮写国家世态的能力。这点下文将详细论述。从章法上来看，魏禧碑志文对古人的承袭，在某种程度上要多于其开创。故而当时人评论魏禧的碑志文时，多称赞其善用古法。如宗子发评《歙县吴君墓志铭》曰：“娓娓千五百字，头绪愈多，章法愈严肃处，如西宫卫尉之师。”③ 此篇章法极为严整，将墓主一生事迹分作几个方面加以论述。在每论述完一件事迹后，于段末加以总结，如“其孝有如此者”“其友于兄弟有如此者”“其推父之孝于其先有如此者”“其推母之孝于其党有如此者”等等。此种写法最早当起自韩愈《进学解》，其中有“先生之业，可谓勤矣”“先生之于儒，可谓有劳矣”“先生之于文，可谓闳其中而肆其外矣”“先生之于为人，可谓成矣”等句。魏禧将此种章法安排引入碑志文中，大开后人门径。故此文虽篇幅颇大，头绪颇多，但不觉其烦乱，极便于后学模仿。

再如吴崧山评《阎母丁孺人墓表》曰：“全以议论波澜为文，而针线细密，使人不觉，此行文之妙，变化于法者也。”④ 此文通篇称赞阎若璩母亲丁

---

① 魏禧：《与毛驰黄论于太傅书》，《魏叔子文集》，中华书局，2003 年，第 221 页。

② 茅坤：《唐宋八大家文钞论例》，《茅坤集》，浙江古籍出版社，2012 年，第 822 页。

③ 魏禧：《歙县吴君墓志铭》，《魏叔子文集》，中华书局，2003 年，第 935 页。

④ 魏禧：《阎母丁孺人墓表》，《魏叔子文集》，中华书局，2003 年，第 939 页。

氏的妇德，通篇以议论为主，丁氏生平仅点缀其间，仅似作为魏禧观点的见证而存在。此种文法来源于王安石的《泰州海陵县主簿许君墓志铭》，此文"以议论行叙事，而感慨深挚，跌宕昭朗。荆公此等志文最可爱"[①]。魏禧有的碑志文，则仅交代墓主一生的出处事迹，作者本人情感很淡，更无议论可言。《文学陈君墓表》就是此类作品的代表。徐祯起评道："此文本无声色可悦，须看其平朴中叙次生殁、家世、子孙，出没变化，唯深于古法者知之。"[②] 如果我们参考古人墓铭正例，这篇《文学陈君墓表》就堪称准则。清人王止仲《墓铭举例》说："凡墓志铭书法有例。其大要，十有三事焉：曰讳，曰字，曰姓氏，曰乡邑，曰族出，曰行治，曰履历，曰卒日，曰寿年，曰妻，曰子，曰葬日，曰葬地……其他虽序次或有先后，要不越此十余事而已，此正例也。"魏禧在文中将此十余事项交代完毕，丝毫没有给以人流水账、葬事簿之感，这就是徐祯起称赞的"深于古法"。

在魏禧看来，相对于其他题材，碑志文尤其要注意学习前人法度。他明确说过："传志之文，则非法度必不工。此犹兵家之律，御众分数之法，不可分寸恣意出之。生动变化则存乎其人之神明，盖亦法中之肆焉者也。"[③] 碑志文发展至宋代，渐次形成了三种写作范式，分别以韩愈、欧阳修与王安石为代表。茅坤在《唐宋八大家文钞论例》中指出："世之论韩文者，首称碑志。予独以韩公碑志多奇崛险谲，不得《史》《汉》序事法，故于风神处或少遒逸。至于欧阳公碑志之文，可谓独得史迁之髓矣。王荆公又别出一调，当细绎之。"[④] 明清文人讨论碑志文，大抵都要远溯《史》《汉》，非独茅坤一家如此。艾南英甚至认为韩、欧墓志之所以能成为典范而影响深远，主要是继承了《史》《汉》的文学传统。如其所言："传志一事，古之史体。龙门而后，惟韩、欧无愧立言。观其剪裁详略，用意深远，得《史》《汉》之风神。"[⑤] 王安石的碑志文，就因其风格特殊，被茅坤特意指出其不合于《史》《汉》之法。"曾、王志墓，数以议论行叙事之文，而王为甚。多镵思刻画处，然非

① 吴孟复、蒋立甫主编：《古文辞类纂评注》，安徽教育出版社，2004 年，第 1543 页。
② 魏禧：《文学陈君墓表》，《魏叔子文集》，中华书局，2003 年，第 946 页。
③ 魏禧：《答计甫草书》，《魏叔子文集》，中华书局，2003 年，第 248 页。
④ 茅坤：《唐宋八大家文钞论例》，《茅坤集》，浙江古籍出版社，2012 年，第 823 页。
⑤ 艾南英：《再答杨惟节书》，《天佣子集》卷三，清康熙四十一年刻本。

《史》《汉》法矣。"[①] 茅坤在《王文公文钞引》中对王安石碑志文的风格有过更为具体的概括："予每读其碑志、墓铭，及他书所指次世之名臣硕卿、贤人志士，一言之予，一字之夺，并从神解中点缀风刺，翩翩乎凌风之翮矣，于《史》《汉》外，别为三昧也。"[②] 同样是看重《史记》《汉书》诸传记文在碑志文发展史上的关键作用。

因此，从碑志文的发展脉络来看，《史记》《汉书》发其源，韩愈、王安石从不同方面都有所发扬，王安石则自树一帜，别开一格，显示出与《史记》《汉书》不同的特质。魏禧于古文"无专嗜"，在其碑志文里，韩、欧、王法度都时有展现。尽管有人批评韩愈墓志过于简古，"昌黎墓志，炼字缩势，本于简古，其实聱牙揪紧，不如欧阳之和婉曲畅。学者勿专效此体"[③]，但魏禧时时能汲其菁华而为我所用。如其《处士俞君墓表》一文有鲜明的仿效韩愈《殿中少监马君墓志铭》《贝州司法参军李君墓志铭》等文的痕迹，韩愈这两篇墓志的创作方法对其有着明显的示范意义。"《马少监墓志》，本无事迹可传，特以世交相感叹，人不觉其寂寥，如横云之断山。《李参军墓志》洁炼无剩语；习之，其得意门生，亦无所私。此不可及。事迹少者，当仿此格。"[④]《处士俞君墓表》的墓主人俞汝言是穷居乡里、闭门著书的儒生，一生经历极为平淡。魏禧即仿效韩愈笔法，从其与俞氏交往写起，以其与俞氏"论文"往事结束，其间略述俞氏之家世而详列其著述之名目。字里行间，洋溢着魏禧对俞汝言的知己之意与感佩之情。张秋绍即评此文曰："叙事、叙言、叙情，俱跌宕可喜，得韩《马少监墓志铭》遗韵。"[⑤]

对于魏禧碑志文神肖王安石之处，时人多从章句上着眼。如周子佩评《徐母姚孺人墓志铭》曰："序处句句有法，字字有力。铭语古质，亦有章法在，绝似王荆公。"[⑥] 邱而康评《彭母温孺人墓志铭》曰："法度似王荆公。"[⑦] 主要是从魏禧句法"简炼雅洁"[⑧] 处着眼。如"亲操作，常粥饭参半，

---

① 吴孟复、蒋立甫主编：《古文辞类纂评注》，安徽教育出版社，2004 年，第 1554 页。
② 茅坤：《王文公文钞引》，《茅坤集》，浙江古籍出版社，2012 年，第 829 页。
③ 张宜谦：《絸斋论文》，王水照《历代文话》，复旦大学出版社，2007 年，第 3904 页。
④ 张宜谦：《絸斋论文》，王水照《历代文话》，复旦大学出版社，2007 年，第 3902 页。
⑤ 魏禧：《处士俞君墓表》，《魏叔子文集》，中华书局，2003 年，第 987 页。
⑥ 魏禧：《徐母姚孺人墓志铭》，《魏叔子文集》，中华书局，2003 年，第 909 页。
⑦ 魏禧：《彭母温孺人墓志铭》，《魏叔子文集》，中华书局，2003 年，第 949 页。
⑧ 沈德潜选评、赖山阳增评：《增评唐宋八家文读本》，崇文书局，2010 年，第 687 页。

衣少完好者”寥寥三句十三字，即将温孺人的气质秉性刻画活现，直逼半山碑志文之高者。至于魏禧与欧阳修碑志文的相似点，则体现在全篇的安排与感情的抒发上。[①] 温匡云评《彭谦六碣文》时说：“先生为谦六碣文，一起、一序、一结，情意婉恻，予不忍竟读。婉而多风，惟欧阳公有之。”其文多感慨，多追叙，并将自己与彭氏的交往镶嵌其间。感情的变幻在时空的变化里显得动荡起伏，令人感慨追念，不能自已。魏禧碑志文往往都不止于简单地勾勒墓主的一生善行，而是要将自己充沛的感时伤世之情与整顿风俗的理念融入其中。因此，其碑志文在学习欧阳修丰富的叙事方式与精巧的描写技艺外，其议论性的文字往往要多于欧阳修。比如其为兄嫂作的《先嫂邱孺人墓表》，时人评曰：“文情如烟雨中去来，中间带出大议论，于烟雨中遥闻雷声也。”魏禧在文章里痛心地谈道：“由天子以至庶人，往往亡国败家，贻祸黎民子孙”，“皆自不静不俭始”。[②] 在魏禧的观念里，即便是为普通人而作的文章，类似如此的大寄托比比皆是。

从魏禧碑志文的整体风格可知，其不满足于其碑志文仅步欧、王之后尘，更时常直指本源，从《左传》《史记》那里汲取灵感与营养。因此，他更多的墓志文则是直接从《左传》《史记》《汉书》的写人名篇里脱胎而来。如《明监军副使黄公墓志铭》“连带错综处，法严而笔矫，是深于左氏者”，这是于行文安排而言的。当时颇有学者认为魏禧碑志文中对人物的描写有左氏、子长之遗风。如胡心仲评《明怀庆卫经历杨公墓志铭》曰：“体语峻洁，全似龙门。而重资格，文官要钱、武官沓庸、督抚不知兵，皆和盘托出，又绝无痕迹，真史笔也。”[③] 此篇墓志主人为明朝的中下层官吏，生活无关系朝廷兴衰之大事可纪，魏禧采取司马迁写人物的方法，选取人物生平一二具有典型意义的事件进行简要叙说。作者叙述时感情克制，更多地以人物对白结撰全文，展现人物的气质性格，神韵备现。吕留良说过：“《史记》之妙，只是摹写情事逼真，口角形神都到。”[④] 魏禧此文可谓深得其精髓。更重要的是，透过呈现人物的身世沉浮，在不动声色之间，将晚明的士风与世风烘托备至。《通判杜

① 赖山阳认为“欧阳诸碑志皆似自此篇（《殿中少监马君墓志铭》）变化”（沈德潜选评、赖山阳增评：《增评唐宋八家文读本》，崇文书局，2010年，第143页），应主要就整体结构而言。

② 魏禧：《先嫂邱孺人墓表》，《魏叔子文集》，中华书局，2003年，第923页。

③ 魏禧：《明怀庆卫经历杨公墓志铭》，《魏叔子文集》，中华书局，2003年，第944页。

④ 吕留良：《吕晚村先生论文汇钞》，《吕留良文集》，中华书局，2021年，第579页。

君墓表》则是感情充沛之作，其将“行状三千言，括作数百言而无遗”，“中一段呜咽跌宕”，呈现出的感情有起有伏，洗刷人心，直欲越永叔而直摩司马子长之垒。《襄陵太学乔君继配史孺人合葬墓志铭》中的墓主是弃儒从商之人，魏禧仅在其弃儒时的心理活动以及公财济弟等事上用力经营，其间穿插人物评论、葬地以及子女的介绍等项内容，而读者不觉其板滞，人物气韵活现纸上。故而乔孚五评曰：“古之以文传人者，不在多，叙美行只将一二大事上出得精神，其人便足千古。此意唯左丘明、太史公知之。”秦灯岩更力赞其成就上欧、王之上：“叙法变化超忽，确有法度，非复法度可言。于六一、半山更当出一头地。”①

魏禧的碑志文经过对唐宋以来诸大家文章的吸纳后，逐渐有了自己的风格。尽管有的篇章还闪现着受前人定法影响的痕迹，但若要找出其对前人完全亦步亦趋的文章，却会徒劳无功。即便其某篇碑志受前代某篇具体经典作品影响较大，但或于章法安排处或于情感结缩处轻轻一变，即另拓新境。

① 魏禧：《襄陵太学乔君继配史孺人合葬墓志铭》，《魏叔子文集》，中华书局，2003 年，第 944 页。

第三章　才杂纵横：魏禧史论文的书写立场

清初文坛，百家腾跃，各自称雄。自侯方域、魏禧、汪琬三人的古文被宋荦等人合编为《国朝三家文钞》后，清初古文的代表人物方有定谳，渐得公认[①]。四库馆臣曾对清初三大家的文风做了深刻的比较："方域才人之文，禧策士之文，琬儒者之文。"[②] 魏禧的文章在这里被称为"策士之文"，这一明显的风格概括影响甚大，在后世的文论话语中被广泛接受。[③] 但不得不说这是一种沿袭已久的误解、一种片面而深刻的看法。[④] 说其片面，是因为"策士之文"完全不能反映魏禧散文的全貌。就思想底蕴来看，魏禧本质上是一介儒生，而非战国时期风发扬厉的策士，历史与时代并没有给他这样的机缘与可能。就风格而论，魏禧古文中除了有以《战国策》为代表的策士之文常见的蹈扬踔厉的一面，还有其蕴藉委婉的另一面，清人朱景昭在总结清初三家风格时，就慧心独具地指出魏禧古文有偏向欧阳修的风格。其言曰："侯近苏，魏

① 郭英德指出"清初三家"的提法不足以反映清初文坛的实际面貌。认为"该选本冠以'国朝'之名，并以'三家'之文标示清初'风气还淳'的趋向，标志着朝廷与民间共同认可的古文形态的确立，展现出清朝独特的文治气象。'国朝三家'并非历史事实，而是'文化建构'的结果，不足以概括清初古文乃至散文的历史状貌"。（参见郭英德：《文人典范·文章矩矱·文治气象——"国朝三家"说平议》，《文艺理论研究》，2019 年第 6 期。）笔者认同这一观点。但《国朝三家文钞》在确立魏禧清初文坛地位上的作用，不容低估。

② 永瑢等：《四库全书总目》，中华书局，1965 年，第 1522 页。

③ 如《清史列传·侯方域传》沿袭这一说法，曰："禧策士之文，琬儒者之文，而方域则才人之文。"（见王钟翰点校《清史列传》，中华书局，2010 年，第 5721 页。）王韬也认为"三子者，其趣不同。朝宗，才人之文也；叔子，策士之文也；尧峰则儒者之文"。（见王韬：《〈续选八家文〉序》，《弢园文录外编》，上海书店，2002 年，第 215 页。）

④ 马将伟《易堂九子研究》亦不认同四库馆臣的看法，"'策士之文'并非是对魏禧等易堂文章最为贴切的概括或评价，原因即为上文论及的'策士之文'中里面包含的偏见"。所谓的偏见，大抵是指对魏禧"才杂纵横，未归于纯粹"的批评。马将伟主张用"志士之文来概括魏禧等易堂诸子的文章及其风格"。参见马将伟：《易堂九子研究》，社会科学文献出版社，2013 年，第 377 页。

近欧，汪仅标格，方则求兼而未成者。”[①] 这里就将魏禧看成是元明以来成功学习欧阳修散文风格的典范文人，这在欧阳修散文接受史的研究中往往是被人忽略的一点。欧阳修的散文具有“蕴藉吞吐、一唱三叹、声韵动人、节奏鲜明”[②] 等重要特征。魏禧的很多文章中也流露出这一特点，在其记体文、碑志文中尤为如此。但这并不意味着四库馆臣对魏禧散文的概括是空穴来风，魏禧散文中确有鲜明地体现出“策士”之风的作品，并构成了在清初文坛上堪称风格独标的创作现象。换言之，“策士之文”是魏禧散文风格的典型标志，但不能作为对魏禧散文风格的整体概括。确切地说，真正能代表魏禧“策士之文”风格的是他的史论，其他题材的创作则罕见此风。因此，本文将通过对魏禧史论文的分析来审察其“策士”之风。

魏禧生于改朝换代之际，不管是对前朝一系列事件的经验教训之反思，还是为了逞其本欲用于君的满腔抱负，他急于展示的是他的安邦定国的奇谋。加之魏禧儒学根柢不深，“于性命之学未尝用功”，且“卤莽于经学而好论史”，对于儒家的经典之说常抱以怀疑的态度。比如，他就不迷信仁义礼智的终极价值和意义，在与学生的问答中公开提出：“好仁易失之懦，好义易失之忍，好礼易失之伪，好智易失之诈。”[③] 他在议论史事时就没有太多儒家思想的羁绊，轻道义而言利弊，往往信马由缰，极力放大他所提出的计策的可行性和重要性。魏禧自言：“好穷古今治乱得失，长议论。”[④] 无怪乎四库馆臣称其有策士气。历代战乱之际，要治国平天下需要的不是理学家们所讲的正心诚意之理，而是策士谋臣的奇谋异策。战国之时，“虽有道德，不得施设；有谋之强，负阻而恃固；连与交质，重约结誓，以守其国。故孟子、孙卿儒术之士，弃捐于世；而游说权谋之徒，见贵于俗”[⑤]。整部《战国策》就是纵横之士合纵连横、逞谋用智之书，其思想历来就被正统的儒学观念所蔑弃。与魏禧同时的理学大家陆陇其就著有《战国策去毒》一书，专论《战国策》之害：“其机变之巧，足以坏人心术，如厚味之中有大毒焉。”[⑥] 魏禧却不仅在文学创作上多有借鉴

① 朱景昭：《论文刍说》，王水照主编《历代文话》，复旦大学出版社，2007 年，第 5753 页。
② 洪本健：《略论“六一风神”》，《文学遗产》，1996 年第 1 期。
③ 魏禧：《日录》，《魏叔子文集》，中华书局，2003 年，第 1109 页。
④ 魏禧：《与诸子世杰论文书》，《魏叔子文集》，中华书局，2003 年，第 283 页。
⑤ 刘向编：《战国策》，上海古籍出版社，2015 年，第 726 页。
⑥ 永瑢等：《四库全书总目》，中华书局，1965 年，第 468 页。

《战国策》之处，在思想上也与其多有契合，如魏禧重权变的思想几乎就是战国策士的处世原则。魏禧生活的时代，朝野上下在致力于道德重建方面可谓殊途同归。明遗民讲求忠孝信义，以道德互相砥砺；清帝国也大力提倡儒家纲常，倡导忠君孝悌的思想。在此时代背景下，魏禧却敢于在史论文中处处展露其“策士”之气，这也铸就了他在清代古文史上无可替代的特殊意义。

第一节　重道轻君：魏禧史论文特色之一

“重道轻君”是魏禧史论文的显著特色。这里的“道”指第一章中所提及的治国齐家平天下之道，“君”当然是指君王。这是与传统儒家政治思想相悖的。孟子谈论“君”与“道”的关系时说：“君子之事君也，务引其君以当道。”① 余英时曾如此描述处于文人政治黄金时代的宋代士大夫的理想：“虽然都寄希望于‘得君行道’，但并不承认自己是皇帝的工具，而要求与皇帝共治天下。”② 无论是“引君当道”或者“得君行道”，魏禧都兴趣寥寥。他理想中的人物应该能扶危持颠，以治国平天下为追求。至于君王的命令和权威，则可以不顾甚至违背。所以我们不妨称这种观念为“重道轻君”。若回溯历史，只有战国乱世中的纵横之士的身上鲜明地体现了这一精神。

战国之世，统一的中央集权国家尚未形成，社会上也未形成要求人们绝对效忠祖国的思潮，因此当时的人们国家观念淡薄，特别是大多数平民出身的纵横策士们朝秦暮楚乃是平常之事。他们东奔西走的目的是为自己谋取势位，至于为谁献策，主张连横或是合纵不过是达到目的的手段。如苏秦可以游说秦惠王行连横之计吞并东方六国，也可以游说燕赵之君使其联合抗秦。他们有“所在国重，所去国轻”的影响力，在他们的价值体系里，远没有形成忠君爱国的观念，他们看重的是自身价值的发挥与世俗功名的获取。

随着秦汉大一统帝国的建立和儒术的独尊，君尊臣卑的观念已深入人心，纵横家言已被斥作异端邪说而被正统士人弃若敝屣。降及明清之际，在各种因素的作用下，怀疑君主权威的思想开始有所抬头，顾炎武、黄宗羲、唐甄等人都发表过批判君主专权的政论，被视为近代启蒙思想的先声。如唐甄说得最为

---

① 焦循：《孟子正义》，中华书局，1987年，第854页。

② 余英时：《中国文化史通释》，生活·读书·新知三联书店，2011年，第18页。

直接，指出“帝王实贼”的真实面貌，“自秦以来，凡为帝王者，皆贼也”[①]。黄宗羲痛责后之人君的绝大恶行，“屠毒天下之肝脑，离散天下之子女，以博我一人之产业”。他理想中的君主与天下的关系应该是：“天下为主，君为客。凡君之所毕世而经营者，为天下也。”[②] 魏禧思想的表达没有唐甄那样激进，却也在某种程度上达到了黄宗羲的高度。这是一个几乎被所有人忽略的事实。留在人们记忆中的只是作为古文家的魏禧，却没有留意到魏禧的思想亦极有值得关注之处，魏禧这种锐利的思想并不是通过子书式的专门论著表达出来的，而是以文学性的方式投射到他的文章中，所以影响力不如唐甄等以思想家身份闻名的文人。卓越的思想性，使得其文章更为酣畅淋漓，精神饱满，真气流露。这些文章当然也是最能体现其个性的。

魏禧那些纵谈古今的文章中，表达的观点大都不苟同于古今作者。其明显特点就是减弱君主的神圣性与权威性，鼓励士人或臣子彰显个人的主观能动性，达到了将君主拉下神坛的客观效果。正是这种态度，也使其与战国策士的思想观念有了相互呼应之处，尽管魏禧本人并不以策士自许。刘向编集《战国策》时，曾这样总结战国策士的游说风格：“战国之时，君德浅薄，为之谋策者，不得不因势而为资，据时而为画。故其谋，扶急持倾，为一切之权；虽不可以临教化，兵革救急之势也。”[③] 战国时代，各国诸侯关心的是“何以利吾国”的现实利益，因此纵横之士游说时无不赤裸裸地以利相诱。魏禧的论说文中就有这一习气，他曾直白地说：“凡进说于中才之主，规于义而不能遽绝之于利。”[④] 自儒家思想成为社会主流思想以来，凡臣子进谏，多数都要以仁义来包装自己的建议以示仁义堂皇，魏禧却在这里不留情地撕去了这层遮羞布。魏禧这种毫不留情的态度来源于其对君主权威合法性来源的质疑。封建正统的卫道士们认为君主是受命于天，作为上帝在人间的代表来统治万民。魏禧则认为君主的权力来源于其对人民的义务，唯有救民于水火的君主才能被赋予统治的合法性。“夫天下公器，非一人一姓之私也。天为民而立君，故能救生民于水火，则天以为子，而天下戴之以为父。”[⑤] 上述文字出自魏禧的《留侯

① 唐甄：《潜书》，中华书局，2004 年，第 196 页。

② 黄宗羲：《明夷待访录》，《黄宗羲全集》（第 1 册），浙江古籍出版社，1985 年，第 2 页。

③ 刘向编：《战国策》，上海古籍出版社，2015 年，第 728 页。

④ 魏禧：《汉中王称帝论》，《魏叔子文集》，中华书局，2003 年，第 55 页。

⑤ 魏禧：《留侯论》，《魏叔子文集》，中华书局，2003 年，第 45 页。

论》，叔子对他的这篇文章很是得意，在给友人李天生的信中自豪地谈道：“如《留侯》《左传经世叙》《与郭李二书》《熊黄两门人字说》，皆仆志趣所在。”① 可见魏禧在《留侯论》中对君主权力合法性来源的质疑与探索，绝不是其心血来潮之言，而是其上下求索后而得出的警世箴言。必须说明的是，早期儒家的政治权力学说都曾有类似观点。魏禧的这种观念并不具备完全的独创性，其内涵隐约有《尚书》“天视自我民视，天听自我民听”和《孟子》“民为贵，社稷次之，君为轻”等观念的影子。董仲舒《春秋繁露》也曾明确指出：“天之生民，非为王也；而天立王，以为民也。故其德足以安乐民者，天予之；其恶足以贼害民者，天夺之。”② 魏禧限于无法摆脱的时代局限性，承认天授君权之说，但丰富了此学说革命性与鼓动性的内涵，尤其在君主集权达到顶峰的清代社会，更具备其震撼意义。魏禧明确地提出天下“非一人一姓之私”的观念，即天下万民都有可能或者说都具备潜在资格成为天下的统治者，最高权力从此不必在皇族内部流转，皇族内部的择善而立也就显得保守与落后。魏禧借张良为韩报仇而最终辅汉的历史史实来说明一个显而易见的事实，没有一家一朝的统治是不可更易的，没有任何君王的权威是不可被挑战的。为了一项正义的事业，更换政权也是再正常不过的事。正如张良反抗暴秦的使命也并不一定非要指向韩国的复兴，“子房欲遂其报韩之志，而得能定天下祸乱之君，故汉必不可以不辅”③。我们由此，亦可窥及魏禧遗民性格的真实底色。他未必是为朱明王朝而坚持臣节，更多的可能是为文化的存续在抗争。顾炎武孜孜辩说的“亡国”与“亡天下”之辨，魏禧感受最深的可能是后者。

基于国家安危、苍生福祉重于君主权威的清醒认识，魏禧在策论文里往往就刻意把君主放在可有可无的地位，极力强调贤臣良将在历史重要关头的关键作用，而君主的象征性意义很大程度上要大于其实际的作用。加之对大多数人君的能力持不信任的态度，魏禧自然就把国家的希望寄托在臣子的身上，如执掌一国之权的宰相。魏禧轻视君主重视人臣的态度导致他认为人臣在国家的危急关头可以有“背君行义”的权力：“相臣上参天子之柄，下可以达百执事。国家之利害，苟迫于所不得已，则虽逆天子之法，犯群臣之怨，冒天下之大不

① 魏禧：《与富平李天生书》，《魏叔子文集》，中华书局，2003 年，第 246 页。

② 董仲舒著，苏舆撰：《春秋繁露义证》，中华书局，1992 年，第 220 页。

③ 魏禧：《留侯论》，《魏叔子文集》，中华书局，2003 年，第 43 页。

韪，必且毅然为之而有所不敢避。”① 魏禧讨论相臣的权柄，有着深刻的历史背景，其根本目的还是抑制君权。

中国政治史自秦汉以来便存在着君权与相权的矛盾，以丞相为代表的官僚集团对君权构成天然的抵制作用，故两者的权斗一直史不绝书。如有学者分析：“相权如仅指宰相（无论为独相或并相）所拥有的权力而言，则它既直接出于君授，自不足以成为君权的限制。但宰相为‘百官之长’‘君僚之首’，在这个意义上，它是整个官僚系统的领袖。因此，当官僚制度对任意挥洒的君权构成一定程度的抗拒力时，相权往往首当其冲。”② 随着君主的权力日趋集中，相权被日渐削弱。降至朱元璋时代，真正意义上的丞相也被从制度层面彻底清除。明末清初的思想家反思明朝灭亡的原因时，都曾将相权的缺失视作明代的弊政之一。如黄宗羲《明夷待访录》专门立“置相”一篇，开篇即指出“有明之无善治，自高皇帝罢丞相始也”。并慨叹明代的相权实际归于宦官，而被视同宰相的内阁有名无实，最终导致政令颠倒，国事日非。“吾以谓有宰相之实者，今之宫奴也。盖大权不能无所寄，彼宫奴者，见宰相之政事坠地不收，从而设为科条，增其职掌，生杀予夺出自宰相者，次第而尽归焉。有明之阁下，贤者贷其残膏剩馥，不贤者假其喜笑怒骂，道路传之，国史书之，则以为其人之相业矣。”③ 在明清之际相权被极端削弱的时代，魏禧将宰相的功用推崇至极高极大，是一种高扬的理想主义，更是一种对现实改革的热切期盼，对于理想蓝图的热情擘画。在内阁大学士们已沦为皇权陪衬的时代，魏禧在古文里构想出最敢于任事、最富魄力的人臣形象，他推崇的是在国家危难之时能力排众议、敢于以身犯险，虽犯天子之威严也在所不惜的相臣。魏禧的《伊尹论》更是以具体的历史人物事迹来证明张扬相权实为利国济民之举。伊尹“独断”，力劝商汤伐夏，以臣伐君，本就是在君主视野下的“大逆不道”之行。魏禧还在文中对伊尹的行为大加赞赏，认为非伊尹不能坚汤伐夏之心，非如此不能吊民伐罪。“夫以汤而行羿之事，为自古圣贤之所不为，汤虽躬圣人之德，无富天下之心，有危疑而不敢辄发者矣。使非有任如伊尹者，灼然于天命人心之故，犯天下之大不韪，不以芥蒂其心，变易千古君臣之义，而无惭于

① 魏禧：《相臣论》，《魏叔子文集》，中华书局，2003 年，第 23 页。

② 余英时：《中国思想传统的现代诠释》，江苏人民出版社，2003 年，第 81 页。

③ 黄宗羲：《明夷待访录》，《黄宗羲全集》（第 1 册），浙江古籍出版社，1985 年，第 10 页。

尧舜，以别嫌疑，定犹豫，主持其内而辅翼其外，亦安能断然出此也哉?”① 这也否定了千古以来约定俗成的所谓君臣之义，从新的角度解释了伊尹的圣贤意义。如此迥绝于常人的思想，自唐宋以来少有人言，即使魏禧最崇拜的王阳明也没说出过这样的话。同时代的启蒙思想家，亦未言及此。当时批评君权最为激烈的唐甄也只是正面言极相臣的作用。“古之为国者，得一贤相，必隆师保之礼，重宰衡之权。自宫中至于外朝，惟其所裁；自邦国至于边陲，惟其所措。谗者诛之，毁者罪之。盖大权不在，不可以有为也。”② 其宣扬的相臣有处置所有人臣的权力，也没有敢主张相权有推翻君权的资格。而且，唐甄也只是以古为名，借古说法，并非为魏禧别无依傍、直接立论那般痛快淋漓。有论者曾指出，“唐甄所设想的宰相拥有的权力简直可以说是无上的，是真正的实权掌握者和行政者，而相比之下，君主除了选择宰相的权力外，基本无其他实权，处于一种‘虚君’的状态”③。但其对比魏禧设想的相权，实在是无足为奇。故而，我们应充分认识到，作为古文家的魏禧，其政治思想在当时也有石破天惊般的震慑力，其威力甚至在启蒙思想家之上。另外，特别有必要说明的是，魏禧创作《相臣论》的时间在“甲申二月”，其时明朝尚未覆灭。也就是说，魏禧提倡相权而损抑君权的思想，并不是在明朝灭亡后痛定思痛的观念产物，而是出于这个年方弱冠的青年士子的卓越胆识与超凡的洞察。其思想爆破力之强大，在当时与后世都少有能并肩者。后人评价魏禧的英风卓识，曰：“踔厉森峭而指事精切。”④ 在此已现其端倪。

魏禧崇尚士人阶层的作用，不仅体现在其对“百官之长”的相臣所应有的职权的张扬，更表现于他对士人身份的高度自信。比如，魏禧曾高度重视谋士在王朝兴衰中的作用，“古今发天下之大难，成天下之大功者，必有人为之谋主；谋主立，而群才有所凭辏而进，自商周之初，下至秦汉之际，五胡十国，分崩割据，莫不皆然”⑤。这里显现出掌握历史规律的自信感。魏禧评价陈胜的成败得失，超越了司马迁以来据陈涉本人立论的惯常思维，将关注点下移到理应为陈涉服务的士人身上，指出陈涉失败的直接原因是谋士的匮乏。在

---

① 魏禧：《伊尹论》，《魏叔子文集》，中华书局，2003 年，第 34 页。

② 唐甄：《潜书》，中华书局，2004 年，第 122-123 页。

③ 侯长安：《公私之辨：明末清初政治思潮研究》，学习出版社，2018 年，第 85 页。

④ 宋荦：《国朝三家文钞序》，《国朝三家文钞》，清康熙三十四年刻本。

⑤ 魏禧：《陈胜论》，《魏叔子文集》，中华书局，2003 年，第 44 页。

讨论陈涉的同时，魏禧还列举刘邦、项羽等人的霸业成败作为例证。“当是时，沛公最得士，故终有天下。项氏得一范增，不能尽其用，故几成而败。其他田氏、韩氏、赵氏之属，皆无豪杰为之谋主，旋起旋灭，或终为臣虏，固不足怪。”① 这也意味着，无论陈涉是英明还是平庸，对于反秦大局都无足轻重，而谋士的有无精劣则至关重要。一旦能充分发挥谋士的作用，自然能大功告成。再一次证明魏禧平视君主的思想习惯。

魏禧好议论，好作文，每有所得，便急切地将其表述于笔下。“重道轻君”思想的本身就超迈犀利，再以其凌云健笔以运之，自然就形成了凌厉劲健的文势，可谓真气贯注，当者辟易。或者可以说，魏禧但凡涉及君臣关系的史论文，都充溢着尊臣而轻君的廉悍之气。这里且以《宋论》中论岳飞的部分观之：

> 高宗既立，天下引领以望恢复，韩、岳诸将战无不捷，金师几于北遁，然桧以一人主和其内，诸道之师悉罢，甚至矫制杀飞而天下事遂不可为。呜呼！鬻拳兵谏，君子犹以爱君诵之。与其死于奸臣，孰死于敌之为烈。避专制之罪名，何如弃二帝、败国家、涂炭生民之祸为酷。向使飞不奉诏，不班师内觐，其始若同于叛臣之崛强跋扈而不可制，而专力图金，克中原以迎二帝，然后还戈而清君侧，解柄伏阙，自尸抗命之罪，则虽有百桧不足以为忧者。而区区之金，其何不可翦此而朝食？
>
> ……
>
> 宋以忠厚立国，其法多繁委周密，而一时臣工，又皆循礼守分，不敢逾越尺寸，斤斤然规矩准绳之中以自救过不给，是以不肖者不能为大乱，而虽有大贤不能遂志毕力，犯非常之举以至于大治。呜呼！排众论，冒不韪，危天子以成大功者，终宋之世，吾以为寇莱公一人而已矣。②

这里讨论的是历史上令人扼腕痛心的岳飞蒙冤被杀之事。无论是正史还是演义，大多对岳飞奉诏班师最终被害一事深表惋惜，最多只幻想让岳飞的精魂或者是超然的天道主持公道，或惩治奸臣秦桧以大快人心，③ 或让岳飞的后人

① 魏禧：《陈胜论》，《魏叔子文集》，中华书局，2003 年，第 45 页。

② 魏禧：《宋论上》，《魏叔子文集》，中华书局，2003 年，第 65-66 页。

③ 参见谭笑：《明代小说戏曲中“秦桧冥报”故事的演变》，《明清小说研究》，2019 年第 2 期。

继承其遗志完成痛饮黄龙的心愿。在岳飞与高宗的关系上，却恪守君君臣臣的教条，不敢越雷池一步。魏禧在这里却提出了大胆的建议，主张岳飞可以不听诏命，继续进军，“专力克金”。待事成之后，再还师请罪。如此大胆僭越的主张，其背后的深层原因是魏禧对君主的轻蔑。在他的价值观念里，国家的存亡、生民的祸福远比皇帝的权威重要。正因为魏禧对君与民的位置关系有如此清晰的设定，所以他能提出“避专制之罪名，何如弃二帝、败国家、涂炭生民之祸为酷”的主张。在他看来，如果能换取国家的复兴、民众的幸福，即使背上飞扬跋扈的罪名也是在所不惜的。他推崇的就是寇准般的大臣，能够“排众论，冒不韪，危天子以成大功”。传统的君臣间的关系在魏禧这里被打破了，在能造福国家的前提下，臣子的能力被要求得到最大程度的发挥，而天子的威严被降到了最低点。这是深受正统思想规训的俗儒们想都不敢想的事，却被魏禧在文章里堂而皇之地表述出来，可见魏禧的见识、魄力、真诚与毫不伪饰。魏禧认为，只要能够有利于国计民生，任何在封建伦理看来是叛逆的事情都是可以接受的。“灼然于天命人心之故，犯天下之大不韪，不以芥蒂其心，变易千古君臣之义，而无惭于尧舜。”① 在这里，魏禧毫不保留地道出了他那不合于传统教条的君臣观。所以他能在《唐肃宗灵武即位论》中悬置前人的观点，不斤斤于事先到底有没有玄宗传位于肃宗的诏书，而是基于国家的安危利害，直言“不即位则将帅心怀疑贰，恢复之功不成。故虽明皇无传位之诏，而肃宗立焉可矣”。②

值得注意的是，魏禧史论文多次强调臣子可绕开君王而成就大业，其出发点在于江山社稷，而不是个人荣辱。对比魏禧与同时期的其他文人在同一话题上的议论，更可见出魏禧论事的一腔赤忱及热望与谋国而不谋身的孤勇。比如王夫之《宋论》讨论岳飞的“渡河之志”时，也对历史上岳飞的实际举措不以为然，但王夫之对岳飞的不满之处与魏禧截然相反。魏禧惋惜的是岳飞不能违背军令而奋然北上，过于愚忠而使北伐功败垂成；王夫之则感慨岳飞锋芒太盛而引人嫉恨，不顾及君王感受而自蹈危局。他说：“合宰执、台谏、馆阁、守令之美，而皆引之于身，以受群言之赞颂。军归之，民归之，游士、墨客、清流、名宿莫不归之。其定交盛矣，而徒不能定天子之交；其立身卓矣，而不

① 魏禧：《伊尹论》，《魏叔子文集》，中华书局，2003 年，第 34 页。

② 魏禧：《唐肃宗灵武即位论》，《魏叔子文集》，中华书局，2003 年，第 63-64 页。

知其身之已危矣。如是而欲全其社稷之身以卫社稷也，庸可得乎?”[①] 如果说王夫之的史论观受老庄思想影响较大，强调在保身的前提下以保社稷，则魏禧那些大胆越界的思想与战国策士的观念更有相通之处。

魏禧在清初是坚定的遗民志士，眷怀故明、思悼前朝是其古文重要的抒情倾向。但若细究下去，他的政治理想与明王朝自朱元璋时代起倡居的主流政治观念是背道而驰的。朱元璋废除延续近两千年的宰相制度，大权集于君主一身，将君主专权推向前所未有的高度，此后明代诸帝沿袭“祖宗之法”，宰执大臣的权力以及尊严被一贬再贬。作为明代亡国遗民的魏禧却一再高扬相臣的地位，暗中贬抑君主的权威。这充分反映出魏禧对明代政治制度的深刻反思，其怀恋故国而不愚忠的人格魅力也就尽显于此。

就政治伦理而言，魏禧史论文在一定程度上颠覆了传统的绝对的君尊臣卑的君臣观，重温了孟子提出的社稷高于君主的观念，倡导臣子为了社稷大计可以违反君主的命令，动摇了君主的绝对权威。此论本身在当时就具有惊世骇俗的力量，魏禧再以雄健的文笔将其诉诸纸上，自然就有慷慨辟易的力量、真气澎湃的气势。他的门生温伯芳在评价他的《宋论》时就把这一点说得很透彻：“笔势若饥鹰之搏兔，论似奇险，究竟不出人心口间，然谁敢形之于笔，而又能如此迅悍耶!”[②] 如温氏所言，当时明遗民中不少人都有社稷为重君为轻的思想，但是罕有人能如魏禧那般凭借其真诚朴实之气将其大肆衍说，述诸笔端，从而形成迅疾劲悍的古文风格。

第二节　设身古人之地：魏禧史论文特色之二

姜宸英在为魏禧弟子梁份的《怀葛堂集》作序时，曾谈起魏禧的学问特色，曰：“虽隐居不仕，益读书，好观古今治乱之迹，以逆揣其成败得失之所以然。”[③] 魏禧论世，讲求设身处地，并将其视作重要的个人修养。他提出

---

① 王夫之：《宋论》，《船山全书》（第11册），岳麓书社，2011年，第245页。

② 转引自魏禧：《宋论上》，《魏叔子文集》，中华书局，2003年，第66页。

③ 姜宸英：《怀葛堂集序》，梁份《怀葛堂集》//《豫章丛书》（集部10），江西教育出版社，2007年，第570页。

"节性之道有三"，分别是："一曰自反有过，一曰设身处地，一曰勉受直言。"[①] 那么文人在议论古人往事时，其他两端无所施展，设身处地成为最重要的方法。魏禧在与友人议论古今得失时，也时常强调要"设身古人之地，辨其得失之故"[②]。这与其"明理适用"的古文观是内在契合的，同时也是其讲学造士的独到心得。"今之君子，不患无明体者，而最少适用；然在学道人，尤当练于物务，使圣贤之言见诸施行，历历有效，则豪杰之士争走向之。"[③] 而对于沉沦草野的遗民志士来说，并没有太多"练于物务"以检验圣贤之言的机会，魏禧提出的"设身古人之地"是在此情境下的一个补偿举措，当然也具有很强的可行性和必要性。"古人得失之故，颇有曲折，即真见其所以然，不反身体认，恐临事尚无着手处也。"[④]

谈论"古人得失之故"一直是文人癖好，在明代尤其如此，朝野不乏论古之士。比如明代中叶曾官至礼部尚书的陆树声即"称说古人成败得失及本朝掌故，即二三百年官爵、里居、岁月、姓字，滚滚不爽毫发"[⑤]。但大多数的谈论往往不切实用，流于空谈，像钱谦益即好谈兵，但"对于军事其实颇为生疏，无法考虑到许多实际的难处"[⑥]，就沦为标准的纸上谈兵。对于魏禧来说，谈论古人是非得失不是目的，更重要的是要切乎实用。通过"设身古人之地"的方式论古讨今，一方面可以更深切地体会事情的是非曲直，更重要的是，另一方面可以通过想象自己参与某个历史事件的定策过程，综合考虑当时的各方面情势，做出一个适当的对策，能锻炼人的谋划决断能力，从而在现实生活中有处置大事的能力。

魏禧的史论文就是"设身古人之地"的践履。他时常在想象中将自己置身于历史现场，以谋士的身份为该事件中的人物出谋划策。就"谋"与"策"本身而言，魏禧的纸上经济与战国策士的现世筹划是异曲同工的。战国时代的纵横家们由于没有严格的政治操守，一切唯利是图，故而能更多地讲求于计策

---

① 魏禧：《日录》，《魏叔子文集》，中华书局，2003 年，第 1111 页。

② 魏禧：《与谢约斋》，《魏叔子文集》，中华书局，2003 年，第 316 页。

③ 魏禧：《与谢约斋》，《魏叔子文集》，中华书局，2003 年，第 316 页。

④ 魏禧：《与胡心仲》，《魏叔子文集》，中华书局，2003 年，第 320 页。

⑤ 梁维枢：《玉剑尊闻》，上海古籍出版社，1986 年，第 265 页。按，其语源出自陈继儒《陆文定公传》（见《陈眉公集》卷十三，明万历四十三年刻本）。

⑥ 许浩然：《钱谦益早期谈兵事考——以浒墅关诗为线索》，《中国海洋大学学报（社会科学版）》，2012 年第 2 期。

本身，追求计谋的最大效益。“故其谋，扶急持倾，为一切之权，虽不可以临国教化，兵革救急之势也。”[①] 他们的计谋不是以整顿人心、宣扬教化为目的，而是为了外交或军事上的胜利。所以后世儒者就常常把他们的谋划的特征评价为“权”。所谓的权也就是临机应变时所应采取的方略。魏禧在维护纲常伦理等所谓“经”的旗号下，也把“权”“变”的重要性推崇到极点。如隽不疑以谎言来换取国家的安定，魏禧称赞他“甚矣！不疑之能权也！”[②] 他赞赏霍光能以权变治理天下，使西汉的国祚得以绵延。“霍光于此而不知变计，则汉可以立亡。”[③]

魏禧甚至认为如果不能做到“权”字，“经”的价值也就无从体现。这在其《汉中王称帝论》中表现得尤为明显。在刘备自立为帝的问题上，费诗是极力反对的，他的理由是：“殿下以曹操父子偪主篡位，故乃羁旅万里，纠合士众，将以讨贼。今大敌未克，而先自立，恐人心疑惑。”[④] 魏禧则批评费诗的不懂权变，纯为书生之见，说“诗不知权，则遂失其经矣”[⑤]。其理由为“献帝废，曹丕自立，其时诸刘无有存者，汉中王为宗子，非高祖在秦时比，异姓之起，功德不盛，而急于称尊，未有能成大事者。苟为宗子，则一成一旅，可建号以收天下之心”[⑥]。魏禧在这里指出刘备当时可自立为帝的两点原因。其一为献帝已废，刘备是刘汉宗室中最有希望延续汉祚者，故而其称帝具有当然的合法性；其二是称帝有利于招揽人心，助推兴汉灭魏之大业，从现实的角度考虑亦是成熟之举。魏禧的确做到了设身于古人之地，熟参当时天下局势、比较古今异同后得出这样的以权护经之论。魏禧在史论文中体现出的对“权变”说的推崇，在本质上与《春秋公羊传》中的相关观念契合。“公羊学认为，在通常情况下，国与君为一体，君权能够全权代表政权，臣子效忠于君主即等同于效忠于国家；但在特殊情况下，当君权与政权发生冲突而分离时，臣子即当行权，即转而尽忠于国家与国民而不再效忠于君主个人。”[⑦] 只是，魏禧一生对《左氏春秋传》用力甚深，从现有的文献来看，其对公羊家的思

---

① 刘向编：《战国策》，上海古籍出版社，2015 年，第 728 页。

② 魏禧：《隽不疑论》，《魏叔子文集》，中华书局，2003 年，第 52 页。

③ 魏禧：《春秋战论 · 鄢陵》，《魏叔子文集》，中华书局，2003 年，第 113 页。

④ 陈寿：《三国志》，中华书局，1959 年，第 1016 页。

⑤ 魏禧：《汉中王称帝论》，《魏叔子文集》，中华书局，2003 年，第 54 页。

⑥ 魏禧：《汉中王称帝论》，《魏叔子文集》，中华书局，2003 年，第 54 页。

⑦ 朱雷：《公羊经权义》，《中国哲学史》，2022 年第 5 期。

想则较少措意。他与《春秋公羊传》的暗合，可能是历史的巧合，但也从侧面说明魏禧思想的复杂性。

魏禧甚至认为君子为了达到良好的政治目的，也不妨采用小人之术。“大约君子处国家大事，有决不可用小人之术者，如卫鞅虏公子卬，韩信背郦生破齐之类；有可用小人之术者，如温峤之于王敦，王曾之于丁谓是也。”① 如此看来，在紧急时刻下，采用小人之术以挽救国家大事，是有必要的且是必须的。审视魏禧的文章特别是他的策论及史论文，我们会发现其中充斥着处变用权的思想。魏禧对他的《封建论》自负甚高：“封建虽必不可复，而所以处宗子者，自秦以来，两千年未有良法。”言下之意，他提出的措施就是两千年方出的良法。平心而论，魏禧所作的三篇《封建论》通篇充溢着权变之计，但针对各类祸患都能预作防范，极见其政治智慧。

这里暂且不谈魏禧的策论，就是他的纯粹的史论中也有许多的建言献策的内容，几以纵横捭阖之士自命。下面就以《晁错论》见其策士风范。历来论晁错被景帝所杀一事者甚多，现选取历史上立论较有代表性的两篇——苏轼的《晁错论》和钱大昕的《晁错论》——跟魏禧的《晁错论》相比较，以见魏禧的史论有浓厚的策士气息。

苏、钱、魏三人都在文章中指出晁错之死的原因是他建议景帝率军出关抵御七国叛军而自己坐守长安，最终招致猜忌，被腰斩于市。但三篇文章的着眼点却极不相同，尽显三人的学术风格、人生取向的迥异。苏文作于国家承平百年却危机暗滋的北宋中期，苏轼以政治家的眼光来思考士人处理国家危机时所应秉持的原则，因此责难晁错举止不当。“天下治平，无故而发大难之端；吾发之，吾能收之，然后有辞于天下。事至而循循焉欲去之，使他人任其责，则天下之祸，必集于我。”② 在其看来，晁错的悲剧即在于在国家太平之际贸然行动，挑起战争，最后还没有勇于承担的觉悟。认为这是毫无政治智慧的表现，既贻害天下，自身亦落得仓促身死的结局。这是苏轼的有感而发，不妨将其看成苏轼初入仕途的宣言和自许，将人臣处于朝的自立之计与造福天下苍生的宏图远略结合起来。钱大昕则认为晁错以“术”教景帝，晁错的被杀，正是其生平所蓄申韩之学的反噬，可谓罪有应得。“景帝之术数，即错所教

① 魏禧：《再答谢约斋书》，《魏叔子文集》，中华书局，2003年，第260页。

② 苏轼：《晁错论》，《苏轼文集》，中华书局，1986年，第107页。

也。"[①] 由此推论，晁错之死完全是咎由自取，作法自毙。钱大昕作此论的目的不是要评判景帝与晁错间的是非曲直，而是要表达其以宣扬儒家道统而排斥百家的政治态度。其《晁错论》的结论是："吾闻以仁义治天下，未闻以术数治天下。以术数者，好杀而不信其臣者也。"[②] 这是借批判晁错来表达其以儒术治国而排斥"术数"的政治信仰，这也正是乾嘉时代理学泛滥的表征。或许我们也可以从另一方面考虑，在君主专权趋于顶峰、士人动辄得咎而小心避祸的时代，钱大昕在晁错问题上另出新论，是士人的自保韬晦。或能唤起君主以仁术治天下而不是扬扬自得于帝王心术，若可使今之人君如同古之人君那样对待臣子，"尊之信之，礼貌以待之"，君臣之间以信义相结，亦是普通臣子衷心祈愿之事。

魏禧《晁错论》既不同意苏轼论晁错行事能发而不能收的观点，也完全不从钱大昕等乾嘉学人所津津乐道的道德话题着手，而是洋溢着尚不完全屈服于王权的士人的自由横放、天真烂漫之精神。钱穆先生曾谈及清代学风之变，他认为清初诸老"不忘种姓，有志经世，皆确乎成其为故国之遗老，与乾嘉之学，精气敻绝焉"[③]。魏禧与钱大昕在晁错问题上思考路径的区别，正好可以作为清代前期与中期文风丕变的一大写照。魏禧没有从政治哲学出发借晁错之事发表某种政治理想，而只是从策划的角度批评晁错的削藩手段不当。他首先关注的是晁错举措不当，批评其削藩总方针的失误："未闻有欲谋其人，顾先声以动之，而激之以合其党者也。"[④] 接着，他站在晁错的历史位置上，代晁错立言，提出自己处置吴、楚等国的策略。鉴于"力合则难御，分则易制"的客观形势，提出"离其交而乘其敝，缓其谋而分其力"的设想，与晁错的诸藩并削、无主无次的蛮干强横比起来，更有政治智慧。更重要的是，这些措施并不是好为大言、迂阔无用。魏禧不仅提出了削藩的整体性策略，而且更将削藩的每个步骤交代得清清楚楚。且看魏禧的策略。首先，因为"汉景之初，惟吴逆形颇著，其余诸王初未尝有叛志"，此时西汉朝廷的正确举措就应该是对其他诸侯国施以恩惠，加以笼络，以达到孤立吴国的目的。在使吴国孤立无援的同时，开展"密以谋吴"的活动，布置精兵于吴国边境。待一切准备就

① 钱大昕：《晁错论》，《潜研堂集》，上海古籍出版社，2009 年，第 28 页。
② 钱大昕：《晁错论》，《潜研堂集》，上海古籍出版社，2009 年，第 28 页。
③ 钱穆：《中国近三百年学术史》，九州出版社，2011 年，第 1 页。
④ 魏禧：《晁错论》，《魏叔子文集》，中华书局，2003 年，第 46 页。

绪后，再将吴国的过失告知各诸侯国。届时，若刘濞还是冥顽不灵，不肯归顺，就以大军直取其地，并赦其军民，必能一举成功。这一路下来，有理有据，恩威并施，并极有可操作性，称得上是有卓见的论策，确乎符合四库馆臣对其“策士之文”的评价。魏禧在《晁错论》的写作上，可谓过足了策士之瘾，在开出平定吴楚的策略后，竟然还在文末洋洋洒洒地为景帝草列了招抚其他诸侯王的诏书，可见其对此论的自得。应该说，魏禧确有自得的资本。与魏禧同时代而略早的吴应箕，曾是如此评价晁错的：“晁错为汉削六国，以袁盎之谗死，然计行而身死，身死而国安，虽死可也。”① 实则晁错的身死不仅仅是因为袁盎之谗，还因没有平叛的合适方略，削藩之举确操之过急。两相比较，魏禧的见解确实高出于时流不少。

《晁错论》在魏禧的史论文中颇堪代表，不仅体现出鲜明的历史洞察力，还蕴含着丰富的现实意识。其一，其对晁错所处的历史情势有清醒的认识，指出晁错的削藩策略的不可取，也道出了贾谊在汉文帝时提出的“众建诸侯而少其力”的削藩之策也有推行的现实可能性。其二，魏禧将晁错削藩身死之事与齐泰、黄子澄削藩失败之死作以对照，指出前后相隔一千五百余年的两次削藩策略如出一辙，更可反证其提出的削藩之策具备万世通行的可能性。在此，我们亦可看出魏禧不是仅凭一腔热血或纯然正气挺立于世的文人，比起气节，他更关注应世之策。《明史》评价齐泰诸人曰：“齐、黄、方、练之俦，抱谋国之忠，而乏制胜之策。然其忠愤激发，视刀锯鼎镬甘之若饴，百世而下，凛凛犹有生气。是岂泄然不恤国事而以一死自谢者所可同日道哉！由是观之，固未可以成败之常见论也。”② 齐泰等固然要优于空谈国事者，但是，在魏禧看来，他们事前谋事不臧，适成“误国爱身”之局面，临难又弃君而逃，适成贻祸天下的灾难，更不值得怜恤。比起盲目地颂扬忠节，魏禧更看重的是正确处置事务的雄才大略。这正是魏禧的策士本色所在，也是其为古人谋划的逻辑起点。

从不置身事外而是设身古人之地，在特定的历史背景下，提出正确可行的策略，是魏禧的史论文的一贯风格。这样的例子还能指出很多。《尉佗论》指责尉佗在秦末天下大乱之际，不该坐守岭南以图自保，而应积极进取。为此，

---

① 吴应箕：《桓范论》，《吴应箕文集》，黄山书社，2017 年，第 103 页。

② 张廷玉等：《明史》，中华书局，1974 年，第 4029-4030 页。

魏禧为尉佗拟定了四条方略：上策为随刘邦入关灭秦，“裂土分王”；其次为结好各路诸侯，取章贡之地，继而再图豫章；再次为保境安民；最下愚之计是毫无作为，“首鼠两端，因循顾望”。《唐太宗平内难论》虽未为秦王建一策，却指出李世民去洛阳之议必不可行，条分缕析，让人一读之下，顿觉洛阳必不可去。全篇虽未建一策，实际上已为当事人排除了最下等之策。《宋论》论岳飞郾城大捷后应“不奉诏，不班师内觐”，“专力图金，克中原以迎二帝，然后……解柄伏阙，自尸抗命之罪”。如此等等，代古人筹措擘画的情形在他的文章中可谓屡见不鲜。道光十七年（1837），彭士望裔孙彭玉雯编刻《易堂九子文钞》，潘世恩在为此书作序时对九子的文风作了精练的概括，评魏叔子文曰：“九子之文，叔子为最。辨古今得失，指陈时事，廉利透辟，独出手眼。”[①] 此论在清人的评论中颇有代表性。后人之所以津津乐道于叔子辩论时事的精劲之功，其因由即是魏禧能回到历史现场，代古人筹划，故而建策鲜活透辟，没有流于迂阔而不切实际。

魏禧在他的史论中非但以谋臣策士自居，而且抓住机会就要强调谋臣策士的作用。在他的《陈胜论》里，开篇即说“古今发天下之大难，成天下之大功者，必有人为之谋主；谋主立，而群才有所凭倰而进”[②]，因此，陈胜及田氏、赵氏、韩氏等六国旧诸侯“旋起旋灭”，就是因为“无豪杰为之谋主”。若按照叔子有谋主且能用必兴、无谋主或有谋主不能用必亡的史观，再加上其对自己史论的自信，我们可以揣度叔子的策论里未尝没有自己的经世之志，如上文所提到的以此来培养谋划之才。因身逢易代之际，不能为汉家王朝出谋划策，那就在历史的书卷里纵横驰骋。魏禧曾说“书生纸上经济，正如小儿画地作饼，亦自知其不可食，聊取快意”[③]。这正是对其作的《晁错论》而发，自然也可看成是其对自己史论的总体评价和期许，自知无补于世用，却可以聊取快意。

魏禧创作史论文，其中的用世情结隐然可见。文廷式《纯常子枝语》曾引用魏禧《日录》中的一则论点，并加以发挥，曰：“魏叔子史论曰成祖三犁虏庭，可谓武矣。建都北平，天子守边，可谓壮矣，而乃弃三卫以资虏，断三边之喉，虚京师之背。若庸主所为，何哉？盖其初急于得天下，其后喜于得天

① 潘世恩：《易堂九子文钞序》，《易堂九子文钞》卷首，清道光十七年刻本。

② 魏禧：《陈胜论》，《魏叔子文集》，中华书局，2003 年，第 44 页。

③ 魏禧：《与涂宜振》，《魏叔子文集》，中华书局，2003 年，第 337 页。

下。急则虑疏，喜则志盈。既疏且盈，神智不守。昧于远图，无足怪已。余尝谓明人弃越南，弃河套，皆谋国之不臧，而莫谬于弃三卫，遂循至于亡国。以此观之，成祖固无经国之远猷也。"① "余尝谓明人弃越南，弃河套" 句前的一段话皆为魏禧《日录》原文。魏禧识见透辟，在交口称誉的"英主"身上看出了"庸主"之举，其背后是对明朝后期国势衰微以致最终走向覆灭的沉痛反思。能够见微知著，观澜索源，在对故史的考察中沉淀着深沉的现实关怀，其得出的观点足以启发后人。文廷式在魏禧议论明朝亡国之由的思考里也有着对晚清割地政策的深切思考。彭士望在《与贺子翼书》中曾这样谈起他对文章功用的期待："偷活草间，不徒以独善自画。其于世教、人才、民生、国恤，须以为饥渴性命。磨励讲求，归之实用。……即不能见之行事，亦当托之于书，散之于人，寄其薪尽火传之志。"② 这又何尝不是魏禧的寄托。文廷式从魏禧的古文中思考国势危亡之由，正是易堂古文"薪尽火传""归之实用"的典型写照。

有必要指出的是，魏禧史论文"设身古人之地"指的是针对古人所处的客观形势，为古人做出的谋划筹策，其目的是提出解决问题的方式方法，而不对古人处事的隐秘心理做过分的臆测。这是魏禧光明俊朗的策士风范迥出于一般文人的重要特征。长期与魏禧在清初并称"侯魏"之侯方域的史论文即倾向于发掘古人的"内心隐秘"。比如《于谦论》一文的核心观点即是于谦堪称功臣而非社稷臣，唯一的证据是景帝在废英宗太子朱见深而立己子朱见济时没有挺身反对。侯方域如是推论于谦的心理："推其意，以为非我发之，而我又非秉钧者，天下无以专责也。"继而大发感慨："呜呼！不思其得君行政之何若，而欲以名位形迹之际自解免于后，亦惑矣。"又这样具体猜测于谦在事前事后的心思："吾不幸而遭变，故辅人之弟而闲放其兄，功盖世而名震主，是其大权不可一日令不在我也。""设一旦拂帝之意，吾将置其身于何所乎？"③ 可谓以后人之用心，推古人之志向。若照此看来，于谦完全为一热衷权势的小人。其实于谦心在国家，又何尝专意于皇室兄弟之争，又岂是斤斤计较于个人名位权位之人？于谦生平行迹，斑斑可证。于、侯两人胸襟、学

① 文廷式：《纯常子枝语》卷三十三，民国三十二年刻本。

② 彭士望：《与贺子翼书》，《耻躬堂文钞》//《四库禁毁书丛刊》（集部第 52 册），北京出版社，1998 年，第 324 页。

③ 侯方域：《于谦论》，《侯方域集校笺》，人民文学出版社，2013 年，第 396 页。

问、见识、品性都不相同，侯氏凭心臆测足成蹈空之谈。再如于《王猛论》中，侯方域坚持王猛是晋室之忠臣，评价王猛仕秦的动机曰："猛存则以秦存晋，猛亡犹欲以秦存晋，是则吾之所为识大义者也。"[①] 全不顾当时复杂的政治局面，也未免流于空论。此种论说方式全从臆测古人心理入手，既无益于培养士人的用世能力而落于空落，又极有可能流于对古人或厚诬或溢美的不根之谈。

魏禧史论文的"设身古人之地"，并非完全空为古人担忧，聊作快意文字，更是其用事之志的纸上推演；也是在国史旧事中映照其深沉的故国忧思，更是启发后人的思想星火。如果黄宗羲等人通过政治论著的方式探讨古今治乱之由，寄托其"致治"的理想，[②] 以图守先待后；那么，魏禧正是通过古文创作的方式贡献着他的"乱世危言"，为后来者提供治世之龟鉴。前者偏于"道"之层面，后者则在"术"的层面贡献甚大。

如果要追溯魏禧"设身处地"观念的起源，《左传》《战国策》的熏染之功绝对不可低估。《战国策》中的纵横之士每建一策，必揣摩天下局势及君王心理，自属"设身处地"之范围。《左传》其实亦多"设身处地"之言，不同于《战国策》的是，其体现于作者下笔时的揣测人物之身份以及面对之局面，必使其人之发言与客观情势相契合。正如钱钟书所言，"吾国史籍工于记言者，莫先乎《左传》。公言私语，盖无不有。……史家追叙真人实事，每须遥体人情，悬想事势，设身局中，潜心腔内，忖之度之，以揣以摩，庶几入情合理，盖与小说、院本之臆造人物、虚构境地，不尽同而可相通"[③]。魏禧对《左传》浸淫有年，其作有《左传经世》一书，在自叙中如是谈道："禧少好《左氏》，及遭变乱，放废山中者二十年，时时取而读之，若于古人经世大用，《左氏》隐而未发之旨，薄有所会。"[④] 既是"时时取而读之"，关注《左传》"隐而未发"，对其中"设身局中"之修辞策略，自然会了然于心，运用于文中，亦是得心应手之事。

---

① 侯方域：《王猛论》，《侯方域集校笺》，人民文学出版社，2013 年，第 396 页。

② 黄宗羲：《明夷待访录》，《黄宗羲全集》（第 1 册），浙江古籍出版社，1986 年，第 1 页。

③ 钱钟书：《管锥编》（第 1 册），中华书局，1979 年，第 201 页。

④ 魏禧：《左传经世叙》，《魏叔子文集》，中华书局，2003 年，第 368 页。

第三节　偏至之端：魏禧史论文特色之三

如上文所述，战国策士的论辩方式多有不合逻辑、不合实情之处，而魏禧那些带有策士痕迹的史论文也同样有这些毛病。魏禧的史论文中，更注重的是个人情感和愿望的表达，却较少估量这些立论的前提是否存在。若依魏禧对散文要素的分类，叔子的史论文中，首先看中的是“真气”，而“法”和“识”的重要性也被相应地降低了，偶尔忽略了“法”和“识”，造成文章时有不合法度或所见不确的现象。在史论中，立论与历史前提相悖是最容易被人批评的。

魏禧议论文中常被人批评的一点就是“偏至”。“偏至”是相对于儒家提倡的中庸而言，冯友兰先生对“偏至”曾有过详细的论述：“《后汉书·独行传叙》说：独行底人，‘盖失周全之道，而取诸偏至之端。’这两句话很可说明圣贤的行为，与侠义的行为的本质的不同。侠义的行为，在有些方面，是比中道又进一步。就此方面说，他的行为，可以说是比圣贤都高一层，不过这高一层，只是一方面底。就一方面看，他的行为比中道又进一步，但在别底方面，则必有不及中道者。他于此方面过之，于别方面必有不及。他只顾到此方面，而不顾到别底方面，所以说他的行为不是‘周全之道’，而是‘偏至之端’。”[①] 清代的四库馆臣曾指出王世贞早年文章立论多趋于偏至，并分析其原因：“自命太高，求名太急，虚骄恃气，持论遂至一偏。”[②] 魏禧亦饱受此议，因为其好名被后人诟病，如王葆心曾批评他说“易堂数子立志太高”[③]。魏禧本人也对此做出过反省，曾言道：“禧生平亦敢于有为，锋锷自喜”“气质偏驳，终多过举”[④]。其个性气质已为其古文的偏执风格埋下了种子，而对文体的独特理解又使其在史论文中将潜藏的偏执风格表露无遗。魏禧主张为文新异，有“三不必”“二不可”之说，“前人所已言，众人所易知，摘拾小事无关系处，此三不必作也。巧文刻深，以攻前贤之短而不中要害；取新出异，以

---

① 冯友兰：《新世训》，《三松堂全集》（第4卷），河南人民出版社，2001年，第390页。

② 永瑢等：《四库全书总目》，中华书局，1965年，第1508页。

③ 王葆心：《古文辞通义》，武汉大学出版社，2008年，第864页。

④ 魏禧：《与先辈》，《魏叔子文集》，中华书局，2003年，第341页。

翻昔人之案而不切情实，此二不可作也。作论须先去此五病，然后乃议文章耳”①。其本质是主张文章须以识见取胜。追求识见的突出，就不可避免地会使文章观点失于全面，“重在识，故锋芒毕露而或失之偏”。我们或许可以认为因魏禧立志太高而导致其文有偏至，但更重要的是，魏禧本人纯粹真诚的精神气质、不袭故常的为文祈向，都使“偏执”成为其文章的必然风格。史论文是最能代表魏禧个性的文体，“偏执”文风同样在史论中表现得最为明显。如果说魏禧文章是可称作“策士之文”的话，魏禧史论文中的“偏执”是“策士之文”不可缺少的一面。

从某种程度而论，魏禧论史的思维方式与战国策士评论天下大势的习惯确乎有几分相像。或者可以说，一旦趋近策士思考问题的方式，这就已经注定了文章中的“偏至”是不可避免的，魏禧文章在清代备受疵议的机缘在此已经埋下了。

曾巩曾经这样评价战国策士的论辩方式：“不知道之可信，而乐于说之易合。其设心注意，偷为一切之计而已。故论诈之便而讳其败，言战之善而蔽其患。”② 由此可见，战国时代的纵横家们毫无是非标准之分，只是根据当时的形势，选取事情有利于己方的一个方面进行论述。他们的首要目的是游说的成功，而不是全面分析某条计策的利弊，这是他们的立场所决定的事实。现代也有学者对此做了更为详细的阐释，“策士说辞在论证方法上，普遍存在诡辩倾向。纵横家大多都是诡辩论者。他们在思想方法上，总是按照主观的需要，任意选取事物的某一方面作为游说的借口，甚至不惜用夸饰虚词肆意渲染，作出一些似是而非的论证，而不是由客观事实出发，从事物的全面联系把握问题，实事求是地进行论证；或者以事物的表面相似为根据，‘象其事’而‘比其辞’，牵强附会，任意造说”③。比如《战国策·魏策一》有《苏子为赵合从说魏王》《张仪为秦连横说魏王》两篇，分别是苏秦与张仪出于不同目的而游说魏王的言辞。同样是分析魏国的国力以及国际情势，所得出的结论却截然相反。在苏秦的口中，“魏，天下之强国也”④。张仪则突出魏国地小力弱，“魏

① 魏禧：《日录》，《魏叔子文集》，中华书局，2003 年，第 1125 页。
② 曾巩：《战国策目录序》，《曾巩集》，中华书局，1984 年，第 184 页。
③ 熊宪光：《战国策研究》，重庆出版社，2004 年，第 110-111 页。
④ 刘向编：《战国策》，上海古籍出版社，2015 年，第 472 页。

地方不至千里，卒不过三十万人。”① 像这样只及一点而不顾全局的说辞，可作为早期的偏至之文集中呈现。从这个角度上来看，四库馆臣评魏禧文为“策士之文”亦确有其理由。

魏禧不同于战国策士，也没有现实的政治环境供其一展辩才，但魏禧耿耿于建立功勋大业与策士相似，以至于在文章中多为古来帝王将相出谋划策。在这些类似画饼充饥的文字中，同为策士的魏禧，论述形势时多采取如上文指出的战国策士的论述方式，只据事物的一点立论，只就某一点铺陈扬厉，纵横肆言，而忽略全局的客观情况。魏禧文中常被人批评的“偏至之端”便体现在这里。

魏禧以易堂代表的身份与清初程山学派的开创者谢文洊曾有过一次关于学术祈向的辩论。谢文洊致魏禧原文今尚不可见，从魏禧《复谢约斋书》中略可窥见谢文洊对魏禧等人的批评。魏禧反复强调：“程山、易堂大抵于体用中各有专致，彼此勤勤，皆欲出其所见以辅所不足，非苟求相尚也。”② 可见程山从重用轻体的角度批判易堂学风，这种观念的形成正与魏禧所言“吾辈为学立言，自多偏至”的立论风格有很大的关系。考虑到谢文洊的为学宗尚，其对魏禧偏至之文的批评或可代表当时主流学界的普遍看法。谢文洊推崇《中庸》，著有《中庸切己录》，指出《中庸》学说是整顿世道人心的良药。“千古学术之不明，以致世道人心之陷溺者，皆由于本原之不正耳。本原不正，则工夫不切，工夫不切，则功用成就适足为祸害之案耳。是以子思子忧道心切，必先挈出本原，推其义之所由来，正其名之所由在，使学者志之所向，途之所趋，昭然知所归往，不至彷徨歧惑，然后下手中其肯綮，循循而进，生机娓娓，及其成功，巍巍荡荡，可与古帝比隆，方见头正尾正，体用一贯，内外一脉，然后知吾儒学术。”③ 魏禧的行文“偏至”，本质上即是对中庸之道的叛离。谢文洊与其辩难，正是学术观念之争。

以儒家的中庸眼光看叔子的文章，其行文“偏至”之处所在皆是。如他的《地狱论》强调地狱具有警世励俗的作用，《相臣论》《伊尹论》就过度强调权术的力量而忽视其危害。即以其《宋论》言之，他建议岳飞先直取黄龙，

---

① 刘向编：《战国策》，上海古籍出版社，2015 年，第 475 页。

② 魏禧：《复谢约斋书》，《魏叔子文集》，中华书局，2003 年，第 236 页。

③ 谢文洊：《中庸切己录》，《谢程山集》//《四库全书存目丛书》（集部第 209 册），齐鲁书社，1997 年，第 120 页。

功成后再回朝谢罪。给出的理由是当时岳家军兵锋甚锐，且有河北豪杰的支持，以岳飞孤军即可完成灭金大业。显然，魏禧只看到了当时岳家军取胜时的威势，却没看到继续作战存在的种种困难。对此，郭嵩焘在《驳魏禧论岳鄂王朱仙镇班师事》一文中对魏禧的观点作了全面而周密的驳斥，其批评的重心在于魏禧缺乏大局观，这背后有逻辑即是魏禧无史学而导致的立论偏颇。"鄂王所复一郾城，无当安危轻重之数。于时诸将胜负相乘，所在有之。鄂王亦失其将杨再兴、王兰、高林，而谓于其时可以独力规复中原，是于天下大势懵然无所知也。"① 随后又根据第一手资料如徐梦莘的《三朝北盟会编》等记载的班师时诸军皆溃为例，来再证魏禧之议必不可行。郭嵩焘给魏禧此论的定位为："魏禧习纵横之言，持论多悖理。其论鄂王，则专袭明人之议论，蔽于闻见，以厚诬古人，贻误后世，不足当有识之一笑矣。"② 应该说，郭嵩焘提出的材料是相当扎实和可靠的，其论证是有力的。邓广铭的《岳飞传》通过对大量的原始文献进行分析，也得出了类似的结论。他认为岳飞当时之所以选择撤军，既是迫于高宗命令的忠君之举，更是明智的军事选择。邓广铭结合当时岳家军的实际处境而得出这样的推认："试想，他在此时如果不遵守班师回朝，则在淮北的宋军全已奉密旨相继撤回淮南之后，岳家军突然处于孤军深入的情况下，金军固然可以对岳家军构成正面、侧面合围之势，把它围歼；而赵构、秦桧也可以用违抗朝命为借口，调集张俊、杨沂中等人的部队，对岳家军大张挞伐，与金军合力把他歼灭。"③ 立论不可谓之不密。

应该说，魏禧史论文的立论之大胆、语言之劲利、态度之斩截，在清代早就引人注目。对其观点加以批判者不乏其人。谭献在日记中评魏禧古文曰："叔子《正统》《地狱》诸篇孤行己意，不必尽醇。"④ 即是对魏禧言辞切当性的质疑。冯景对魏禧《宋论》等文章的考察，可谓综合郭嵩焘与邓广铭的意见，对魏禧的立论之失做出了狠厉的评析，兹将其原文录之于下：

今海内文章家，吾颇赏宁都魏叔子为有笔。尤长于论议，乃其中

---

① 郭嵩焘：《驳魏禧论岳鄂王朱仙镇班师事》，《养知书屋诗文集》//《郭嵩焘全集》第 14 册，岳麓书社，2018 年，第 281 页。

② 郭嵩焘：《驳魏禧论岳鄂王朱仙镇班师事》，《养知书屋诗文集》//《郭嵩焘全集》第 14 册，岳麓书社，2018 年，第 282 页。

③ 邓广铭：《岳飞传》，人民出版社，1983 年，第 245 页。

④ 谭献：《谭献日记》，河北教育出版社，2001 年，第 125 页。

立言不臧、贻祸后世正不少。其尤甚者，如《宋论》惜岳忠武未可与权，且谓忠武一日为纯臣，则举朝忌之杀之；忠武一日为叛将，则举朝畏之尊之。意叔子或病狂而为此言乎？夫士君子立言，大者扶植纲常，次亦须通达世务。教臣以叛，既不可以垂训，又况全不晓事势。当日金源方炽，宋将兵柄又不一。忠武一逆命，若张，若韩，若刘，谁不奉命讨叛臣者？更不待贼桧藉“莫须有”三字诛之矣。至读其《宦官策》，云外庭内宫之间，例选民间寡妇年五十以上端慎足使者充之。予不禁惊心駴目，掩卷太息，曰：“祸天下之寡妇守节不终而更二夫者，必禧此言。”夫其居心不仁，其立言不义。若执柄者行其策，流毒无穷，禧之罪大矣。或云，此议创于其兄善伯。宜乎戕于兵而禧亦客死无种也哉！吾友沈位山曰：“一言而造无穷之福，一言而伤天地之和。言之不可不慎。”如是凡小有才而轻弄文墨者，尚其戒之哉。①

冯景对魏禧的批评可以作两层观。其一，就知识层面而论，毋庸讳言，魏禧确然有其缺陷。他那些惊心骇目的观点之提出，与其偏颇的历史知识不无关系。魏禧鼓励岳飞“行权”，很大程度上来源于其对宋、金之际的历史不够谙熟，对当时的政治军事形势没有全盘的认识。其关于这一时期的历史知识可能还更多地受到了民间小说、戏剧中岳家军为天下第一劲旅而所向无敌等思想的影响，② 提出岳飞应该违命北上的议论，被清代精熟宋金史事的学者质疑，也是情理之中的。前有冯景的指谬，后有邓广铭先生的据实陈述，应无可议。其二，就思想层次上而论，冯景与魏禧的观念冲突本来就是魏禧思想解放、个性突出的力证，也是魏禧文章元气淋漓以至于不被后世怯懦的儒生认同的象征。冯景，字山公，浙江钱塘人。生于清顺治九年（1652），小魏禧二十八岁。其人亦好作古文，亦以经世之文自任，而其思想却与魏禧恍若冰炭。究其原因，魏禧的精神底色是遗民，是要重整山河、道统、文明的志士，其精神节拍与顾炎武、黄宗羲、王夫之、唐甄、廖燕等启蒙思想家若合符契；而冯景作为清朝的第一代儒生，其成长过程没有经历过天崩地坼的大时代，也不曾亲眼见证过

① 冯景：《驳魏叔子论策二条》，《解春集诗文钞》文钞卷十“杂著”，清乾隆卢氏刻《抱经堂丛书》本。

② 魏禧对通俗文学的兴趣在其诗文集中有多处材料可资证明。其有《读水浒三首》诗来谈万物一体的思想，在《答门人林方之》中亦以朱富办厨为例为谈小人物的经世之道。

君权的荒谬，规训与服从是其难以摆脱的精神烙印。故而当魏禧大胆卓异的主张、襟怀坦荡的建议摆在面前，令其惊恐莫名，甚至还要许下恶毒的诅咒。魏禧在清代文坛被冷落或遗忘，很大程度上即是因为其耀眼的精神光芒与思想力量让恇恇小儒无法直视，故而以不合道统或文法等冠冕理由加以指斥，借以掩耳而走。

文中多有偏至之辞，不始于魏禧。战国纵横家言语亦多出偏至，但他们只是借以耸动人主，以其为猎取功名利禄的策略，而魏禧则不同。魏禧对于其文章中的“偏至”之言有着清晰的认识，他为文的目的是有用于世，而语出“偏至”是阐述大道时必然出现的现象。“古今学术，自大圣贤而下，不能无所偏至。”并搬出以“文学”著称的儒家先贤子夏来作为例证：“子夏未学语，先儒亦谓重此遗彼，不如余力学文，本末全具。”[①] 魏禧通过此为其文章的“偏至”找到了理由，但他也不是为了“偏至”而可以去追求“偏至”的。他的目的很明确，就是要以看起来“偏至”却能振聋发聩的言语来警醒天下之人。“天下庸才万数，悖理蔑义跅弛之才又所不取。非有反经合道，破千古拘牵之见，骇天下儒生俗吏之耳目，其何足拨乱世而反之正乎?”[②] 魏禧在文章中屡次感慨天下“阳气孤微”，士人皆唯唯诺诺，束于前人之言不敢越雷池一步。他就是要以看似惊世骇俗的话语，来激励天下士人的气节。如此看来，语涉“偏至”只是魏禧的手段而已，如果真把他理解成能走极端的人物就大错特错了。

由于魏禧屡出“偏至”之语，也提出挽救而归于正之法，“主宾轻重，要必有权衡之法”。为了主宾有序，轻重分明，魏禧提出了这样的权衡之法，“故古人一书之内，有以此篇补救彼篇之失者，有一篇中前后自为补救者，然后其言可使君子小人各受其益”[③]。虽云古法，却也是魏禧常用之法。如他的《宋论》分上下两篇，下篇以论证上篇提出的措施的可行性，最终也符合君臣之义。《相臣论》《伊尹论》虽有如此“偏至”之语，却与纲常观念相互交织，最后还是归于匡君济民。

尽管魏禧提出挽救之法，以此篇来矫彼篇之偏，但由于其战国策士般的仅取事物一面进行论证的辩说方式，他的文章经常在某个问题上前后矛盾、无法

① 魏禧《与甘健斋（又）》，《魏叔子文集》，中华书局，2003 年，第 334 页。
② 魏禧：《与胡给事书（代）》，《魏叔子文集》，中华书局，2003 年，第 231 页。
③ 魏禧：《复李廷尉书》，《魏叔子文集》，中华书局，2003 年，第 247 页。

自圆其说。魏禧曾反省过易堂论事存在的弊病："吾堂之病，一在议论过高，一在意见互立。"[①]"议论过高"属于思想层面，且标准各异，这里不加评论。至于"意见互立"，不仅是易堂诸子的意见时有分歧之处，就是魏禧本人的文章中也多有前后议论不能弥缝合辙的现象。这种现象不是孤例，兹举两处进行证明。在讨论大臣在国家危难关头应该有何作为时，我们上文提到过魏禧认为大臣为了国家的安危可以挺身而出，做出冒天下之大不韪之事，"尝观古今国家危疑之际，非常之举，身当其任者，既已内断于心，则必求夫强力明决敢犯众议者，挺身以发其难，然后大事可济，未有恃一人之力以成事，亦未有临事仓卒而能得人者"[②]。言之凿凿。而魏禧在另一篇文章中却又认为君子切不可过于自信，不要过逞个人锋芒。"君子之患，莫患乎勇于自信，而不能屈己以成国家之事，故其功可以垂成而辄败。"[③]在对待寇准力主真宗亲临前线一事上，魏禧在《宋论》中称赞寇准是"排众论，冒不韪，危天子以成大功者"，是有宋一朝的唯一一人，极力强调此事的危险性；另外魏禧却又认为君子行事须持重，"区区之间，挺身犯难，以为好义负气，不但时所不可，其为气义抑已末已"[④]；而在《春秋战论·城濮》中，魏禧又指出寇准已经做好了"百全之计"，方敢"以天子为孤注"[⑤]。

谢文洊曾这样形容魏禧的办事风格："裕斋作事，每先办一稳字，其要紧处便办一拚字，然后拚中有稳。盖事势之交，有不稳则不可拚，亦有不拚则不能稳者。"[⑥]此言不为无理。但是，文有"偏至"绝对不是魏禧的文章理想，他说过"理熟则意见之偏私去，事练则利害之倚伏明"[⑦]。若以魏禧自己的说法，他的"偏至"之文是其理未熟、事未练的表现。但事实又未必如此，至少魏禧在作论断的时候，在其本人的知识范围内，认为此策是可行的。的确，魏禧在当时是以善于决策而著名的，如魏礼所言"论事每纵横雄杰，倒注不

① 魏禧：《复李咸斋书》，《魏叔子文集》，中华书局，2003年，第257页。
② 魏禧：《伊尹论》，《魏叔子文集》，中华书局，2003年，第34页。
③ 魏禧：《赵鼎张浚陈俊卿虞允文论》，《魏叔子文集》，中华书局，2003年，第73页。
④ 魏禧：《答友人》，《魏叔子文集》，中华书局，2003年，第327页。
⑤ 魏禧：《春秋战论·城濮》，中华书局，2003年，第106页。
⑥ 转引自魏禧：《春秋战论·城濮》，中华书局，2003年，第106页。
⑦ 魏禧：《与甘健斋（又）》，《魏叔子文集》，中华书局，2003年，第334页。

穷，事会盘错，指画灼有经纬，思患预防，见几于蚤，悬策而后验者十常七八”①。魏禧在生活中做出决策时，必定能对各项情势与可能发生的变量都事先推演一番，然后做出合理的应对；但是，当他评价历史人物的功过得失时，对其人所处的历史情境未必都能做通盘了解，因此其做出的评议未必能够厌服人心。在一些史论文中，魏禧的笔下充溢着昂扬的热情与汹涌的才气，但其所建之策放在具体的历史情境中根本不能成立。从这个角度说，魏禧明显是文才重于史学的。因此，包世臣评魏禧文“颇有才力，而学无原本”②，是有其合理之处的。处置日常事务的臆则屡中，使魏禧在创作史论文中也能延续此种自信，自信其能超越常人而得出非凡的见解。这些见解被他人、后世置于丰富的历史信息中加以审视后，斥之曰“偏至”而非周赡，也就完全可以理解了。毕竟，魏禧是文人而不是学者，是志士而非乡愿，其不追求立论四平八稳的凡庸，即使某些识断在后世看来显得不够合理甚或失之荒谬，但其中洋溢的文学魅力已足以折服人心。

不得不说的是，魏禧笔下的所谓“偏至”，在某种程度上正是其潜在气质的自然表现。魏禧在给邱维屏的信中亦自称其本人有“偏至”之气。“不肖禧资质鲁钝，自十岁来稍稍想慕善事，父兄、师友间见引许，而言己所明以竭忠告于人者，又往往出于性之偏至，于是禧之言日益多，人之言于禧者日益少。此禧生平所大不幸也。”③ 魏禧之文，历来被誉为刚健劲拔，就根源于这种“偏至”的特质。此“偏至”或可曰为魏禧独有的天真。他本是“性情中人，随时准备着倾倒一腔激情”④。或者说，魏禧心中时时喷薄着一股激昂的少年气，他曾宣言：“任天下难事，当天下之变，非少年血气雄刚不足胜任。”⑤ 这

---

① 魏礼：《先叔兄纪略》，《魏季子文集》，《宁都三魏全集》//《四库禁毁书丛刊》（集部第6册），北京出版社，1998年，第214页。

② 包世臣：《再与杨季子书》，《艺舟双楫》卷一，道光安吴四种本。有必要指出的是，包世臣并非专力贬低魏禧揄扬他家者。在此文中，包世臣对清初以来的文坛大家都有所疵议，其言曰：“国初名集，所见甚尠。就中可指数者：侯朝宗随人俯仰，致近俳优；汪钝翁简点瞻顾，仅足自守；魏叔子颇有才力，而学无原本，尤伤拉杂；方望溪视三子为胜，而气力寒怯；储画山典实可尚，而度涉市井；刘才甫极力修饰，略无菁华；姚姬传风度秀整，边幅急促；张皋文规形抚势，惟说经之文为善；恽子居力能自振，而破碎已甚，碑志小文，乃有完璧。凡此九贤，莫不具标能擅美，独映当时之志，而盖棺论定，曾不足以塞后。”

③ 魏禧：《复邱邦士书》，《魏叔子文集》，中华书局，2003年，第227页。

④ 赵园：《易堂寻踪》，江西教育出版社，2001年，第28页。

⑤ 魏禧：《答南丰李作谋书》，《魏叔子文集》，中华书局，2003年，第269-270页。

也可看作魏禧的自许。一生满怀用世之志的魏禧，未必不是至老都雄心不失的少年。从这个角度上来看，魏禧的“史论文”并不是真正意义上剖析得失的议论文，称之为抒情文倒更为确切。偶尔出现的“偏至”之处，正是其文饱含少年气而不是学者气的印证，也勾勒出魏禧文章不同于侯、汪二家的本质特征。

可魏禧自己未曾料到的是，他的“偏至”之失还有完全不同的解读。正是这种解读从学理上赋予了其“偏至”之文的正面意义，表示“偏至”是应该着力彰显的文章风格，而不是应该矫正的弊病。在魏禧生前，其“偏至”文风已然给他带来了很多的责难，但不知道他是否知晓，在他之前的半个世纪，还有人大张旗鼓地为“偏至”正名——此人就是公安派的干将陶望龄。陶望龄从人性的角度上阐释文有“偏至”的合理性和必要性：

> 惟人就其偏，而后诗之大全出焉。夫人之性有所蔽，材有所短；短而蔽者，若穷于此，而后修而通者，始极于彼。此恒数也。古之人，缘性而抒文，因能而效法；文以达意，法以达材。务自致于所通，而不求全于所短。如火炎则弥扬之，水下则弥浚之，醴盈其甘，醯究其酸，不独无以揉之也，而且为之极焉。故其势充，其量蒲，其神理所至，自足以轶往古，垂将来。吾观唐之诗，至开元盛矣，李、杜、高、岑、王、孟之徒，其飞沉舒促，浓淡悲愉，固已若苍素之殊色，而其流也，抑又甚焉。元、白之浅也，患其入也；而郊、岛则惟患其不入也。韦、柳之冲也，患其尽也；而籍、建则惟患其不尽也。温、许之冶也，患其椎也；而卢、刘则惟患其不椎也。韩退之氏，抗之以为诘崛；李长吉氏，探之以为幽险。予于是叹曰：诗之大至是乎！偏师必捷，偏嗜必奇。诸君子者殆以偏而至，以至而传者与！众偏之所凑，夫是之谓富有，独至之所造，夫是之谓日新。①

陶望龄此论虽是就诗歌立论，但其观点同样适用于古文创作领域。其列举丰富的诗史现象，指出唯有不求“全”而发扬“偏”，才有可能趋于“至”与“传”。在陶氏的理论体系里，文有“偏至”是抒发性情的必然结果，是适应才性的明智选择，是文学事业得以蓬勃发展的生命力所在。陶氏“偏嗜必奇”的观念完好地解决了魏禧文含“偏至”的理论难题，而此论“受王阳明心学

① 陶望龄：《马曹稿序》，《陶望龄全集》，上海古籍出版社，2019年，第166-167页。

影响”“带有强烈的心学色彩”[①]，魏禧本人亦极为推崇王阳明。所以，我们可以推论，魏禧文中呈现的“偏至”风格，恰恰是其不自觉受王阳明思想影响的产物。尽管魏禧时刻警醒自己要矫正“偏至”之病，但是唯有这“偏至”之病才足以表现其纵横之气、展现其淋漓的真气。

只是魏禧本人尚没有认识到这一点，在他构建的理论体系中，从来都没有“偏至”的位置，更不谈着力加以彰显了。魏禧理想中的文章风格必须是有理有识有真气，最好还能脱胎于古法的。即便是其理想中的“真气”，也最好能经过事理的塑造与范型，而不能自由横漫。这样，魏禧所倡导的文学理论与他的文学实践之间就有了矛盾，魏禧没想到的是正是这些积理未熟的文章才是其文集中的精彩所在。因为其中满溢着“真气”，没有四平八稳的俗套，没有面面俱到的妥帖，却如海涌山立，气势非凡，魏禧正是凭借着这一风格跻身于清初古文大家之列。尽管魏禧以倡导“积理”“练识”说为人所熟知，但他最成功最有特色的文章，却是那些看似理未熟、识未练的文章。

① 陈玉强：《陶望龄“偏嗜必奇”说及其心学语境》，《清华大学学报（哲学社会科学版）》，2012年第3期。

第四章　传以阅世：魏禧传记文的文心探赜

清初以来，传记文发展进入到一个新的阶段，一大表征即是文人创作的传记数量开始急速增长，并在别集中占据着引人注目的位置。大量从事传记文创作，已成为文坛闻人的普遍自觉行为。清初著名文人大多都撰有篇帙繁富的传记文。据学者统计，就现存文人别集保留的传记文而言，钱谦益有 300 余篇，汪琬有 101 篇，朱彝尊有 118 篇，王士禛有 152 篇，戴名世有 68 篇，方苞有 212 篇，全祖望有 200 篇。[①] 多重因素共同促成了清初传记文创作的繁荣，至少有以下两点原因值得特别注意。其一，司马迁等人开创的传记文学创作传统带来的典范效应，使后世文人都有意识地加以模仿。特别自明代起，文人群体开始普遍认识到《史记》的经典意义，《史记》的经典化进程最终完成，传记文的价值更被广泛认识。明代两部重要的文论著作都对传记文创作做了深刻的总结与精细的分类。吴讷在《文章辨体序说》中说“太史公创《史记》列传……厥后世之学士大夫，或值忠孝才德之事，虑其湮没无闻，或事迹虽微而卓然可为法戒者，因为立传，以垂于世。此小传、家传、外传之例也”[②]。这里特别提出“学士大夫”创作的传记文一说，就表示非止具有官方身份的史官才有立传的资格，意味着文人创作的传记已成为可与正史列传并驾齐驱甚至越而上之的重要文类。同时，吴讷还对文人传记类型加以分类，分别为小传、家传、外传；对传记的价值取向也做了规范，所记录的皆是忠孝才德或能使后人引以为戒之事。一百余年后的徐师曾在《文体明辨序说》中表达的观点则大同小异：“自汉司马迁作《史记》，创为列传，以纪一人之始终，而后世史家卒莫能易。嗣是山林里巷，或有隐德而弗彰，或有细人而可法，则为之作传

① 转引自邱江宁等：《论清代传记创作的繁荣及其原因》，《苏州大学学报（哲学社会科学版）》，2011 年第 6 期，第 139 页。

② 吴讷：《文章辨体序说》，人民文学出版社，1962 年，第 49 页。

以传其事，寓其意……其品有四：一曰史传（有正、变二体），二曰家传，三曰托传，四曰假传。”① 其虽将传记文分作四类，但因有史传一类，实际数目还是与吴讷分类一致。史传外的其他三类传记都为文人学士的私相著作，记录的是山林里巷中的细民“隐德”“可法”之事。在传记理论已为文人传记发展大开其道的时代，清初传记文的发展正得其时。并且，清初传记文的创作风尚多以《史记》为旨归，清末学者朱一新也以逼肖史迁来称许魏禧的传记文，曰：“叔子笔势尤雄放，其论事、叙事之作，多得史迁遗意。”② 其二，明清鼎革、“以夷变夏”的历史背景下，“亡天下”的焦虑感与痛苦感都使得文人纷纷投入到撰史事业之中。这是一代文人的集体意识。有学者指出，“国亡之后，遗民学人以存国史为后死之责”③。实际上，当时不分遗民还是贰臣，都有以撰史为执念者。就现存史籍而论，有张岱的《石匮书》、查继佐的《罪惟录》、钱澄之的《所知录》、王夫之的《永历实录》，又有钱谦益的《开国群雄事略》《明史断略》、吴伟业的《绥寇纪略》等。魏禧深负亡国之痛，是当时志节最坚韧的遗民之一，对历代史迹特别是故明往事抱有极大的兴趣。其所作序文中多有评论时人创作的历史名著者，如《十国春秋》《读史方舆纪要》《南北史合注》这三部“天下不可少之书”都曾由其作序。魏禧本人并没有撰写史著的行动或规划，但对明末清初的史事特别关心，并在其中投注着丰富的情感体验，这是明清时代典型的非史官身份的文人参与历史编撰之举。正如章学诚在《文史通义》中所说：“负史才者不得身当史任以尽其能事，亦当搜罗闻见，核其是非，自著一书，以附传记之专家。”④《魏叔子文集》卷十七即专收传记文，共三十八篇，其数目在清初文人中虽不突出，但颇多精华杰作，极有加以研讨之价值。如果说司马迁的《史记》奇正兼行，真气霈然，魏禧的史传文正是其传灯法嗣。

由于魏禧所作传记文的传主较为多元，他就将传记文分作“传”和“家传”两类，其分类的依据其实极其简单：“自传曰传，自若孙请而传之曰家传。”⑤ 这完全是以创作的具体背景而定。所谓的“自传”就是有感于中而自

① 徐师曾：《文体明辨序说》，人民文学出版社，1962 年，第 153 页。
② 朱一新：《无邪堂答问》，中华书局，2000 年，第 88 页。
③ 赵园：《明清之际士大夫研究》，北京大学出版社，1999 年，第 437-438 页。
④ 章学诚著、叶瑛校注：《文史通义校注》，中华书局，1985 年，第 429 页。
⑤ 魏禧：《传引》，《魏叔子文集》，中华书局，2003 年，第 775 页。

发创作，“家传”就是因传主子孙请托而写。无论是哪类传记文，魏禧都以真醇的慨然之气来运笔，并不存扬此抑彼之见。胡适在《四十自述》中曾将传记的功能概括为：“给史家做材料，给文学开生路。”[①] 就魏禧的传记文创作而论，其存史的意义固然毋庸置疑，而其开创的文学新路在文学史上尤为重要。魏禧在传记文中体现出的熟稔的叙事方法和灵活的论赞方式，使传记文成为体现其“真气”的生动载体，在清初传记文中别具一格，自有其意义。

第一节　王公与布衣：魏禧传记文的布局艺术

刘知几在《史通·列传》中说道：“传之为体，大抵相同，而述者多方，有时而异。”[②] 张舜徽对此语评价甚高，曰：“知几此四语，至为通核，殆可为全史发凡！”若从史学的角度理解，所谓“述者多方”即可指在史书编纂的演进史上对各种类传的开拓与增省，“专传、合传之法，相沿无改。而类传之例，因时损益”[③]。若论及文学叙事的层面，“述者多方”应不仅指作者具有灵活多样的创作方法，更可能指作者能根据传主身份的不同而采取不同的叙述策略。

传记文作为一种叙事性文体，如何讲好故事当然成为其头等问题。魏禧在传记文的创作中就自觉地根据传主身份的差异而采用截然不同的叙事方式。魏禧将其传记文分为两类：一类是为布衣独行之士立传，一类是为仕宦政事足以取法者立传。“吾传布衣独行士，举其大而已。仕宦政事足取法，得失关国家故者，必详书，不敢脱略驰骋、求工于吾文已也，盖以为信史之藉手云尔。”[④] 这两类传记大致对应着截然不同的创作方法。值得说明的是，魏禧的传记文中还有一些是为妇人女子立传的，如《泰宁三烈妇传》《彭夫人家传》《王氏三恭人传》《秦节母家传》《安丘张夫人家传》等皆是，因她们多出自中下层士人家庭，故而亦将其列入“布衣独行之士”，以免枝蔓。

自司马迁以《史记》开创传记文的典范以来，历代传记文的传主便是王公大臣与布衣百姓并存。若论及对人物个性的彰显，至少迟至明代，便多少有

① 胡适：《胡适全集》，北京大学出版社，1998 年，第 29 页。
② 刘知几著，浦起龙释：《史通通释》，上海古籍出版社，2009 年，第 43 页。
③ 张舜徽：《史通平议》，《史学三书平议》，中华书局，1983 年，第 29 页。
④ 魏禧：《传引》，《魏叔子文集》，中华书局，2003 年，第 775 页。

一种重布衣而轻衣冠的倾向。如何良俊讨论《史记 · 游侠列传》时所说："《史记 · 游侠传》序论，此正是太史公愤激著书处。观其言，以术取宰相卿大夫，辅翼世主，功名俱著者为无可言，而独有取于布衣之侠。"[①] 魏禧则对两者的情感倾向无甚轩轾之处。若说其有所择取，只是对传写不同类型人物所采取之笔法的不同。其曾言曰："史才之难也久矣，世之言史者率右司马迁而左班固。禧尝以谓迁当以文章雄天下，史之体则固为得。盖史主记事，固详密于体为宜，迁则主于为文而已。文欲略而后工者，则势不得更详。"[②] 此语虽是评骘迁、固异同，而左袒班固的倾向较为突出，但终究是从史体与文气两方面入手。就史体而言崇尚班固，就文气而言则推尊史迁。具体到魏禧传记文创作实际，则兼宗《史记》《汉书》两家，为布衣独行之士立传则学习史迁笔法，传仕宦大臣的事迹则有《汉书》的影子。以下分别言之。

一、"王公大臣"传的叙事方式研究

魏禧为"王公大臣"所作之传，在其全部传记中所占比例不高。魏禧特意将其拈出，与"布衣独行之士"之传分庭抗礼，其初衷恐怕并不是要彰显人物之个性色彩，而是要传达出其对国家命运沉浮的看法，"纪史"的意义要大于"传人"。王公大臣多半亲历朝廷大事的决策，是社会变乱的直接见证者，有的甚至在重要的历史关头起到过关键性的作用，故以其为传主，最容易正面地呈现社稷变迁的一角，也便于直接展示出作者本人对于天下治乱的心得之言。

实际上，对于非官方身份的文人是否有为王公大臣作传的资格，清初文人有过激烈的讨论。顾炎武在《日知录》中就明确指出文人不宜为高官作传："古人不为人立传。列传之名，始于太史公，盖史体也。不当作史之职，无为人立传者。故有碑、有志、有状而无传。梁任昉《文章缘起》言传始于东方朔作《非有先生传》，是以寓言而谓之传。《韩文公集》中传三篇：《何蕃》《圬者王承福》《毛颖》。《柳子厚集》中传六篇：《宋清》《郭橐驼》《童区寄》《梓人》《李赤》《蝜蝂》。《何蕃》，仅采其一事而谓之传，王承福之辈皆微者而谓之传。《毛颖》《李赤》《蝜蝂》则戏耳而谓之传，盖比于稗官之属

① 何良俊：《四友斋丛说》，中华书局，1959 年，第 45 页。

② 魏禧：《十国春秋序》，《魏叔子文集》，中华书局，2003 年，第 369 页。

耳。若段太尉，则不曰传，曰逸事状。子厚之不敢传段太尉，以不当史任也。自宋以后，乃有为人立传者，侵史官之职矣。”① 魏禧本人也曾明确地表示过布衣之士不可为王公大臣作传。他在为周亮工的《赖古堂集》作序时，提到过清初重臣范承谟曾请其为范文程立传之事。“禧窃见古今当代贵人传志之文，皆非布衣所作。往年家伯子以疾召禧于浙江之幕，大中丞范公极谦下之，尝属禧为其太傅公传。禧逡巡以草野辞。”② 而魏禧现存文集却证明其曾多次为王公大臣作传，还特意在序引中加以揭示。可见，魏禧所谓的“贵人传志之文”非布衣所宜作之说，是其从传统文论资源中为自己找到的拒绝与清廷当权派合作的合适借口，不可当真。因此，鉴于魏禧的遗民身份，其笔下的王公大臣皆为明代臣子，而没有清代官员。魏禧能自觉地立明代“王公大臣”之传，有其明确的政治意识，即恐故国忠臣的事迹归于湮灭，故而率先执笔创作以表彰，有着明显的“存史”意图。这也是清初多位明遗民念兹在兹的文化使命。魏禧以古文擅长，故以古文记录故国忠臣事迹，反思兴废之教训。

魏禧笔下的王公大臣，考诸其生平，其实生前地位也不是全都称得上煊赫显扬。这些人物中，并没有宰辅级别的官员，最高的不过督抚一级。蔡懋德、江东之是其中官位最高的。蔡懋德以右佥都御史巡抚山西，江东之曾以右佥都御史巡抚贵州。中级官员所占的比例最高。像《同知潮州府宗公家传》中的宗万化官至广东潮州府同知。其他如申用嘉官至广西参政分守右江，卢逵官至太常寺少卿，姜垛官至礼部仪制司主事，都是典型的中层官员。此外，何弘仁、江天一的情况较为特殊。何弘仁曾任县令，在南明鲁王朝曾任御史，“既入台，恺切敢言，谏草数万言，皆中机宜，惜不尽用”，直接参与决策大事；江天一本为一介书生，因举兵抗清，成为皖南反清活动中的一面旗帜，故而本文将二人归入王公大臣之传。《明益国府辅国将军常（少左）》《新乐侯刘公驸马都尉巩公传》，皆是魏禧为明王朝的皇亲国戚立传之作。此类传记皆秉持着为后代存史的理念，大力讴歌国家忠臣良将们的丰功伟绩和可歌可泣的事迹，致力于展现其为国除弊的举措与舍身为国的心志。

魏禧为明代王公大臣所作传记，所据材料大多来自传主后人的转述，如《明右副都御史忠襄蔡公传》一文，创作源自与蔡懋德之子的交往。“禧往交

① 顾炎武著，黄汝成集释：《日知录集释》，上海古籍出版社，2006年，第1106页。
② 魏禧：《赖古堂集序》，《魏叔子文集》，中华书局，2003年，第436页。

公伯子方熺，既交仲子方（按：原整理本为“力”，有误）炳尤笃，得尽读公书，更诠次公行事为传。”[①] 对于《新乐侯刘公驸马都尉巩公传》中的某些细节，魏禧也特意强调来自亲闻亲历之人，如其谈道：“此禧得之友人锦衣卫佥事王世德，时盖与国桢同执云。”[②] 有的直接来自与传主生前密切的交往，如《明遗臣姜公传》的传主姜埰与魏禧情好至密；《朱中尉传》的传主林时益与魏禧一起列名“易堂九子”，魏禧与其弟魏礼曾经“并愿为中尉死也”[③]。魏禧反复在文章中强调其材料来源，很大原因是在保证其所存之史的真实性。作为古文家的魏禧，无意构建从中枢决策到疆场效力的明末全景图，他更为看重的是从个人的升沉荣辱中反思明代衰颓的沉疴痼疾。

魏禧认为传记文应详记传主的行事，“文章之体万变而不可穷，莫如传。司马迁、班固尚矣。吾尝谓传以传其人，纪其事，故详密者，史之体也，班氏为正。子长极文章之工，则阙然众矣。”[④] 此论断适于“王公大臣之传”，而不宜加于“布衣独行之士”的传记。魏禧在为王公大臣立传时多采用班固式的叙事手法，追求对事件的准确叙述，而不求司马迁式的风神情韵。在关系人物生平大节和国家大事之处必详加描述，追求叙事的详尽与经验的可供借鉴性。正如后世梅曾亮所说：“惟史之作，其载于书者，非言行之得失，即政治之是非，其精微者易知，而其详明者无不可法戒也。故托之尊而传之远者，莫如史。”[⑤] 魏禧详记史事的背后，就是希望后世因此有所法戒。同时，此类传记文在叙述手法上也多采取顺叙的方式，力求文章能有用于后世，因此也就使魏禧对这些忠臣义士的为政事迹都大书特书以至于纤毫不落，这也导致此类叙事文大多篇幅庞大甚至失之于冗长。

如《明右副都御史忠襄蔡公传》即有将近六千字，远多于《明史》的一千七百余字。之所以有如此大的规模，很大程度上是因为魏禧对蔡懋德极为崇拜。“仆服膺忠襄为王文成后一人，乃真道学、真宰相也……欲详悉郑重，以明公儒者之用，使后世可法而见诸行事，遂忘其冗长，至五六千言。”[⑥] 有学

---

① 魏禧：《明右副都御史忠襄蔡公传》，《魏叔子文集》，中华书局，2003 年，第 805 页。

② 魏禧：《新乐侯刘公驸马都尉巩公传》，《魏叔子文集》，中华书局，2003 年，第 846 页。

③ 魏禧：《朱中尉传》，《魏叔子文集》，中华书局，2003 年，第 868 页。

④ 魏禧：《传引》，《魏叔子文集》，中华书局，2003 年，第 775 页。

⑤ 梅曾亮：《复姚春木书》，《柏枧山房诗文集》，上海古籍出版社，2020 年，第 22 页。

⑥ 魏禧：《又与汪户部书》，《魏叔子文集》，中华书局，2003 年，第 287 页。

者曾认为魏禧如此褒扬蔡懋德，是出于对其阳明之学的钦敬。“魏禧与蔡懋德二子相熟，所作《明右副都御史忠襄蔡公传》详细备至，但因其作传出发点在发扬阳明之学，难免有所侧重。”① 但是全文对蔡氏的一生行迹交代得极为详尽，在具体行文中提到阳明之学的地方则非常罕见。按照时间顺序，先从其少年时代说起，写其“立志为圣贤”的种种学道为文的生涯。接着谈他考中进士、初入官场后的为政善举，在杭州推官任上的执法严明，与魏忠贤阉党作斗争的大义凛然。时人语焉不详的诸多细节在魏禧的笔下开始变得面目清晰。比如初入仕途时拒绝阉党骨干顾秉谦拉拢之事，许多人只闻其大概，比如汪琬说：“上官荐治行第一，当入为给事中，以忤同县阁臣顾秉谦，改礼部某司主事。”② 魏禧笔下，记此事虽篇幅仅略多于汪文，但提供的信息量更大，清楚交代了事情的来龙去脉以及具体细节，曰：“两台使数荐公，推天下治行第一。行取入京，昆山相公当国，以乡人欲致公门下，授吏部，公拒不与通，怒，故部拟公给事中，而旨改礼部主事。”③

全文中真正下大力气的部分是描写其在浙江布政司右参政兼按察司佥事、井陉道、宁前兵备、济南道、河南右布政使、山西巡抚等任上的事迹。蔡懋德为官各地，政绩显著，官声颇佳。魏禧对其嘉言懿行的大力弘扬，既是对传主本人德行才能的钦服与尊重，也是为了将其布政方略与处事方法公之于世，为后来者提供借鉴。比如蔡懋德曾严肃地处理祖大寿骄横的部下，还能使祖大寿心悦诚服。魏禧如是记曰：“公徐谓大寿曰：‘边事急，幸将军努力，敢相厄哉？然部下士鱼肉商民，将军不知也。某请为将军治之，亦以全将军令名保始终耳。’大寿悦，戒士卒愈严。”言之娓娓，推心置腹，极有语言技巧。蔡懋德的处理办法，可作为协调文武关系的重要法则。全篇文章涉及蔡懋德的事迹都与安危治乱及处事方法密切相关，魏禧对其详加描绘，不辞繁词，就是为了能“使后世知所法”。

---

① 陈支平、刘婷玉：《明末蔡懋德事迹考辨——〈明史·蔡懋德传〉补正》，《明史研究》，2010年第1辑。

② 汪琬：《前明提督雁门等关兼巡抚山西地方都察院右副都御史加一级蔡忠襄公墓志铭》，汪琬著，李圣华校笺《汪琬全集校笺》，人民文学出版社，2010年，第823页。

③ 魏禧：《明右副都御史忠襄蔡公传》，《魏叔子文集》，中华书局，2003年，第807页。按，陈支平、刘婷玉《明末蔡懋德事迹考辨——〈明史·蔡懋德传〉补正》（《明史研究》，2010年第1辑）一文认为魏禧文中与汪文相对应的段落是“己未成进士，朝有力者采声望，欲援公入翰林。公曰：‘官亲民，乃有济于世。况今何时？正先儒所谓贤者尽心之日也。’谢不与试”。实误。

魏禧对蔡懋德死守太原一事的叙述尤为详备，其篇幅约占全文的二分之一强。魏禧在这里不吝笔墨，正是赞赏其在此事中表现出的德行和事功。魏禧在文章的开头大力批判明末的士人大多只能袖手空谈道德或气节，在面对危难时却一筹莫展。蔡懋德，作为王阳明——被魏禧称为明代三百年来以道学立事功的第一人——的传人，“考公筮仕，至殉难太原，所至皆有功业”[①]。其坚守太原的过程中体现的气节、胆识及谋略，尤足以令专事空谈的文人汗颜。而蔡懋德死后，其事迹大多隐而不彰。朱之俊为蔡氏作的传多有讹误，“生平学问不遑及，而守晋事时日尤先后多讹”。魏禧在这篇传中对蔡懋德镇守太原时的行为描绘得详细备至，对于其守城的重要事迹皆有所交代。正是这种宛曲备至的笔法使蔡懋德的气节、胆略毕现于纸上，也有利于洗刷对蔡懋德的不实指控。如《明史》就曾指责蔡懋德离开黄河防线，致使大局不可收拾。“然平阳之旆甫东，船窝之警旋告。死非难，所以处死为难，君子不能无憾于懋德焉已。”[②] 魏禧则详写蔡懋德谋划周至，倾力匡危，最后身败，非蔡氏之过。就黄河防守一役来说，魏禧在传中写道：“请发京运，留晋饷，连章告急，皆不应。诸镇兵无一人至者。宁武镇臣周公遇吉亦以饷缺不赴调。公独力支吾，以三千弱卒，当数十万强寇，日往来奔走于二千五百里之间，惟以精忠至诚感动将士，犹败贼于大庆渡，再败之风陵渡，三败之吉乡渡。贼屡犯屡却，坚壁守者四阅月。”蔡懋德最终返回太原，是因为后方的不断催促。“宗友驰羽书促公归太原，又启晋王以手书敦迫，谓省会重地，不归救则太原失，即坚据河上无益也。”[③] 通过魏禧的论述，我们可知，在晚明危局中，蔡懋德已尽全力，对其加以指责，实为不情之论。这也是遗民作史与清廷修明史的重要分野之一，一则全力维护忠臣才智，一则寻其白璧微瑕，意指明朝覆灭，缘于大势已去，非人力所能济。

《明右佥都御史江公传》同样也是歌颂明朝忠臣良将的文章，按照时间顺序将传主的一生事迹展现出来。不同于《明右副都御史忠襄蔡公传》专注于叙事的书写模式，这篇文章花了很大的篇幅来记载传主的奏疏原文。王筑夫对这种手法的评价是：“详载本人原疏，而作者特于提掇前后处见法，班史多此

① 魏禧：《明右副都御史忠襄蔡公传》，《魏叔子文集》，中华书局，2003年，第805页。

② 张廷玉等：《明史》，中华书局，1974年，第6812页。

③ 魏禧：《明右副都御史忠襄蔡公传》，《魏叔子文集》，中华书局，2003年，第813页。

体。”[①] 这些奏疏多因不满张居正、冯保等人的专权而发，以揭发当朝权贵的恶行为主。如大宦官冯保的义子锦衣卫指挥同知徐爵上朝时不遵礼制，传主江东之上疏弹劾；如王宗载与人合谋杀害直臣以取悦张居正，传主江东之上疏弹劾；张居正、冯保的余党再次用事而排挤正人时，传主江东之再次上疏弹劾。江东之正是以这些弹劾来为朝廷去除奸佞之臣，从而建立其一生的名节，这是其人生的最大亮点。故魏禧在这里详载其奏疏，再现其中的凛然正气。另外，魏禧详载这些奏疏也有为后世参考和取法的意味，他在文中提到：“所刻《台中草》《廷中草》《抚黔疏》往往为人点窜冒去。公从孙九万以公建白关国家大事，惧渐就湮没，无以传信，请禧为立传，使后之作史者有所考焉。”魏禧写作此文的材料多来自江东之的后代，其素材大体可信，而其中征引的奏疏也应不同于那些为人所篡改过的遗稿。故魏禧提到这些奏疏的目的，一方面是使传主江东之的奏疏原貌呈现于人间，免得那些篡改后的文章混淆视听；更重要的是，使这位忠肝义胆之臣的那些关于家国兴衰的药石之言能够流传下去，即便不用于今时，也能为后来的治国者提供参考和镜鉴。这也是魏禧创作传记文的重要目的。

不妨对比魏禧与汪琬各自创作的同名传记《江天一传》，以见魏禧传记文创作之意图。《江天一传》为汪琬传记文之名篇，古今学人对其评价甚高。如清代过商侯的《古文评注读本》就认为其成就远出侯方域《宁南侯传》与魏禧《大铁椎传》之上。“此独从容按辔，刁斗不惊，其谨严处，又非二子所能及。”[②] 现代亦有学者视其成就要高于魏禧的同名作品，“《江天一传》，魏禧平历历叙写天一不因私谒官、拒金、宣传割肝救姑妇人、抗清就义、死后遭诘难等，掩盖了抗清就义事迹，使天一形象模糊，为一守身立节的儒生。汪琬同名文《江天一传》，处理传主材料详略得当，重点刻画天一击退狼兵、慷慨赴死，使传主成为凛凛然有生气的民族英雄。而汪文字数仅为魏文一半，有事半功倍之效。材料详（翔）实而不加剔除，有时为魏文瑕疵”[③]。其实这里所言的翔实，正是魏禧苦心经营的结果。而且，魏禧《江天一传》在叙述江天一事迹后，还附有陈继遇、吴国祯、佘元英、江孟卿、闵遵古、萧伦、洪澜、僧

---

① 转引自魏禧：《明右佥都御史江公传》，《魏叔子文集》，中华书局，2003 年，第 784 页。

② 过商侯：《古文评注读本》，清刻本。

③ 赵向南：《清初十家传记文研究》，苏州大学 2002 年硕士论文。

海明等人的传记，关于江天一生平的文字仅占全文的三分之一左右，实际字数还要少于汪琬所作。而且，魏禧对传主材料并不是不加剪裁的，能在如此短的篇幅内，有序地囊括如此丰富的内容，本就是笔力雄健的表现。魏禧借此文表忠表孝表义，尤注意表彰江天一的箴言良语，作为世人立身之借鉴。如其评论士大夫节操一语，就颇能令人警醒。“吾党立身如处女。处女失节，无贤愚皆贱之。若诵服圣贤，而见利则迁，临死生丧其守，可贱孰甚？世奈何苛巾帼而宽须眉丈夫子哉？”① 比起临难时的慷慨奇节，日常的修身体会也极其值得重视。在反清活动已渐渐趋于低潮甚至沉寂之时，强调抗清奇节的意义不一定就高于砥砺廉耻的功用。魏禧行文，是有所用心的，无论是在传记中记载名臣奏疏，还是详细记录修身良言，其劝世之意都是相通的。

二、“布衣独行之士”传的叙事方式研究

魏禧从身份上将其传记文的传主分为“布衣独行之士”与“王公大臣”两类，很显然，“王公大臣”之外的就属“布衣独行之士”。但这里有一个中间地带，魏禧在分类时没有加以区分，即身份上不属“王公大臣”同时又不能称作“布衣”的下层官吏，如仅做过县主簿、幕僚的金允元（《朱参军传》）、还未上任即被杀的县学训导汝可起（《训导汝公家传》）、在知县任上殉难的涂世名（《明知龙溪县涂公家传》）等皆是。此类人物都可归入“布衣独行之士”，其人虽不是布衣，但皆具“独行”。“独行”一词出自范晔《后汉书·独行传》。范晔如是解释其立“独行传”的因由：“中世偏行一介之夫，能成名立方者，盖亦众也。或志刚金石，而克捍于强御；或意严冬霜，而甘心于小谅；亦有结朋协好，幽明共心；蹈义陵险，死生等节。虽事非通圆，良其风轨有足怀者。而情迹殊杂，难为条品；片辞特趣，不足区别。措之则事或有遗，载之则贯序无统。以其名体虽殊，而操行俱绝，故总为《独行篇》焉。庶备诸阙文，纪志漏脱云尔。”②《后汉书·独行传》中传述的人物大多曾出仕为郎官，不过，范晔是因其卓绝而偏至的品行为其立传，不是据其官职而已。以此类推，魏禧以“独行”来指称其笔下的下层官员或布衣，实为很准确的称呼。魏禧为那些“布衣独行之士”立传时，或描写民间奇人的豪侠伟烈，

---

① 魏禧：《江天一传》，《魏叔子文集》，中华书局，2003 年，第 823 页。

② 范晔：《后汉书》，中华书局，2012 年，第 2665 页。

或展现遗民志士的甘心苦节，或传达市井平民的风神情韵。我们可以看到大铁锥的勇武绝人、来去飘忽；见识到高士汪沨的心怀耿介、遗世出尘；领略到瓶庵的公正耿直、君子之风；知晓独弈先生的奇能绝技、思虑深沉。还有邱维屏、林时益身负绝学而清苦自守的遗民志节，汝可起、许王家身膺微禄而临难不苟免的忠贞清节。

为“布衣独行之士”立传面临着一个天然的难题。由于大多数人的一生都没有做出卓绝的成就，所以如何使这些传记不流于虚美而又具有可读性与教育性，对作者来说是重大的挑战。比起为王公大臣作传，此类传记更能考验作者的才情。天姿卓荦或平庸板滞，在此油然可分。魏禧有这样几种写作策略可作为为普通人作传的成功经验，兹条列于下：

（一）围绕传主的主要性格特征而叙事举例，避免对生平事迹不分巨细的罗列敷衍

由于所涉及的这些人物多未尝与闻国家大事，其生平也没有可供后世谋国者参考之处，所以魏禧在为他们做传时，没有如描写王公大臣般将他们一生的行事完全展露出来，只是“举其大而已”，对与此无关的些微琐事则丝毫不提。因而，这类传记文的篇幅普遍比不上为王公大臣所作之传，记录事件的数量也远不相若。但这并不代表魏禧对这类传记文的写作草草应付，相反，此类文章更需要经营布置。魏禧通过“举其大”，抓住了人物身上最重要的特点，而避免其他枝蔓细节的影响，反倒更能刻画出人物的真实状貌。通过对能表现如此特点的一两个事件的描写，魏禧将传中人物生动鲜活地表现在作者面前，并往往使全文显得情韵悠长，体现出与王公大臣传完全不一样的风味。

如《瓶庵小传》描写的是苏州一个仁义君子的事迹，全篇的布局都紧紧围绕着文章开篇的第一句话“吴门枫江之市有君子焉”[①] 而展开。“君子”即为此文的“文眼”，是驱使作者选事撰文的原动力。全文不长，兹录于下，以见魏禧传记文创作之匠心：

> 吴门枫江之市有君子焉，人皆称曰瓶庵。或曰守口如瓶，取谨言之义；或曰瓶窄口而广腹，善容物者也。瓶庵幼失怙废学，长自力于学。好文墨士，于贤人隐君子尤尊敬之。朋友之穷老无所归者，曰于

① 魏禧：《瓶庵小传》，《魏叔子文集》，中华书局，2003 年，第 871 页。

我乎养生送死。于是士君子皆贤瓶庵。人有难急之日，好行其德。尝僦小舟，问舟子曰：“几何钱?”曰数若干。瓶庵曰：“米贵甚。如是，汝安得自活?”乃增其值。故负贩人亦曰瓶庵盛德长者。吴门高士徐枋难衣食，瓶庵尝馈遗之，枋不辞。瓶庵年六十，家人将觞客。瓶庵曰：“吾将归故乡，以是费为祖宗祠墓费。吾六十，善病，不于此时一拜先陇，更何待耶?”于是去，倡建始祖祠，修五世以上墓，拜故旧之垅而酹之，不令其子孙知。事竣，力疾游黄山而后返。里有事，尝就瓶庵平曲直，白徒悍卒皆服之。

或曰：瓶庵之父往侨维扬，会逆奄魏忠贤用事，有假其威虐人者，君以布衣叩阍抗疏，几危而免。瓶庵殊多父风也。父尝刲股以疗亲病，瓶庵父病亦刲股。瓶庵之妹死，有遗子女，并婚嫁之如已出，其孝友如此。于是远近士至吴门者，皆欲争识瓶庵矣。识瓶庵者曰：瓶庵姓吴，名传鼎。禹存其字也，或曰，雨岑。盖徽之休宁人云。瓶庵父字绍素。①

魏禧在这里没有如一般的传记文那样去详尽地介绍瓶庵的生平行事。就算姓名、字号及籍贯等传记文中不可少的细节，也才在篇尾借他人之口道出。至于其字，更是同时罗列两种说法，表示作者本人对此亦不大确信。这固然是为了行文准确起见，恐怕更多的是使全文愈显烟雨迷离之致，脱离寻常传记文呆板枯燥的书写路数。魏禧开篇出手便觉不凡，既不言传主名姓籍贯，对其雅号亦不甚确定。在介绍“瓶庵”二字的来历，并列两种说法，而莫衷一是，很有道听途说的味道。如此措辞，颇有假传之趣味。溯其来源，可追溯至陶渊明《五柳先生传》。魏禧随后总说瓶庵的德行，“士君子皆贤瓶庵”。若是接着空泛地赞美瓶庵的德行，就会沦于腐陋的乡愿酬应之文。魏禧接下来介绍瓶庵所行的二三事，皆是魏禧心中寻常市井之人不能为而君子能为之事，且事例的选取都颇有讲究。其怜悯船夫的生计艰难而增付船费，能推己及人，正是君子所为，魏禧更曾言事事能吃亏之人便是君子；其赠遗民徐枋衣食而徐枋不辞，徐枋生平为人不苟取，“耐寒饥，不纳人一丝一粟”②，此事更能体现瓶庵的君子之德能深入人心；不庆六十寿辰而以其费修建祖宗祠墓，深合儒家慎终追远之

① 魏禧：《瓶庵小传》，《魏叔子文集》，中华书局，2003 年，第 871-872 页。

② 孙静庵：《明遗民录》，浙江古籍出版社，1985 年，第 323 页。

旨；抚养亡妹之女，则更是孝友之人常行之事。通过这些事情的描写便将一个仁义之人的风情神韵勾勒了出来，远胜寻常对生平行事的详细介绍。在文章的临结尾处，魏禧再次提出“远近士至吴门者，皆欲争识瓶庵”，与前文相呼应，更造成回环往复、情韵绵远的意味。

在传主庸常的人生中选取其足堪记录之事，是魏禧的擅长本领。比如《吴君幼符传》全篇着眼于传主吴自充一生重视修谱之事，自十四岁至三十三岁病卒时，始终热忱不改，而对于吴自充的商人身份以及经商致富的丰富经历闭口不谈。其他如《独弈先生传》则只从传主善弈一事着力，《朱孝子传》皆是铺陈传主的生平孝行。《汪翁家传》唯描写其坚持蔬食之事，而不言及其贸易得利的生意场旧事，尽管其人“长于会计，所至能因时懋迁，往往得廉贾五利”[①]。林纾《春觉斋论文》说道：“无主意便无剪裁。”[②] 魏禧能大刀阔斧，剪裁得妙，缘于其传记文创作的根本意图。他要借传记文抒己志，立己论，而不是简单地来追述赞美传主的生平事迹。

同样为“布衣独行之士”立传的《卖酒者传》则情形较为特殊，其对题目所反映的“卖酒”细节毫不关心，对卖酒者性格特点的演绎也并非一端，但这正深合魏禧为布衣独行者作传而“取其大者”的自我律令。他主要从“长者”与“智士”两个方面来展现卖酒者的性格特色，与上文所举诸传记只表现传主一个特点的情况有所不同。之所以出现这种歧异，是因为魏禧认为其人生之大者非止一端，也切合魏禧作此传的材料来源。魏禧最初从欧阳介庵处听得卖酒者的事迹，在传记中共用四件看似毫无联系的事，从不同的侧面将卖酒者的性格立体透彻地展现出来。卖酒者怜恤沽酒之童婢，足以显其仁；慷慨襄助饮于其酒肆之穷者，足以显其义；不露声色地赚风雪中远行人饮酒而不图其财，足以显其既仁且智；自知大限将近却能颜色如常，从容安排，更能显其无畏无惧。这种选取人物若干生平琐事，缀连一处，最能刻画出人物的风神。故欧阳介庵评价此文说：“予习闻卖酒者事，欲往见之，未果而卒，尝尝为人道之业。今得此文写生，笔笔活动，似长者，似侠客，似诙谐，于古今盛德中别标一种风格，便将其人逼出纸上矣。”[③] 欧阳介庵是最早听闻卖酒者事迹之人，却从魏禧的文中真正领略其风格，足见魏禧书写策略之成功。

---

① 魏禧：《汪翁家传》，《魏叔子文集》，中华书局，2003 年，第 818 页。

② 林纾：《春觉斋论文》，江中柱编《林纾集》（第 5 册），福建人民出版社，2020 年，第 43 页。

③ 转引自魏禧：《卖酒者传》，《魏叔子文集》，中华书局，2003 年，第 851 页。

（二）转换叙事视角，作者见证传主事迹，增强传文的可感性与可读性

不同于史传的传主皆是已作古的前朝之人，魏禧和他笔下传记文的布衣传主们，大多都有很深的交情。因此，若仅仅依照史传的方式将其生平行迹敷衍一番的话，于作者未免显得薄情，于文章亦容易流于板滞。鉴于此，魏禧时时将自己融入传记文中，以追述往事、回忆平生的方式，使自己能介入传主的生活，更使传主的个性深深地烙印于自己的亲见亲闻中。这种叙事方式可称之为传记文中的限知视角，文章因此显得愈加熔铸至性，亲切可感。《刘参传》的传主为“明之老儒”“本宁都寒族”，授馆度日，终岁食贫，魏禧重点表彰的是其安贫乐道、敬祖重义的特点。此类人物的传记最易变为没有生气的官样文章，像闲斋老人评《儒林外史》时如此提到创作虞博士这一正面人物的难处：“虞博士是书中第一人，纯正无疵，如太羹元酒，虽有易牙，无从施其烹饪之巧。”[①] 而魏禧则通过在文中穿插自己的几则亲眼见闻，亦使全篇局面皆活，尽见其巧。为突出刘参为志诚君子，提到年少时两人的一次谈话：“禧年十有一，尝自别馆归省，宿塾中，与参谈《论语》‘有子孝弟’章，甚相得，遂为忘年交。”对于刘参位卑而不忘君父的德行，魏禧特意在传记中追记这样的场景：“甲申，天子崩于乱，禧方从先征君日夜诣曾给事计事，越二日，过参，参闻声走出，握禧手相向痛哭，久之。参曰：‘吾三日觅子不得，奈何？’禧问：‘有欲语耶？’参曰：‘无之，但欲见子一痛哭耳。’”[②] 其景如画，其情如生，单纯而质朴的形象活现纸上。

为状出刘参安贫乐道的美德，魏禧写了这一经典性的场景：“禧尝于岁除同伯兄寻梅潭浦，折一枝自往遗之。户外闻参声琅琅然读《国风》，扣门，出相见，时日已晡，不能具黍肉，然参亦不自言也。”[③] 岁余无食，朗诵《国风》，颇有孔子厄于陈蔡而弦歌不绝的风采。魏禧插入此一细节，可谓极为传神。如果说在《刘参传》中，魏禧只是刘参嘉言懿行的目击者与记录者的话，《高士汪沨传》则直接淋漓地表现出魏禧本人的个性，宾主二人的风采交相辉映，构成传记文中的奇观。《高士汪沨传》开篇即写魏禧与汪沨结交的曲折过程。魏禧数次邀汪沨而不得见，汪沨不乐与人交往的世外高人形象已被凸显，

---

① 李汉秋编：《儒林外史（汇校汇评本）》，上海古籍出版社，2017 年，第 292 页。

② 魏禧：《刘参传》，《魏叔子文集》，中华书局，2003 年，第 797 页。

③ 魏禧：《刘参传》，《魏叔子文集》，中华书局，2003 年，第 797-798 页。

魏禧则寄书于汪，充分表达出自信而恢廓的个性。此信曰："魏美足下：足下知仆至，意当倒屣过我。顾以常客遇我，足下则可谓失人。"汪沨接此信，竟不以为忤，而是"得书，辄走舍馆相见。自是，常出就余"①。一般来说，传记文中绝少出现作者本人写给传主的信件，魏禧如此着笔，可谓有趣至极，也极有必要。

魏禧名作《大铁椎传》的叙事角度更为奇绝，其不仅不是全知叙事，也不能完全称之为限知叙事。魏禧非但不知道大铁椎的生平来历，文中所述大铁椎的一二豪举，也都来自陈子灿的口述。"庚戌十一月，予自广陵归，与陈子灿同舟。子灿年二十八，好武事，予授以左氏兵谋兵法，因问：'数游南北，逢异人乎？'子灿为述大铁椎，作《大铁椎传》。"② 也就是说，关于大铁椎此人，魏禧了解得并不比他的读者更多。这样的叙事格局，颇似《任氏传》《谢小娥传》等唐人小说的谋篇布局艺术。如《任氏传》的结尾是这样交代创作起因的："建中二年，既济自左拾遗与金吾将军裴冀、京兆少尹孙成、户部郎中崔需、右拾遗陆淳皆谪居东南，自秦徂吴，水陆同道。时前拾遗朱放，因旅游而随焉。浮颍涉淮，方舟沿流，昼宴夜话，各征其异说。众君子闻任氏之事，共深叹骇，因请既济传之，以志异云。"③ 故而有学者评《大铁椎传》曰："此文虽属传记，却颇有传奇笔意。"④ 然而，就叙事视角来看，《大铁椎传》更有胜于《任氏传》等传奇小说之处。文中写到大铁椎的两次壮举，一虚一实，分别出于不同人的眼中。前者是大铁椎在深夜窗户皆闭的情况下飘然而出，又在天晓前悄然而回，此事由陈子灿所述，而陈子灿仅目睹大铁椎出户与入门之举，对于其在外所作何事则完全不知，只能臆想其快意恩仇之举；后者是大铁椎在鸡鸣月落的旷野，干脆利落地击杀响马贼三十余人，此事由宋将军在空堡上所亲见。一则激人想象，一则刻画实景，虚实相应，变幻顿生。另外，值得说明的是，历来论者多赞叹于大铁椎的"神勇绝技"，钦佩魏禧塑造的"勇武形象"。⑤ 其实，在呈现出江湖豪侠的勇武之外，魏禧还着力刻画出

① 魏禧：《高士汪沨传》，《魏叔子文集》，中华书局，2003 年，第 849 页。

② 魏禧：《大铁椎传》，《魏叔子文集》，中华书局，2003 年，第 789 页。

③ 沈既济：《任氏传》，李昉编《太平广记》，中华书局，1961 年，第 3697 页。

④ 郭预衡：《中国散文史长篇》，山西教育出版社，2008 年，第 229 页。

⑤ 上海辞书出版社文学鉴赏辞典编纂中心编：《古文鉴赏辞典》，上海辞书出版社，2021 年，第 1782 页。

大铁椎心思细腻、思虑深沉的一面。比如“扣其乡及姓字皆不答”，写出其为人谨慎；宋将军欲助大铁椎杀贼，大铁椎在推辞不得的情况下将宋将军置于空堡之上，亦足以见其处事周到。《大铁椎传》的论赞部分说道：“予读陈同甫《中兴遗传》，豪俊侠烈魁奇之士，泯泯然不见功名于世者，又何多也！”① 陈亮《中兴遗传》所著录的人物分大臣、大将、死节、死事、能臣、能将、直士、侠士、辩士、义勇等类，少有简单的粗豪武夫。② 因此，魏禧创作《大铁椎传》的原本意图，恐亦将其视作智勇双全的人物。唯有如此，其人才配得上魏禧所言的“豪俊侠烈魁奇之士”，也才能肩负起兴复大业的重任。

（三）以议论补传主事迹之稀缺

魏禧中年游走四方，为谋食或交谊计，不得不作应酬之文，其中就不乏传记文。有些传主生平无奇行甚至无特点可记，即便全力渲染其某项优点，亦不足以支撑全文。在这种情况下，魏禧就采取以论为主的策略，对传主的生平做简要的介绍后，集中笔墨来对其某项特点进行发挥，从实际效果来看，是将议论文的精神灌注于传记文中，将人物传记置换为道德劝化。《诸文学家传》即是典型的例证。此文应为魏禧游历杭州时所作。传主诸元振是杭州诸生，没有多少社会影响，魏禧虽然提到其以“能诗文名”“诸名下士咸从之游”，但都是点到为止，不做引申，应为表面文章。魏禧真正大加敷衍描述的是其孝行，特意表彰其年五十尚有孺慕之心，“每饭必侍坐床第，裳衣器皿必躬涤除，不假手奴婢。”③ 只是，若全篇仅描述其孝行，大概率会落入雷同之弊。毕竟，对于如何尽孝，早就作为一块道德高地有了完整的行为规范。或者可以说，任何看似惊天动地的孝行，在清初社会都已不够新鲜。因此，魏禧果断地止笔于此，转而陈述其对尽孝的独到看法。其观点构成了全文最精彩、最引人注目之处。他在世人竞先标榜行孝的同时，谈论行孝之困难。“甚矣！孝之难也！世之言孝者，往往艳称割股剖心诸奇节，而日用寻常庸德之行略勿道，此孝子所以希见于天下也。孔子称大舜曰：‘至孝矣乎！五十而慕。’夫慕者，孺子之事，自幼历壮而老且不衰，遂至于圣人。使必焚廪浚井乃足见舜，则是父不顽、母不嚚，恶舜不至于欲杀，而舜终已不得为孝子也。然则文王父王季而母

① 魏禧：《大铁椎传》，《魏叔子文集》，中华书局，2003 年，第 791 页。

② 陈亮：《中兴遗传序》，《陈亮集》，河北教育出版社，2003 年，第 194 页。

③ 魏禧：《诸文学家传》，《魏叔子文集》，中华书局，2003 年，第 791 页。

大任其何以称焉?"[①] 魏禧在这里论述的是常常被人们所忽略的道理，即几十年如一日通过日用寻常来尽孝才是有普遍性的、真正有意义的孝，其重要性不亚于割股剖心等奇节。更有甚者，奇节壮行可能沦为表演，成为假人伪饰之工具，而那些所谓的"日用寻常庸德之行"才更难能可贵。魏禧的见解极具洞察力与前瞻性，后世多有人从不同方面对其观点加以演绎。

《秦节母家传》的议论性色彩更为浓厚。此文传主以抚养幼子、辛苦守节而著称，更无太多事迹可以描述。因此，作者的议论贯穿全篇，而传主的事迹穿插其内。在这样的文本结构下，传主的生平俨然成为佐证魏禧观点的论据。在开篇部分，魏禧大谈"节妇之难"，难于在日复一日的生活中坚持初心。首先指出节妇是否值得专门表彰的问题，"烈妇多显于世，而节十不及二三，岂非以守贞者，妇人之常耶?"在此先抑一笔，接着提出自己的独到看法："积常可以至于圣人，积反常虽蹠、蹻不足极其所至。"此虽为表彰节母之义、肯定守节之难而发，但其指向性又不限于是，其揭露的是一种普遍性的真理。在接下来简短概括秦节母一生事迹后，又加入孙枝蔚与魏禧本人的论断。孙枝蔚曰："节母为秦氏母，为父，为师，为秦氏再兴主，为会督，为秦氏御侮之臣。"这是对节母实际承担的多元身份与德行才能的精练概括。孙枝蔚本为与此文无涉之人，魏禧将其语援入文中，如天外来客，愈觉新鲜。而魏禧的论断更为精简有味。其言曰："节母可谓恒其德者矣！天下之人不能有常，而节母变而愈常，则世之以节母为奇行，为古之贤人，毋足怪也。"[②] 可以看出，魏禧在此文中始终强调常行的必要性与重要性。这不仅是为了突出节母之难得，更蕴含着丰富的现实指向性，至少与魏禧所关注的遗民志节是紧密相关的。明朝刚刚覆灭时，激于义愤、誓不仕清的遗民大有人在，而随着时光的流转，能保持原本节操的士人变得寥若晨星。徐枋曾感叹道："天下之乱亦已十年矣，士之好气激、尚风义者初未尝不北首扼腕，流涕伤心也，而与时浮沉，浸淫岁月，骨鲠销于妻子之情，志概变于菀枯之计。不三四年，而向之处者出已过半矣。"[③] 魏禧在为节母作传时，特地强调"恒其德"，当有此言外之意。在全文的结尾处，又换种议论方式，以节母之子之口，缕述节母平素教训儿辈之良

① 魏禧：《诸文学家传》，《魏叔子文集》，中华书局，2003 年，第 792 页。
② 魏禧：《秦节母家传》，《魏叔子文集》，中华书局，2003 年，第 829 页。
③ 徐枋：《姜如农给谏画像序》，《居易堂集》，华东师范大学出版社，2009 年，第 124 页。

言，语出不凡，令人豁然警醒，文气亦随之灵动空泛。方苞对《史记·伯夷列传》等文的评论可移作此文之注脚。“《史记·伯夷》《孟荀》《屈原传》，议论与叙事相间。盖四君子之传，以道德节义，而事迹则无可列者。若据事直书，则不能排纂成篇；其精神心术所远，足以兴起乎百世者，转隐而不著。”① 由此来看，魏禧此文亦深得史迁叙事之风神，以议论改造叙事文，将本无事迹可传之传记安排得摇曳生姿，气韵朗健。故而杨佩兰评此文曰：“议论叙事相间，而爽气凄响逼成奇格，如洞庭秋山，随波出没。”②

（四）注重次要人物的描写，用以点缀传主的性格特色

以对比、反衬、侧面烘托等多种手法书写人物形象是传递人物性格、描摹人物命运的常见手段。对于普通人物的生平描述，其他人物的衬托必不可少。若运用得当，就宛若颊上三毛，化板滞为灵动，全篇顿活。比如《彭夫人家传》一文，传主为明末清初重要文人彭而述的妻子，其一生无非是随彭而述奔走南北而已，如传统家庭妇女一样，并无自己的事业建树。彭而述性格豪迈俊爽，“性落落难合，而顾好奖诱人善，以豪侠自命，不屑为繁文曲谨”③。彭夫人在其英雄气概的映照下，极易成为规行矩步而毫无特色的贤内助形象。魏禧在传记中则一力塑造彭夫人处世稳重、敏锐英果的形象，尽管也不时提到其孝行。在“重塑”彭夫人形象的过程中，彭而述就变成合适的陪衬人物。比如避居芜湖池州山中时，为了防备盗患虎患，“夫人夜率仆婢持梃刃篝火坐”，彭而述的反应则是“公鼾睡声如雷”。如此轻着一笔，彭而述的漫不为意正映衬出彭夫人的志勤虑深。魏禧还写到彭夫人在甲申国变时的反应，“甲申四月，夫人与公在武昌。闻国变，夫人不食者累日。谓公曰：‘恨我妇人，不能救国家之难。’因自投江中，救之，得不死”④。彭而述作为彭夫人言行的接受者，而其本人没有如此慷慨激烈的言行，那么其品行也就可想推见，彭夫人的深明大义愈为凸显。

在反面对比外，魏禧亦善用同类衬托的方式形容人物的风貌。比如《高

---

① 方苞：《书〈五代史·安重诲传〉后》，《方苞集》，上海古籍出版社，2009 年，第 56 页。

② 转引自魏禧：《秦节母家传》，《魏叔子文集》，中华书局，2003 年，第 830 页。

③ 汪琬：《彭公子籛传》，汪琬著、李圣华笺校《汪琬全集笺校》，人民文学出版社，2010 年，第 727 页。

④ 魏禧：《彭夫人家传》，《魏叔子文集》，中华书局，2003 年，第 820 页。

士汪沨传》刻画的是一个行止潇洒的高士形象，为达此意，魏禧在传中安排和尚与妇人两种人物加以陪衬。和尚为汪沨的方外友三宜和尚，其人在当时负有盛名。"愚庵，僧明盂，两浙所称三宜和尚，与天界、觉浪、灵岩继起，并以忠孝名天下。"而其对待汪沨的态度非常有意味。"予二人会，三宜设食毕，辄掀白髯笑曰：'但吃吾饭，卧吾床，吾不来溷也。'阖户去。"[①] 高僧对高士如此优容钦服，那么汪沨的风采足以令人悬想。汪沨夫人钱氏在《高士汪沨传》中亦很有分量，魏禧以多处笔墨来描绘其行止，最能反映魏禧作文意图的当是这一段："内姻欲强沨试礼部，出千金视沨妻曰：'能劝夫子驾则畀汝。'对曰：'吾夫子不可劝，吾亦不爱此金也。'"[②] 此处既状妻贤，又能显示汪沨的"刑于寡妻"的人格影响与治家风范，其高洁的个性魅力至此毫无虚饰地被表达出来了。

《谢廷诏传》的结构更为特殊，魏禧并不是安排传主身边的某个具体人物与其形成映衬，而是将"世人"甚至是作者本人作为传主性格的衬托物。谢廷诏其人"多交游，为人排患解纷乱"，平居所在，"自皂隶里正及诸无赖生无不至"[③]。魏禧在传记中刻意写出自己对谢廷诏的态度变化，从"不敬""颦蹙"到为"莫逆交"，足以见谢氏人格魅力之动人，不可以平庸之士视之。而世人对谢氏的态度，在整篇传记中始终都没有太大的改观。"人亦弗知""世士轻之""鄙""终不识诏为何如人也"，都与开篇所提的谢氏"不自见德"相呼应。谢氏排难解纷而不自矜伐，内秉仁义而外不恤人言的侠士风范由此尽显。同时，我们从这里也可微窥魏禧与谢廷诏的惺惺相惜，也可见魏禧不同凡士的豪杰自命。可以说，如果没有世人的误解与谢氏豪侠之举间构成的强大张力，谢廷诏的个性魅力就不能展现得如此之饱满。

第二节　议论与叙事：魏禧传记文的论赞策略

自中国史传文学诞生之日起，论赞就成为其天然的组成部分。刘知几

① 魏禧：《高士汪沨传》，《魏叔子文集》，中华书局，2003年，第849页。
② 魏禧：《高士汪沨传》，《魏叔子文集》，中华书局，2003年，第849页。
③ 魏禧：《谢廷诏传》，《魏叔子文集》，中华书局，2003年，第835页。

《史通·论赞》篇曾对此现象做了细致的梳理，曰："《春秋左氏传》每有发论，假君子以称之。二传云公羊子、穀梁子，《史记》云太史公。既而班固曰赞，荀悦曰论，《东观》曰序，谢承曰诠，陈寿曰评，王隐曰议，何法盛曰述，常璩曰撰，刘昺曰奏，袁宏、裴子野自显姓名，皇甫谧、葛洪列其所号。史官所撰，通称史臣。其名万殊，其义一揆。必取便于时者，则总归论赞焉。"① 经过多部文史经典的示范，在每篇史传文后附上论赞，已成为中国传记文学不成文的规范。后世无论是官修的正史还是私人作的传记，也大多都附有论赞。魏禧写作传记文，意在为后世取则，高度重视其真实性，强调其垂范意义，论赞亦有了宣示主旨、篇终显志的重要意义，许多引而不发的观点至论赞部分方和盘托出。因此，就全文主旨的建构而言，论赞部分也成为魏禧传记文的一个亮点；就行文的文气法则而论，论赞亦是不可缺少的必要部件。魏禧真诚的性格让其传记文的论赞言之有物，读之可感。魏禧为人，"遇忠孝节烈事，则益感慨淋漓"②。其传记文多以忠臣良将、孝子节妇为传主，对他们的忠孝节烈之事感慨之至，自我的寄托志向亦暗寓其中，从而使全文达到了传人与自白的有机结合。论赞作为魏禧表达慨叹的主要载体，也因此显得摇曳多姿，勃然而有生气，令文章增色不少。从表达内容来说，魏禧传记文中的论赞可分为议论性论赞和叙事性论赞两类。

一、议论性论赞研究

魏禧传记文中的论赞，以议论为主，其目的大都是拯济苍生，重塑士风。故而其内容多不是感慨传主的生平，而是把眼光放在整个时代，以大段的篇幅来抒发其对时代的忧思或希望。这一特点是仿效欧阳修的《新五代史》而来。欧阳修作《五代史记》，发论必以"呜呼"始，其并不是故作慨叹，而是要以触目惊心的五代乱象引起世人的警醒。其根本目的是要继承孔子作《春秋》的传统，用史传的形式来发挥道德教化的功用，扭转五代十国以来颓丧堕落的世风。欧阳修以一代道统所居，对五代种种扰乱无序之事而不能容忍，对乱臣贼子大加挞伐，以《春秋》书法，寓褒贬于纪传之中。魏禧生于明清天崩地裂之际，其间可歌可泣的人物层出不穷。魏禧夙秉传统的纲常理念思想，又极

① 刘知几著，浦起龙释：《史通通释》，上海古籍出版社，2009 年，第 76-77 页。

② 徐世昌：《清儒学案》，中国书店，1990 年，第 383 页。

负民族气节，故对忠臣义士有发自内心的赞赏。在为他们做传时，不吝以浓墨重彩之笔来赞美他们的忠孝之行，感慨国家的败亡，并议论士人生于此间当何以自处。魏禧的不少传记文在整体结构上完全模仿欧阳修《新五代史》的结构模式，以“呜呼”开卷，随之以一段议论，臧否世风，感慨忠烈。然后再叙述传纪本事，结尾一段又以议论作结，仿佛意犹未尽，对忠孝节烈之事感叹再三。

通常，魏禧在传记文中采取这种结构，都是有感而发。在某种程度上，传统传记文中的主客结构在魏禧这里已经发生了颠倒。在魏禧的这类传记文中，其主要意图是要抒发自己的感慨，而传主的行事倒显得次要了。所以，这类论赞往往都蕴藏着深厚的思想价值和强烈的感情色彩。如《训导汝公家传》，其传主为一介寒儒，年届六十五，方以贡士授常州府训导这样的微官，在赴任的途中又被从长城入关的清兵杀害。其人本无太多事迹可记，魏禧撰写这篇传记文时亦以议论为主。全文共三大段，开头与结尾两大段为议论，中间一段为叙事，着重描述传主被害的细节。议论性内容占据了全篇超过三分之二的篇幅。文章起首曰：

> 呜呼！崇祯之季，事可胜道哉？三百年士气，一辱于靖难，再挫于大礼，三辱于逆珰，由是仕宦率多寡廉鲜耻，贿赂请托，公行无忌，至以封疆为报仇修怨之具。一二贤者，矜立名节，又多横执意见，遂其志而不顾国家之事，不通达于世变，好同己而植党人，卒使九庙陆沉，帝后杀身殉社稷。然甲申、乙酉以来，忠臣义士其知名与不知名者，不可胜数。至于浮屠、老子之徒，傲然执夷、齐之节，则烈皇之死，有以激发之也。而甲申之前，内外交讧，降叛相继，于此有无官守之人，当仓猝之交，毅然杀身以成仁者，斯为加于人一等矣。①

结束处又论曰：

> 或谓公无守土责，即司训导，未至官所，可无死。魏禧曰：公逊避不死可也。不幸与骑值，欲屈公，公负至性，虽不为贡士，司训导，为诸生，为匹夫，吾知其不偷生以自污必矣。夫屈己自辱，于义所不可。虽宰相匹夫，其不可均耳。士君子自爱重其身，岂以官不

① 魏禧：《训导汝公家传》，《魏叔子文集》，中华书局，2003年，第877页。

官、有守土职与否哉？若汝公者，可谓之烈士也矣。[①]

很显然，魏禧的评论并不限于赞颂传主汝可起一人的气节。他思考的是明代以来士风升降的大问题。魏禧由汝可起在清军的淫威面前的坚强不屈、杀身成仁，联想到了明朝三百年来的士人风习，并对此问题做出了深刻的思考。在魏禧看来，明朝多数士人的廉耻之心经靖难之役、大礼议之争和魏忠贤乱政这三次折辱，至明朝覆亡之际，已渐趋沦丧殆尽。即使是尚能以清白自持的人物，在挽救国家危亡上也是束手无策。这里面未尝没有暗含着对有明一代统治者驭士策略的抨击。但作为遗民的局限性，魏禧不可能对明朝政策堂而皇之地加以批判，其重点还是对士人习气的反思。“士气”问题在魏禧的思想观念里，是关乎国家兴亡的根本要素。所以，魏禧在此处以一人的行迹为引子，而发出这么一番议论，在其中寄寓着自己对健康士风的呼唤与想象。魏禧见甲申之际天下大乱，舍生成仁者所见皆是，为此论赞以为鼓吹；见“甲申之前，内外交讧，降叛相继”，又想以汝公事迹为例，来警诫人皆不可“偷生以自污”。如果说欧阳修在《新五代史》各传的首尾，以带有“春秋笔法”的议论，“宣扬伦理纲常，褒奖忠臣义士，揭批乱臣贼子，贯彻其史识，倡导儒家的礼，以维护名分等级制度，达到巩固王朝的统治秩序这一目的”[②]，借着对史事的评论来进行道德秩序的重建工作。那么，魏禧的传记文则起到同样的效果。而且，魏禧笔下的传主都是明清之际的人物，不少人与魏禧本人还有过交往，故而魏禧传记文表彰节烈的意图更为显著，效果亦更为明显，使顽懦之人有所劝，忠烈之士更可有所告慰。

魏禧传记文中诸如此类的论赞还有很多，如《泰宁三烈妇传》《朱参军传》《明右副都御史忠襄蔡公传》等俱是采用《训导汝公家传》式的结构，传达类似的用意。像《泰宁三烈妇传》亦以“呜呼”开篇，赞叹甲申以来自通都大邑至穷僻之乡的殉国难的妇人女子不可胜纪，结尾处又荡开一笔，改为讽刺士大夫的因循苟且：“士大夫死生出处之际，濡忍不断，身败名恶，取笑千载者，何可胜道也！”[③] 其笔其意，俱仿自《新五代史》，故而倪闇公评曰：

① 魏禧：《训导汝公家传》，《魏叔子文集》，中华书局，2003 年，第 878 页。

② 吴业国：《欧阳修〈新五代史〉与北宋忠节礼义的重建》，《河南大学学报（社会科学版）》，2010 年第 3 期。

③ 魏禧：《泰宁三烈妇传》，《魏叔子文集》，中华书局，2003 年，第 778 页。

"前后论赞，逼真《五代史》。"[①]《朱参军传》的传主朱永昌（金允元）生平事迹不多，全文却显得跌宕起伏，如有无限烟波，缘由即在魏禧以议论支起全文的骨架，"事本不多，全以感慨为文"[②]，故而能在反复的探索、追问、倾慕、反思间将其前后论赞的作用发挥到极致，将文势之曲表现得淋漓尽致。刘熙载《艺概》曾如是评价欧阳修的史论："欧阳公《五代史》绪论，深得'畏天悯人'之旨，盖其事不足言，而又不忍不言，言之拂于己，不言无以惩于世。情见乎辞，亦可悲矣。"[③] 魏禧的传记文中亦何尝不寓此意。《朱参军传》就以金允元、金俊明父子二人在不同时代的遭际来探讨士人在出世与避世间的痛苦与矛盾，试图探索士人用世的普遍性难题，其中饱含着物伤其类的悲哀与惋惜。

就设论方式而言，魏禧除仿欧阳修的"呜呼"开端以感叹天下混沌与士风沦丧外，还受司马迁影响较深。论者评魏禧传记文有史迁遗意，很大程度即缘于此。司马迁作《史记》，心怀巨痛，对天道与经验产生了强烈的怀疑，认识到"理不可据，智不可恃"[④]，因此在论赞中就多有疑问句，质疑那些传诵已久的正义信条。《伯夷列传》就是此类论赞的典范。魏禧《大铁椎传》的论赞亦发出这样的质问："岂天之生才不必为人用与？抑用之自有时与？"[⑤] 这是怀抱大才而久不获施展的志士们的共同悲鸣。魏禧以反问的方式发表感慨，饶有兴味，其中透露出丰富的情感内容，失望、不甘、迷惑、期待俱纠缠于此。汪琬曾经也谈过这一问题，他在《书沈通明事》中说道："夫明季战争之际，四方奇才辈出，如予所纪乙邦才、江天一及通明之属，率倜傥非常之器。意气干略，横从百出，此皆予之所及闻也。其他流落湮没，为予所不及闻而不得载笔以马者，又不知几何人。然而卒无补于明之亡者，何与？当此之时，或有其人而不用，或用之而不尽。至于庙堂枋事之臣，非淫邪朋比，即阘茸委琐、怀禄耽宠之流。当其有事，不独掣若人之肘也，必从而加媒孽焉。及一旦偾决溃

---

① 转引自魏禧：《泰宁三烈妇传》，《魏叔子文集》，中华书局，2003 年，第 778 页。

② 转引自魏禧：《朱参军传》，《魏叔子文集》，中华书局，2003 年，第 796 页。

③ 刘熙载著，袁津琥笺释：《艺概笺释》，中华书局，2019 年，第 53 页。

④ 司马迁：《悲士不遇赋》，严可均辑《全上古三代秦汉三国六朝文》（第 1 册），河北教育出版社，1997 年，第 501 页。

⑤ 魏禧：《大铁椎传》，《魏叔子文集》，中华书局，2003 年，第 791 页。

裂，揆手无策，则概诬天下以乏才。其真乏才也耶?”[①] 层次分明，脉络清晰，有力地剖析了明朝有众多志士何以亡国的历史之问。实际上，魏禧提出的问题，汪琬均做了解答。汪琬冷静的理性分析，已说明魏禧寄予厚望的反清复明事业将归于虚妄。但是，从文学的角度上来看，魏禧笔下的含蓄缠绵、低徊宛转、欲尽而不尽的韵味，更值得玩味。

其实，魏禧论赞中最有特色的部分是驳论，以辩难的方式提出自己的见解。所谓驳论，即在论赞中首先举出时人对传主事迹的不同看法，再对此看法进行反驳。此种论赞方式与当时的时代背景紧密相关，而不可简单地视作对前人设难答问的文体结构的模仿。明清之际，士人出处多方，任何一种人生选择都可能招致意想不到的质疑；即便是苦节的遗民行为，也有许多不理解、不赞同者。在如此思想多元甚或趋于混乱的舆论环境中，加强群体的自我认同，维护士大夫的名节意识，就显得无比重要。魏禧感情饱满，勇于辩论问难，结合传主生平大节，来反击诸种不经之论，确属自然之事。可以说，魏禧传记文的论赞，在某种程度上可视作维持风教、重塑道德的宣言，也可视作谋国治家、重整风化的政论。

魏禧传记文中的驳论不乏寄寓讽世情结者，《许秀才传》结尾的论赞就属此种情形。传主许王家以秀才的身份在甲申乙酉国变之际，做出“赴河水而死”的壮举。一般来说，时论认为只有正式出仕、食君俸禄之人才有为朝廷殉节的义务。至于普通的读书人，静观世变即可，哪怕身仕新朝亦不遭物议。因此，许王家之死在当时的舆论界激起不小的风波。故而魏禧此文的论赞先提到时人的反对意见。“或谓以诸生死国难，及争毛发丧其元为已甚。”魏禧对此观点则不以为然，他没有思考士人权利与义务的边界或对等与否的问题，而是从士人气节方面着眼。魏禧首先提出为君死难，不分官民。这是儒家圣贤都首肯的道理。“士苟奋然出此，虽圣人不以为过。今夫伯夷、叔齐让国而隐于首阳，亦商家两匹夫耳。以武王之圣，伐纣之暴，然卒且饿死。而孔子以为贤，子舆氏以为圣。万世以下，未有非之者也。”他忧心忡忡的是，昔日作为常识的观点，在而今都需要一再重申，足见士习的堕落。孔孟之道虽被士人反复温习，而其中的道理却少有人能真正地体察领会并付之践履。魏禧关注此问

---

① 汪琬：《书沈通明事》，汪琬著，李圣华校笺《汪琬全集校笺》，人民文学出版社，2010 年，第 744-745 页。

题并撰文讨论的真正原因在随后的论赞中体现得最为明晰，其言曰："当夫逆闯破京师，主上殉社稷，公卿崩角稽颡恐后期。及夫毁章甫，裂缝掖，昔之鸣玉垂绅者，莫不攘臂争先，效仿之惟恐其万一之不肖。于此有贫贱士，不食朝廷升斗之禄，无一级之爵，顾毅然舍其躯命，以争名义于毫末，震天地而泣鬼神，虽夷、齐何以加焉？禧故因王会之言而特传之。"① 也就是说，魏禧驳论前议的主要动机是在向当时无耻的士风宣战。明清易代之际，王公大臣丧廉忘耻之行所在皆是，且各能为自己的懦弱偷生寻找到精妙的借口。顾炎武《日知录》有语曰："士大夫之无耻，是谓国耻。吾观三代以下，世衰道微，弃礼义，捐廉耻，非一朝一夕之故。然而松柏后凋于岁寒，鸡鸣不已于风雨，彼昏之日，固未尝无独醒之人也。"又曰："之推不得已而仕于乱世，犹为此言，尚有《小宛》诗人之意。彼阉然媚于世者，能无愧哉?"② 魏禧此论亦可视作对"阉然媚世"者的辛辣嘲讽。故而魏禧论赞中的驳论，既是对某种不当观点的反驳，亦是对当时寡廉鲜耻现象之针砭。同类情况还出现在《训导汝公家传》等文的论赞中，均隐隐传达出"天下兴亡，匹夫有责"的价值取向，即魏禧所言的"士君子自爱重其身，岂以官不官、有守土职与否哉?"③

有的驳论则是在否定狭隘偏颇之见的同时，引发作者关于政治社会治理的大主张。这些"狭见"是否曾经真实存在过，已没有那么重要，重要的是，作者需要以此为靶子，在批判的过程中推出自己的见解。魏禧《文学徐君家传》即属此例。传主徐谦尊"天资英敏，读书观大略，慕古侠烈之士，好施与，矜然诺"，与四方豪杰多有来往，常有为人排难解纷之举。所以有人将徐谦尊称为"古游侠之流也"。魏禧在论赞中介绍此观点后立刻予以反驳，指出徐谦尊与古代游侠的根本不同，曰："游侠士以好义乱国，君以好义庇民，此其不同也。"魏禧对游侠的看法除了沿袭韩非"侠以武犯禁"的观念，更多地受《汉书·游侠传》的影响。班固对游侠的看法与司马迁大相径庭。在班固看来，游侠"以匹夫之细，窃杀生之权"，即便"有绝异之姿"，但毕竟"不入于道德，苟放纵于末流，杀身亡宗，非不幸也"。由于游侠的存在，"背公死党之议成，守职奉上之义废"④，严重影响国家的正常秩序，破坏朝廷的权

① 魏禧：《许秀才传》，《魏叔子文集》，中华书局，2003 年，第 874 页。
② 顾炎武著，黄汝成集释：《日知录校释》，上海古籍出版社，2006 年，第 772-773 页。
③ 魏禧：《训导汝公家传》，《魏叔子文集》，中华书局，2003 年，第 878 页。
④ 班固：《汉书》，中华书局，1962 年，第 3697 页。

威。而徐谦尊则孝亲睦族，济人缓急，捍卫乡里，未尝有不轨于正义之事。接着，魏禧在论赞中指出徐谦尊式的人物的存在，无论在任何时代，对于国家的安定都是绝对有益的。“世之盛也，上洁己砺治以利其下，下尽职以供其上，上下相安，而盗贼不作。其衰也，大吏贪纵武威以督其下，小吏朘削百姓，自奉以奉上，细民无所依倚。饥寒流离，迫为盗贼，或势不自立，胁从为乱徒。当是时，千家之乡，百室之聚，苟有巨室魁士，好义轻财利，能缓急一方者，则穷民饥寒有所资，大兵大寇有所恃，不肯失身遽为盗贼。又或畏威怀德，不敢为非，不忍负其人。故乡邑有好义士，足以补朝廷之治，救宰相有司之失，而有功于生民。”[①] 魏禧家族即为宁都巨室，在明清动荡之际，曾率族众乡人屯聚翠微峰，故而其对徐谦尊一类人物的社会价值有着切身的体会。或者可以说，他在徐谦尊身上看到了父兄甚至自己的影子，也在对徐谦尊的评论中找到了自我价值的期许。这也是魏禧的一贯主张，其关注社会治理，主张权威下移，彰显士民阶层的力量。《相臣论》《陈胜论》等文专门对宰相、谋士等的历史作用加以积极的肯定。此篇论赞庶几也可视为对乡里巨室的褒扬。

论赞提升全传的主旨内涵，提升传主的精神层次。比如《独弈先生传》以独弈为一篇之眼，犹于《史记·李将军列传》着力刻画李广的“善射”。也正如司马迁极力夸赞李广的善射，是为了与其封侯不遂、自到身亡的命运做以对比，一抒士不遇的悲愤，魏禧此文也并不是要就此写出一桩民间异能之事。只是“传”的部分，尚鳞爪不露，主旨不显，其创作意图在论赞中才变得鲜明。魏禧由弈棋联想到兵法，进而论曰：“弈攻围冲动，变化通于兵法。诸葛武侯卧隆中时，未闻有十夫之聚，指麾旌帜教坐作也，一出而战必胜。以仲达之智，畏之如虎。吾意其独居抱膝时，日夜之所思，手所经营，未尝不在两阵间也，非独弈而何哉？”[②] 经过这番比拟，再以诸葛亮出山前后的行为做对比，就使这个普通的好弈之人的精神境界有了绝大的提升。原来他可能是胸怀韬略而不用于时的兵法大家，并不是简单的好弈，而是在弈中有所寄托。全传有此一赞，格局气象便大不相同。

即便有的传主一生事迹平平无奇，只有一二特别之事，亦无如独弈先生之好弈可以令人悬想猜测而敬仰者，魏禧也可通过论赞而提升其人格境界。这主

① 魏禧：《文学徐君家传》，《魏叔子文集》，中华书局，2003 年，第 875 页。

② 魏禧：《独弈先生传》，《魏叔子文集》，中华书局，2003 年，第 879 页。

要是通过与世俗可笑可恨行为的对比。如《汪翁家传》的传主以贸易发家，其人“常蔬食布衣”“然亦不佞佛”。魏禧即抓住其“蔬食”一点而大发议论，曰：“世不谓有佛者，辄饕餮杀物命，供口舌之欲；其泊然蔬食者，则未有不自佞佛始也。然或诵佛于西堂，屠宰于东厨；或又剥人财，陷害人，而兢兢蔬食以为佛在是，其亦见哂于翁也。”① 世人愈虚伪阴狠，愈显汪翁的可贵真挚。通过论赞，汪翁蔬食不佞佛的意义才得以显现。不然，其人给人的印象，不过一平平无奇的富家翁而已。

二、叙事性论赞研究

应该注意到的是论赞在史传文中不仅是作者畅发议论的载体，同时也可以承担叙事的功能。由于史传文的写作需要对材料的组织剪裁，为了表达出传主的个性或作者的思想，不得不舍弃某些素材。而在论赞中，作者尽可以把原本放弃的素材重新拿过来叙述，不必考虑是否与原来的叙事部分相协调。因此，论赞中的叙事有时就有“以余事为烟波”的作用，补充原来篇章中的事与意。如刘知几在《史通》中就说：“史之有论也，盖欲事无重出，文省可知。如太史公曰：‘观张良貌如美妇人’‘项羽重瞳，岂舜苗裔’。此则别加他语，以补书中，所谓事无重出者也。又如班固赞曰：‘石建之浣衣，君子非之，杨王孙裸葬，贤于秦始皇远矣。’此则片言如约，而诸义甚备，所谓文省可知者也。”② 魏禧传记文中有的论赞深得刘氏此意。如刘知几提到《史记》中的《项羽本纪》和《留侯世家》尽管对主人公形象的刻画都栩栩如生，但是都是在“太史公曰”的部分才提到传主的外貌。魏禧的《明太常寺少卿卢公传》在正文部分对传主卢逵平生的经国济民的事迹勾勒得纤毫毕现，也是在论赞部分才交代卢公的外貌和个性：“公白皙，微髭须，短而癯，善讽刺。同时缙绅有不义事，公尝出微言，间以诙谐，闻者大惭。”③ 由于正文部分对其参与国家大事的描写旨在为后世树立人臣的榜样，没有顾及传主的个性。这一遗憾在论赞中得到了及时的弥补。当我们把正文和论赞结合起来看，就能看到一个有血有肉、富有生活情趣的国之大臣的形象。彭躬庵对此文中的论赞也极为称

① 魏禧：《汪翁家传》，《魏叔子文集》，中华书局，2003 年，第 819 页。

② 刘知几著，浦起龙释：《史通通释》，上海古籍出版社，2009 年，第 76-77 页。

③ 魏禧：《明太常寺少卿卢公传》，《魏叔子文集》，中华书局，2003 年，第 832 页。

赞："论赞之妙，可谓颊上三毛矣。"① 刘知几提到的《汉书》论赞的"文省可知"的一点，在魏禧传记文的论赞中同样有体现。魏禧在《朱中尉传》的论赞中说："中尉来宁都时，年二十有八，予与季礼方壮，并愿为中尉死也。中尉更姓林，字确斋，所制茶高妙，远近名曰'林茶'。工二王书法，诗于杜为别出，人咸推服之。然求书者，中尉率书古人诗也。"② 这里论述的主要是传主的才艺，与正文中表现的才智谋略却没有丝毫的关系，而这不到百字的篇幅却将林时益居宁都后的事迹勾勒备至。其中有魏氏兄弟对他的推服，有他的改名更姓，有制茶，有工书，有善诗，有书古人诗，寥寥几笔，却使朱中尉的风神尽显。

魏禧传记文中有的叙述性论赞与传主的生平事迹没有任何直接关系，只可看作是对背景的介绍。而这些背景性的介绍为解读传主的事迹展现了一扇新的门户，在某种程度上也反映了魏禧对传主行为的矛盾态度。同时，这种写法极具开放性的特征，不似魏禧的其他论赞，当然也和自《左传》以来的论赞不同，他没有将作者的态度强加于读者的眼前，最多也只是采取极其婉转的方式。这种在论赞中提供传主所处时代或地域的背景资料的做法，在某种程度上将评价的权利交付到了读者的手中。如《明益国府辅国将军常沍传》叙述明朝灭亡时的一个宗室面对清军入侵束手无策而被杀的故事。魏禧在论赞中谈道："万历十二年，宗正上属籍者盖十六万人，他庶宗贫弱不能自达于天子，不知其几。至崇祯末当百万，然则天下宗子盖多矣。呜呼！将军亦贤矣哉！"③ 魏禧对明朝末年宗室的数目做了介绍，指出在这些数目众多的宗室中，本文的传主还算贤能之人。这就能看出魏禧对明朝宗室人员和宗室政策的态度。《江氏四世节妇传》的论赞则更为传神和发人深思。魏禧在正文中极力刻画徽州歙县江家四代妇女的苦节故事，而在论赞中说："徽州富甲江南，然人众地狭，故服贾四方者半土著。或初娶妇，出至十年、二十、三十年不归，归则孙娶妇而子或不识其父。呜呼！内无怨女，外无旷夫，圣王于男女之际盖重矣。余尝心恶其俗，他日得志，当为法绳之。而其妇人乃勤俭贞醇，鲜淫僻，贞女节妇往往而见。若江氏妇姑四世节妇，岂不盛哉！"④ 封建时代为节妇树

① 转引自魏禧：《明太常寺少卿卢公传》，《魏叔子文集》，中华书局，2003年，第832页。
② 魏禧：《朱中尉传》，《魏叔子文集》，中华书局，2003年，第868页。
③ 魏禧：《明益国府辅国将军常沍传》，《魏叔子文集》，中华书局，2003年，第840页。
④ 魏禧：《江氏四世节妇传》，《魏叔子文集》，中华书局，2003年，第789页。

碑立传，大多都是歌颂其能守节苦行，魏禧在这里表面上也表示了同样的态度，大力赞扬江氏四代节妇，叹其门风之贞烈。但魏禧在论赞中对徽州民风的介绍，却使这种赞扬变了味。魏禧揭露了徽州贾人为了生计奔走在外，常年与妻子两地离居，甚至父子不能相认的残酷事实，为这篇歌颂贞节妇人的文章蒙上了不和谐的因素。这种背景的介绍，不禁把人们的视线从对节妇的赞美转移到对出现这种现象的背后的原因的思索。究竟这种历代皆出节妇的家族是该赞颂还是应同情，只有在掌握了全面的背景知识下，才能做出见仁见智的判断。魏禧在论赞中提供的材料，正是为对这一现象的多样化解读创造了条件。

魏禧部分传记文的论赞中以记叙为主，不是对传主事迹的补充，也不是对传主所处的相关时代状况做背景性介绍，而是记录了他人的事迹。这种看似与正文貌合神离的论赞，却正对传主的行为做了注解。如《明知龙溪县涂公家传》，传主是清军破漳州时死难的明朝官吏，全文“只就漳州府募疏作传”，对其生平交代甚为寥寥，对于其死难的情况也是开头的一句话：“岁丙戌之九月，清兵破漳州，知龙溪县涂公被执，不屈死焉。”须知，魏禧对于鼎革之际的明朝大臣都极为敬仰，在为他们立传时必大书其舍身成仁之状。如前文中提到的坚守太原的蔡懋德，建昌城破时死难的辅国将军朱常浤，还有抗清失败而就义的江天一等。魏禧对他们临难时的一言一行，俱不吝笔墨，使其英风壮行溢于纸上。这里却对同为死难者的涂氏疏于描绘，定有其奥秘所在。魏禧在正文中不详言涂氏的死状，在论赞中却记载了金末殉国的完颜陈和尚临难时的慷慨大义：

> 余读《金史》有陈和尚完颜彝者，以勇功历忠孝军总领，尝以四百骑破元兵八千，名动天下。及钧州破，和尚自出，言于大将。大将勒其降，至斫足胫折不为屈。豁其口吻至耳，犹噀血骂，死不绝声。大将义之，酬以马潼，祝曰：“好男子！他日再生，当令我得之。”呜呼，忠臣义士亦何负于人哉？而世卒不悟，悲夫！①

这里写完颜彝在钧州城破后誓死不降，尽管遭遇种种酷刑，犹骂贼不屈，直到最后的就义，其忠孝风范赢得了敌人的赞誉。魏禧在这里把完颜彝临难的整个细节都勾勒出来，对他的感慨赞美，溢于言表。魏禧在为当代人立的传里

① 魏禧：《明知龙溪县涂公家传》，《魏叔子文集》，中华书局，2003 年，第 834 页。

插入四百年前的古人的事迹，绝不仅是怀古伤今那么简单。自先秦时代起，论赞中就往往蕴含着对传主的臧否，不管这种论赞采用何种形式。由于魏禧此文通篇“只就漳州府募疏作传”，文章的主体在这个募疏上，而这个募疏是他人所做，本身已经涉及对涂公的评价了。魏禧再在论赞中对涂公的事迹做一番评价，就显得叠床架屋了。故魏禧荡开一笔，选取与涂公类似的古人事迹进行转述，在其中达到了他的写作意图。魏禧对完颜彝事迹的转述，一方面可以让人想见同为城破身亡的涂公临难时的情形，隐微地起到了补叙的作用。另一方面，从完颜彝的临难不屈，大致也可以窥想涂公视死如归的风范。更重要的是，由于传主涂公与完颜彝是同一类型的人物，那么魏禧在论赞中表达出的对完颜彝的赞美，同样是对传主的歌颂。此类论赞在扩大文章容量的同时隐约地表达了作者的态度。

同样的情况还出现在《王氏三恭人传》中，此篇讲述了明锦衣卫佥事王世德前后三任妻子贞节妇道的事迹。徐氏和萧氏日日劬劳、宜室宜家，魏氏在甲申之变时率阖门妇女投井而死。若仅仅将此视作表彰贞节烈妇的文章，则未免低估其成就。梁份评道：“魏恭人固有节烈，而徐、萧二恭人但家人行耳，而文乃极工。”[①] 梁份虽为魏禧的门人，但其“极工”的评语却并不是谀美其师之辞，此文摇曳生姿，匠心颇具，论赞中的叙事语更是扩大了全文的表达空间与情感内涵，展现出正文所不具备的精神内蕴。魏禧在论赞中补叙了王世德在甲申国变时的遭遇：“当佥事巡北城时，自署名牙牌，并宝刀佩之。将趋帝宫，道逢宫女四窜走，曰：‘驾崩！驾崩！’佥事拔佩刀自刭，老仆杨坤夺刀，趣马至金刚寺。诸兄弟咸来劝曰：‘盍留身为后图?’而洁先匿寺中，佥事见洁，遂不忍。其后佥事常流涕语人曰：‘不意忽忽老至，志无所成就，吾甚惭吾魏恭人也。’”[②] 正文中述魏恭人慷慨赴死的节烈，这里却写王世德忍辱偷生的无奈以及对魏恭人死节的愧疚。如此，存者王世德与死者魏恭人在国变时的不同遭际形成了一种截然对立的呼应，王世德的偷生之举就烘托出了魏氏的节烈。更巧的是，魏禧在正文中对魏氏赴死的壮举并没有置一赞语，只有冷静的叙述，褒赞之辞通过其夫之口道出，更觉贴切自然。王世德的形象在魏氏节烈的对比下虽然愈显卑微，但此愧疚之语出自王氏之口，读来亦不觉笔锋激烈。

---

① 转引自魏禧：《王氏三恭人传》，《魏叔子文集》，中华书局，2003 年，第 828 页。

② 魏禧：《王氏三恭人传》，《魏叔子文集》，中华书局，2003 年，第 828 页。

第五章　从应世到传世：魏禧应酬文的题外之旨

无论在其生前还是身后，魏禧文章为人赞颂的是其论策文和传记文；而遭到诟病最多的当是他的“乞请酬酢之篇”，尤以碑志文为烈。《魏叔子文集外编》现存寿叙文四十七篇、哀祭文十三篇、传体文三十八篇、墓表（含墓志铭）五十五篇，合一百五十三篇。这类往来应酬的文章因牵扯过多的俗情，不易体现作者的性情，历来评价不高。桐城派极力推崇的归有光，在这一问题上也未逃谀墓之讥。方苞曾尖锐地评道：“震川之文，乡曲应酬者十六七，而又徇请者之意，袭常缀琐，虽欲大远于俗言，其道无由。”[①] 魏禧面对的指摘则更为严重。近人张宗祥在《清朝文学》中将魏禧之文视作谀墓文的典型代表。该书在“述侯朝宗魏叔子汪钝翁（文）”之后，特立一段“附论应酬文之弊病”，主要是由叔子之文而生发感慨。其言曰：“魏氏之文，论者既有谀墓太多之诮，予则以为此弊相沿久矣。自唐以来，文学之士，专好刻集。集中之文，传记、墓铭居十四五。凡人一有文名，志在成集。当世富贵者，必攀援请托，以撰其先世之传志，意在假此人之集，传之无穷。无论所载是否真实，但世间集部则愈多而愈滥矣。不独事不足传，且累其文亦不足传。《洛阳伽蓝记》载赵逸之言曰：‘生时中庸之人尔，及其死也，碑文墓志，莫不穷天地之大德，尽生民之能事。为君共尧舜连衡，为臣与伊皋等迹。牧民之官，浮虎慕其清尘；执法之吏，埋轮谢其梗直。’所谓生为盗跖，死为夷齐，妄言伤正，华辞损实，在后魏已有此弊，在唐后尤为通病。噫！安得使其文学之士绝笔不为，以保其文格人品耶?”[②] 言下之意，魏禧的碑志文便是千百年来碑志文种种弊病累积起来的集中反映，正可作谀墓文的典型样本加以剖析。胡云翼于

---

① 方苞：《书归震川文集后》，《方苞集》，上海古籍出版社，2009 年，第 117 页。

② 张宗祥：《清代文学》，上海三联书店，1988 年，第 10-11 页。

1937 年在北新书局出版《魏禧文选》一书，选注魏禧古文二十篇，涉及史论、序跋、题词、书信、传记、记体语言等多种文体，而为数甚多的寿序、碑志文却无一篇入选，已足以说明胡云翼的看法。非独二百余年后的张宗祥、胡云翼对魏禧文持此评价，在当时就有人直接致书魏禧，批评他为人做的家传、碑志铭等文章大有缺陷，其中最严重的问题是："不无过情失实之誉，非古人是非褒贬之义。"① 可见，当时对魏禧的"乞请酬酢之篇"的批评主要集中在文章内容的失实之处，应该就是此类文体中常见的对传主的有誉无毁而妄加溢美的习气。魏禧为此专门写了文章予以解释和澄清。在重审时人对魏禧的攻讦与魏禧本人的辩护之前，我们有必要通览魏禧的文集特别是其碑志文本身。一来看其碑志文的数量，是否有如张宗祥所言的谀墓文人之文集那样，能居全集十之四五；二来以文史互证的眼光，关注魏禧碑志文传主的生平业绩，以见魏禧究竟是否有"妄言伤正，华辞损实"的记载失实之处。此事事关魏禧的文格人品，不可不辩。最后方能从容考察魏禧碑志文的艺术构思与创格之力。

第一节　魏禧对应酬文的理论省思

魏禧为人坦荡热情，不饰以伪。他能多次提及别人对他文章的夸赞，同样，对指摘之辞也不加回避，多次在文章中反思应酬文章不尽如人意的原因。在给汪琬的一封信中，魏禧说道："往仆在山中，成一文，必遍视兄弟朋友，攻刺既毕，屡易其稿，逾年然后缮录入集。今客外既远畏友，一二知交又不肯尽言。主人请属文者往往欲附集中，便为流布，是以今日脱稿，明日而登木，荒谬苟且。"② 魏禧认为问题可能出在三个方面：

一是常年游历在外，生计艰难，为了获取润笔之资，不得不有违心之言。他在给施闰章的信中谈道："禧频年客外，卖文以为耕耘，求取猝应之文，动多违心，主人利于流布，辄复登板。扪心自忖，其不逮己之所言，盖十之八九矣。"③ 魏禧出游江浙时，易堂的名气早已在外，故向其求文的人自然就多。而当他们一旦得到了魏禧的大作后，就急于传播，匆匆付印，以扬家声。这就使得魏禧的许多应酬之文尚未修改即传之于世，这样的文章大多从思想到艺术

① 转引自魏禧：《答友人论传志书》，《魏叔子文集》，中华书局，2003 年，第 294 页。

② 魏禧：《又与汪户部书》，《魏叔子文集》，中华书局，2003 年，第 287 页。

③ 魏禧：《答施愚山侍读书》，《魏叔子文集》，中华书局，2003 年，第 289-290 页。

上都无可取。魏禧文章中当属此类获咎最多。

二是魏禧热衷交友，文人之间少不得文字往来、诗酒唱和，其间的谀辞赞语也就是在所难免的。魏禧自陈“交游势不得不杂，文字酬应不得不多，乖违本志，遂亦不少”①。魏禧不仅善于文章，且好写文章，又好交友，待人接物雍容宽裕，不忍拂人所好。故他的文章中朋辈往来之语稍显过多也不足为奇了。对此，魏禧也颇感烦恼，不胜其扰，用魏禧自己的话说就是：“吾于文章窃有嗜好，而客外方，属笔者日众，势不得却，故甚欲归山中自息也。”因作者好为诗文致使文章数量众多，作品整体质量参差不齐的现象在文学史上屡见不鲜，白居易、陆游就是典型的例子。

三是魏禧在游历过程中，缺乏在翠微峰隐居时文友相互切磋的环境，也罕有人能对其文章提出修改意见。魏禧的诤友、畏友多是易堂九子，如彭士望、邱维屏等人，他们同聚翠微峰时，“争论古今事及督身所过失，往往动色、厉声、张目，至流涕不止”②。其中也少不了对对方文章的品评甚至指摘。当魏禧远游江南时，他就离开了这些文章上的诤友。魏禧出游是为了“广己造大”，多识天下异人和少年卓荦之士，其中有很强的联络遗民、培养后人的政治意味，文章之事在其日常整体活动中的重要性要随之减弱。加之魏禧声名渐高，文誉日盛，世人多希望借其文名以为倚重，自然也难以对其文章进行过分的指摘与诘难。在游历过程中，身如浮云，行如转蓬，也未曾找到足以代替彭士望、邱维屏的人物，可以交相指摘文病，斟酌得失。虽与汪琬、朱彝尊、施闰章、邵长蘅等清初文章大家都有所交往，但终究未能如和易堂中人般情好无间，能剖露衷肠互相劝诫，自然也罕有不留情面的批评规诫之事。魏禧在与汪琬的通信中曾说过这样的话：“仆生平无他长，惟能虚心以受师友之教。即文章小技，偶经指摘，往往就板划削。今刻集中行墨多空，此其征也。仆束装届行矣，倘得请间半日，琐细推驳之，加以删定，则先贤之幸也，仆亦附有荣焉。”③ 此段话固然说明了魏禧虚心受教的精神，但也从侧面反映出其出游期间缺乏良友来相与商榷斟酌文章得失，而“先贤之幸”一语也暗示此段所讨论的是碑志等志在褒扬前人的文章。因此，魏禧的应酬文章泥沙俱下，在时有精彩之作的同时也偶现冗长无味之文，其在当时多获人咎是再正常不过的事情

① 魏禧：《与徐孝先》，《魏叔子文集》，中华书局，2003年，第353页。

② 魏禧：《彭躬庵七十序》，《魏叔子文集》，中华书局，2003年，第602页。

③ 魏禧：《又与汪户部书》，《魏叔子文集》，中华书局，2003年，第288页。

了。值得一提的是，易堂刻本《魏叔子文集》所存碑志、寿序等应酬文章，大多叙事有法而议论精切，在当时的同类文章中亦堪称佼佼者。那些迫于人情而匆忙写就的文章，大多数已被摒弃在外。

更值得一提的是，魏禧对碑志文的议论并不停留在为自己辩解的层面上，他还有自己的一套关于碑志文的理论，集中体现在《答友人论传志书》一文中。或许三折肱而成医，其中不乏金玉良言，为后世撰写和研究此类文体提供了良好的参考材料。大致来说，魏禧关于碑志文的理论贡献体现于以下三点。

一、从源流上考察碑志文对传主的评价“有善无恶”的原因

魏禧对这个问题并不回避，没有找出历史上极少数的略伏讥意的碑志文来掩盖这一事实，而是认真对待这一古已有之的现象，说明其中多赞词是不可避免的：

> 闻之古史，于善恶无所不书，墓铭志则有善无恶。盖缘孝子之心，无录先过之义，而读者又多据行状事迹缀缉成文，是以谀墓之作，自唐韩愈已不能无讥。蔡邕自言生平碑版文，唯《郭有道》唯无愧。则过情失实，势有不得不然。特古人立言，体尚简质，虽不录过，而褒善者少溢辞，其子孙受之以为荣而不怪。今之人纤悉毕备，又从而增饰之，甚或反其生平之所为，作者有所简略，则其子孙怪而不悦，其亲戚党友，动色张口，以相訾謷，则亦安得有传信之文乎？至其所不习闻，据状缀缉者，抑又可知。①

魏禧认为有两个因素导致了碑志文普遍具有誉辞满纸的积弊。其一，是“孝子之心”。碑志从本质上是应用型文体，文人写作碑志文大多是为人作嫁的工作。子孙请名人为父辈撰写墓志铭，本来就是要将父祖的名字和善迹，写入金石，以备传之不朽，至少在家乡能流芳一时。明人吴讷对此世人热衷于表彰父祖的心理做过这样一番解读：“大抵碑铭所有论列德善功烈，虽铭之义称美弗称恶，以尽其孝子慈孙之心，然无其美而称者谓之诬，有其美而弗称谓之蔽。”但在具体的情境中，殊难做到无诬无蔽。或许可以说，称美而不称恶就是碑志文的文体规定性。刘勰《文心雕龙·诔碑》篇就这样说过：“夫属碑之体，资乎史才，其序则传，其文则铭。标序盛德，必见清风之华；昭纪鸿懿，

---

① 魏禧：《答友人论传志书》，《魏叔子文集》，2003 年，第 294-295 页。

必见峻伟之烈：此碑之制也。”[①] 总而言之，世俗心态与文体传统就导致了碑志文不可能做到以“不虚美、不隐恶”的标准去评判墓主的一生行迹。加之，“人死为大”的传统文化心理，魏禧本人的宽厚之心，使他更不会在这一场合轻发对逝者不利的言辞了。其二，材料的来源问题。大多数的作者与墓主并不相识甚至从未谋面，他们要在墓志中刻画逝者的一生行迹，所根据的主要就是逝者子孙所写的行状。而这类行状往往由于为亲者讳的原则，多以赞誉之辞为主。文人——作为逝者的陌生人——以这样的行状为基本材料写作碑志文，其结果就可想而知。魏禧在《三原申翁墓表》中将此问题探讨得更为明晰。“志墓非古也，古之碑系绋以下窆。自孔子题延州之墓，后世因勒死者名氏、子孙、爵里，既而饰以文章、道德、行称、勋伐，然而其言质。及其流也，子孙缘饰以为状，述作者因之，或直纪所述，不复考信；又或益其所无，增饰张大其所有，以求悦于生者，于是古意熸然消释尽矣。”[②] 因此，魏禧认为“有善无恶”的人物评价是碑志文发展中难以避免的现象。文本的信息来源、作者的创作态度、来自各方面的世俗压力等一系列原因，都使作者难以秉笔直书。魏禧的判断是有其历史合理性的。碑志文创作的第一个宗师蔡邕亦不免虚美墓主，在碑志文发展史上有重要革新意义且“后之文士率祖其体”[③] 的韩愈笔下亦颇有不实之语。明清文人的碑志文多不被时流所认可的原因，可能在于文章发展到明清之际，其描写已由汉、魏间的简略梗概走向了铺陈繁复，各种吹捧之词愈加令人生厌，许多文人对墓主生平嘉言懿行的描绘已达到了“纤悉毕备”的程度，更不用说还有人不顾事实妄加粉饰臆造。在中国古代文论开始自成体系之时，曹丕《典论·论文》即强调“铭诔尚实”，崇实尚真成为千百年来碑志文创作的至高标准。有美而无恶的碑志文明显有悖此标准，被斥为异类，自然在情理之中。

二、魏禧认为不应把碑志文看成实录，不应赋予其“史”的意义

碑志文的初衷在于使传主名垂不朽，由传主的亲朋所作或托人依行状而作，多能翔实地反映出传主的生平，因而便成了史官所青睐的编撰史书的第一

① 刘勰著，范文澜注：《文心雕龙注》，人民文学出版社，1958 年，第 214 页。

② 魏禧：《三原申翁墓表》，《魏叔子文集》，中华书局，2003 年，第 946 页。

③ 永瑢等：《四库全书总目》，中华书局，1965 年，第 568 页。

手资料。正缘于此，碑志文被赋予补正史之阙之功用。缪荃孙曾言："昔宋杜大珪撰《名臣碑志集》一百七卷，收宋代名臣碑志遗事，编次入书，以核其人之事功，以备国史之采择，意至远也。"① 碑志文在这里被看成是史的一种，依据史家的实录精神，"不虚美、不隐恶"的原则也成了碑志文创作中的题中应有之义。久而久之，在人们的思想中，就形成了这样的认识，即碑志文必须如实地反映墓主的生平。一旦出现"谀墓"现象，便是文人无德的表现。而一贯坚持独立思考的魏叔子却提出了自己独特的看法：

> 抑史传之作，所以纪善恶也。善恶之人往矣，而必书者，所以备法戒也。今曰某也善，其善事可为法，则法之已矣，不必其善果出于某也。今曰某也恶，其恶事可为戒，则戒之已矣，不必其恶果出于某也。是故真与伪之可辨者，不可以不辨；无所从辨者，得法戒之意而存之。其名氏等于庄列之寓言，稗官小说所称道，则亦庶乎其不可废矣。②

魏禧在这里没有明显地从性质上将碑志文与传统的史分开，而是对"史"的概念进行了置换。他眼中的"史"的首要作用是记善恶，既然碑志文是史的来源之一，其首要作用当然也是惩恶扬善而已。如果从这个方面来说，墓志铭对真实的追求已经在某种程度上被扬弃。魏禧论文更强调的是文章的明理适用的功能，对碑志文也当然更追求其对世人的感染教化意义。如果传统的"史"讲求的是还原真相的话，碑志文的意义则与其迥然不同，其在于激浊扬清、崇善贬恶。只要能使后人在观文时能被其中的仁义善行所感动，至于善行是否出自墓主，也就没那么重要了。如果碑志之文与墓主之行相距太远，那么不妨把墓主那些被描述粉饰的美好事迹等同于稗官小说中的劝化良言，也"必有可观"。简而言之，魏禧认为既然传志文多描写当代之事，受墓主子孙的意见左右太大，就不应该让其承担补史甚至充当历史的作用。魏禧眼里的碑志文的道德劝谕意义远大于其还原真相的意义，所以对碑志文中常见的颂扬过实之处不应过分地吹毛求疵，亦不必要求记录的每件事都符合事情的原貌。

我们或许可以总结道：虽说碑志文向来被视作"史"的分支，但魏禧创造性地着重强调其"经"或"子"的特质。其思想内涵则经，其人物言行则

---

① 缪荃孙：《续碑志集·序》，《清代传记丛刊》（第115册），明文书局，1985年，第3页。

② 魏禧：《答友人论传志书》，《魏叔子文集》，2003年，第295页。

子。魏禧对碑志文文体性质的“转换”与“发现”，就不啻消解了碑志文的实录意义。相比起墓志铭是否能真实地呈现墓主的生平，魏禧更加看重的是墓志铭的道德教化意义。在此语境下，墓中人物仅为道德符号人物，履行其教化功能作用。若能如此认识碑志文的意义，历来文人为之争论不休、耿耿于怀的人情难却与文须写实的难题，便在无形中被巧妙地化解了。作者既不必担心因据实而书而得罪墓主子孙，亦不必为若干溢美文字而惴惴不安。

在碑志文理论的演进史上，崇尚实录一直是最主流的思想，魏禧对碑志文文体特质的认识颇有叛逆色彩，但自有其认识意义。对碑志文特质有别于史传的探索，魏禧并不是孤例。隋文帝就曾表达过对“以碑志史”的不屑。“隋文帝子齐王攸薨，僚佐请立碑。帝曰：‘欲求名，一卷史书足矣。若不能，徒为后人作镇石耳。’”①不过此语是出自一代帝王的自负与傲慢，并不存在深刻的文体自觉意识。在此后长达千余年的时间内，刘勰“属碑之体，资乎史才”②的观念一直稳居正统地位。在魏禧身后，桐城派宗师姚鼐在《古文辞类纂》中表达过类似的看法：“碑志类者，其体本于《诗》，歌颂功德，其用施于金石。周之时，有石鼓刻文；秦刻石于巡狩所经过；汉人作碑，又加以序。序之体，盖秦刻琅琊具之矣。茅顺甫讥韩文公碑序异史迁，此非知言。金石之文自与史家异体，如文公作文，岂必以效司马氏为工耶?”③也是将歌功颂德视作碑志的主要文体功能。

林确斋评《答友人论传志书》曰：“此达人之见，亦苦心之至，无可奈何之语也。虽似作者自为解嘲，然足令古今读史人积滞豁然矣。”④林氏称其为解嘲之作，庶乎接近魏禧作此文时的复杂心态，但还没有体察到魏禧对碑志文的认识所具有的强烈时代意义。明清之际，碑志文写作风气大盛，所记墓主之身份就不再限于王侯将相、公卿大夫。下层官吏、商民百姓群体也产生了墓志铭的需要，而这类人物的一生行迹无关于国计民生之大事，更不关乎朝代兴衰而可以资政鉴今。原先寄托于墓志铭之上的以人为镜、为史留照的功能自然趋于淡化，对于普通百姓来说，墓志铭不过是一种寄寓哀思、追怀先人的特殊文体。若强在墓志铭上彰显墓主的过失，不仅会大拂子孙之意，而且亦毫无必

---

① 王谠：《唐语林》，上海古籍出版社，1978年，第270-271页。

② 刘勰著，范文澜注：《文心雕龙注》，人民文学出版社，1958年，第214页。

③ 姚鼐：《古文辞类纂》，上海古籍出版社，1998年，第4页。

④ 转引自魏禧：《答友人论传志书》，《魏叔子文集》，中华书局，2003年，第295-296页。

要。对于间阎小民、芥微之官来说，他们的是非得失在滚滚的时代大潮中无关紧要。更由于他们的碑志文受众有限，抉其善固不足以助推社会进步反令后嗣寒心，揭其失更不能引起邻里亲朋之外的更大群体的反思，实属无谓。由此看来，魏禧提出将碑志文仅视作一种劝善教化的文体，是顺应碑志文发展大势的通达之语。

三、“虚誉其亲”的碑志文的效果与墓主子孙的初衷背道而驰，于墓主本人亦不利

魏禧强调碑志文的惩劝功能要大于其实录的意义，并不意味着魏禧完全认同那些满纸谀辞的文章。相反，他认为过分颂扬的文章毫无生命力可言。“今人作叙，颂谀满纸，极天下古今之美，萃于一人，犹若未足，作者厚颜，受者喜色。然贻笑大方，应时磨灭，正如土偶负木偶以涉川流，身先溃散耳。”① 魏禧犀利地指出，在喜誉恶贬的孝子贤孙们的夸大其词和厚颜寡耻的创作者的满纸颂谀的共同作用下，墓志文已失去了其流传下去使后人仰慕效仿的价值。更值得注意的是，魏禧体贴人情，没有从纯洁文体的角度反对虚美之辞，而是站在“孝子慈孙”的立场上来阐明问题。他指出以不实之词来赞美父祖，从实际效果来看，也是有害无益的，非但不能扬亲名、显亲志，反而会有厚诬其父祖的风险。魏禧在《答孔正叔》中深切地谈到虚誉其亲的危害：

> 善善虽长，不敢为不实之誉。此岂独于子弟交游，在所必慎；即尊亲如祖父，亦不可奉以虚美，使吾亲为声闻过情之人。且人之善否，宗族亲党未有不知。吾九实一虚，则人将执虚例实，既因一事以没其九，而人情不服，必加谤訕，是求荣而反辱也。故曰，虚誉其亲与自谤其亲等。吾辈立言，自有本末，即此便是立身大节，不可以为迂且小而忽之也。大约世俗好谀，人已同声，以至生死谬误，忠佞倒置。家有谀文，国有秽史，袭伪乱真，取罪千古，皆自一念之不诚始。②

此语是魏禧颇有心得之言，的确发前人所不发，非洞悉人情者所不能道。其理论新颖切用，言之有据，论证严密，令人叹服。道、咸年间的学者吴荣光

---

① 魏禧：《答石潮道人》，《魏叔子文集》，中华书局，2003 年，第 349 页。

② 魏禧：《答孔正叔》，《魏叔子文集》，中华书局，2003 年，第 350 页。

在他的《吾学录初编·丧服》中将魏禧的此段议论作为撰写墓志文的标准，可见其立论的合理性得到了广泛的认同。叔子直截了当地指出“虚誉其亲与自谤其亲等”，足以警醒孝子慈孙之心。而其对原因的分析，更令人深思无穷。他说，“虚誉其亲”的文章中必有不实之词，必有墓主未曾说过或践行的嘉言懿行，一旦被人识破其为虚，那么就会对整篇文章的真实性产生疑问。即使墓主的确做过文中提到的其他善行，也会遭到人们普遍的怀疑。如此，原本打算颂扬父辈的努力也都付诸东流了。从客观效果上来说，刻意的赞美反倒成了埋没祖父善行的手段。故而他在《三原申翁墓表》里重申此论：

> 世之人莫不欲归善于其祖父，此孝子慈孙之情。然前人有善而弗彰，谓之不孝；无其善而矫饰之，其罪与不孝等。盖欺世盗名，诬其祖父，既贻先人以非君子，至世必不可欺，则其名因而加损。何者？喜诚恶伪者，人之情。人情不乐以美善归人，况矫而饰之，则其不平之情必将有所发。①

因此，魏禧虽然更重视的是碑志文的劝惩意义，但也没有为了赞扬或惩戒而大事铺张，达到罔顾事实的地步。魏禧为文，追求的是有益于世的作用，从这个意义上来讲，他对他的写作行为本身就有某种神圣感的自觉。即使在写作这些应酬性的文章时，魏禧也保持了高度的责任感，没有因为其无关经国大事就虚与委蛇。他在回答朋友批评他的碑志文的信中这样写到他的写作心态：“禧谬以文章知于人，所属碑版有出于习见闻者，有据状缀缉者，岂能无失如尊指所云。然苟属己所知，则虽为书美，然实斟酌轩轾，必不敢以私交私意，大失其情实，以欺天而罔人。禧常以谓作文者毋轻毁人，一点一画，在上在左右，赫然有鬼神临之；匪惟毁人，誉人者，其在上在左右，亦赫然有鬼神临之。”② 这种写作过程中的神圣感，使得魏禧的碑志文虽多有赞美之词，但毕竟没有大失情实。正是这种写作时慎之又慎的心态，魏禧在没有拂逆请托者的颜面的同时又达成了以文章来劝惩救世的文学理想。

---

① 魏禧：《三原申翁墓表》，《魏叔子文集》，中华书局，2003 年，第 947 页。

② 魏禧：《答友人论传志书》，《魏叔子文集》，中华书局，2003 年，第 295 页。

第二节　魏禧与明遗民群体对寿序文的再造

寿序文，作为赠序的一种变体，滥觞于宋元，至明中叶遂蔚为大观，李梦阳、王世贞、屠隆等名家作手皆有大量寿序文传世，归有光文集中更收有寿序文多达七十六篇。寿序文风行天下，尤以江南为甚。对寿序文写作极有经验的归有光就说："吾昆山之俗，尤以生辰为重。……富贵之家，往往倾四方之人，又有文字以称道其盛。考之前纪，载吴中风俗，未尝及此，不知始于何时。长老云，行之数百年，盖至于今而益侈矣。"① 随着这种风气的蔓延，大批文人加入寿序文写作的队伍，寿序文的数量遂与日俱增，其中有不少更被编入文集。到清初黄宗羲编《明文海》时，已专门将寿序文列为一类，正式从文体学意义上确认其在文学世界中的地位。寿序本由赠序衍生而出，"君子赠人以言""致敬爱、陈忠告之谊也"②，本应是其最主要的文本意图。可是，一旦回到寿序文的具体创作环境，情况又大不一样。寿序文产生于庆祝寿诞之喜庆场合，从情理上来说，宜言喜而不宜道忧；所赠言之人多为年长之人，更不宜语含讥刺，言藏针砭。铺陈喜庆、颂寿扬德等就成了寿序文最当然的主题倾向。随着寿序文的泛滥，其写作门槛不断降低，至如归有光所说，"横目二足之徒，皆可为也"③。久而久之，寿序文渐被视作"应酬之文"的典型代表，为大雅君子所不屑作，成为文学世界中的底层文体。究而言之，寿序文大多虚美隐恶，夸饰其辞，且多沿定规，被人鄙夷也理所当然。这一状况到明遗民时代才有所扭转，寿序文于此时产生的变化在其文体发展史上极有意义，颇有"中兴"意味。这一现象自清代以来渐不为人注意，本文拟对此作专门研讨。

一、求新立异：明遗民再造寿序文的逻辑起点

必须确认的是，明遗民群体的文论主张与传统寿序文"谀辞溢美"的文风是格格不入的。明朝覆灭后，士人们追思明朝灭亡的原因时，将士风之堕、文气之浮当作罪魁之一。鉴往知今，许多遗民开始强调文章的实用性，尤其推崇有关国计民生的经世之文。顾炎武即是当时主张文学须经世致用的代表，他

---

① 归有光：《默斋先生六十寿序》，《震川先生集》，上海古籍出版社，1981 年，第 282 页。

② 姚鼐：《古文辞类纂》，上海古籍出版社，1998 年，第 2 页。

③ 归有光：《陆思轩寿序》，《震川先生集》，上海古籍出版社，1981 年，第 335 页。

认为“若夫怪力乱神之事，无稽之言，剿袭之说，谀佞之文，若此者，有损于己，无益于人，多一篇，多一篇之损矣”①。寿序文作为“谀佞之文”的代表，理当为遗民摒弃不作。事实上，在大批遗民的现存别集中，也完全不见寿序文的踪影。但同样有一批遗民，身后却有大量的寿序传世，且其中大多数都作于入清之后。如极力推崇文学实用价值的魏禧，其集中现存寿序文就有五十余篇之多。另外如沈寿民、钱澄之、归庄、黄宗羲、徐枋、李世熊、陈瑚、顾景星、彭士望、陈恭尹、屈大均、李邺嗣、陆世仪、王弘撰、陶汝鼐等人现存寿序文数量亦相当可观，这些人的寿序文也正是本文的重点考察对象。

寿序文发展至明清之交，早已“恶名昭彰”，引起许多文士的不满。毛奇龄直斥其为“明代恶习，亟宜屏绝！”② 坚守气节的明遗民们对此类溢美不实之文抱着一种本能的羞耻心。陈确的《示儿帖》就说到这样的事：“丙申秋病，中戏为宗贵作寿诗，多夸毗之词，吴裒仲委书致规。自此绝不复妄谀寿。”③ 而写寿序的遗民都是谄佞夸毗之人吗？显然不是。如有五十余篇寿序文的魏禧就是典型的遗民，不应科举、不入公府、力辞博学鸿词征辟，皆是其铮铮气节的表现。徐枋更是苦心守节的遗民代表，独处荒村，以至“始终裹足不入城府”④，非常注意本人的操守。他曾这样坦露心迹：“以仆今日所处，一与世接，便是祸机，何也？从之则改节，违之则忤时，忤时祸也，改节尤祸也。”⑤ 以上列举的归庄、钱澄之等人的志节也不逊于不作寿序文的顾炎武等人。

事实上，以魏禧为代表的明遗民们对寿序文做了大量的理论反思与革新尝试。寿序文在他们笔下开始焕发生机，一洗以往之陈腐窠臼，其格调与结构、辞藻等相比以前都有极大的提升。明遗民对此前寿序的弊端有深刻的洞见，如归庄就这样评价寿序的写作基调和模式：“不过铺扬名德，艳羡高位，颂祷长年，誉谀子孙。”⑥ 纵观明遗民们所创作的寿序文，求新立异意识特别明显，常常凸现出不同于俗套的气概。

---

① 顾炎武著，黄汝成集释：《日知录集释》，上海古籍出版社，2006 年，第 1079 页。

② 毛奇龄：《古今无庆生日文》，《西河文集》//《景印文渊阁四库全书》（集部第 1321 册），台湾商务印书馆，1986 年，第 332 页。

③ 陈确：《示儿帖》，《陈确集》，中华书局，1979 年，第 386 页。

④ 朱彝尊：《静志居诗话》，人民文学出版社，1990 年，第 587 页。

⑤ 徐枋：《与王生书》，《居易堂集》，华东师范大学出版社，2009 年，第 61 页。

⑥ 归庄：《吴蘧庵先生八十寿序》，《归庄集》，上海古籍出版社，2010 年，第 242 页。

这首先表现在遗民们于寿序文中刻意彰显其遗民身份，强化主体意识。寿序文自从其诞生之日起便蒙上喜庆祥和之色彩，做寿之人是当之无愧的主角，而寿序作者的形象则湮没不显。遗民们在行文中，常凸显本人的遗民、处士身份，表示不同流俗，寿序中平添些略苍凉愤懑之气。归庄的《丁九贡先生七十寿序》说："世俗寿序，例求名公巨卿，今不彼之求，而以处士之文为重，此其意可尚也!"① 表面上是赞扬乞序之人，实是标榜本人的处士身份，以及不同于世俗的立场。在《吴梅村先生六十寿序》中又自称"山野穷贱、孤独之人"②，相较于世俗庸碌之人，归庄倒似乎更乐意以"贫贱骄人"。类似这样的陈述，在遗民所作寿序文中不胜枚举。这也正是"知人论世"文艺观传统在遗民文章中的自觉体现，遗民们也在通过突出其不苟于俗的立场有意无意暗示其寿序文的不同凡俗。

其次，在寿序文的主题展现上，遗民们也往往别出心裁，充分体现出对传统寿序文创作模式的反叛与逃离。传统寿序文"不过铺扬名德，艳羡高位，颂祷长年，誉谀子孙"的写法在遗民那里被或多或少地摒弃。魏禧就曾明白地说："今予新知雷生，遽以谀言奉其亲，文虽工，恶足贵?"③ 遂不歌扬功德，而说闽地遗民事。对于地方官员也是如此，《周左军寿序》说："爱公者，皆愿公寿考蕃祉方长而未有艾也……予故不敢以世俗之浮谈为公颂。"④ 归庄对于寿序文的弊病有深刻的反省，在实际创作时更是力避此弊。如《族祖元祉暨陈硕人双寿序》文末道："不过道其所固有；其他颂谀之辞，文章家之所忌，有所不能，并一切世俗之仪，亦遂已之。"⑤ 而大力赞扬其不应科考之举。《大理寺丞李先生六十寿序》则首先批评其他庆贺李氏寿庆之文"度作者之意，大抵称颂立朝之事，逊荒之节，感慨于治乱升沉之际，当不甚相远，先生已倦于听闻矣"⑥，随之果断另辟蹊径，全文别具手眼。而徐枋对寿序文创作主题的思考，可作为遗民处理此类题材的准律。他说："人生享上寿，于其所阅百年之内俯仰身世，而无关于国家治乱之数，不足观感世道之兴衰，虽有细

① 归庄:《丁九贡先生七十寿序》,《归庄集》, 上海古籍出版社, 2010 年, 第 257 页。
② 归庄:《吴梅村先生六十寿序》,《归庄集》, 上海古籍出版社, 2010 年, 第 261 页。
③ 魏禧:《泰宁雷翁七十寿序》,《魏叔子文集》, 中华书局, 2003 年, 第 574 页。
④ 魏禧:《周左军寿序》,《魏叔子文集》, 中华书局, 2003 年, 第 575-576 页。
⑤ 归庄:《族祖元祉暨陈硕人双寿序》,《归庄集》, 上海古籍出版社, 2010 年, 第 244 页。
⑥ 归庄:《大理寺丞李先生六十寿序》,《归庄集》, 上海古籍出版社, 2010 年, 第 250 页。

善，又何述焉。"①

虽然魏禧笔下的寿序文数量在明遗民群体中名列前茅，但其几乎每一篇都力图规避既有的惯例俗套，善于从庸常的人生中寻找闪光之处，更长于从他人的生平遭际性格入手来发表自己对社会人生的看法。比如《归元公六十叙》是魏禧为清初有狂士之名的著名文人归庄所作。魏禧在文中大谈何为真狂，可作一篇"狂论"观。重点在这样一段话："其初不无跅驰之患，终无有败辕折轴之变。是故人不拘小节，而大闲不可踰。上与古人为徒，当世之人有所不必较。气不可一世，遭其人一言之善、一行之得，则虚心乐为之下。此乃古之真狂。"② 可见，真狂士并不一味傲世疏狂，更能折节下人。此文结尾处又呈现文人所应具有的风骨与傲气，不应藉他人而成名，其言曰："人藉先世以为名，此庸丈夫耳。以元公文学与人，虽使上世微，不登于世族，亦足自寿。"③ 传统寿序的色彩在此被洗刷净尽。

客观来说，由于寿序文体例所限，"难工易俗"，即使在遗民笔下，亦不乏可议之处。但不容否认的是，他们已开始对寿序有所反思，并开始求异求新；即使文中有寿序文沿袭常套，他们对此亦有清晰的认识，如钱澄之的《田间文集》十八、十九卷皆是寿序，第十九卷是寻常颂寿之作，第十八卷则变态横生，大放精彩，有明显的分体意识。讨论寿序文发展脉络，更应关注其新变之处的意义。正是缘于求新立异的意识，遗民笔下的寿序文开始冲出传统颂祝的藩篱，在格调境界与创作方式上都有了一次巨大的提升与飞跃。

二、告别俗言：明遗民寿序文的格调提升

方苞谈起归有光的寿序文时说，"震川之文，乡曲应酬者十六七，而又徇请者之意，袭常缀琐，虽欲大远于俗言，其道无由"④。此语虽是由评论归文而发，实可以概括传统寿序文的整体特征。明朝灭亡前，江南承平数百年，寿序文称颂的对象多是太平官吏或乡里老者，生平多无大事可记，"袭常缀琐"也就成为必然的选择。归有光文笔更以擅写琐事著称，后来寿序文沿袭其文风思路也渐成常态。到了遗民们写寿序文的时代，天下多故，祝寿对象中不少为

---

① 徐枋：《吴母徐太夫人八十寿序》，《居易堂集》，华东师范大学出版社，2009 年，第 148 页。

② 魏禧：《归元公六十叙》，《魏叔子文集》，中华书局，2003 年，第 557 页。

③ 魏禧：《归元公六十叙》，《魏叔子文集》，中华书局，2003 年，第 557 页。

④ 方苞：《书归震川文集后》，《方苞集》，上海古籍出版社，2009 年，第 117 页。

身经沧海、劫后余生者，加之遗民多以经世之文自负，故寿序文的格局在明遗民的笔下豁然变得阔大，其感慨范围由乡曲琐事扩展至天下局势，其格调亦从歌功颂德演变为兴亡之思。

就身份认知而言，明遗民们多定义其自身首先为前朝的孤臣遗老，对明朝沦亡原因的痛苦思索以及对重建世风的努力尝试是其常见的思考命题。心之所注，故时时有所表露。寿序文也不出例外地成为其思考天下兴亡的由头，这在遗民文章中已成常态，如福建遗民李世熊说得就很直接："余谓祝孝子寿，非祝孝子也，乃为天下祝耳。浮文非所诵也，质言之而已。"① 本来是一个很平常的颂扬孝子的文章，经其大笔挥洒，变为重整天下孝道纲常的雄文。魏禧为阎若璩之父阎修龄所作的《阎再彭六十序》则由其丧妻后不再娶引出义夫之说，与其《义夫论》相表里，还是由"自人伦道丧，君臣、父子、兄弟、朋友咸失其位，唯夫妇之恩不教令而能"而发，充满着重建道德秩序的意义。李邺嗣寿黄宗羲之文在这一点上说得更为明确："若吾党之言，则非复一人之私也。为吾道之重也，为天下后世言之也。"②

如果说谈论道德重建是由寿序文颂寿美子的惯例引申而出的话，那么在其他问题上的思索就远不是传统寿序文体例所能限制的了。黄宗羲谈到过其一般不作寿序，作则必另有所为，"不欲为应酬之文。年来刻启征文，填门排户，不异零丁榜道。余未尝应之。一二共学之友，松欣柏悦，岂得无情？一年之中，寿序恒居二三。盖即藉以序交情、论学术，与今所应征启文词不类"③。作为阳明一脉，黄梨洲在这方面努力践行"知行合一"，如其《钱屺轩先生七十寿序》由其子钱汉臣求教作文之法谈起，通篇谈文论学，然后由"人非流俗之人，而后其文非流俗之文"，才提到钱屺轩，随后又继续大谈明代古文史，本该在传统寿序中备受赞扬的主人翁在这里完全成了行文中的点缀。其他如《寿张奠夫八十序》谈儒学传承，《仇公路先生八十寿序》谈明末八股文概况及其弊病，《范母李太夫人七旬寿序》讨论馆阁、缙绅、布衣文学之发展历程，如是等等，可谓篇篇不落窠臼。

学术的兴衰起伏只是遗民寿序文的主题之一，直接关系天下兴亡利病的制

---

① 李世熊：《伍君某甫六十寿序》，《寒支初集》//《四库禁毁丛书》（集部第89册），北京出版社，2000年，第434页。

② 李邺嗣：《黄先生六十序》，《杲堂诗文集》，浙江古籍出版社，2013年，第450页。

③ 黄宗羲：《张母李夫人六十寿序》，《黄梨洲文集》，中华书局，2009年，第506页。

度因素如学校、科举、吏治等更是明遗民重点关注的话题。在寿序文中推求兴衰之故，遗民多曾为之。黄宗羲在《诸敬槐先生八十寿序》中重点谈到“今日致乱之故”，在遗民们看来，晚明以来事事崩坏，致乱之故，颇非一端，今日若重整人心，自非一事。归庄《天长司教谕张先生六十寿序》论“学校日轻”“其职任之轻尤甚”[①]。李世熊《谢太翁寿序》抨击“卑卑科举俗学”[②] 误尽天下士子，讨论青年的出路。钱澄之《魏子存初度序》指出当时“吏道杂而多端，居官者争以击断能文致人罪者为能胜任，锲刻惨忍之术日异月新。而有以宽厚仁恕为心，不为俗习所移，利害所惑，斯真长者矣”[③]。其追述汉代吏治清平之由，亦隐隐然有箴规之意味。明遗民论及某事往往因人而发，据各自身份谈及相应之社会问题，既能畅所欲言，又不流于泛滥无归。这点在魏禧的身上表现得最明显，其做寿序文五十余篇，虽部分篇目略有应酬之嫌，但大多做到有为而发，如对士子谈立志，对督抚谈为政，对遗民谈隐逸，对文人谈学术，无不具有针对性，可作遗民寿序文在内容表现上的代表。

明清之交，天下动荡，清廷对民间的盘剥亦甚严苛。尽管明遗民们心忧天下，对兴亡治乱都独有看法，但回到具体的历史情境，他们大多都是徘徊于社会中下层的普通文士，对清朝的暴政多有切肤之感，加之普遍的反清经历，心中的不满常在文章中不择地而出，即使寿序文亦不例外。如徐枋穷居乡野，深处底层，对清廷的苛政感受尤深，在为一位多次帮助他的平民作寿序时，大谈自己的遭遇，并延伸到对清朝的控诉上。“十年以来，天下嗷嗷，以租赋为祸，而余独得超然事外，悠然适吾避世之志者，君之力也。”[④] 归庄的批判锋芒则更为锐利，直指清朝体制之弊与官吏之暴。他在被迫为一个清朝官员写的寿序中，在劝为官守德之外，还谈到反例，说：“今之以藩臬分司及管理诸务者，往往置职守于不问，惟知朘民膏以充己橐，于是兼职愈烦，则利孔愈多；利孔多，则大吏皆视为脂膏之地，责望之愈深，则其所以奉之者，不得不愈厚……于是民心怨恨，谤讟繁兴，毋论大吏不能终庇，簠簋不饬之议，将随其

① 归庄：《天长司教谕张先生六十寿序》，《归庄集》，上海古籍出版社，2010 年，第 255 页。

② 李世熊：《谢太翁寿序》，《寒支初集》//《四库禁毁丛书》（集部第 89 册），北京出版社，2000 年，第 436 页。

③ 钱澄之：《魏子存初度序》，《田间文集》，黄山书社，1998 年，第 347 页。

④ 徐枋：《布衣张苍眉六十寿序》，《居易堂集》，华东师范大学出版社，2009 年，第 153-154 页。

后；即亿兆人之诅，亦足以干天神之怒，召祸淫之罚，安得有吉祥寿考之理乎？”① 此文名为寿序，不啻箴铭，称之为檄文亦不妨，在当时一派颂扬的寿序文中堪称杰出别构。

同样是为清朝军政长官作寿序，魏禧亦决不涉于夸荣称耀，而是要借机表达其为政观念。因此，魏禧的此类寿序文亦可作政论读。比如其《周左军寿叙》褒扬周氏征讨盗匪的功劳，重点落在阐发“天下有杀人而为积德”的新论。其理由如下：“残贼殃民者，虽师出有名，固国法所不容，而亦敌人所必杀。盖害人之生者，则必无所容其生于天地之间。”② 但我们决不能因为这篇寿序便武断地认定魏禧为一嗜杀之徒，他在《湖南道王公六十寿叙》里又表达了看似完全相反的观点。是篇赞美王氏行军时不以“因粮于敌”为借口而残害民众。可见，魏禧对地方官的态度并不为表面的现象所左右，而是取决于其是否有爱民护民的举措。

遗民们要面对与处理的困境不仅包括经济地位的不断下移、社会生活的动荡、满族政权的苛政、复国无望的愤懑，还包括必须承受不被世人理解的忧惑以及遗民群体日趋瓦解的现实。相比起高歌慷慨的壮怀激烈，如何正面表达内心的惶惑，则在明遗民文学中出现不多。魏禧的寿序文中则时时表现这一主题，尽管表达策略是比较隐约的。如《诸子世杰三十初度叙》中就有这样一段话：“方乙酉、丙戌以来，初罹鼎革，夫人之情怅怅然若赤子之失其慈母；士君子悲歌慷慨，多牢落菀勃之气；田野细民亦相与思慕愁叹若不能以终日。及天下既一，四方无事，人心安于太平，而向之慷慨悲叹遂亦鲜有闻者。”③ 这里得出的“悲歌慷慨”与“人心安于太平”的心态消长，已暗示出遗民的生存处境之艰忧。魏禧挚友彭士望评此文时有言：“微意仍未尝说出，最可玩。”大抵即指此意而言。

寿序文因人而起，为人而作。当以遗民为书写对象时，不免要缅想遗民生涯，寿序文遂成为最适合表达这一主题的文体之一。就展现遗民真实生活境况的力度和密度来看，其功能绝不逊于传状、墓志等传统传记性文体。徐枋曾在寿序中讨论遗民存在的意义，是：“契阔艰难，迍邅变革，卓然孤立，峻节不

① 归庄：《太参驿传道罗公寿序》，《归庄集》，上海古籍出版社，2010 年，第 264-265 页。
② 魏禧：《周左军寿叙》，《魏叔子文集》，中华书局，2003 年，第 576 页。
③ 魏禧：《诸子世杰三十初度叙》，《魏叔子文集》，中华书局，2003 年，第 579 页。

回，以故国之一身，系民彝于未坠。”① 又说：“圣人之道，载于六经，儒者明经以荷道。故吾身存，有与俱存；吾身亡，有与俱亡者矣。苟蹈小节而轻吾身，是使经不传而道不明也。”② 黄宗羲亦认为遗民为中华道义“星火之寄”③。就遗民之具体生活情境，寿序文亦多鲜活的刻画。彭士望这样描述李世熊的生活，“先生既以才名为八闽之冠，人咸争趋。及退伏，不交州府，独好客。客四方至，至则相与引满酣醉，笑哭不伦，或为诗歌唱和，奇气郁勃，不可偪视”④。徐枋对杨炤在某次筵席上由喜转悲的描述，也历历如画，最为动人。遗民生活之困苦，坚守之艰难，亦是此类寿序文中的常见话题。徐枋的另一篇寿序《张征君德仲先生七十寿序》就将遗民的困境展示得极为生动：“当世之初乱也，时之所谓一切处士，未尝不引身自闳，遁水逃山，然不数年而处者尽出矣，而欲其固穷乐道，绝尘不返，历二十年而无变者，又岂可得哉？今者筑室于荒江野岸之旁，一与农民田畯为伍，抱瓮而汲，披裘而钓，躬畊自资，逝将终身。”⑤ 高寿对常人而言自是喜事，对遗民来说却是验证其志节的试金石，故以遗民为对象的寿序就反复围绕这一点来做文章。黄宗羲在寿徐掖青时说：“靖节甲子，依斋易卦，年运而往，突兀不平之气，已为饥火之所销铄……落落寰宇，守其异时之面目者，复有几人？”⑥ 在这声声赞叹中，未始不是同为遗民的作者的心期自许。

明遗民的寿序文的书写对象以同为遗民的士人或其亲属为多，互写寿序的例子亦所在多有。如浙东遗民李邺嗣作有《黄先生六十序》，黄宗羲则回赠《寿杲堂先生五十序》等等，都是遗民之间的声气相应，叙交往始末，论学术传承、志气砥砺以及黍离之思，融入深沉的生命体验。魏禧与朋辈诗文往来也有互赠寿序的现象。比如彭士望在魏禧五十一岁时作有《魏叔子五十一寿序》（1674），魏禧在五年后彭士望古稀寿辰时以《彭躬庵七十序》来称觞祝寿（1679）。魏禧此文一改俗套，没有揄扬寿者的高爵显名遐龄荣遇等世俗荣耀，虽然彭士望的文章道德气节等都足以称道。魏禧在文中主要回忆其与彭士望的

---

① 徐枋：《李侍御灌谿先生七十寿序》，《居易堂集》，华东师范大学出版社，2009 年，第 163 页。

② 徐枋：《郑老师桐庵先生七十寿序》，《居易堂集》，华东师范大学出版社，2009 年，第 162 页。

③ 黄宗羲：《宪副郑平子先生七十寿序》，《黄梨洲文集》，中华书局，2009 年，第 500 页。

④ 彭士望：《李元仲七十序》，《躬耻堂文钞》//《四库禁毁书丛刊》（集部第 52 册），北京出版社，1998 年，第 125 页。

⑤ 徐枋：《张征君德仲先生七十寿序》，《居易堂集》，华东师范大学出版社，2009 年，第 160 页。

⑥ 黄宗羲：《寿徐掖青六十序》，《黄梨洲文集》，中华书局，2009 年，第 503 页。

交往经过，谈两人最初相识的场景，奕奕如生地刻画“两人山居，争论古今事及督身所过失”的情景，着重以彭氏与其交往为引子，讨论朋友之交对于穷乡士子成长的重要性。如其所言：“且夫一乡一曲莫不有忠信之士、可寄托之人，然而贤人君子之足名于天下后世不多见者，则何以故？盖无特达伟俊之人，为之开发其胸智所不知，夹持其力所不及，而俗师小儒又以其鄙志陋识自私自利之学术教导而薰陶之，是以虽有美质，终于汩没，而不能自立以有成也。”① 彭士望长于魏禧十四岁，在避乱宁都前早已游历南北，参与史可法幕府，亲历易代之际的重大事件，其眼界阅历给当时还是乡间少年的魏禧带来怎样的震撼，已不言而喻。故而魏禧三十五年后为彭士望作寿序时，还能动情地回想描述当年的场景，历历如在眼前。如此饱浸着个人独特情感体验而又有伟论卓识的寿序，在当时也是少见的。

曾有学者谈及文学之内容与功效，认为有“论学”“匡时”“纪事”“达情”“观人”“博物”② 六端。以魏禧为代表的明遗民的寿序文已远逸出传统“祝寿佐觞”的藩篱，其表达功能与以上六端若合符契。其讲儒学千百年之变迁则于论学，论科举世风亦是匡时之言，纪事则述朋辈聚散之迹，达情则多叙沧海变易之思，气韵生动的遗老形象由此得显，而山川景物亦因此而连及。寿序文的表现内容，在清初三十年的遗民笔下第一次显得恢宏壮阔，而绝不限于“袭常缀琐”。

三、突破常套：明遗民寿序文的艺术创新

姚鼐在《古文辞类纂》“赠序类”卷三十四选录寿序文，为其理想中的寿序正格。四篇皆为归有光所作，分别为《周弦斋寿序》《戴素庵七十寿序》《王母顾孺人六十寿序》《顾夫人八十寿序》。就篇章结构而言，多是先铺叙寿星的生平事迹与德行品质，最后说明写作缘由，点明祝寿之词。由于归有光卓绝的文坛声望和数量丰富的寿序文创作，后来的寿序文多以此为模板，遂成陈陈相因之习，毫无文学价值的“应酬之文”的称号也更为坐实。而明遗民笔下寿序文追求立异求新，不仅在内容上与前代有所不同，在谋篇布局上也多有创新。

---

① 魏禧：《彭躬庵七十序》，《魏叔子文集》，中华书局，2003 年，第 603 页。

② 姚永朴：《文学研究法》，凤凰出版社，2008 年，第 31-35 页。

就归有光所作寿序文来看，寿序本应是叙论并重、甚至叙重于论的文体。到了明遗民那里，这一定则也开始被打破。前文所引遗民纵论天下大事的寿序文多还是有叙有论，不过谈论的对象不是仁、孝、德、寿等常见话题而已。实际上有的寿序则几乎可以完全视作“论”，寿序本有的文体特征彻底被模糊化。彭士望的《黄缉维进士五十序》就直接从“进士”两字着笔，论当时科举之积弊，士风之卑污，仅在最后才简略提到黄氏。钱澄之的《赠魏交让五十初度序》完全就是一篇遗民隐士论，通篇谈论遗民的心态与隐居的理由，魏氏在文中不过就是引起话题的人物而已。类似这样的文章，在遗民文集中所在多有，尤其是黄宗羲“论学术”的寿序，多是采用此种写法。有的寿序虽然不可视为“论”，还属于序体文的范畴，同样模糊了寿序的内涵。李邺嗣的《王无界先生七十序》名为寿序，实际上可算作一篇“诗序”，其本人就在文中说得明白：“今年先生年七十，里中诸公俱有所赠言，为先生酒，而余则独与之论诗。”① 除此处在末尾谈到写作缘由时提到王无界，通篇皆在论诗，抨击陈腐的复古诗学观。

归有光的《王母顾孺人六十寿序》在其寿序中堪称别创，文章主体部分皆是孝子陈述，首尾点明事由而已，胡韫玉评《王母顾孺人六十寿序》曰：“就乞序人之所言以作序，是文章讨巧法。纯以子敬之言为主，不加论断，是应酬之作。”② 这种“就乞序人之所言以作序”的笔法在遗民寿序中颇有应用，并被加以改造，在某种程度上已不得算作“应酬之文”。这在魏禧那里表现得最明显，魏禧往来江南，卖文为生，以此法为文也算得方便法门，难能可贵的是其能在陈规上别出新意。如《吴母五十序》中层层引述乞序人赞颂母德之言，又不断以“妇德之常”“妇德之余”等理由加以否定，最后因吴氏能力御暴客对其加以称赞作文。全篇由《左传·曹刿论战》转化而来，在人物语言与神情动作的刻画上亦更为生动，于寿序的陈腐格套中也是别有气象。其他如《阎再彭六十序》《欧阳期伊五十叙》、彭士望的《刘翁九十寿序》、黄宗羲的《寿张奠夫八十序》、钱澄之的《大司寇徐公健庵初度序》等皆是以对话体结撰全文而别有创获。

传统寿序文中，做寿之人本是当之无愧的主角，享受着赞美或溢美，所有

① 李邺嗣：《王无界先生七十序》，《杲堂诗文集》，浙江古籍出版社，2013年，第454页。
② 转引自吴孟复、蒋立甫编：《古文辞类纂评注》，安徽教育出版社，2004年，第1121页。

的文辞、语句皆围绕其展开。在明遗民笔下，这种主角身份常常受到来自各方面的挑战。上文提到的以“论”的面目出现而隐没人物形象的暂且不论，仅是叙事畅达的寿序，也未见得全是以寿星为主要人物。或是反客为主，另一人物成为寿序的赞美对象。如魏禧的《欧阳期伊五十叙》借欧阳本人之口赞美其母抚养其长成之劳，并反思道：“夫人情举子晚则爱之重，幼孤则益骄，某是以幼失学，壮厕子衿而佻达不改，无有所成德以光荣吾母，某罪重矣。”① 名为寿子，实即颂母，主宾位置完全颠倒，故有人称此文“于寿文中又出一格矣”。或主宾错置，不分轻重。魏禧的《熊见可七十有一序》并叙熊氏子熊颐，在往事追述、性格描写上，父子二人俱用同幅笔墨。再如朱鹤龄的《寿黄母六十序》兼及母子二人，叙母亲黄氏深明大义、儿子叙九安贫乐学，最后引申至何以养亲的问题上。归庄评曰：“既以教为子者，又以劝为母者，如此作寿文，求之者必寡。”② 而黄宗羲的《高辰四五十序》，本为寿高，而连及徐掖青、高旦中、万履安、祝哲先等人，在对众人的描述中，高辰四的形象也并不特别突出，如此反倒展示出这浙中遗民的群体特征。

遗民们在寿序中不仅常连带叙及他人，也常将本人的经历、情感投射其中，实质就是主体性的彰显，瓦解寿序文本有的文体特征。借他人寿序来表现兴亡之感，是遗民惯用的方式。如钱澄之的《左眠樵初度叙》在追述二人交往经历中寄寓深沉的感慨：“嗟乎！吾党交仅四十七年，凡人世之兴亡翻覆，变态万端，有古人数百年所未尝见者，皆于吾亲见之。间至皖上，过昔髯之遗墟，已为演武场，问其家，无遗种矣。即吾党一时共事之人，及与予同被党祸者，今犹有几人存乎？”③ 与此有异曲同工之妙的还有魏禧的《诸子世杰三十初度叙》，追述三十年来治乱之象后说：“自汝生至今时，皆与忧患为终始。其间治乱、成败、安危、愉戚之故，虽百岁之老，所经历有未及此三十年间者，汝不可不思其事。”④ 事实上，明遗民们多视诗文为情感寄托，如归庄所说：“有时感愤，辄悲泗流连；既知无可奈何，则托之风雅，寄之丝桐，宣其郁滞。”⑤ 在寿序文中也是如此，名为祝寿，实际在书写己之怀抱。如徐枋的

---

① 魏禧：《欧阳期伊五十叙》，《魏叔子文集》，中华书局，2003 年，第 608 页。

② 朱鹤龄：《寿黄母六十序》，《愚庵小集》，华东师范大学出版社，2010 年，第 167 页。

③ 钱澄之：《左眠樵初度序》，《田间文集》，黄山书社，1998 年，第 357 页。

④ 魏禧：《诸子世杰三十初度叙》，《魏叔子文集》，中华书局，2003 年，第 579 页。

⑤ 归庄：《与侯彦舟》，《归庄集》，上海古籍出版社，2010 年，第 311 页。

《杨隐君曰补六十寿序》，详述作者与主角的交游始末，二人的主次轻重不分轩轾，而遗民之悲却满溢纸上。在明遗民的寿序文中，表露同道之友谊，抒发家国情感的例证数不胜数。

在这种情境下，传统寿序文的原初状态开始变得面目全非。其乐陶陶的气氛被代替为凄婉苍凉的氛围或痛苦深刻的思索；而做寿人原先众星拱月的地位亦不复存在，作者或他人的形象开始喧宾夺主，在文本中造成一种众声喧哗的状态。这一切，都不啻为明遗民对寿序文的一次重大的破体与改造。既缘于特殊的历史社会背景及人生经历已不容明遗民们安详从容地创作单纯的祝寿佐觞之词，也因为明遗民对前代文章有重大反省，又对创作的意义视之过高，不肯轻率为文，魏禧的“吾辈寝食诗文，欲以文章接寿命，使身死而名存，自是本念”便是例证。这一切便造就了明遗民们在寿序文发展史上的特殊地位。

传统寿序文的祝寿佐觞的功能在明遗民的笔下往往被竭力淡化，甚至刻意回避。作者的个人色彩在寿序文中得到了彰显，文章格局亦开始变大，在某种程度上洗刷了寿序文作为“谀辞”的原罪。殊为可惜的是，遗民作为清朝的不合作者，其人其文都势必遭到官方的冷落和社会的淡忘。在清朝统治秩序完全确立后，遗民社会渐告解体，遗民的文集或被禁毁不存，或湮没不彰。他们对寿序文的改造之功连同其精彩的人生阅历以及卓越的文学成就一起隐退在历史的烟尘中，以至于后人提起寿序文便会联想到溢美谀辞。曾国藩，晚于明遗民大约二百年，其道德、功业、文章在清末都堪称卓绝，被尊为典型，他在《田昆圃先生六十寿序》中谈到寿序文的四种弊端时还说：“寿序者，犹昔之赠序云尔。赠言之义，粗者论事，精者明道，旌其所已能，而蕲其所未至。是故称人之善，而识小以遗巨，不明也；溢而饰之，不信也；述先德而过其实，是不以君子之事道其亲者；为人友而不相勖以君子者，不忠也。”[①] 从上文的分析可知，明遗民的寿序文正可作为曾氏推尊的典范。曾氏却恰恰不提，无论是其实在不知还是刻意回避，都是明遗民寿序文被遗忘冷落的证明。陈康祺的话就更为具体而极端，“每观近今名人集中，偶载一二，亦罕有不溢美者。本朝惟潘次耕检讨耒《亭林先生六十序》，颇有关系”[②]。谈到清代寿序文时，只推崇潘耒的一篇。这篇写给顾炎武的寿序不过是赞扬顾炎武的保存学术之功，

---

① 曾国藩：《田昆圃先生六十寿序》，《曾国藩诗文集》，上海古籍出版社，2005 年，第 127 页。

② 陈康祺：《郎潜纪闻》，中华书局，1984 年，第 146 页。

基调还是颂词，在思想深度、情感传达以及艺术构造等方面跟以上列举的诸遗民所著的寿序都是有一定差距的。可见陈康祺根本对清初遗民的寿序一无所知。到了近代，姚永朴在《文学研究法·门类》中谈到寿序文时，对其提出的标准仅是“所称无溢于实”[1]，可谓格局逼隘。明遗民的寿序文已远不止“所称无溢于实”而已，其立论之精彩、叙事之凝练、感情之深挚已将寿序文推向一个高峰。姚氏若有见于此，定会对寿序文别有一番评价。

若从归有光的时代算起，推至五四时期，寿序文在中国历史上至少存在了近四百年。四百年间，无数文人绵延不断的创作终于为寿序文赢得“虚美隐恶”的恶谥。清初遗民社会存在仅四十年左右，尽管遗民们的寿序文光焰万丈、性情毕显，或议论纵横，或感慨唏嘘，或娓娓道来，其中艺术成就绝不亚于其他任何文体。可这四十年间的别具一格的寿序文终究没有在四百年的历史长河中留下深沉的烙印，遗忘与失落反倒成为常态。也正是因为如此，遗民们的寿序文在今日才更值得重视，可为重新思考遗民社会以及寿序文本身提供另一种可能。

第三节　魏禧碑志文中的幽微叙事

明遗民徐枋曾经如此回顾其为文的历程与心态：“余自二十四岁而遭世变，即与世决绝，长往不返，其真隐之志，颇为海内所谅，则凡作为文章，亦非吾意也。其辞之不得而应辞者尝过半，应者止什四。而至于碑版传志之文，则辞者尝什九，应者止什一。然所应者又皆吾所欲为，即不请，或感激鼓舞以属之笔墨者，然后为之。若违心从事，仅仅谀墓，则百无一焉。”[2] 徐枋堪称当时遗民中志节最为坚韧而超卓者，其人不苟交友，数十年不入城市，宁肯穷饿自守，自然不肯为升斗之银而著谀墓之文。故而这段话，具有很大的可信度。从这里，我们可以推论，不能将“谀墓”之作与碑志文画等号，亦不能将碑志文统统视作无谓的应酬之文，更不能将魏禧的碑志文完全视作下乘。魏禧创作的一系列碑志文中亦寄寓着其深厚的家国之思与社会关怀，万不能因文体而对其有所偏见与加以忽视。

---

① 姚永朴：《文学研究法》，凤凰出版社，2008 年，第 27 页。

② 徐枋：《论文杂语》，《居易堂集》，华东师范大学出版社，2009 年，第 498 页。

魏禧撰写碑志文，固然其间不乏因他人所请而作的应酬之作，但即便是这样的作品，魏禧的撰文旨归也不是揄扬一人一家之善，他还有着更为深广的创作意旨。可以说，魏禧的碑志文，实现了从“言一家之私”到“言天下之公”的转化，完成了文体品格的超越。魏禧或叙或议，用笔或隐或显，或大言侃侃，或意在言外，在他的碑志文中，我们可以窥见明清易代的时代变迁图，感受清廷暴政给百姓带来的巨大痛苦，体会遗民在漫长岁月中的坚守与无奈，更为作者的卓识议论所吸引。

魏禧碑志文的墓主大多身历明清两代，他们的个人命运与国家的兴衰紧密共振。他们的生平阅历本来就有较大的话题性，给作者的叙事言志以很大的腾挪空间。魏禧眷眷于天下治乱之理，在书写这些亲历鼎革、身阅沧桑的人物时，他们的家国思绪总是不择地而发，适时而出。

对于易代之际的离乱，魏禧在碑志文中从不讳言。很多人可能难以想象的是，对于作为遗民的魏禧而言，碑志文也是其描绘明清丧乱场景的主要文体。魏禧的碑志文中不乏着眼宏观局势，痛斥统治者恶政的文字。如其在为商人作的墓志铭里，在表彰商人以金赎人的义举时，宕开一笔，揭露清廷在“扬州十日”中的罪恶，“乙酉之变，君自扬州避地金陵。当事下令：凡所俘扬州女子，许其家以金赎”[①]。类似这样的描述，多止于粗线条的勾勒，更有文学色彩并有感染力的是其对普通民众直接接触的战乱场景的描绘。魏禧的碑志文中，对明清易代之时万方多难、盗贼蜂起、百姓颠沛流离的情景有着具体入微的书写。如《谢太学君墓表》写道：“君之卒也，为乙酉九月。时义兵、群盗并起，所在持白棓掠人。”[②]“白棓”二字，非亲历者所不能道。再如《夏节妇碣文》的墓主殒命于兵乱之中，魏禧对其临终情境的描写，堪称神笔。“四年县城破，兵入，妇自刎其喉。”[③]虽寥寥数语，节妇的果决跃然纸上，读者更可想见当时乱兵劫掠的强横残暴。《姜母王少君墓志铭》与《姜氏乳媪墓铭》两篇，俱是魏禧为其遗民好友姜埰家族的女性而作，两人均饱受战乱漂泊之苦，故而魏禧在这两篇中即着力呈现她们在战乱中颠沛流离的惨状。《姜母王少君墓志铭》对王氏在两次战争中的心理感受刻画得纤毫毕现。为了表现叙

---

① 魏禧：《襄陵太学乔君继配史孺人合葬墓志铭》，《魏叔子文集》，中华书局，2003 年，第 970 页。

② 魏禧：《谢太学君墓表》，《魏叔子文集》，中华书局，2003 年，第 959 页。

③ 魏禧：《夏节妇碣文》，《魏叔子文集》，中华书局，2003 年，第 913 页。

述的客观性，魏禧以转述王氏子姜实节的“涕泣”之言为主。第一次为清军南下浙江之役，此时王氏与家人徙浙东。“兵奄至，家君独奉大母夜遁，妣与家人不知所向。时城中人尽窜走，妣偕两仆妇赵氏、徐氏夜出觅食，昼伏乱山深草中。”“时吴越间戎马塞途，妣乃呼赵氏为母，徐氏为姊，度二鼓，觅道间行，五鼓辄避匿，辛苦万状，然后达。”① 第二次为己亥年（1659）郑成功发动的长江之役。“方江上变作时，尝避兵夜行，傭乡人以二竹篮担余及妹，妣步行从之。经古墓道，阴崖灌莽，闻鬼哭声。至今念之犹心悸，毛发寒磔也。”② 魏禧于此搁置政治立场，主要着眼于战争本身对民众的伤害。如此具体鲜活的情节，正史罕所载，野史希所收，其对于了解民众的避难生活，弥足珍贵。由一知百，当时普通民众在战乱中所承受的惊悸与绝望也由此可以窥见一斑。归庄曾评此文曰：“叙致如画，于无紧要中着一二语，便自关系。古人所谓小中见大者如此。”③ 可谓探得此文之三昧。《姜氏乳媪墓铭》则描绘出另一种场景，普通百姓被“敌”虏获后如何艰难求生的苦楚被刻画备至。其间细节，不胜凄楚。兹举一例，以概其余。“方在敌营时，媪数向敌乞枣栗啖我，辄受鞭箠弗顾，敌与同掠人皆笑之。”④ 比较这两篇碑志文，虽然同样写姜氏家族女性在战乱中的痛苦遭遇，我们还是能看出魏禧同主题碑志文的选材区别。前者聚焦于逃避乱军的惊惶忐忑，后者着眼于被敌军抓获后的忍辱偷生。纵观魏禧的碑志文，虽然不乏同题之作，但没有陈词滥调，也没有自我重复。

如果说以上诸人在战乱中的遭遇仅是其人一生中的一段时光而已，魏禧在《兄子世杰墓志铭》中将战乱给人带来的阴影持续放大。他总结魏世杰的一生时，沉痛地写道：“杰生乙酉。当崇祯甲申后，世大乱，襁褓以走山谷者数年。及其殁，又当东南之变，奔走险阻无宁处，盖其生与世乱为终始云。”⑤ 魏世杰年届而立，便猝然离世。其生命短暂，生于明清易代之际，卒于三藩之乱时。表面上看，魏世杰的短短一生似乎确“与世乱为终始”，但详细考校下来，我们会发现，清军征服赣南用时极短，彼时魏世杰尚在襁褓，不

① 魏禧：《姜母王少君墓志铭》，《魏叔子文集》，中华书局，2003 年，第 911 页。

② 魏禧：《姜母王少君墓志铭》，《魏叔子文集》，中华书局，2003 年，第 912 页。

③ 转引自魏禧：《姜母王少君墓志铭》，《魏叔子文集》，中华书局，2003 年，第 912 页。

④ 魏禧：《姜氏乳媪墓铭》，《魏叔子文集》，中华书局，2003 年，第 914 页。

⑤ 魏禧：《兄子世杰墓志铭》，《魏叔子文集》，中华书局，2003 年，第 967 页。

待其发蒙读书，战事早已结束；而三藩战事延及江西时，已是魏世杰生命的最后两年。也就是说，魏世杰一生的主要时光是在和平时期度过的。魏禧特意强调其从生到死都伴随着战争的阴影，其中必有哀怜子侄的慈悯之心，但也不可排除另外一种可能性，即魏禧通过魏世杰作为个例，控诉战乱给整整一代百姓带来的流离播迁之苦。无论是襁褓之婴儿，还是壮年之士子，抑或垂老之黎民，都无法在战事中幸免。从这个意义上来看，对于遗民来说，江山易代之悲已不仅仅是哀感一朝一姓之覆亡，而悲悯黎民苍生的悲痛亦是题中应有之义。

碑志文对于魏禧而言，也不时承载起其故国想象与黍离之思。明朝社会的多面镜像包括"亡国之象"也时常闪现于魏禧对墓主生平的追溯中。从内容上来看，自然是墓主的生活背景，借此或正面书写，或反面衬托，还原出墓主人的嘉言懿行。从文气上来看，更是或顿挫，或伏应，构成文章波澜。比如他在为高寿而殁的老人写墓志铭时，倾向于书写他们的早年事迹。彼时正值万历时期，魏禧以此来充分展开其对明朝的盛世想象。如评新安商人之妻曰："生万历三十有三年，天下承平，财物丰阜，新安大家巨室尤以奢靡称大江以南。"[①] 评歙县商人吴氏曰："翁生万历辛卯正月，时天下太平，上下饬礼义，庶民家以财名闾里者，皆安枕无意外患。"[②] 如是等等，都是明显的例证。这里提到的两个年份分别是公元1605年与1591年。实际上，当时明朝已经面临着严重的内忧外患，处于大崩溃的前夕。但对于魏禧这样亲历亡国之痛的文人来说，社会安定的时光已是十足的慰藉。其实，对安定生活的极尽想象与赞美，与对离乱中朝不保夕、生死一线的传神刻画，两者一反一正，相辅相成。只有饱受战乱之苦的文人，才能对那个虽已积弊丛生但至少还大体安定的时代投以温暖的想象。

魏禧碑志文的一大创举是，其能在相当程度上扭转碑志文通体颂美的倾向，而在其中融入浓厚的讥刺之语。尽管魏禧对碑志文"有善无恶"的书写习惯能够充分地理解。当然，魏禧颂美的是墓主，讥刺的是一种时代风尚或一个人物群体。碑志文表彰墓主人的美好品行是题中应有之义，魏禧碑志文的卓绝之处就在于，其能将旌表善行与抨击时弊紧密结合起来。因此，关于明朝灭亡前的乱象，魏禧在碑志文中也时有表述。比如《文学陈君暨配马孺人墓志

① 魏禧：《朱太宜人墓志铭》，《魏叔子文集》，中华书局，2003年，第978页。
② 魏禧：《歙县吴翁墓表》，《魏叔子文集》，中华书局，2003年，第931页。

铭》的墓主是明季吴中穷儒陈若忠夫妇，魏禧着重彰显其秉持志节、廉洁自清而与世多忤的性格。为塑造陈氏这一品格，必然要树立一些对立面，而明末党社运动就是其中之一。魏禧如是写道："明季文社大起，吴、浙间千百为群，其最才者乃能遥通朝政，执有司之权，意气扬扬，遨游都市中。君竟不与，戒子弟曰：'徒长浮竞，非士林所宜也。'"① 对于陈氏的议论，魏禧深表赞同。明末党社大盛，深度介入政治活动，影响人事任命，事关国运兴废。清初朝野对此讨论极多，甚至还有人将其视作明亡原因之一。此篇墓志是魏禧少有的对此话题的直接议论。

魏禧从来不掩饰其对叛将贰臣的憎恶，往往在碑志文结尾将其作为平民百姓的对立面而加以痛斥，愈显这类人物的人品之低劣。魏禧批判贰臣的言辞往往锐利无比，憎恶之情跃然纸上。这在《姜氏乳媪墓铭》中展露得最为明显。"魏子易堂闻而叹曰：媪于姜君可以为愚矣。然古今忠臣、孝子、节妇、义士未有不愚而能自成者。当甲申北京陷，国懿戚受命托孤，顾反执献贼求媚。彼其丧心易面为狗彘行，盖亦以智胜耳。"② 这里近乎点名痛斥周奎、田弘遇等崇祯朝的皇亲国戚，充溢着愤怒，夹杂着嘲讽，以极为直露的语言揭露其不齿于人的罪恶。或许是碍于时势，魏禧笔下对八旗亲贵的批判所存无多，文中少有胡、虏、鞑等带有明显的民族情绪的字眼。相反，他将明朝灭亡的锥心之痛转化为对明朝叛臣的满腔怒火。此种怒潮往往不择地而发，随时倾泄。当他写到女子再嫁后依然不忘故夫，岁时祭扫其墓时，不禁发出这样的感慨："门下士魏禧曰：呜呼！士享高爵厚禄，一旦革于天命，视其故君若仇雠然，惟恐一言及之，甚或出詈言恶非相加者，独何心哉！"③ 值得一提的是，在对于寡妇改嫁这个在当时极富有隐喻性的话题上，相较于其他遗民，魏禧的理念更为通达而宽容。如与魏禧交往颇密的朱鹤龄对此就有不一样的看法："人臣身仕两姓犹女子再醮，当从后夫节制，与先夫之事悯默不言可也。"④ 这虽有借以诋

① 魏禧：《文学陈君暨配马孺人墓志铭》，《魏叔子文集》，中华书局，2003 年，第 973 页。
② 魏禧：《姜氏乳媪墓铭》，《魏叔子文集》，中华书局，2003 年，第 914 页。
③ 魏禧：《杨母徐孺人墓表》，《魏叔子文集》，中华书局，2003 年，第 955 页。
④ 朱鹤龄：《书元裕之集后》，《愚庵小集》，华东师范大学出版社，2010 年，第 283 页。

钱谦益品行之嫌[①]，为四库馆臣所褒赞[②]，但就女子再嫁一事而论，其观点亦未免太不近人情。且魏禧对此节妇女子等话题的讨论，大都指向国家兴衰的命题，其境界亦高于同侪之上。

魏禧在碑志文中隐寓的家国之思与教化之忧，常常不择地而发。比如，当他注意到年轻的儒生激于义愤而为国捐躯时，不禁想起那些手握重兵的将帅们不能坚守臣节、反而纷纷投降的丑陋嘴脸，在赞美墓主的慷慨赴死并为其未建功业感到惋惜的同时，也寄寓着对叛将的无比蔑视。"君儒生也而工武事，非其事也而死。使执轴建节，必无有乎输人之国叛降而亡耻！其后之人将有兴者耶?"[③] 在这里，我们还可以看到魏禧对其碑志文寄寓着能教化人心的强烈期待。

魏禧直面遗民群体的生存困境，对相关伦理问题的思考其实也浓缩在其碑志文的议论中。此议论主要表现为三种方式。第一，借墓主人之口说出。比如，对于忠于故国的遗民来说，故国灭亡后，是否应该殉节，殉节的意义又何在，都是当时曾反复讨论的话题。魏禧在《莱阳姜公偕继室傅孺人合葬墓表》就借傅孺人之口表达自己的看法："君官小，又不在位，即无死可也。且闻之，忠臣不耻其身之不死，而耻仇之不报。君奈何以一死塞责乎?"[④] 相对于当时不分情由地以殉节为高的思想，这段议论可谓透辟而通达。[⑤] 第二，以叙事为主，附加简短有力的议论以彰其志。魏禧在《夏节妇碣文》中，通过对夏节妇守节最终未果的客观描述，暗示着遗民群体深切的失节恐惧。文中写道："余之里有李氏妇者，年十余，夫堕水死。妇从之，获救。然贫甚，无子。舅姑父母欲强嫁之，不可。凡六七年而后他适。四年县城破，兵入，妇自

---

① 朱鹤龄随之又写道："有妇于此，亦既奉槃匜、侍巾栉于他人之室矣，后悔其非所也，肆加之以诟詈，而喋喋于先夫之淑其美焉，则国人之贱之也滋甚。"（朱鹤龄《书元裕之集后》，《愚庵小集》，华东师范大学出版社，2010年，第283页。）联系到朱鹤龄与钱谦益交恶的事实以及钱谦益入清后的思想变迁，此语指斥钱氏之意，业已跃然纸上。

② 《四库全书总目》卷一七三《愚庵小集》提要曰："其言盖隐指谦益辈而发，尤可谓能知大义者矣。"

③ 魏禧：《王君墓志铭》，《魏叔子文集》，中华书局，2003年，第926页。

④ 魏禧：《莱阳姜公偕继室傅孺人合葬墓表》，《魏叔子文集》，中华书局，2003年，第980页。

⑤ 徐枋《侠士论》的这段话可与魏禧援引的观点相引证。"要其所以必死者有三焉：谋人军国，置人死地，则义不独生，一死也；社稷存亡，决机俄顷，则计不旋踵，一死也；吾事已立而吾言未酬，则示信万世，一死也。有此三者，则一言为重，七尺为轻，赴汤蹈火，断脰绝吭，怡然甘之，则其为死也何尝不重于泰山哉！"见徐枋《居易堂集》，华东师范大学出版社，2009年，第208页。

刎其喉。余闻而悲之：初令如节妇，闻言痛哭呕血以病且死，岂不卓然烈女子哉？"[①] 夏节妇的守节心志以及最后的悲惨遭遇，与当时的一些遗民颇多相似之处。夏节妇出身贫穷而矢志守节，但是，坚守节义的理想最终屈服于悲凉的生活，更令人扼腕叹息的是，失节后又以尽节的方式结束自己的一生。对于许多遗民来说，最初皆慷慨激昂，义不臣清，后来或由于家庭、社会等诸方面的压力，不得不违背初心，示好清廷，可他们的结果也未必能尽如所愿。魏禧是持遗民志节最为坚决的文人之一，他对同道的中途变节，自然有着无限的惋惜。夏节妇的遭遇，正好是其讨论此种话题的极好话题。第三，在赞美妇德时，隐喻着遗民的人格寄托。魏禧有不少碑志文都是为普通妇女所作。她们一生最大的功绩莫过于相夫教子、孝亲睦邻，大多数都没有轰轰烈烈的事迹，也不是因坚守节操而丧失生命的"烈女"，甚至连这样的考验都不曾面对。魏禧不吝赞颂这类"乏善可陈"的平庸妇子，故而当时颇有人因此而评魏禧之文为应酬之文。但是，如果我们注意到魏禧的赞颂角度，便会放弃那种肤廓不实的评价。魏禧在所谓的"应酬文"写作时，特别强调"庸德"或"庸行"二字，称赞"庸德"之美。其在《吴母李孺人墓志铭》中就将墓主的生平业绩概括为"常德"："妇人孝姑，顺夫子，勤于家，执俭，此其常德也。"[②] 在《阎母丁孺人墓表》中又将此"庸行"之美作了进一步的申发："国不幸而有忠臣，家不幸而有烈女节妇。世当承平，家无有不祥，则闺门之内其以奇节见者，不一二数。故论妇德者，必以庸行为先也。"并评丁孺人道："平生慎俭持、畏物议，不欲使有一言之过闻于人以自点。假使孺人遭逢万有一不幸，其不敢私爱其身，堕其名节也审矣。"[③] 这里提出评价妇人德行要以"庸行为先"，固然是为无传奇色彩的平常女子树立一个适用的评价标准，更隐寓着魏禧本人的德行寄托。魏禧这样的遗民虽然终身不与新政权合作，但也不必时时面临生与死的抉择与考验，也没有机会像先辈那样毅然为社稷存良而慷慨捐身。这样一来，他们的忠贞之气如何表现，成了萦绕在遗民心头不得不思考的大问题。女性节烈现象的不断涌现，为解决这一难题提供了解决方案。"女性节烈与男性政治忠诚之间并非彼此排斥，而是相辅相成，两者共同构建了明清

① 魏禧：《夏节妇碣文》，《魏叔子文集》，中华书局，2003 年，第 913 页。

② 魏禧：《吴母李孺人墓志铭》，《魏叔子文集》，中华书局，2003 年，第 976 页。

③ 魏禧：《阎母丁孺人墓表》，《魏叔子文集》，中华书局，2003 年，第 938-939 页。

时代的道德内涵。"[①] 在女子守贞视同男子守节的时代里，魏禧抉出女性的"庸行"之美，实则也可以用来指称士人的精神安慰。即遗民的道德志节，不必只有在血与火的考验中才能彰显，更体现在日常生活的一举一动中，世人万不能因遗民没有为明捐躯就否定其坚守的节操。这一点在《诸文学家传》的篇末论赞中也得到了很好的印证。魏禧评论说："世之言孝者，往往艳称割股剖心诸奇节，而日用寻常庸德之行略勿道。"[②] 这里所谈的"孝"之表现形式，亦可移之于"忠"。忠于国家，亦不必建立非凡的功勋、做出传奇的业绩，在日常生活的点滴中恪守自己的职责，同样也值得推崇与赞颂。

---

① 卢苇菁著，秦立彦译：《矢志不渝：明清时期的贞女现象》，江苏人民出版社，2010 年，第 10 页。

② 魏禧：《诸文学家传》，《魏叔子文集》，中华书局，2003 年，第 792 页。

结　语

清康熙三十三年（1694），时任江苏巡抚的宋荦与江苏学政许汝霖、武进布衣邵长蘅等共同编选《国朝三家文钞》，选录侯方域、魏禧、汪琬三家的古文。清初古文界，堪称众声喧哗，"各家各派，主张不同，文风不同，各行其是，没有正宗"[①]，尽管《国朝三家文钞》问世后曾遭遇一定程度的质疑，但是，魏禧古文在其身后的经典化历程，正是由这部颇具官方色彩的古文选本的刊行而正式开启了。虽然魏禧一生都坚持着反清忠明的政治立场，但《清史列传》《清史稿》等官方史书都给予他以颇高的评价。《清史列传·文苑传》将其列为开篇第一人，俨然将其视作清代文学的开山人物。《清史稿》则在文学发展的明清之变的角度上，将魏禧与侯方域、汪琬三人当作涤荡明代文学陋习的关键性人物。其写道："始明代王、李盛言复古，绘章绨句，识者讥其伪体。虽以归有光之雅正，莫能与之抗。钟、谭论文，益务纤佻，至魏禧、侯方域、汪琬，始革其余习。"[②] 若以此说，魏禧等人就是终结自明代中叶"后七子"以来持续百余年古文积弊的文坛功臣。

在清代官方文学话语对魏禧古文的热烈褒赞之下，魏禧古文的特质及其在民间的更为多元的接受面貌就被遮蔽与忽视。也就是说，有清一代，魏禧的古文一直面临着形式多样的审视与批评，其所获得的评语也不尽是赞扬而已。同时，魏禧古文与侯、汪二人的内在异质性，也在"国朝三家"的名义下被深度模糊化处理了。

事实上，魏禧的古文风格与侯、汪二人有显著的不同，已是当今学界的共识。三人古文风格背后的身份烙印也更值得关注。侯方域的文风更多地体现了晚明崇浮华、尚才调的风气，"性豪迈不受羁束"[③] 的贵介公子习气奠定着侯

---

① 郭预衡：《中国散文史》，上海古籍出版社，1999 年，第 337 页。

② 赵尔巽等：《清史稿》，中华书局，1977 年，第 13315 页。

③ 胡介祉：《侯朝宗公子传》，《谷园文稿》，国家图书馆藏稿本。

氏古文的深层底色。汪琬则是当之无愧的清代文人，“其文根柢六经，出入庐陵、震川间，于《易》《书》《诗》《春秋》《三礼》《丧服》咸有发明。”[①] 可谓学宗六经，严守唐宋古文矩矱，其古文是清代统治者倡导的“醇而不肆、根柢六经”之新朝文风的楷范。介于二人之间，魏禧既鲜有明代遗习，又不以清臣自处，其文章是遗民之文。魏禧倔强不屈的个性、踔厉蹈扬的文风、矢志恢复的决心，都使其古文比起侯、汪两家更能反映出那一代遗民文人的风貌。其古文充满了血泪和胆识，表现的是明遗民在少数民族统治下的生存和心态，文风纵横踔厉而真气淋漓。其论策文具有的经世致用的精神闪烁着耀眼的光芒，其写人之文则巧妙地呈现出时代巨变的沧桑面貌以及浮世众生的苦难沉浮，记物之文则将个人隐藏于内心深处的隐衷不择地而发，倍觉神采奕奕。明末往事的沧桑之变与鼎革人物的多彩个性都在魏禧的古文中有着生动的展现。日人岩谷世弘就因此将魏禧视作明季作家，曾说“明季之文，朝宗为先驱，冰叔为大殿，柴舟为中坚”[②]。这就是将魏禧的精神世界归属于前一个时代，在一定程度上倒也符合魏禧的初衷。

魏禧以其精微的散文理论和卓越的散文成就在生前赢得了广泛的声誉。总的来说，在现在的史料中，清初士人对魏禧的评价都倾向于积极的一面。当时甚至有人称赞魏禧为数百年才得一见的文学大家，此语虽略显夸张，但魏禧的声名远播，即此也可见一斑。应该说，魏禧的古文能在当时被广泛地接受，很大程度上是清初特殊的政治生态与普遍的文人心态使然。魏禧那强大的人格魅力与蓬勃昂扬的文章气势，固然都足以倾倒一时，其文章中强烈的故国之思与不断进取、绝不消沉的斗志，更足以点燃遗民们心中潜藏的故国遗思。魏禧开始走出赣南、游历江南时，也是明遗民社会声望如日中天之时，以归庄、姜埰、徐枋等为中心构建的遗民社群在江南文坛上卓有影响，也在相当程度上支配着全国的文坛声望。在此时刻，魏禧笔下那些踔厉激昂、张扬着强烈的反抗意识与深厚的遗民趣味的文章必然会被视作遗民世界的宣言或旗帜而受到认可。就清朝的文化统治政策而言，特殊的时局也给魏禧古文的传播创造了有利的条件。魏禧生活的时代，几乎都是清朝以武力统一天下的过程，清政府在全国的统治也还未完全确立。直至魏禧逝世那年，撼动天下的“三藩之乱”也

① 李元度：《汪尧峰先生事略》，《汪琬全集笺校》，人民文学出版社，2010 年，第 2255 页。
② 转引自李永贤：《廖燕研究》，巴蜀书社，2006 年，第 268 页。

没有被最终平定。在这样的情势下，清廷自然也无暇对思想界进行严厉的控制。动乱的时代使得那时的清廷要实现如乾隆朝那样对天下士人思想密集而全面的监控，终究有些不够现实。各类士人思想中都或显或隐、或多或少存在的前朝意识，也给多元化的文风提供了足够的生存空间，特别是有违于温柔敦厚诗教理想的乱世之音、雄肆之文也有了充分的发展土壤。随着清朝的统治日渐稳定，其对思想的控制也日趋严密，同时长期生活在太平盛世中的士人的主流文学审美也开始发生变化，醇厚真朴、中正平和之风格被大力提倡，并被学人广泛接受。《四库全书》于清初三家文中仅收汪琬文集，并对汪琬做出了远高于侯、魏二家的评价，就是突出的例证。

在这种情形下，魏禧的文章在其身后的境遇也就堪忧了。兹举一例为证，嘉道年间的文人尚镕，是魏禧的江西同乡，他在《书魏叔子文集后》一文中，专门谈到文章在江西新城一地的接受变迁。“昔者宁都魏叔子，以经济有用之文学，显天下百余年。而建昌之新城，为叔子教授之地，遵其道尤挚。乃自闽中朱梅崖出，新城人变而从之，又自上江姚姬传出，新城人又变而从之，于是西江诸文士闻风附和，皆视叔子为弁髦，而耻言之也。”① 新城毗邻魏禧的桑梓之地，魏禧生前也多次在此地授徒课文。也就是说，魏禧的文风在新城的传播本来可有着深厚的基础与传统，有着大多数地方所不具备的“近水楼台先得月”的有利条件。从魏禧文风在新城一地的接受变迁，足可窥见魏禧在全国影响的变迁。尚镕在这里提到了魏禧开创的文章传统在两次新的文学风尚的冲击下渐渐变得无人问津。第一次冲击来自朱仕琇古文的影响，第二次则是已风行全国的以姚鼐为代表的桐城文风的深度影响。而尚镕未言及的是，将朱仕琇和姚鼐的文风介绍到新城的都是鲁九皋。朱仕琇为福建建宁人，其家乡离宁都也不甚远。但他为文“病在貌为高古，而未能取法其上”②，并不足以自名一家。他的文章在新城一地的流行，主要缘于其弟子鲁九皋。鲁九皋为新城人，曾学文于朱氏，对其推崇备至。张舜徽先生这样评说道：“其门人鲁九皋称其为文始学韩愈，其后更博采秦汉以来诸家之长，而独成体于韩子之后。”③ 鲁九皋居乡期间，致力于向邑人讲授古文之法，那么朱仕琇的文章自然是其讲授中的经典。鲁九皋的外甥陈希曾、陈希祖、陈用光等人都是他的得

① 尚镕：《书魏叔子文集后》，《持雅堂文集》，上海图书馆藏清同治七年刻本。

② 张舜徽：《清人文集别录》，中华书局，1963 年，第 172 页。

③ 张舜徽：《清人文集别录》，中华书局，1963 年，第 171 页。

意门生。凭借鲁九皋和陈氏子弟的积极推动，朱仕琇的古文很快便在新城得到推尊与景从，魏禧文风已俨然明日黄花。后鲁九皋又与姚鼐书信往来密切，受姚鼐影响很大，陈用光等人又直接师从姚鼐，将桐城文风介绍到新城。新城遂为桐城派在江西的传播重镇。曾国藩在那篇介绍桐城派传衍历程的《欧阳生文集序》中特意提到这一点："其不列弟子籍，同时服膺，有新城鲁仕骥挈非、宜兴吴德璇仲伦。挈非之甥为陈用光硕士，硕士既师其舅，又亲受业姚先生之门，乡人化之，多好文章。硕士之群从，有陈学受艺叔、陈溥广敷，而南丰又有吴嘉宾子序，皆承挈非之风，私淑于姚先生。由是江西建昌有桐城之学。"① 魏禧文风在新城的退却与桐城文风的后来居上，是魏禧古文在清代中期接受样貌的重要一面。

作者的学养、性格以及其生活的时代背景等要素都深刻地影响着古文的审美风格。不同文风的升降沉浮受制于具体的接受语境。魏禧曾多次在文章中探讨古文的分类问题，如其在《张无择文集叙》中明确将古文分作迥然不同的四类："儒者之文沉以缓，才人之文扬以急，文人之文文胜其质，学者之文质胜其文，然得其一皆足以自名。"② 但言下之意，又没有将这四者的任何一种推尊为天下之至文。在写给遗民朋友陈恭尹的信里，魏禧明确地提出了其理想中的文章类型。"若志在博学宏词，与天下文人争胜，则非穷年览诵，博洽古今，定不能至。若志立功立德之言，则琢磨行谊，讲求经济，皆足立文章之命，增长其气势，但使文足以辅吾理识而已足矣。"③ 魏禧的态度明显倾向于后者。他更关心的是古今兴亡、国家治理这样的社会性话题。身处清初风云际会之际，魏禧的文章畅快地表达了对国家兴衰的思索，对明朝灭亡的反思，以其磅礴的气势和淋漓的文风在清初很快博得大名。而这些都与桐城派的审美规范相驰甚远。清代文人何家琪就说："近时讲桐城派者主归熙甫而少矫侯、魏，往往毗于阴柔。"④ 其实，魏禧文风与桐城派的扞格之处，不仅仅是在审美趋向上的不同，而是近乎全方位的。若格以方苞提倡的"学行继程朱之后，文章介韩欧之间"的桐城文章理想，魏禧显然格格不入。魏禧的著作中鲜有对程朱的正面赞扬，对于阳明心学却屡次表达敬仰之意；在唐宋典范作家的效

---

① 曾国藩：《欧阳生文集序》，《曾国藩诗文集》，上海古籍出版社，2005年，第284页。
② 魏禧：《张无择文集叙》，《魏叔子文集》，中华书局，2003年，第403页。
③ 魏禧：《答陈元孝》，《魏叔子文集》，中华书局，2003年，第346页。
④ 何家琪：《古文方》，王水照《历代文话》，复旦大学出版社，2007年，第6064页。

仿上，魏禧古文固然有受韩、欧影响之处，但谁都无法否认的是，苏洵对魏禧的影响则要更为巨大且明显。若以姚鼐提出的“义理、考据、词章”三要素来衡量魏禧的古文，魏禧的得分同样显得不够“合格”。魏禧的义理之学，如上所言，自然没有那么纯正。

清代中后期文人标榜的考据之学，也不是魏禧的擅长之处。魏禧曾直言其学问浅薄、记问不佳，“天资短，不能多读古书，读辄就遗忘，以故疏薄，不能博洽出入不穷。又不晓星纬、九州、形势、声律、飞、走、植、潜之性，不能情状物”①。这可能是魏禧的谦辞，真实情况或许并不如此。魏禧不以学问而成名的事实，则是毋庸置疑的。魏禧在其古文中也罕有涉及考据之处。至于词章，则各家见仁见智，褒贬不一，难以一概而论，这里不作过多的讨论。魏禧的古文风格不合桐城派之规范已是确凿无疑。姚椿的《国朝文录》是一部鲜明体现出桐城派文学趣味的古文选本，“其甄录之旨，亦以桐城为圭臬，故于陆稼书、汪苕文、朱可亭、方望溪、刘海峰、朱止泉泽沄、姚姬传、张鲈江、朱梅崖、王述庵、管异之诸家文，余亦大半心性芜言，俗体酿词，漫无义法，沉溺桐城末派，全无别裁”②。魏禧的古文则入选甚少，李慈铭为此抱怨道：“计甫草之《筹南三策》、魏叔子之《新乐侯传》、邵子湘之《卢忠烈公传》，皆古今有数名篇，而俱不入录。”③ 在桐城派的古文评论话语中，魏禧的古文一直被严重地低估甚至忽视着。刘声木的《桐城文学渊源考撰述考》为桐城派“发现”了众多明末清初的先驱，纳汪琬而遗魏禧，亦可见桐城文人对魏禧的主流认识。总而言之，魏禧古文不根乎义理，不擅长考据，又多对王朝兴亡等众多敏感话题有着大胆的议论而时常触及清廷的忌讳，所以在文网严密且读书人皆埋首考据的清代中期，遭受一定程度的边缘化，亦是自然之事。

清代中期以来，虽然桐城古文盛行天下，魏禧古文的审美风格因与其差别过大而在某些地方遭遇一定的冷落，但这并不意味着魏禧的古文至此已不受重视。相反，即便在桐城文风鼎盛的乾嘉时代，还有许多卓有影响力的文人将魏禧视作清代最杰出的古文家之一。李祖陶编选《国朝文录》时对清代古文家的去取就是非常有力的证明。李祖陶（1776—1858），江西上高人，一生博览群书，见识颇广，编选古今诗文选本多种。如《唐二十家文抄》《金元明八大

① 魏禧：《与诸子世杰论文书》，《魏叔子文集》，中华书局，2003 年，第 283 页。

② 李慈铭：《越缦堂读书记》，上海书店出版社，2000 年，第 1199 页。

③ 李慈铭：《越缦堂读书记》，上海书店出版社，2000 年，第 1200 页。

家文选》《国朝四家诗稿》等都出自李祖陶之手。李祖陶的《国朝文录》在清代古文家中，“择其卓然可传者汇之，凡四十家，首熊钟陵，迄陈惕园”①。其所选录古文的时间段，起自清初，迄于嘉、道年间。魏禧未能跻身于此四十家之中，这并不表明李祖陶对魏禧的古文成就视而不见，相反，他是将魏禧古文视作超出众作、鹤立鸡群的存在。朱锦琮为《国朝文录》作序时道出了其中的因由：“其选魏、汪、朱、李、方、恽为六大家者，以其文工而且富，其部帙可分可合，盖仿茅鹿门《唐宋八大家》之例也。”② 此“六大家”分别是魏禧、汪琬、朱彝尊、李绂、方苞、恽敬。这个名单应非常有代表性，不拘于一家一派，较为全面地反映出清代前中期文坛的多元性。在不以桐城文法为古文创作的绝对标准的前提下，魏禧古文的成就与地位是可以得到正视的。至少在李祖陶看来，魏禧的古文成就是可与方苞等并驾齐驱而高于姚鼐等桐城宗师之上的。从某种程度上而论，魏禧甚或是一种古文风格的开创者。具体来说，魏禧古文是明遗民古文的代表，其中相当的篇目可视作“志士之文”的典范。李祖陶在《国朝文录》自序中说道：“故老遗民，不肯见用于时，遂壹意读书作文，思以空言垂世。其大者指画确凿，议论证据古今，既非老生常谈，亦无文士结习。若魏冰叔、顾亭林、黄梨洲、陈石庄、彭躬庵，其最著者也。次如侯朝宗、王于一、傅平叔、贺子翼辈，旨远词文，耐人寻绎。”③ 可见，他是将魏禧、侯方域等都视作故老遗民，而将魏禧拔置于众人之上，别有意味。这样一来，魏禧的古文成就不仅在顾、黄、王清初三大思想家之上，亦在侯方域之上。也就是说，李祖陶以选本的形式来确立魏禧遗民古文第一人甚至是清初古文第一人的地位。

李祖陶虽然曾被李慈铭讥作：“识趣既卑，见闻又狭，其序文评语，多浅陋迂拙，全是三家村学究批抹时文习气，固不足与于选政。”④ 但这并不意味着李祖陶推尊魏禧古文是出于私相自许的偏私无识之见。事实上，有清一代，对魏禧古文的推崇一直以来都绵延不绝，并不因桐城派的兴起而真正低落过。

---

① 许乃晋：《国朝文录序》，《国朝文录》//《续修四库全书》（第1669册），上海古籍出版社，1986年，第297页。

② 朱锦琮：《国朝文录序》，《国朝文录》//《续修四库全书》（第1669册），上海古籍出版社，1986年，第298页。

③ 李祖陶：《国朝文录序》，《国朝文录》//《续修四库全书》（第1669册），上海古籍出版社，1986年，第299页。

④ 李慈铭：《越缦斋读书记》，上海书店出版社，2000年，第1199页。

即或在某时、某地因某种因缘而被短暂地忽视，但就全国来看，推尊魏禧、效仿魏禧的文人一直不乏其人。在一段时期，学习魏禧古文甚至会成为一时风会所趋。与方苞（1668—1749）同时的储大文（1665—1743）就曾注意到这一现象："比者，承学之士治古文辞高朝宗侯氏、冰叔魏氏，治诗高翁山屈氏。舍朝宗、冰叔而言古文词，非古文词也；舍翁山而言诗，非诗也。何则？朝宗、冰叔之锋也廉，而其余胥朽钝也；翁山之韵也振，而其余胥窾朴也。锋若韵，殆不足极诗古文词之诣，而《左》《史》《风》《骚》遗法犹未尽亡，并锋若韵而亡之，则古文词业不竞，而诗法或几乎息矣。"① 此文有两点值得注意。其一，储大文指出学习魏禧古文已成为一段时期内的文坛趋尚，这是清代中期文献中较为鲜见的讨论。储大文有这样的发现，与其身世有着密切的关系。储大文为江苏宜兴人，宜兴早前文人如任源祥、陈维崧等人都与侯、魏有着较深的渊源，宜兴子弟学习二人古文也可视作地域学缘特色。储大文对魏禧文章的接受状况，相对其他文人来说，也可能更为敏感。其二，储大文并未将魏禧之文视作古文之极致，但明确指出魏禧与侯方域的古文较之其他诸家，其成就又要高出许多。由此，亦可窥见其对魏禧古文的定位，即虽不能比望先秦、唐宋大家，但在清初已堪称遥遥领先的文坛翘楚。

如果说储大文的文坛地位还不甚显要，其对魏禧古文的定位还不具备较大权威性的话，我们从恽敬、曾国藩这两位赫赫有名的古文宗派的开山之祖的评语里，更能看出清人对魏禧古文的认识。恽敬在《与卫海峰同年书》一文中对魏禧的评价颇值得玩味，此文就魏禧的寿序文而论。"正德、嘉靖以后，士大夫文集始有寿序之名，为词要无可取。震川先生有明文格之最正者，集中寿序八十余首，皆庸近之言。稍善者，以规为谀而已。不谀者，未之见也。本朝魏叔子多结交淡泊奇玮之士，为寿序，抑扬抗坠，横驱别骛，力脱前人之所为。然不谀其事，谀其志，要之亦谀而已。夫震川先生、魏叔子，近世所推作文之巨擘也，而尚如此。其他则又何责焉？"② 首先，恽敬以阳湖派宗师的身份指出魏禧有着与归有光相同的古文巨擘身份，这在清代中期的文坛上是一个颇具意义的评价。桐城派宗师对归有光的古文至为推崇，那么在恽敬的话语中，魏禧可与归有光并列，已足以说明他的古文成就也足以别树一帜、另开一

① 储大文：《栖桐草序》，《存砚堂二集》//《四库未收书辑刊》（第9辑第19册），北京出版社，1998年，第496页。

② 恽敬：《与卫海峰同年书》，《恽敬集》，上海古籍出版社，2013年，第553页。

派。其次，恽敬这里是从寿序文这一应酬性极强的文体的发展史的角度上来谈魏禧的古文成就，并给予其高度的评价。在恽敬看来，魏禧对归有光以来寿序文创作进行了一次正向的积极的开拓，为寿序文的写作注入了新鲜的创作路径与审美样式。

晚清曾国藩在写给彭玉麟的书信中，谈论学习古文的取法门径，也将魏禧古文视作可与桐城文风互峙互济的重要文派。他说："可取国朝二十四家古文读之。参之侯朝宗、魏叔子，以写胸中磊块不平之气；参之方望溪、汪钝翁，以药平日浮穴之失。两者并进，所诣自当日深，易以有成也。"① 这里既将魏禧看作与方苞不分伯仲的文坛大家，同时也注意到了魏禧古文不同于桐城派的卓异之处，而魏禧古文"写胸中磊块不平之气"的特质也得到充分的重视。其实，早在清代中期，文人中就有魏禧与方苞之古文足以比肩的认识。如董士锡指出："本朝为古文者以十数，其尤者，宁都魏禧，才博而识赡，有物之言也；桐城方苞学醇而辞雅，有叙之言也，殆未可以相优劣焉。"② 晚清动荡的时局与清初有其相近之处，魏禧古文特质也就开始重新被发现。

事实上，清人对魏禧古文特质的探索，也不止于曾国藩所言的激昂宣泄之一面。清代中期文人徐斐然对魏禧古文的评述就十分精彩，徐氏应是有清一代对魏禧古文风格多样性认识最全面的文人。曾国藩所说的"国朝二十四家古文"即是徐斐然编选的《国朝二十四家文钞》。徐斐然在《书勺庭文钞目录后》中评道："学之邃者无所不通。勺庭之学亦圣贤，亦豪杰，亦经济，亦词章，可谓邃矣。文之豪者亦无所不有。勺庭之文亦《史》《汉》，亦庄、苏，亦六一，亦老泉，足以豪矣。天风海涛，适然而至，而莫知其自来。神龙出没，倏然而隐，不知所终。"③ 这就比四库馆臣的"策士之文"的评价更为妥帖而全面。因此，《国朝二十四家文钞》所选魏禧古文数量要遥遥领先于他人，魏禧古文入选数量达四十七篇之多，而位列第二的汪琬的"尧峰文"，仅为三十七篇。至于曾国藩叮嘱彭玉麟参读的侯方域、方苞两家文入选的数量分别为二十六篇与二十篇，仅为所选魏禧古文的一半左右。

魏禧生平提倡有为之学，所作古文皆期有天下万世之用，明理适用又复真

---

① 曾国藩：《与彭雪琴》，《曾文正公书札》卷四，清光绪二年传忠书局刻本。

② 董士锡：《亦有生斋文集叙》，《齐物论斋文集》//《续修四库全书》（集部第1507册），上海古籍出版社，1995年，第307页。

③ 徐斐然：《书勺庭文钞目录后》，《国朝二十四家文钞》卷五，清乾隆六十年归安徐氏刻本。

气磅礴，贯注着深层的历史之思与深厚的现实意识。故而，无论是从文风的多样性或者是当世的切用性来看，魏禧的古文为选家所青睐是必然之事。黄人在宣统年间所编选的《国朝文汇》同样赋予魏禧以卓然的文坛地位。《国朝文汇》“甲前集”专门收录明遗民的作品，魏禧的古文就独占一卷。这在“甲前集”中是独一无二的一例，可见黄人视其为遗民古文家的无可争议的岿然巨擘。从数量上而言，魏禧古文入选达三十四篇之多，居清初古文家之首。从《国朝文汇》全书来看，像魏禧一样，入选古文独占一卷的还有戴名世（甲集卷二十二）、潘耒（甲集卷二十九）、王源（甲集卷三十八）、全祖望（乙集卷五）、瞿源洙（乙集卷十六）、龚巩祚（丙集卷七）、曾国藩（丙集卷十五）、吴汝纶（丁集卷九）、唐才常（丁集卷十二）、王闿运（丁集卷十四）、王先谦（丁集卷十五）、严复（丁集卷十六）、章绛（丁集卷十七）、林纾（丁集卷十八）。这些人物的古文独占一卷的原因，大抵可以窥测，如戴名世、潘耒、王源、全祖望等人的创作有大量是表彰遗民志节、追忆前明往事的；而曾国藩以下诸人，其所处时代距编选时间较近，所作文章能体现出经世致用的意识，展现中西交流的时代景观，重视他们的文章，足以说明选家的关怀现实的开通意识，“操斯文进退之枋者，其犹横分区域，橛守成规，匿宝山金穴之饶沃而夸人以囊橐，扃千门万户之轮奂而自安于巢窟乎？”① 魏禧的古文能在众多弘扬经世学问、表彰遗民志节的清初古文中脱颖而出，当更多的是其自身的文学价值使然。

魏禧曾言：“文以人传。”因此，大力课徒讲学，培养后进，以求其文风能代代相传，以切世用。只是，魏禧等易堂诸人的门下弟子，除梁份、王源能继承遗范，传承薪火外，能在清代文坛卓立大家的可谓寂然无人。梁、王二人之后，能传其衣钵者，亦趋于绝响。虽然清代有识文人多将魏禧与方苞并提，但相对于方苞身后桐城派近二百年的赫赫扬扬，魏禧的古文事业着实显得寂寥。不过，尽管没有门生后辈的揄扬，魏禧的古文依然能时时收获盛誉，以各种形式备受褒扬。这即是对魏禧古文的根本认可。究其实质，魏禧的古文推崇适用，而彰显真气，眷眷家国之思，耿耿时世之忧，尽显文辞之美而充溢着现实关怀，不离前人矩矱而自出新篇，这正是中国古文传统生生不息的生命力所在。

---

① 黄人：《国朝文汇序》，《国朝文汇》//《续修四库全书》（第 1672 册），上海古籍出版社，1995 年，第 357 页。

附　录

魏禧佚文辑略

现今最通行的魏禧文集整理本是中华书局于2003年出版的《魏叔子文集》，是书以康熙版《宁都三魏全集》为底本，参校以各种选本，校勘精慎，有功学林。因魏禧生前交游广泛，与当世文人多有文字往来，其所作古文数量众多，未收于《魏叔子文集》者当不在少数。魏世杰在刊刻叔子文集时，即声明还有不少文字未遑付梓。“叔父著作最众，贫无工赀，今先刻若干，草草竣事，请政海内。诸散文藏笥中者尚数百篇，新作百首，俟之二刻。”[①]《魏叔子文集》的“二刻”迄今未见。果如魏世杰所言，那么魏禧散落于集外的古文至少有数百篇之多，这不得不说是魏禧古文研究中的绝大遗憾。而且现已刻入《魏叔子文集》的古文并不都是精选过的代表作，魏世杰等人确定的刊刻原则是：“诸文随时续刻，年岁先后都无次序。”[②] 我们也有理由怀疑，我们现在了解到的魏禧古文是否能代表其最高成就与最典型的特征，或者说魏禧古文中有哪些特点因为材料的遗失而被遮蔽，这些都是无法估量的。材料的缺失势必影响到研究结论的全面性与确当性。因此，搜罗魏禧的集外遗文应为治清初古文者的职分所在。

笔者在翻阅古籍时，检得魏禧集外佚文若干，遂辑录成文，略加考释，以飨同好。所识者浅，冀博雅君子匡所不逮。

艾陵文钞序

《艾陵文钞》十六卷，泾阳雷伯吁先生遗集也。先生以古文名天

① 魏禧：《魏叔子文集·凡例》，中华书局，2003年版，第30页。

② 魏禧：《魏叔子文集·凡例》，中华书局，2003年版，第30页。

下垂四十年，既没，其子毅钞其文之可行世者，请序于宁都易堂魏禧。禧癸卯岁获交先生及筑夫王先生，尝读先生文，详而有法，质朴醇厚，一依于礼义。自少年未诸生，即慨然有当世之志，往往好论天下事。所论事文工拙之故，颇类曾南丰，既自放废，益肆力于古。说经术、考礼制、传记、碑版所述，其工者，虽南丰得意之文，何以过焉？今天下古文大兴，其卓然能名一家者不少人。独先先生为之于举世不为之日，先生倡之，筑夫和之，数十年，天下言古文者，江淮之间必以雷、王为归。呜呼，岂虚也哉？天下国家之坏，不患于无文，患于世无真气，而其文日趋于浮伪。虚辞以揜意，饾饤掇拾以为文，此浮文之易见者也。言依道德，语关天下国家之故，廉节则伯夷不让，经济则贾谊、晁错之徒无以过，而退考其实，殆与世之市侩瞀儒无毫发有异，此伪文之不易见者也。伪之为害，破国亡君，而其祸方未有以止，其端阴成于学术而显发于文章。是故文无真气，虽出入《左》《史》，两汉、唐、宋大家之文，率皆谓之浮伪。而本身而发言乎真气者，虽不必尽合古人之矩度，固已无不可传矣。先生于古人之法，既铢两悉合，而为文一本于真气，其为近代作者无疑也。方先生与筑夫访刘氏园，曰：曾见子叙李镜月《懿德录》而好之。予报谒先生亦出其所缮写文集相示。时予学古文方十六七年，后此为文数变。再过扬州，欲以就正先生，而先生死矣，至今仅得叙先生集。呜呼！先生死，犹幸筑夫之老且康健，为文日益工。先生之文，其必有以论定也矣。康熙丁巳冬十月宁都魏禧撰。[①]

此文见于《艾陵文钞》卷首。《艾陵文钞》现有清康熙莘乐草堂刻本，卷首除魏禧的序，还有王岩的《清处士雷君伯龥墓志铭》和周斯的《论雷伯龥先生文行七卷》。雷士俊（1611—1669），字伯龥，先世居陕西泾阳，后迁于江苏江都。明亡不仕，隐居艾陵湖上。有《艾陵诗钞》《艾陵文钞》等存世。雷氏少攻古文，精于经史百家，明于古今治乱得失之故，其诗文好论政事。乾隆时以其文中有“悖谩”之语，遂将其书禁毁。康熙癸卯（1663），魏禧两度漫游扬州、高邮等地，雷士俊与王岩或于此时和魏禧会面。此文中对雷士俊文

① 魏禧：《艾陵文钞序》，雷士俊《艾陵文钞》卷首//《四库禁毁书丛刊》（集部第 90 册），北京出版社，1998 年，第 3 页。

章的评价，如“详而有法”“肆力于古”“好论天下事”等，遂移之于叔子本人文集，亦可谓宜。应该说，雷士俊的出处际遇、文章旨趣甚至身后文集的命运都与魏禧极其相似，故魏禧视其为文章同道，称“欲以就正先生”，当不是虚言。这篇序文也不是泛泛酬应之文可比的，魏禧在其中大力阐述其独到的文论，与其平常的主张相呼应而更为鲜明、透彻。魏禧的《任王谷文集序》及《复沈甸华》也都相继谈到真气对文章创作的重要性，比如说“天下文章，最苦无真气”①，尚未将真气与学者通常重视的法度相比较。恰恰正是在这篇文章中指出“真气”是可以凌驾于“矩度”之上的。这样的观点，放到整个中国文学批评史上，也不算多见。后人在编辑魏禧文集时删除此文，不知是否是碍于此主张与习见相违太过以致有违中庸之道。殊不知，唯有此才能表现易堂酣畅淋漓之“真气”，也更能彰显魏禧的文论个性。

懿行编序

余幼读《左传》，爱其言善恶利害如烛照。数计稍长，览《感应篇》《迪吉录》诸书，以谓夫人自大贤而下，莫不待于劝惩。“正谊不谋利，明道不计功”之说，此学者所为自尽，非能使天下之人相为尽也。兴化李子镜石辑《懿行类编》一书，取古今嘉言善行，分类编次。纪事之后，间为论断，独不一言及于福利。癸卯夏，予游秦邮，与李子相友善。出其书，读所自叙，未及半而疑之，意其言太高，非中人以下所能为。及卒读，而始叹古今之善言福利者莫过李子。李子之言曰：为善而必得福，则人劝为善而或不得福，则人疑。为善者疑不得福，则为恶者信其不得祸，而天下凶德乱义之徒求为不善以自便其私者，必将操夫不必然之说以难吾必然之说，而劝而为善之人疑而沮者必将十人而九。今夫疾走者生影，息影者不走而已矣，善辨者生息者不辨而已矣。吾言为善必得福，则既有以为善得祸难我者，吾不言；为善之得福则彼既无以相难。而吾曰忠孝，彼必不敢曰当奸逆也。吾曰廉洁，彼必不敢曰当贪污也。然则为善得福之说可以辨穷，而为善之说不可以辨穷。且夫说之不可以辨穷者，其辨将久而自穷而能使其疑之者反而之信。今试求之，是编之人，其事则皆为善之事也。问其人，不寿考则富贵矣。更仆而问之，则或子若孙蕃昌，

① 魏禧：《复沈甸华》，《魏叔子文集》，中华书局，2003 年，第 351 页。

或临患难而免，或生有荣名、没而俎豆矣。世所谓厚利显名祷祠颂祝，李子所不言者耳。读是书者，类可以言。外而遇之，由是天下之疑而沮者信其得福而勇于为善也，则又已十人而九。昔孔子作《春秋》记灾异而不著事应说者，以为天道远人道迩，君子知天，所以谴告，恐惧修省而已。若推其事，应而不合，则将使君子怠焉，以为偶然而不惧。吾故曰善言福利者莫过李子也。李子曰：是书也，子诚善之，则为之叙之。余不敢辞而发挥其意，以告世之读是书者。康熙六年秋月，宁都同学弟魏禧拜题于西湖之南楼。

此文见于李滢编《懿行编》卷首。《懿行编》有清康熙十二年（1673）刻本，《四库全书存目丛书》据此本影印。《懿行编》将古人的嘉言懿行加以分类，全书共八卷，每卷有三至五个小类。如卷一为“帝王”“后妃”“大臣”类，卷四为“廉介”“将帅”“尽忠”“笃义”类，卷八为“敬慎”“恬退”“远色”“俭约”“隐逸”类，等等。教化民众是晚明以来知识分子普遍关心的话题，明清之际的遗民们更是如此，并没有因江山易主而放弃这种责任。正如顾炎武所说：“民吾同胞。今日之民，吾与达而在上位者之所共也。救民以事，此达而在上位者之责也。救民以言，此亦穷而在下位者之责也。”① 魏禧也曾在《日录》中谈到劝导民众为善时所遇到的为善不得福的质疑，进而给出这样的结论：“祸福寿夭，有一定命数，为恶得福，断非因其为善，天故将此祸与之……为善得祸，断非因其为善，天故将此祸与之。”② 将祸福的来由归之于宿命，更不能唤醒民众行善之心。而李滢不以“为善必得福”之理来说教世人，而是将历史上“为善得福”之事萃为一编，以此来激励世人的善行，似更为可行，因而赞叹“善言福利者莫过李子”。编者李滢：（1618—1682），字镜石，李滢为人，“绝意仕进，遍游名山大川。晚尤粹于经学，博采古来圣君、贤臣、懿士、淑媛之事，附以论断……著有《敦好堂诗文集》三十卷、《懿行编》八卷、《经济考》八卷、《庐山志》十五卷”③。李滢深服魏禧文行，两人交情颇笃，还曾请魏禧为其亡女作碣文。魏禧《夏节妇碣文》：“节妇姓李氏，扬州兴化镜石君女也……既适夏文学玉书，自太姑以下皆得其欢心……某年月，夏翁将合葬节妇于文学之墓。镜石哀其女之志而例不

① 顾炎武著，黄汝成集释：《日知录集释》，上海古籍出版社，2006 年，1084 页。
② 魏禧：《日录》，《魏叔子文集》，中华书局，2003 年，第 1074 页。
③ 阿克当阿修：《（嘉庆）重修扬州府志》，扬州府署刻本。

及旌，请余为文以传之。”[①] 李滢出生于兴化李氏世家，为隆庆首辅李春芳裔孙，与明清之际史学家李清为同族兄弟。魏禧游历江淮时，与兴化李氏多有往来。除此两文外，涉及兴化李氏一族的文章还有《南北史合注序》《李映碧先生七十寿序》等。

答邵子湘

近于天石兄所见足下论文札子及所撰贺公墓表，甚服。海内文章，家弟夙推朝宗、西铭，今得足下，便为过之也。薄暮使者至，挑灯读来教。上下古今，穷源竟委，非数十年深心斯道，安得言之，如数家珍，如谈布帛菽粟耶！承示疑向者论文语，独于源本未发，诚然。然非有所秘啬也，以拙集中与文士论文言之，已备，故不复见再见。如尊论且详矣。然亦末中之本，非本中之本也。本中之本，则来书所谓读书养气者，尚不足以尽之。所谓穷经者，亦不专于经求之，盖以经视经，犹以文视文而已。但思圣人所以作经者何意，吾之所以读经者何意；推之古人所以作史者何意，吾之所以读史者何意，则本源本乃出。此又非钩深索隐，极之于罔象之谓也。百尺之松，干霄拂云，而其根丽于土。凌虚之观，承露之台，崔嵬百仞而其基始于地也。此则古圣贤著述之大凡，而非后世文人之所以为文也。倘足下不弃愚陋，当悉竭所藏以就正，譬如人逢扁跗，辄自疑其有疾，不敢不宣露肺腑以求药石耳。又论《五真记》，恐拙笔不足传阿堵之妙。然尊札已是一篇绝妙记矣。家兄深切向往，几望握手。弟苦应酬，深夜乃得作复。惟足下略其辞而察其意以教之。壬子正月日。

按，此文见于《国朝三家文钞·魏叔子文钞》卷四，笔者所见为清康熙三十三年（1694）刻本。邵子湘即清初著名文人邵长蘅。邵长蘅（1637—1704），字子湘，号青门山人，江苏武进人。其古文成就在清初与侯方域、魏禧齐名，有《青门剩稿》存世。《清史稿·文苑传》称其“工诗，尤致力古文辞，陶炼雅正”。邵长蘅对魏禧古文特色赞赏备至，对其揄扬不遗余力，可谓魏禧的当世知己。邵长蘅曾参与《国朝三家文钞》的编选，将魏禧清初散文大家的地位以选本的形式固定下来，并为此书作序，称赞魏禧的文章“以力胜”；曾作《侯方域魏禧传》，将侯、魏两大古文家并列，称赞魏禧“为文主

① 魏禧：《夏节妇碣文》，《魏叔子文集》，中华书局，2003 年，第 912-913 页。

识议，凌厉雄健，不屑屑模拟如世之貌似大家者。遇忠孝节烈事，则益感慨激昂，摹画淋漓”[①]，重点表现其文风如人品的特色；而《魏叔子文集序》称其经世致用之效：“每至谈说经济，议天下之变，率凿凿副名实，不为无用之言。”[②] 二人最早相识于康熙十年（1671）冬。当时，魏禧正客居武进，邵长蘅曾记录二人的相识经历：“客冬，叔子来毗陵，余识之寓楼，握手语移时，恨相知晚。”此文中提到的《五真记》，即载于《魏叔子文集》卷十六《邵子湘五真图记》，是魏禧为邵长蘅小像作的画像记。邵长蘅曾作《与魏叔子乞记书》详道其经过：“去冬梁谿朱生为仆写五真图……顷已装成册子，乞先生作一记，用楷书书其前。”[③] 魏禧在《邵子湘五真图记》写道：“邵子高才工文章，有用世之志，为遗世之想；以读书始，而将以逃禅终。”[④] 此文中提到的“本中之本”，魏禧在《与蔡生书》中也曾提到，但未如此处有详尽的阐释。对于魏禧乃至清初文论的研究者来说，魏禧的这篇佚文更不能轻易放过。

复顾茂伦

奉手书，甚慰。弟以病后，元气未复，砚田之获不足以资旅病者，悉谢不为。兹以大命，而万答不远百里。诚孝可感，是以不敢辞也。然荒文无状，恐不足以塞主人之意耳。尊选《纪事诗》，极妙，此天地间公事，弟应捉笔，且待附骥尾以不朽，幸甚。兹亦草成，即录于册首。先生更一改定，方可登木，勿使弟为荆公所诮。弟已流览其半，似有一二可删者。此等诗以古质厚朴为第一也，唯更酌之。躬庵近刻二帙，在箧中附呈。弟古诗中颇多纪事之作，今为门人刻于金陵，旦晚可至，当以全本寄呈也。积想如渴，乃屈访不值，恨甚。不尽言。

此文见于《尺牍兰言》卷九，其后附有魏禧所作的《纪事诗钞跋》[⑤]，顾茂伦即顾有孝。顾有孝（1619—1689），字茂伦，号雪滩钓叟，江苏吴江人。贫而豪客，以编选古今诗文为业。《（乾隆）吴江县志》：“（顾有孝）一以唐

① 邵长蘅：《侯方域魏禧传》，《青门剩稿》卷六，清康熙刻本。

② 邵长蘅：《魏叔子文集序》，《青门剩稿》卷七，清康熙刻本。

③ 邵长蘅：《与魏叔子乞记书》，《青门剩稿》卷十六，清康熙刻本。

④ 魏禧：《邵子湘五真图记》，《魏叔子文集》，中华书局，2003 年，第 730 页。

⑤ 按：此“《纪事诗钞跋》”节选自《魏叔子文集》卷十《纪事诗钞序》，相关文字完全雷同。因此文开篇有“顾子茂伦以诗学名天下数十年……属予为之叙”之语，可断定此文为序，非跋。

音为宗，遂选刻《唐诗英华》，盛行于时，诗体为之一变。继有《五朝诗英华》《明文英华》诸选，远近争购，由是有孝名益著。”① 实际上，顾有孝生平编选之集，远不止此数，魏禧就说其“所论定古今人诗为类亦数十”②，今日尚存者，除以上诸书，还有《百名家英华》《江左三大家诗钞》《明七子诗》《丽泽集》《台阁集》《丘樊集》《骊珍集》《闲情集》《名家绝句钞》等。据学者考证，《纪事诗钞》今仅存残抄本，庋藏于浙江图书馆。③ 该书卷首收有魏禧所作《纪事诗钞序》，题款为庚申冬至，此文亦当作于庚申冬至之后不久，此时距魏禧亡故之时不足一月。文中言“病后元气未复”，当就是是年七月苏州光福寺大病而言，如《寄儿子世侃书》中说道：“七月光福一病，仅存皮骨，揽镜自照，陡然心惊。”④ 从此文中可见魏禧晚年病况及卖文之状，殊为难得。同时提到的由门人刻于金陵的古诗选本，未见学者提及，不知尚存于天地之间否。明清之际，时人纪事诗的讨论多集中于“补史之缺”和“传心外之史”等功能方面，魏禧这里提出了“古质厚朴”的风格要求，言人之所未及，而纵观今存之《纪事诗钞》，所选诗歌也大抵都具有“古质厚朴”之风格。

跋广成侯先生书程孟阳、李长蘅画卷

禧少好吴下夏彝仲、陈卧子、黄蕴生三先生文，而受知于广成侯先生，其后三先生皆殉义死。侯先生尤烈，阖室自焚。初予尝自恨试文不工，他日欲录平生文，贽见先生于里门，不数年而变作。近客吴门又不及拜先生墓，然有自嘉定来者，必敬询先生亲属，求先生笔墨之迹，终无从得。莱阳姜子实节，年少好书法，敬名节之贤，偶见先生所书程孟阳、李长蘅画跋，市而藏之，凡一百四十五字，以禧门下士属题其后。往先生拔士吾乡，禧兄弟姻娅，能文者莫不受知先生，而最爱吾姊婿丘（邱）维屏、家伯子际瑞，并为书扇。禧颇习先生书，故知此卷为真迹也。先生大节足追颜鲁公，禧曾见鲁公手书于嘉兴曹侍郎许，凡四十五字，有闽人余思复读之，得四十七字，侍郎抚

① 陈纕：《（乾隆）吴江县志 · 人物志》，清刻本。

② 魏禧：《纪事诗钞序》，《魏叔子文集》，中华书局，2003 年，第 539 页。

③ 参见朱则杰、黄丽勤：《两种稀见清诗总集考辨》，《浙江大学学报（人文社会科学版）》，2008 年第 5 期。

④ 魏禧：《寄儿子世侃书》，《魏叔子文集》，中华书局，2003 年，第 297 页。

掌大笑，曰："又多二字矣。"呜呼！是岂独以善书贵。吾知千年后，贵先生书当如是。独先生死，为日星在天，而禧视息草土如蠓蠛之不足有无，为愧先生也。卷首画已无存，跋中所称四先生者，其二唐叔达、娄子柔也。壬子仲冬朔日，宁都魏禧敬书。

此文见于中国嘉德2014春季拍卖会，为十二开水墨纸本，楷书。题目为笔者自拟。文首钤有"勺庭"印，文后钤"魏禧""叔子"印。此卷应为流散在外，《魏叔子文集》编刻者所未及收者。按诸魏禧现存他稿，可定此文为魏禧手迹，文中所记之事，也可与《魏叔子文集》中的若干记载相互印证。广成侯先生即为侯峒曾。侯峒曾（1591—1645），字豫瞻，号广成，嘉定人，明清之际与侯淳耀率嘉定民众抗清，城破身亡。崇祯年间，侯氏曾任江西提学参议。魏禧《邱维屏传》："邦士年二十三，补弟子员第一，督学侯公峒曾奇赏其文。"① 魏禧在谈到其少时习八股文时的趣好时，自视甚高，曰："窃比近贤，谓当出入夏彝仲、陈卧子、黄蕴生之间。"② 皆与文中所言一致，更可断定此文确为魏禧所作。文中提到的曹侍郎，为清初户部侍郎曹溶，浙江嘉兴人，魏禧于这年的前一年游历嘉兴一带时，与曹溶交游密切，曾为其作《曹氏金石表序》。《曹氏金石表序》所透露出的弦外之意，与本文寄寓之意，恰好完全吻合。为曹溶作序时，魏禧在文中道："吾愿公所好止此，不复更措意，而取欧阳子所谓得于有力之强者，合并用于好士，则必有奇伟特达如古之士者归于公，当不止如今日所得。"似针对曹溶的贰臣身份而言，劝其只可悠游金石，言外之意可想而知。此文由题跋出发，将自己与侯峒曾对比，发出"日星在天，而禧视息草土如蠓蠛之不足有无"的感慨，是出于遗民未死者对抗清殉节者常见的抱愧心理。两文皆由金石书画谈起，最终归于个人的遗民情结，也堪称魏禧行文的一贯风格。

① 魏禧：《邱邦士传》，《魏叔子文集》，中华书局，2003年，第870页。

② 魏禧：《与温伯芳》，《魏叔子文集》，中华书局，2003年，第302页。

参考文献

古籍:

[1]（明）艾南英. 天佣子集［M］. 刻本. 1702（清康熙四十一年）.

[2]（汉）班固. 汉书［M］. 北京：中华书局，1962.

[3]（清）陈鼎. 留溪外传［M］. 刻本. 武进：盛氏，1895—1897（清光绪二十一至二十三年）.

[4]（清）陈康祺. 郎潜纪闻［M］. 北京：中华书局，1984.

[5]（宋）陈亮. 陈亮集［M］. 石家庄：河北教育出版社，2003.

[6]（清）陈确. 陈确集［M］. 北京：中华书局，1979.

[7]（晋）陈寿. 三国志［M］. 北京：中华书局，1959.

[8]（清）陈维崧. 陈维崧集［M］. 上海：上海古籍出版社，2010.

[9]（清）储大文. 存砚堂二集［M］//四库未收书辑刊. 北京：北京出版社，1998.

[10]（清）邓绎. 藻川堂谈艺［M］. 刻本. 1874—1908（清光绪年间）.

[11]（清）董士锡. 齐物论斋文集［M］//续修四库全书. 上海：上海古籍出版社，1995.

[12]（清）苏舆. 春秋繁露义证［M］. 北京：中华书局，1992.

[13]（南朝宋）范晔. 后汉书［M］. 北京：中华书局，2012.

[14]（清）方苞. 方苞集［M］. 上海：上海古籍出版社，2009.

[15]（清）方以智. 浮山文集［M］. 北京：华夏出版社，2017.

[16]（清）顾炎武. 顾亭林诗文集［M］. 北京：中华书局，1983.

[17]（清）顾炎武. 日知录校释［M］. 黄汝成，集释. 上海：上海古籍出版社，2006.

[18]（明）归有光. 震川先生集［M］. 上海：上海古籍出版社，1981.

[19]（清）归庄. 归庄集［M］. 上海：上海古籍出版社，2010.

[20]（清）郭嵩焘. 养知书屋诗文集［M］. 台北：文海出版社，1966.

[21]（唐）韩愈. 韩昌黎文集校注［M］. 马其昶，校注. 上海：上海古籍出版社，2014.

[22]（唐）韩愈. 韩昌黎诗系年集释［M］. 钱仲联，集释. 上海：上海古籍出版社，2007.

[23]（明）何良俊. 四友斋丛说［M］. 北京：中华书局，1959.
[24]（清）何絜. 晴江阁集［M］. 刻本. 1662—1722（清康熙年间）.
[25]（清）侯方域. 侯方域全集校笺［M］. 王树林，校笺. 北京：人民文学出版社，2013.
[26]（清）胡介祉. 谷园文稿［M］. 稿本.
[27]（汉）桓宽. 盐铁论［M］. 北京：中华书局，1954.
[28]（清）黄人. 国朝文汇［M］//续修四库全书. 上海：上海古籍出版社，1995.
[29]（清）黄宗羲. 黄宗羲全集［M］. 杭州：浙江古籍出版社，1985.
[30]（清）永瑢，等. 四库全书总目［M］. 北京：中华书局，1965.
[31]（清）蒋士铨. 蒋士铨戏曲集［M］. 北京：中华书局，1993.
[32]（清）雷士俊. 艾陵文钞［M］//四库禁毁书丛刊. 北京：北京出版社，1998.
[33]（唐）李白. 李白全集编年笺注［M］. 安旗，笺注. 北京：中华书局，2015.
[34]（清）李慈铭. 越缦堂读书记［M］. 上海：上海书店出版社，2000.
[35]（宋）李昉. 太平广记［M］. 北京：中华书局，1961.
[36]（宋）李觏. 李觏集［M］. 北京：中华书局，2011.
[37]（宋）李涂. 文章精义［M］. 北京：人民文学出版社，1960.
[38]（清）李邺嗣. 杲堂诗文集［M］. 杭州：浙江古籍出版社，2013.
[39]（清）李祖陶. 国朝文录［M］//续修四库全书. 上海：上海古籍出版社，1995.
[40]（清）梁份. 怀葛堂集［M］. 南昌：江西教育出版社，2007.
[41]（清）廖燕. 廖燕全集［M］. 北京：人民文学出版社，2019.
[42]（清）林纾. 林纾集［M］. 福州：福建人民出版社，2020.
[43]（清）刘开. 刘孟涂集［M］//续修四库全书. 上海：上海古籍出版社，1995.
[44]（清）刘声木. 桐城文学渊源考撰述考［M］. 合肥：黄山书社，1989.
[45]（后晋）刘昫，等. 旧唐书［M］. 北京：中华书局，1975.
[46]（清）刘献廷. 广阳杂记［M］. 北京：中华书局，1997.
[47]（汉）刘向. 战国策［M］. 上海：上海古籍出版社，2015.
[48]（清）刘熙载. 艺概笺释［M］. 袁津琥，笺释. 北京：中华书局，2019.
[49]（南朝梁）刘勰. 文心雕龙注［M］. 范文澜，注. 北京：人民文学出版社，1958.
[50]（唐）刘知几. 史通通释［M］. 浦起龙，释. 上海：上海古籍出版社，2009.
[51]（清）陆心源. 仪顾堂集辑校［M］. 郑晓霞，辑校. 扬州：广陵书社，2015.
[52]（清）吕留良. 吕留良文集［M］. 北京：中华书局，2021.
[53]（宋）吕祖谦. 古文关键［M］. 上海：商务印书馆，1936.
[54]（明）茅坤. 唐宋八大家文钞［M］. 合肥：黄山书社，2010.

[55]（明）茅坤. 茅坤集［M］. 杭州：浙江古籍出版社，2012.
[56]（清）毛奇龄. 西河文集［M］//景印文渊阁四库全书. 台北：台湾商务印书馆，1986.
[57]（清）梅曾亮. 柏枧山房诗文集［M］. 上海：上海古籍出版社，2020.
[58]（宋）欧阳修. 欧阳修诗文集校笺［M］. 洪本健，校笺. 上海：上海古籍出版社，2009.
[59]（清）平步青. 霞外攟屑［M］. 上海：上海古籍出版社，1982.
[60]（清）彭士望. 耻躬堂文钞［M］//四库禁毁书丛刊. 北京：北京出版社，1998.
[61]（清）钱澄之. 田间文集［M］. 合肥：黄山书社，1998.
[62]（清）钱大昕. 潜研堂集［M］. 上海：上海古籍出版社，2009.
[63]（清）钱谦益. 列朝诗集小传［M］. 上海：上海古籍出版社，2008.
[64]（宋）秦观. 秦观集编年校注［M］. 周义敢，程自信，周雷，笺注. 北京：人民文学出版社，2001.
[65]（清）邱维屏. 邱邦士文集［M］//四库禁毁书丛刊. 北京：北京出版社，2000.
[66]（清）尚镕. 持雅堂文集［M］. 刻本. 1868（清同治七年）.
[67]（宋）邵伯温. 邵氏闻见后录［M］. 上海：上海古籍出版社，2012.
[68]（清）邵长蘅. 青门剩稿［M］. 刻本. 1662—1722（清康熙年间）.
[69]（清）施闰章. 施愚山集［M］. 合肥：黄山书社，2013.
[70]（清）申涵光. 聪山集［M］. 上海：商务印书馆，1936.
[71]（清）沈德潜. 增评唐宋八家文读本［M］. 赖山阳增评. 武汉：崇文书局，2010.
[72]（汉）司马迁. 史记［M］. 北京：中华书局，1959.
[73]（清）宋荦. 国朝三家文钞［M］. 刻本. 1695（清康熙三十四年）.
[74]（宋）苏轼. 苏轼文集［M］. 北京：中华书局，1986.
[75]（宋）苏洵. 嘉祐集笺注［M］. 曾枣庄，金成礼，笺注. 上海：上海古籍出版社，1993.
[76]（清）孙宝瑄. 忘山庐日记［M］. 上海：上海古籍出版社，1983.
[77]（清）谭献. 谭献日记［M］. 石家庄：河北教育出版社，2001.
[78]（明）唐顺之. 文编［M］//景印文渊阁四库全书. 台北：台湾商务印书馆，1986.
[79]（清）唐甄. 潜书［M］. 北京：中华书局，2004.
[80]（清）陶汝鼐. 陶汝鼐集［M］. 长沙：岳麓书社，2008.
[81]（明）陶望龄. 陶望龄全集［M］. 上海：上海古籍出版社，2019.
[82]（清）汪琬. 汪琬全集校笺［M］. 李圣华，校笺. 北京：人民文学出版社，2010.
[83]（民国）王葆心. 古文辞通义［M］. 武汉：武汉大学出版社，2008.
[84]（宋）王谠. 唐语林［M］. 上海：上海古籍出版社，1978.
[85]（清）王夫之. 船山全书［M］. 长沙：岳麓书社，2011.

[86]（清）王士禛．古夫于亭杂录［M］．北京：中华书局，1988．
[87]（晋）王肃．孔子家语通解［M］．济南：齐鲁书社，2013．
[88]（清）王韬．弢园文录外编［M］．上海：上海书店，2002．
[89]（清）王源．居业堂文集［M］．刻本．1821—1850（清道光年间）．
[90] 王钟翰．清史列传［M］．北京：中华书局，2010．
[91]（清）魏际瑞，魏禧，魏礼．宁都三魏全集［M］//四库禁毁书丛刊．北京：北京出版社，1998．
[92]（清）魏禧．魏叔子文集［M］．北京：中华书局，2006．
[93]（清）温睿临．南疆逸史［M］．抄本．傅氏长恩阁，清代．
[94]（明）吴讷．文章辨体序说［M］．北京：人民文学出版社，1962．
[95]（清）吴文镕．吴文节公遗集［M］．刻本．吴养原，1857（清咸丰七年）．
[96]（清）吴应箕．吴应箕文集［M］．合肥：黄山书社，2017．
[97]（清）谢文洊．谢程山集［M］//四库全书存目丛书．济南：齐鲁书社，1997．
[98]（清）徐枋．居易堂集［M］．上海：华东师范大学出版社，2009．
[99]（清）徐斐然．国朝二十四家文钞［M］．刻本．归安：徐氏，1795（清乾隆六十年）．
[100]（民国）徐珂．清稗类钞［M］．北京：中华书局，2010．
[101]（明）徐师曾．文体明辨序说［M］．北京：人民文学出版社，1962．
[102]（民国）徐世昌编．清儒学案［M］．北京：中国书店，1990．
[103]（清）严可均．全上古三代秦汉三国六朝文［M］．石家庄：河北教育出版社，1997．
[104]（清）姚鼐．古文辞类纂［M］．上海：上海古籍出版社，1998．
[105]（清）吴孟复，蒋立甫．古文辞类纂评注［M］．合肥：安徽教育出版社，2004．
[106]（民国）姚永朴．文学研究法［M］．南京：凤凰出版社，2008．
[107]（清）永瑢，等．四库全书简明目录［M］．上海：华东师范大学出版社，2012．
[108]（清）余诚．古文释义［M］．北京：北京出版社，2018．
[109]（清）余怀．余怀全集［M］．上海：上海古籍出版社，2011．
[110]（明）袁宏道．袁宏道集笺校［M］．钱伯城，笺校．上海：上海古籍出版社，2018．
[111]（清）恽敬．恽敬集［M］．上海：上海古籍出版社，2013．
[112]（明）张岱．陶庵梦忆［M］．长沙：岳麓书社，2016．
[113]（清）张九钺．紫岘山人全集［M］．刻本．赐锦楼，1851（清咸丰元年）．
[114]（清）张廷玉，等．明史［M］．北京：中华书局，1974．
[115]（清）张维屏．国朝诗人征略［M］．刻本．1830（清道光十年）．
[116]（清）章学诚．文史通义校注［M］．叶瑛，校注．北京：中华书局，1985．

[117]（民国）赵尔巽. 清史稿［M］. 北京：中华书局，1977.

[118]（清）赵翼. 廿二史札记［M］. 北京：中华书局，2005.

[119]（清）郑板桥. 郑板桥全集［M］. 成都：巴蜀书社，1997.

[120]（清）朱鹤龄. 愚庵小集［M］. 上海：华东师范大学出版社，2010.

[121]（宋）朱熹. 四书章句集注［M］. 北京：中华书局，1983.

[122]（宋）朱熹. 朱子语类［M］. 北京：中华书局，1986.

[123]（清）朱一新. 无邪堂答问［M］. 北京：中华书局，2000.

[124]（清）朱彝尊. 静志居诗话［M］. 北京：人民文学出版社，1990.

[125]（清）朱筠. 笥河学士诗集［M］. 抄本，大兴：朱氏椒花吟舫，1781—1820（清乾嘉年间）.

[126]（清）曾灿. 六松堂集［M］. 南昌：江西教育出版社，2007.

[127]（宋）曾巩. 曾巩集［M］. 北京：中华书局，1984.

[128]（清）曾国藩. 曾国藩诗文集［M］. 上海：上海古籍出版社，2005.

今人论著：

[1] 陈平原. 中国散文小说史［M］. 上海：上海人民出版社，2004.

[2] 陈柱. 中国散文史［M］. 上海：东方出版社，1996.

[3] 褚斌杰. 中国古代文体概论［M］. 北京：北京大学出版社，2003.

[4] 邓广铭. 岳飞传［M］. 北京：人民出版社，1983.

[5] 邓之诚. 清诗纪事初编［M］. 上海：上海古籍出版社，2012.

[6] 冯友兰. 三松堂全集［M］. 郑州：河南人民出版社，2001.

[7] 傅修延. 先秦叙事研究：关于中国叙事传统的形成［M］. 上海：东方出版社，1999.

[8] 郭绍虞. 中国文学批评史［M］. 天津：百花文艺出版社，2008.

[9] 郭英德. 中国古代文体学论稿［M］. 北京：北京大学出版社，2005.

[10] 郭预衡. 中国散文史［M］. 上海：上海古籍出版社，2011.

[11] 过常宝. 先秦散文研究：早期文体及话语方式的生成［M］. 北京：人民出版社，2009.

[12] 韩维志. 上古文学中君臣事象的研究［M］. 上海：上海古籍出版社，2006.

[13] 侯长安. 公私之辨：明末清初政治思潮研究［M］. 北京：学习出版社，2018.

[14] 胡适. 胡适全集［M］. 北京：北京大学出版社，1998.

[15] 胡云翼. 魏禧文选［M］. 上海：北新书局，1937.

[16] 黄霖，韩同文. 中国历代小说论著选：修订本［M］. 南昌：江西教育出版社，2000.

[17] 黄一权. 欧阳修研究［M］. 上海：华东师范大学出版社，2003.

[18] 李婵娟. 清初古文三家年谱 [M]. 北京：世界图书出版公司，2012.
[19] 李汉秋. 儒林外史汇校汇评本 [M]. 上海：上海古籍出版社，2017.
[20] 李联. 魏禧文学思想考论 [M]. 沈阳：万卷出版公司，2020.
[21] 李永贤. 廖燕研究 [M]. 成都：巴蜀书社，2006.
[22] 刘师培. 刘师培经典文存 [M]. 上海：上海大学出版社，2004.
[23] 刘师培. 中国中古文学史讲义 [M]. 上海：上海古籍出版社，2006.
[24] 刘咸炘. 刘咸炘学术论集 · 文学讲义编 [M]. 桂林：广西师范大学出版社，2007.
[25] 刘衍. 中国散文史纲 [M]. 长沙：湖南教育出版社，1994.
[26] 卢苇菁. 矢志不渝：明清时期的贞女现象 [M]. 秦立彦，译. 南京：江苏人民出版社，2010.
[27] 陆敏车. 最新中国文学流变史 [M]. 上海：汉光印书馆，1937.
[28] 陆勇强. 魏禧年谱 [M]. 济南：齐鲁书社，2014.
[29] 马将伟. 易堂九子研究 [M]. 北京：社会科学文献出版社，2013.
[30] 钱穆. 中国近三百年学术史 [M]. 北京：九州出版社，2011.
[31] 钱钟书. 管锥编 [M]. 北京：中华书局，1979.
[32] 青木正儿. 清代文学评论史 [M]. 杨铁英，译. 北京：中国社会科学出版社，1988.
[33] 孙昌武. 韩愈散文艺术论 [M]. 天津：南开大学出版社，1986.
[34] 孙静庵. 明遗民录 [M]. 杭州：浙江古籍出版社，1985.
[35] 谭家健，郑君华. 先秦散文纲要 [M]. 太原：山西人民出版社，1987.
[36] 谭家健. 中国古代散文史稿 [M]. 重庆：重庆出版社，2006.
[37] 谭家健. 先秦散文艺术新探 [M]. 济南：齐鲁书社，2007.
[38] 童庆炳. 中国古代心理诗学与美学 [M]. 北京：中华书局，2013.
[39] 王水照. 历代文话 [M]. 上海：复旦大学出版社，2007.
[40] 王运熙，顾易生. 中国文学批评通史 [M]. 上海：上海古籍出版社，1996.
[41] 王运熙. 中国古代文论管窥 [M]. 上海：上海古籍出版社，2006.
[42] 吴承学. 晚明小品研究 [M]. 南京：江苏古籍出版社，1999.
[43] 吴孟复. 桐城文派述论 [M]. 合肥：安徽教育出版社，2001.
[44] 夏晓虹. 梁启超文选 [M]. 北京：中国广播电视出版社，1992.
[45] 谢国桢. 明末清初学风 [M]. 北京：人民出版社，1982.
[46] 熊礼汇. 中国古代散文艺术二十讲 [M]. 武汉：武汉大学出版社，2010.
[47] 熊江梅. 先秦两汉叙事思想 [M]. 长沙：湖南师范大学出版社，2011.
[48] 熊宪光. 战国策研究 [M]. 重庆：重庆出版社，2004.

[49] 严迪昌. 清词史 [M]. 南京：江苏古籍出版社，2001.
[50] 严迪昌. 清诗史 [M]. 北京：人民文学出版社，2011.
[51] 余英时. 方以智晚节考 [M]. 北京：生活·读书·新知三联书店，2004.
[52] 余祖坤. 历代文话续编 [M]. 南京：凤凰出版社，2013.
[53] 张梦新. 中国散文发展史 [M]. 杭州：杭州大学出版社，1996.
[54] 张舜徽. 史学三书平议 [M]. 北京：中华书局，1983.
[55] 张修龄. 清初散文论稿 [M]. 上海：复旦大学出版社，2010.
[56] 张云龙. 清初散文三家研究 [M]. 济南：齐鲁书社，2007.
[57] 张宗祥. 清代文学 [M]. 上海：上海三联书店，1988.
[58] 章培恒，骆玉明. 中国文学史 [M]. 上海：复旦大学出版社，1996.
[59] 赵燕. 唐宋记体散文研究 [M]. 杭州：浙江大学出版社，2016.
[60] 赵园. 明清之际士大夫研究 [M]. 北京：北京大学出版社，1999.
[61] 赵园. 易堂寻踪 [M]. 南昌：江西教育出版社，2001.
[62] 周书文，伍中，万陆. 魏禧文论选注 [M]. 南昌：江西人民出版社，1984.
[63] 周明. 中国古代散文艺术 [M]. 南京：江苏教育出版社，1994.
[64] 朱东润. 中国文学批评史大纲 [M]. 上海：上海古籍出版社，2001.
[65] 曾枣庄. 宋文纪事 [M]. 成都：四川大学出版社，1995.

期刊论文：

[1] 蔡德龙. 韩愈《画记》与画记文体源流 [J]. 文学遗产，2015，5：107-119.
[2] 曹虹. 清初遗民散文的文体创造 [J]. 厦门教育学院学报，2010，1：8-11.
[3] 曹虹. 集群流派与布衣精神：清代前期文章史的一个观察 [J]. 苏州大学学报：哲学社会科学版，2012，6：144-150.
[4] 陈宝良. 清初礼教秩序的重建与士大夫精神史的波折 [J]. 浙江学刊，2013，2：37-45.
[5] 陈玉强. 陶望龄“偏嗜必奇”说及其心学语境 [J]. 清华大学学报：哲学社会科学版，2012，3：82-87.
[6] 陈支平，刘婷玉. 明末蔡懋德事迹考辨：《明史·蔡懋德传》补正 [J]. 明史研究，2010，1：344-352.
[7] 戴存仁. 清初易堂九子的文论及其散文 [J]. 江西教育学院学报：综合版，1990，2：11-16.
[8] 代亮. 明末清初遗民群体的立言情结 [J]. 齐鲁学刊，2017，6：120-126.

[9] 杜广学.《国朝三家文钞》编选及相关问题考论［J］. 求是学刊，2018，4：125-132.

[10] 杜桂萍. 元明清杜甫题材的戏曲重构［J］. 社会科学辑刊，2020，6：50-65.

[11] 杜华平. 论魏禧与贺贻孙的“若不相知”［J］. 江汉论坛，2006，8：115-119.

[12] 郭英德. 文人典范 · 文章矩矱 · 文治气象：“国朝三家”说平议［J］. 文艺理论研究，2019，6：75-86.

[13] 郭英德. “弃诸生”与“习古文辞”：魏禧的人生选择与身份认同［J］. 中国文学研究，2021，3：40-47.

[14] 何长文. 中国古代士文人对个体生命局限的超越途径［J］. 大连民族学院学报，2011，6：583-587.

[15] 霍旭东，任重.《战国策》的思想价值和艺术成就［J］. 文史哲，1989，1：52-54.

[16] 江梅玲，王利民. 论魏禧古文“悍”的风格特征［J］. 江西社会科学，2021，6：92-98.

[17] 降大任. 论明清之际的文学环境与三大家散文成就［J］. 晋阳学刊，1992，4：70-76.

[18] 李婵娟. 从《国初三家文钞》之编选看清初文风之转变［J］. 深圳大学学报：人文社会科学版，2006，3：95-101.

[19] 李婵娟. 清初明遗民魏禧的生存抉择及心态探微［J］. 江西社会科学，2008，9：152-155.

[20] 李婵娟. 清初古文三大家与清初文坛格局［J］. 佛山科学技术学院学报：社会科学版，2009，4：10-14.

[21] 李圣华. 汪琬与清初古文论争：兼及清初古文“中兴”［J］. 中国文学研究，2012，1：65-69.

[22] 李瑄. 存道：明遗民群体的价值体认［J］. 学术研究，2008，5：112-118.

[23] 柳春蕊. 由“神明”到“规矩”：易堂九子的文法思想［J］. 江西财经大学学报：哲学社会科学版，2007，1：112-118.

[24] 柳春蕊. 论易堂文论思想的学术背景［J］. 淮北煤炭师范学院学报：哲学社会科学版，2009，6：27-30.

[25] 罗书华. 袁宏道：山水散文的第三级［J］. 人文杂志，2012，2：76-81.

[26] 潘承玉. 清初诗坛中坚：遗民—性情诗派［J］. 复旦学报：社会科学版，2004，5：82-87.

[27] 朴禹勋. 韩中反骈文观［J］. 骈文研究，2022，1：192-201.

[28] 邱江宁，俞樟华，房银臻. 论清代传记创作的繁荣及其原因［J］. 苏州大学学报：哲学社会科学版，2011，6：138-143.

[29] 谭邦和. 论明末清初文化启蒙思潮中的廖燕散文 [J]. 华中师范大学学报：人文社会科学版，2000，4：32-37.

[30] 谭笑. 明代小说戏曲中“秦桧冥报”故事的演变 [J]. 明清小说研究，2019，2：102-114.

[31] 萧宿荣. “轻风杨波，细瀫微澜”：论魏禧杂记小品的艺术风格 [J]. 赣南师范学院学报：哲学社会科学版，1990，1：29-35.

[32] 万陆. 试论魏禧“积理炼识”说的思想实质 [J]. 江西社会科学，1982，5：118-120.

[33] 万陆. 魏禧美学思想探微 [J]. 江西社会科学，1984，3：95-98.

[34] 万陆. 易堂九子散文流派论 [J]. 江西社会科学，1989，5：112-115.

[35] 汪春泓. 论《典论·论文》[J]. 江苏大学学报：社会科学版，2002，3：38-42.

[36] 王昊. 近五十年来《辨奸论》真伪问题研究述评 [J]. 社会科学战线，2002，1：261-264.

[37] 王运熙. 读《文心雕龙·神思》札记 [J]. 文艺理论研究，1985，1：17-19.

[38] 吴承学. 论《四库全书总目》在诗文评研究史上的贡献 [J]. 文学评论，1998，6：130-139.

[39] 吴承学，沙红兵. 身份的焦虑：中国古代对于“文人”的认同与期待 [J]. 复旦学报：社会科学版，2020，1：25-39.

[40] 吴淑莹. 论曹丕《典论·论文》[J]. 中山大学学报：社会科学版，1998，1：67-76.

[41] 吴业国. 欧阳修《新五代史》与北宋忠节礼义的重建 [J]. 河南大学学报：社会科学版，2010，3：119-124.

[42] 吴正岚. 清初布衣士子的富民书写及其文学史意义：以魏禧和邵长蘅为视角 [J]. 苏州大学学报：哲学社会科学版，2022，5：160-170.

[43] 伍中，万陆. 论魏禧的文学批评理论及文学批评实践 [J]. 赣南师范学院学报，1982，2：12-30.

[44] 武海军. 论魏禧的诗学观及诗歌创作 [J]. 江西师范大学学报：哲学社会科学版，2007，3：47-51.

[45] 武海军. 选本视野与易堂九子：以《易堂十三子文选》与《易堂九子文钞》为中心 [J]. 赣南师范学院学报：哲学社会科学版，2009，5：40-44.

[46] 徐正英. 曹丕《典论·论文》创作动机探析 [J]. 郑州大学学报：哲学社会科学版，1995，4：28-30.

[47] 姚品文. 谈新发现的清抄本《魏叔子文钞》 [J]. 江西师范大学学报，1999，1：93-96.

[48] 张修龄. 清初古文三大家理论探析 [J]. 文学评论，2009，6：59-63.

[49] 钟俊昆，刘信波. 魏禧文艺美学思想初探 [J]. 江西社会科学，2003，10：49-51.

[50] 周兴陆. 彭士望的诗集、诗论与诗作 [J]. 文学遗产，2013，4：127-133.

[51] 朱雷. 公羊经权义 [J]. 中国哲学史，2022，5：20-26.

[52] 朱则杰，黄丽勤. 两种稀见清诗总集考辨 [J]. 浙江大学学报：人文社会科学版，2008，5：61-66.

[53] 曾枣庄. 论宋人破体为记 [J]. 中国典籍与文化，2007，2：58-68.

后　记

本书的写作，断断续续，延绵多年。第一次接触魏叔子古文，已远在十二年前。彼时正在南京大学读中国古代文学专业的研究生，无意间被叔子那真诚而锐利、浩大而恳切的文字所打动，就以此为硕士论文选题，写下一些文字。如今回首，适足作哂，然而当初那些对于文学事业的想象，对于君子人格的追慕，赖此得以记录。那些微不足道的少年情怀能借着古圣先贤的伟大文字而得以些许表露，附骥尾而自陈，当是莫大的幸运。然文字粗陋，精义莫表，于己心有未惬，于前贤也自觉唐突。其后一路辗转，求学沪上，栖身麓山，学术兴趣依然既杂且乱，研习领域亦时或调整，然而始终没有忘记当时读叔子古文时的兴奋与悸动。偶有余闲时，便披览旧文，搜讨新事，于旧话题或删或改，新题目加意钻研。岁历一纪，积腋成裘，改换旧观，也可自成一编。而恰值叔子诞辰四百周年之际，按时付梓，更是难以言说的缘份。

这十二年的时间也是我人生中最珍贵的青年岁月。回首前尘，拙陋如我，一路能遇到那么多优秀诚挚的师友的照拂关爱，早已是在意料之外。这恐难用“幸运”二字表达。

如今，回想于南京大学开启研究生阶段学习的我，刚开始执笔学写学术论文的我，对于何为学术，实可谓一无所知，徒有漫无涯际的兴趣与不明所以的热忱而已。而我的导师苗怀明教授，对于我那一篇篇现在看起来极其幼稚的文章，总能不惮细碎地反复加以修改。大至思维惯性、谋篇布局，小至用语习惯、行文规范，其间透露出的种种毛病，都在苗老师的大笔斧正下渐渐得到纠正。或许每个人早年那些蹒跚学步的样子，成年后，若不借助影像手段，已很难记起；而学术道路上最初所受的指点，却会随着时间的流逝而变得越来越为清晰。后来能意外地追随复旦大学黄霖先生读书学习，还能有一方小小的天地做着自己的喜欢的事情，不能不说是肇源于此。

叔子古文，名作林立，而如今《答南丰李作谋书》对我触动最深。兹择一段，略作删减，权录于此，聊作自警。“方其少年，焰焰然若火之始盛。既而志衰于嗜欲，气夺于祸患，心乱于饥寒，行移于风俗，学术坏于师友。及至强立之年，则委靡沉溺，而向时之志气熸乎若死灰之不复然。仆愿足下毋以小挫而回，毋以小得而自足。”时光飞逝，偶一回首，已是十年之遥，能不怆然心惊？愈来愈觉时间的紧迫，而需要做得事情又有太多，即就魏叔子古文而言，还有许多话题有待讨论。世传曾国藩有言“中年经不得闲境”，到此愈觉有味。

湖南大学出版社图书出版基金对本书的出版提供资助，编辑饶红霞女士专业而细心的编校为本书增色良多，在此深致谢意！

朱泽宝